Leisha Kelly

Emmas Vermächtnis

Roman

GerthMedien

Die amerikanische Originalausgabe erschien im Verlag
Fleming H. Revell, a division of Baker Book House Company,
P.O. Box 6287, Grand Rapids, MI, 49516-6287, USA,
unter dem Titel „Emma's Gift".

Aus dem Amerikanischen übersetzt von Antje Balters.

Best.-Nr. 816 054
ISBN 3-86591-054-8
1. Auflage Januar 2006
2. Auflage März 2006
Umschlaggestaltung: Hanni Plato
Umschlagfoto: getty images/Willard Clay
Satz: Typostudio Rücker
Druck und Verarbeitung: GGP Media GmbH, Pößneck
Printed in Germany

1

Julia

19. Dezember 1931

Joe Hammond kam mit dem Pferdefuhrwerk seines Vaters die Zufahrt zu unserem Haus hochgejagt. So schnell hatte ich das Hammond'sche Fuhrwerk noch nie erlebt und bei dem Anblick bekam ich Herzklopfen. Irgendetwas stimmte da nicht. Bevor das Gespann völlig zum Stillstand gekommen war, sprang Joe bereits vom Wagen herunter und kam auf unsere Haustür zugerannt, als hätte er einen Geist gesehen. Samuel öffnete dem Jungen die Tür, der einen gewaltigen Strom kalter Luft mit hereinbrachte, bevor er den Grund für seine Eile nennen und sein Anliegen vorbringen konnte.

„Mama is' wieder krank", sagte er, noch ganz außer Atem, und war dabei beinahe so bleich wie der fahle Winterhimmel. „Ich wollt' nur Emma hol'n. Un' Sie auch, Mrs. Wortham, wenn's recht is'."

Ich trocknete mir rasch die Hände und band die Schürze ab. Natürlich würden wir mitkommen, auch wenn mein Magen mir schon jetzt in den Kniekehlen hing, denn Emma würde nie und nimmer den Nachbarn ihre Hilfe verweigern. Niemals. Egal, wie krank sie selbst war.

Emma stellte ihre Teetasse auf den Tisch. „Mach dir mal keine Sorgen, Joey. Setz dich erst mal hin und komm zu Atem, bis ich mich fertig gemacht hab'".

Das war alles. Ruhig wie ein laues Frühlingslüftchen. Emma Graham weigerte sich nie, einer Bitte um Hilfe nachzukommen.

Sie stieß sich mit ihrem klobigen Rollstuhl ein wenig vom Tisch ab und machte eine abweisende Geste, als mein Mann ihr Hilfe anbot.

„Geh lieber und hol' die Stiefel und meinen Mantel, wenn's recht is'", sagte sie zu ihm. „Dabei bist du bestimmt schneller als ich. Wilametta bittet schließlich nicht alle Tage um Hilfe." Sie hörte sich schrecklich heiser an. „Was fehlt ihr denn?"

„Mama hat gar nich' nach Ihn'n gefragt", sagte Joe und knetete dabei seine blaue Mütze mit beiden Händen. „Pa schickt mich."

Auf diese Auskunft reagierte Emma nicht sofort. Wenn George Hammond um Hilfe bat, dann stand es wirklich schlimm, das war uns beiden völlig klar.

„Ich hole nur noch meinen Mantel", sagte ich. „Was müssen wir sonst noch mitnehmen?"

„Eine Decke für den Wagen", antwortete Emma. „Und unsere Heilkräuter, falls die drüben nicht da haben, was wir brauchen. Weißt du denn, was sie plagt, Joey?"

Der drahtige Dreizehnjährige warf einen Blick durch die Tür und dann zur Diele hinüber, wohin Samuel verschwunden war. „Papa sagt, es sin' die Nerven, aber so schlimm war's noch nie!"

„War sie heute auf?"

„Nee, un' se war auch mächtig weiß im Gesicht – find ich." Er hatte sich nicht gesetzt und machte auch keine Anstalten, es zu tun. Ich ging zum Küchenschrank und nahm verschiedene Gefäße heraus.

Samuel kam mit unseren Mänteln. Der Gute, Gott sei Dank wusste er manchmal besser als wir selbst, was man alles brauchte und erledigen musste, bevor man aufbrechen konnte. Robert und Sarah folgten ihm und standen dann einfach da und sahen mich an.

„Mach dir keine Sorgen", sagte Samuel, als er mir in meinen Mantel half. „Wir kommen schon zurecht, bis ihr zurück seid."

Ich stand einen Augenblick lang einfach da und wusste nicht so recht, was ich sagen sollte.

„Keine Ahnung, wie lange es dauert", sagte Emma. „Besonders wenn es weiter so schneit. Wenn du lieber hier bleiben willst, Julia, dann kann ich das gut verstehen."

„Natürlich komme ich mit." Ich hatte noch gar nicht bemerkt, dass es angefangen hatte zu schneien, und ich machte mir darüber jetzt auch keine Gedanken. Ich schaute nur in Samuels tiefe, graue Augen und begann, mir den Mantel zuzuknöpfen.

Eigentlich hätte eher Emma zu Hause bleiben müssen. Sie war in letzter Zeit so schwach gewesen, dass ich Angst hatte, sie überhaupt aus dem Haus gehen zu lassen. Bestimmt würde ich auch allein mit dem fertig, was Wilametta plagte. Aber allein der Versuch Emma auszureden, dass sie mitkam, wäre ein sinnloses Unterfangen gewesen. Sie kannte Mrs. Hammond schon seit über zwanzig Jahren und wäre eher gestorben als nicht zu kommen, wenn sie gebraucht wurde, weil jemand in Not war.

Als wir schließlich aus dem Haus traten, schneite es so heftig, dass wir kaum die Straße sehen konnten. Wir hüllten Emma fest in ihren pelzbesetzten Mantel und Samuel hob sie auf die Sitzbank des Pferdefuhrwerkes. Wie sie dort oben saß, wirkte sie winzig. Wie ein Kind, wenn nicht das dünne graue Haar unter ihrer Wollmütze hervorgeschaut hätte und nicht die tiefen Furchen gewesen wären, von denen jeder Zentimeter ihres Gesichts durchzogen war. Ich breitete noch eine Decke über ihre Beine und den Schoß und eine weitere legte ich ihr um die Schultern.

„Jetzt macht doch nicht so ein Getue um mich“, schalt sie uns. „Wir müssen los.“

Samuel stellte meine Tasche hinten auf die Ladefläche des Fuhrwerkes und ich drehte mich noch einmal in Richtung Veranda um, gerade lange genug, um Sarah und Robert sagen zu können, sie sollten brav sein, solange ich fort war.

„Mach dir keine Sorgen“, sagte Samuel noch einmal zu mir. „Wir kommen zurecht. Hier wird schon alles laufen.“

Mir schossen Tränen in die Augen, als er das sagte. Natürlich würden sie zurechtkommen. Es bestand überhaupt kein Grund, daran zu zweifeln, aber ich hatte trotzdem schreckliche Angst, wollte es aber nicht sagen.

Schneeflocken wirbelten um uns herum und blieben auf meinem grauen Wollrock liegen. Ich stieg jetzt ebenfalls auf den Wagen, nahm neben Emma Platz und zog eine Ecke der alten Decke auch über meinen Schoß. Ich saß kaum, da gab Joe Hammond den Pferden bereits das Startzeichen und trieb sie an, soweit das bei den beiden alten Mähren überhaupt noch möglich war. Ich hielt derweil mit der einen Hand Emma fest, mit der anderen klammerte ich mich an die Sitzbank.

George Hammond wartete bereits vor dem Haus auf uns. Er

sagte kein Wort, sondern hob nur Emma vom Wagen und ging gleich mit ihr ins Haus.

Ich sprang vom Wagen herunter, während meine Gedanken wild durcheinander wirbelten und ich gleichzeitig zu beten versuchte. *Herr, bitte mach Wilametta wieder gesund und gib Emma genügend Kraft.*

George hatte nicht auf mich gewartet und auch Joe war mir bereits vorausgeeilt, um seinem Vater und Emma die Tür aufzuhalten. Sie rannten beide ins Haus, fast ohne abzubremsen, und ich hastete mit der Tasche hinter ihnen her.

Im Inneren des Hauses herrschte ein noch größeres Durcheinander als ich es mir je hätte vorstellen können. Der dreijährige Bert stand an der Tür; von der Taille abwärts war er unbekleidet und brüllte aus Leibeskräften. Sein Bruder Harry saß auf dem Boden in einer Pfütze aus einer undefinierbaren Flüssigkeit und wrang ein Tischtuch aus, mit dem er offenbar versucht hatte, den Fußboden zu säubern. Am Tisch saßen zwei weitere Jungen, die es irgendwie schafften, gleichzeitig einen grauen Brei zu schlürfen und sich zu zanken. Sie gaben erst Ruhe, als der eine dem anderen den Ellbogen in die Rippen stieß und auf Emma deutete.

Lizbeth stand am Herd und mühte sich damit ab, mit der einen Hand einen dampfenden Topf von der Feuerstelle wegzuziehen und gleichzeitig mit der anderen ihre zappelnde kleine Schwester auf ihrem Arm zu bändigen. Das arme Mädchen machte den Eindruck, als könnte es durchaus ebenfalls jeden Augenblick anfangen zu weinen. *Vielleicht hat sie auch gerade erst aufgehört zu weinen,* dachte ich. Und dann war da noch ein Junge, der auf der Leiter zum Obergeschoss saß und alles beobachtete. Er trug ein viel zu großes Hemd, in das er mühelos zweimal hineingepasst hätte. Er hatte geschwollene Augen, die tief in den Höhlen lagen und die schmutzigsten Wangen, die man sich nur vorstellen kann. Die kleine Rorey war nirgends zu sehen, ebenso wenig wie Sam, der älteste Hammond-Sohn, der bereits erheblich größer war als ich.

George nahm nicht die geringste Notiz von den Kindern. Er brachte Emma direkt in Wilamettas Schlafzimmer, ohne sich auch nur die Zeit zu nehmen, ihr aus dem Mantel zu helfen. Ich folgte ihnen völlig außer Atem. Im ganzen Haus roch es nach

Kampfer und Abfall, nach abgestandenem Essen, schmutzigen Windeln und hundert anderen Dingen. Der Haushalt der Hammonds war immer schon verrückt gewesen, durcheinander und einfach chaotisch und laut, aber an diesem Tag lag dort noch etwas anderes in der Luft – eine Art zornige Hoffnungslosigkeit.

Wila lag im Bett und es war nicht eindeutig festzustellen, ob sie schlief oder bewusstlos war. Die sechsjährige Rorey war bei ihr und klammerte sich entschlossen an der Hand ihrer Mutter fest. Als George Emma auf der Bettkante absetzte, kamen die meisten der Kinder ebenfalls ins Zimmer und standen als kleine Menschentraube in der Tür, um zu hören, was Emma sagen würde.

Die nahm erst einmal ihre große Wintermütze ab und beugte sich dann tief über Wilas Gesicht, um deren Atem zu kontrollieren. Sie fühlte ihr erst die Stirn und drehte sich dann ein wenig nach hinten, um die Bettdecke zurückzuziehen und einen Blick auf die geschwollenen Füße der Frau zu werfen.

„Juli", sagte sie dann, „zieh deinen Mantel aus. Wir werden eine Weile bleiben."

Franky, der Junge, der auf der Treppe gesessen hatte, arbeitete sich bis zu Emmas Ellbogen vor. „Was willste 'n jetz mach'n?", fragte er mit einem Finger im Mund. „Kann ich was helf'n?"

Joe schaute seinen Bruder mit Widerwillen an. „Halt die Klappe! Es hat keiner gesagt, dass du dich hier einmischen sollst!"

Emma sah zu den beiden hinüber, während Lizbeth sich hinter mir ins Schlafzimmer schob. „Gestern hat se Fieber gehabt, un' ich hab ihr feuchte Tücher auf die Stirn gelegt", sagte das Mädchen. „Heute Morgen isse 'n bisschen wach gewesen, aber gegessen hat se gar nix." Das Baby Emma Grace auf ihrem Arm zappelte ungeduldig und stieß dann einen Schrei aus.

Der kleine Bert kletterte auf das Bett, sodass er direkt neben Rorey saß, und Emma schaute alle mit einem tiefen Seufzer an.

„George", sagte sie dann ganz leise, „Wila braucht einfach ganz viel Ruhe. Ich glaube es ist besser, wenn du die Kleinen zu Samuel rüber bringst. Es schadet ihnen bestimmt nicht, wenn sie mal wieder eine Weile in meinem Haus sind."

George antwortete nicht gleich. Er sah erst Emma an, dann seine Frau und schaute dann zu Boden.

„Aber wir könn'n ganz leise sein", protestierte Rorey flüsternd. „Ehrlich! Ich bin ganz leise."

Aber George schüttelte den Kopf. „Geht un' holt eure Jacken und zwar alle."

Lizbeth erschrak. „Ich muss aber hier bleiben, Pa. Wenigstens ich und das Baby. Und was is' mit dem Schnee?"

„Hat die Kleine eure Ziegenmilch zu trinken gekriegt?", erkundigte sich Emma.

„Ja, das hat sie." Lizbeth standen Tränen in den Augen; sie kam kaum einmal von zu Hause weg, weil sie immer ihrer Mutter helfen musste, und ganz sicher wollte sie nicht ausgerechnet jetzt von zu Hause und von ihrer Mutter fort.

„Wenn du die Kleine dick einpackst, passiert ihr bestimmt nichts", versicherte Emma, „und wenn von heute Morgen noch Milch übrig ist, dann kannst du sie ja mitnehmen."

„Da is' noch Ziegenmilch", sagte George.

„Aber Pa ..."

„Du kanns' hier doch nix für se tun", versicherte George seiner ältesten Tochter. „Du muss' drüben bei den Nachbarn aufpass'n , dass deine Brüder sich benehm'. Tu, was du kannst."

Lizbeth stand einen Augenblick lang einfach nur da, mit bebenden Lippen, so als wäre sie drauf und dran, ihrem Vater zu widersprechen. Aber dann sah sie noch einmal zu ihrer Mutter hin, schaute mich an, machte auf dem Absatz kehrt und stürzte aus dem Zimmer.

Niemand rührte sich.

„Macht euch mal keine Sorgen", sagte Emma zu den übrigen Kindern. „Ich kümmere mich schon drum, dass eure Mama wieder auf die Beine kommt. Wir brauchen nur ein bisschen Zeit und Ruhe und Platz. Nun macht schon! Ihr könnt drüben bei uns mit Sarah und Robert spielen. Das gefällt ihnen bestimmt auch.

„Also, holt eure Jacken", befahl ihnen George erneut und bemerkte dann seinen halbnackten Jüngsten. „Willi, geh nach oben und hol' deinem klein'n Bruder seine Hose. Un' Schuhe. Nun macht schon – alle."

Als die Kinder eines nach dem anderen das Zimmer verließen, fragte ich mich, was Samuel wohl sagen würde, wenn sie alle bei ihm vor der Tür stünden. Ich überlegte, ob es nicht vielleicht doch besser wäre, wenn Lizbeth bliebe und an ihrer Stelle lieber ich wieder mit nach Hause fuhr.

Aber nein, das ging auf gar keinen Fall, denn ich musste hier bei Emma bleiben. Wir hatten ihr zwar Stöcke besorgt, an denen sie gehen konnte, aber es fiel ihr trotzdem schwer, sich ohne den Rollstuhl fortzubewegen, den Samuel ihr gebaut hatte. Außerdem hatte ich das Gefühl, dass sie die Kinder auf jeden Fall aus dem Haus haben wollte, und zwar ebenso sehr um der Kinder selbst, als um unsretwillen. Sie wollte nicht, dass die Kinder alles mitbekamen und sich dann Sorgen machten.

„Wo ist denn dein Ältester?", fragte Emma George.

„Der holt das Vieh rein."

„Lass ihn deine Kinder zu uns rüberbringen und dann nach *Belle Rive* weiterfahren, dass er den Doktor holt", sagte sie sehr langsam und leise.

George sah zu Wilametta hinüber. „Sieht nicht gut aus, was?"

Ich sah, wie ein Gesichtsmuskel sich anspannte und sein Unterkiefer zu beben begann. Er sah ins Schlafzimmer hinüber, um festzustellen, ob eines der Kinder in Hörweite war.

„Nein", sagte Emma, „sieht gar nicht gut aus. Ich glaube sie hat Wassersucht, und ich könnte jetzt ganz bestimmt Doc Howell gut gebrauchen, wenn du ihn bloß kommen lassen würdest."

George hatte noch nie zuvor einen Arzt geholt. Nie! Und soweit ich wusste, hatte Emma ihn auch noch nie gedrängt, einen kommen zu lassen. Aber irgendwie spürte er anscheinend, dass dies hier etwas anderes war.

„Also gut", sagte er. „Aber das kann dauern, die sechzehn Kilometer bei dem Schnee zu fahren. Es schneit immer schlimmer. Vielleicht kommt der Doktor ja auch gar nich' mit."

Emma nickte. „Wenn er kann, dann kommt er auch. Aber wir bringen sie schon durch – so oder so. Sag das deinem Jungen, damit er vor lauter Eile nicht leichtsinnig wird."

George antwortete darauf nicht, sondern wandte sich langsam ab und verließ das Zimmer. Emma begann ihren Mantel auszuziehen und schüttelte dann ihren einzelnen Stiefel ab und stand mit einem Fuß auf dem Boden, mit dem Stumpf des anderen Beines stützte sie sich am Bett ab.

„Du musst mir ein paar Himbeerblätter und Löwenzahnwurzeln aufbrühen", sagte sie zu mir. „Und bring mir ein Handtuch und Tücher und eine Schüssel warmes Wasser." Sie beugte sich weit vor und hielt dabei das Gleichgewicht, indem sie sich am Kopfende des Bettes abstützte. „So, Wila", sagte sie, „es wäre für deine Familie sicher ein Trost, wenn du aufwachen und dich von ihnen verabschieden würdest."

Aber sie wachte nicht auf. Ich ging in die Küche und half dem kleinen Bert, sich in Hose und Schuhe zu kämpfen, dann putzte ich ihm die Nase und zog ihm seine viel zu dünne Jacke an. Es sah jetzt so aus, als wären in der Zwischenzeit schon etwa zehn Zentimeter Schnee gefallen, und immer noch schneite es in dicken Flocken, sodass man kaum bis zur Scheune sehen konnte. Ich begann darum zu beten, dass Georges Sohn es schaffen möge, überhaupt bis zum Arzt durchzukommen und ihn zu benachrichtigen.

„Sag Samuel, er soll sich keine Sorgen machen", trug ich Lizbeth auf. „Emma möchte nur einfach, dass deine Mutter ein bisschen Ruhe bekommt. Versucht ihr da drüben auch, euch ein bisschen auszuruhen. Ich habe den Eindruck, ihr könnt es alle gebrauchen."

Sie sah mich an und schüttelte dann den Kopf. Aber ich half ihr trotzdem, das strampelnde Baby in Decken einzuwickeln. „Du bist schrecklich gut zu deinen Brüdern und Schwestern", sagte ich. „Deine Familie kann sehr stolz auf dich sein."

Darauf antwortete sie nicht. Sie griff sich nur einen Pullover, der eher für den Sommer geeignet schien und ging noch einmal ins Zimmer ihrer Mutter zurück. Ich nahm die kleine Emma Grace hoch und behielt sie auf dem Arm, bis sie sich ein wenig beruhigt hatte. Dann nahm Joe sie, sodass ich die Heilkräuter aus meiner Tasche holen konnte, die ich für den Winter getrocknet hatte.

Als Lizbeth endlich zurückkam, waren die übrigen Kinder bereits so warm es ging angezogen. Ich sagte ihnen noch, sie sollten sich während der Fahrt so eng wie möglich aneinander kuscheln, woraufhin sie alle hinaus vor die Tür traten. Ich setzte sofort einen Kessel Wasser auf. Es war nicht mehr viel Holz in der Holzkiste, aber ich legte trotzdem noch ein paar dicke Scheite nach, damit der Ofen weiter gut heizte.

Wilametta stöhnte. Es war der erste Laut, den ich von ihr hörte, seit wir angekommen waren, aber das war mir kein Trost und es beruhigte mich auch nicht. Ich hatte erwartet, dass sie vielleicht Fieber haben und es ihr schlecht gehen würde, aber nicht so schlecht. Kein Wunder, dass Joe dermaßen verängstigt gewirkt hatte.

Kurz darauf kam George wieder ins Haus und sagte, er habe erledigt, was Emma ihm aufgetragen hatte. Er hatte seinem Sohn gesagt, er solle die anderen Kinder auf Emmas Farm absetzen und dann den Doktor holen. Dann ging George wieder ins Schlafzimmer. Er war blass und nervös, und ich konnte hören, wie er Emma berichtete, dass die Kinder über Nacht bei uns bleiben würden, obwohl es jetzt noch nicht einmal zwei Uhr nachmittags war. Ich eilte ins Schlafzimmer, als ich eine Schüssel heißes Wasser fertig hatte.

„Haben Sie schon gegessen?", fragte ich George.

„Ich will nix." Er saß auf einem Stuhl, der selbst gebaut aussah, den Blick auf Wilamettas gerötetes und aufgedunsenes Gesicht geheftet. Sie schwitzte und ihr eines Auge war halb geöffnet, aber sie schien uns nicht zu sehen.

„Könntest du mir helfen, sie abzureiben, Juli?", fragte Emma und zog die Bettdecke ein wenig weiter zurück. Wilametta war schon immer recht kräftig gewesen, aber heute sah sie noch gewaltiger aus als sonst. Stark gerötet und irgendwie weiß gefleckt – seltsam jedenfalls, genau wie Joe gesagt hatte.

„So hab ich se noch nie nich' gesehn", sagte George. „Gestern ging's ihr noch nich' so schlecht. Is' sogar aufgestand'n un' hat sich 'ne Zwiebel gekocht. Se hat immer gesagt, dass Zwiebel gegen alles gut is."

„Jedenfalls schadet sie nicht", versicherte Emma ihm. „So viel steht fest, und das weiß sie auch."

Ich begann Wilas Gesicht und ihre Schultern abzureiben, während Emma ihr den einen Arm massierte.

„Heute morgen hat se Schmerzen gehabt", sagte George jetzt ganz langsam.

Emma drehte sich zu ihm um. „Wo denn?"

„In der Brust. Hat se gesagt, un' dann, dass ich Se nich hol'n soll. Se hatte gehört, dass es Ihn'n nich' so gut geht und wollt nich', dass schon wieder so viel Aufhebens um se gemacht wird."

Ich musste an das letzte Mal denken, als Emma hier gewesen war. Das war jetzt zwei Monate her. Wila hatte drei Tage lang im Bett gelegen. Wir hatten es damals von den Kindern erfahren und Emma hatte darauf bestanden zu kommen und nach dem Rechten zu sehen. Wilametta war daraus bestimmt kein Vorwurf zu machen, weder damals noch jetzt, aber George hätte so vernünftig sein sollen, den Doktor zu holen, bevor es jetzt so schlimm geworden war.

Draußen begann der Wind zu pfeifen und Emma bat George, eine Öllampe anzuzünden. Obwohl es mitten am Tag war, wurde es jetzt wirklich ziemlich dunkel. Ich schaute hinaus in den wirbelnden Schnee und musste an die Kinder denken. Es war sicher eine ungemütliche Fahrt bis zu unserem Haus, obwohl es nur eine Strecke von ungefähr anderthalb Kilometern war. Ich war froh, dass ich ihnen unsere Decken wieder mitgegeben hatte.

Wilametta stöhnte erneut und schlug plötzlich die Augen auf. „Emma Jean", flüsterte sie. „Du bist also doch gekomm', um nach mir zu seh'n?"

„Aber natürlich." Emma wandte sich in meine Richtung. „Juli, hol bitte etwas Wasser für sie zum Trinken. Hast du die Kräuter schon fertig?"

„Nein, noch nicht." Ich stand auf und eilte zum Wassereimer. Dabei wäre ich fast über den Besen gefallen, den irgendjemand auf dem Boden hatte liegen lassen. Es war nur schwer vorstellbar, dass der in letzter Zeit in Gebrauch gewesen sein konnte.

Wilametta trank ein kleines Schlückchen und schloss dann wieder die Augen. „Sag Lizbeth, sie soll Tee machen", sagte sie wie aus einer anderen Welt. „Nich' mal 'n Plätzchen hab ich im Haus."

„Psst, ganz ruhig. Sei still, nicht reden", sagte Emma zu ihr. „Wir sind nicht hier, um uns verwöhnen zu lassen. Tut dir irgendwo was weh?"

Wila schaute sich um. „Es is' so ruhig hier."

„Ja. Schön und friedlich. Bleib einfach ganz ruhig liegen." Emma legte ihren Kopf an Wilamettas Brust und horchte. Dann kam sie wieder hoch und fragte Wila noch einmal, wie sie sich fühle.

„Müde, aber ich komm schon wieder in Ordnung."

„Damit rechnen wir ganz fest." Emma nahm noch einmal das Wasser und gab Wila einen kleinen Schluck davon zu trinken.

„Ich schau mal, dass die Kühe genug Wasser haben", sagte George ganz plötzlich und stand auf.

„Is' genug Holz im Haus?", erkundigte sich Emma.

„Nein", sagte ich den beiden, obwohl es mir so ganz und gar nicht gefiel, George noch eine Aufgabe mehr aufzubürden. Mir schien, er wäre besser genau da geblieben, wo er war und hätte sich nicht vom Fleck gerührt. Aber offensichtlich hatte er nicht die Absicht, das zu tun.

Ein paar Minuten später waren der Himbeerblättertee und die Wurzeltinktur fertig. Ich trug beides ins Krankenzimmer, obwohl ich nicht so genau wusste, was Emma damit vorhatte.

Als ich das Zimmer betrat, rieb und massierte sie Wilas anderen Arm. Sie unterbrach ihre Massage, um der Frau wieder das Gesicht mit einem feuchten Tuch abzuwischen. Wilametta schien bereits wieder eingeschlafen zu sein.

„Geht es ihr schon besser?"

Emma schüttelte den Kopf. „Ich habe Lizbeth versprochen, dass sie wieder in Ordnung kommt und gesund wird. Was meinst du, wie lange es dauern wird, bis der Doktor aus *Belle Rive* hier ist?"

„Oh Emma, ich weiß es nicht. Es wird bei dem heftigen Schneefall sicher eine Weile dauern." Ihre Frage offenbarte, wie tief besorgt sie war. Sam Hammond war mit den Kindern gerade erst weg. Sie wusste sicher auch, dass es ziemlich lange dauern würde, bis er mit dem Doktor wieder zurück sein konnte.

Wila hustete und schien sich ein bisschen zu erbrechen. „Emma Jean?"

Emma nahm ihre Hand und massierte sie behutsam.

„Mit mei'm Herz is' was nich' in Ordnung, oder? Es holpert

un' fühlt sich irgendwie nich' richtig an." Sie klang ganz leise, wie aus weiter Ferne, als ob sie aus dem Nebenraum mit uns spräche.

„Das könnte schon sein", sagte Emma. „Ist anscheinend irgendwie aus'm Takt."

Ich stellte die aufgebrühten und abgeseihten Kräuter auf das Tischchen neben Wilas Bett, wobei ich ihre Bibel ein wenig beiseite schieben musste, um Platz zu machen. Emma nahm den Himbeerblättertee, schüttete etwas von der Löwenzahnwurzeltinktur dazu und forderte Wila auf, einen Schluck davon zu trinken.

„Ich kann meine Zehen gar nich' fühl'n", sagte Wila jetzt.

Ich merkte, wie ich vor Schreck heftig ausatmete, aber Emma blieb ganz ruhig und sagte. „Darüber mach dir mal keine Sorgen, sie sind auf jeden Fall noch da."

Dann wandte sie sich mir zu und forderte mich auf, Wilas Beine ein wenig zu reiben, aber nicht zu stark. Ich setzte mich auf die Bettkante und tat, was sie mir aufgetragen hatte.

Emma flößte Wila ein weiteres Schlückchen Tee ein. „Es ist doch kaum zu glauben, Wilametta, dass nächsten Mai deine kleine Emma Grace schon ein Jahr alt wird."

„Ich hab' geträumt, dass sie so schön singen kann wie 'n Vogel", sagte Wila. „Sie und Rorey auch. Ich hab mir immer gewünscht, dass meine Mädels mal singen. Sie soll'n es mal besser ham als wir, weißte?"

„Ja, ich weiß", sagte Emma. „Genau dafür bete ich auch."

„Oh danke. Danke." Wila verlor jetzt alle Farbe und sah gelblich blass aus. Ihr Gesicht war schweißnass. „Kannst du mir einen Choral singen? Würdest du das wohl tun?"

Emma drehte sich zu mir um und ich sah, dass auch sie trotz der Kälte schwitzte, und in ihrem Blick war etwas, das ich noch nie zuvor gesehen hatte. „Bitte sing du, Juli", forderte sie mich auf. „Jesus meine Zuversicht, ja?"

Das war alles, was ich tun konnte, damit der Kloß in meinem Hals wegging und ich Luft bekam. Sie ängstigten mich, und zwar beide. Ich hörte George in die Küche kommen, eine Ladung Holz in die Kiste werfen und wieder hinausgehen. *Eigentlich sollte er hier drinnen sein,* dachte ich wieder, konnte es aber nicht laut sagen. Schon allein der Gedanke daran, was das bedeutete, war mir verhasst. Wila ging dahin. Sie starb. *Oh Gott, eine Mutter von zehn Kindern.*

Ich konnte dieses Gefühl auch nicht abschütteln, als ich zu singen begann, wobei ich vor Tränen blind war. Ich sang langsam und leise, weil ich Angst hatte, etwas anderes zu tun und um alles in der Welt hoffte, dass ich mich irrte. Mir kam in den Sinn, was Emma gesagt hatte. „*Ich habe Lizbeth versprochen, dass sie wieder in Ordnung kommt.*"

Herr, bitte hilf uns! Sie muss einfach wieder gesund werden. Etwas anderes kannst du doch auch nicht wollen.

Ich sang weiter, so gut und so weit ich mich erinnerte und betete dabei gleichzeitig, dass ich mir das alles einbildete. Es war töricht, sicher irrte ich mich. Es konnte aufhören zu schneien und Wilametta konnte schon morgen wieder ganz die Alte und so chaotisch wie eh und je sein. Wahrscheinlich war es sogar so.

„Sie klingt so schön wie die Engel", sagte Wila, woraufhin ich fast nicht hätte weitersingen konnte. „Wisst ihr, was inner Bibel über'n Himmel steht?", fragte sie.

„Da gibt es keinen Kummer", antwortete Emma. „Keine Krankheit und keine Schmerzen."

„Ich freu mich schon, dass ich eines Tages da hinkomme. Erzähl auch Emma Grace und den anderen, dass es ein wunderbarer Ort ist. Machst du das bitte, Emma?"

Ich hörte auf zu singen und rieb weiter Wilas Beine. Innerlich war mir entsetzlich kalt.

George kam wieder von draußen herein, lud einen zweiten Arm voll Brennholz ab und kam dann mit langsamen gleichmäßigen Schritten in unsere Richtung. Er klopfte den Schnee von seiner Jacke und legte sie dann an der Schlafzimmertür ab. „Is'se noch wach?"

„Ja", antwortete Emma, mehr nicht. Sie legte eine Hand auf Wilas Brust und ließ sie dort. Sie bewegte ihre Lippen, aber es war kein Ton zu hören.

„Gut." George kam und beugte sich über das Bett. Er merkte anscheinend gar nicht, dass Emma betete. „Wilametta Hammond", sagte er, „ich habe nach dem Doktor geschickt. Die Leute sagen, dass ich dich nicht liebe, aber die ham doch keine Ahnung. Ich hab noch nie für ein' den Doktor geholt."

Wila öffnete gerade lange genug die Augen, dass sich ihre

Blicke trafen. Einen Augenblick lang verharrten George und sie so, ohne dass ein Wort fiel. Dann endlich lächelte Wila ein ganz klein wenig. „Ich liebe dich auch“, flüsterte sie und dann schlossen sich ihre Augen ganz langsam wieder.

George sah aus, als wäre er drauf und dran aus der Haut zu fahren.

„Emma!“

„Sie ist noch bei uns, George. Sie atmet ganz ruhig und gleichmäßig.“ Emma senkte nun wieder ihren Kopf hinunter an Wilas Brust, wie um sich zu vergewissern. „Mach dir keine Sorgen“, sagte sie noch einmal zu uns. „Sie atmet gut.“

George nahm seinen nassen Hut ab. „Sie hat mir so schreckliche Angst gemacht.“ Nervös fingerte er an der Hutkrempe herum, wobei kleine Tropfen halb geschmolzenen Schnees zu Boden fielen. „So schlimm war se noch nie dran“, sagte er noch einmal zu uns. „Aber du sagst doch, dass se wieder auf die Beine kommt, nich' Emma? Das haste doch gesagt, nich'?“

Ich sah vom einen zum anderen, froh darüber, dass nicht ich es war, die diese Frage stellte.

„Das glaube ich“, sagte Emma so fest wie nur etwas. „Aber es wäre schon gut, wenn du mit dafür beten würdest, George Hammond. Hast du Kaffee im Haus?“

„Jawoll, das hab ich.“ Er sah in diesem Augenblick aus wie ein Schuljunge, mit viel zu langem zerzausten Haar.

„Juli, mach uns doch bitte etwas Kaffee“, ordnete Emma an. „Ich bleibe hier bei ihr, aber viel mehr können wir nicht für sie tun, solange sie schläft.“

Ich kochte Kaffee, genug, um die ganze Familie zu versorgen, wenn sie denn da gewesen wäre. Dann räumte ich die Schüsseln vom Tisch ab, manche davon noch halbvoll mit einem seltsam grauen Haferbrei. Ich leerte den Topf mit demselben grauen Zeug aus, machte dann den größten Teil des restlichen Wassers heiß und spülte alles Geschirr. George würde neues Wasser hereinholen müssen, damit wir für den Abend genügend hatten.

Als das Geschirr gespült und weggeräumt war, machte ich mich daran, alles mögliche wegzuräumen, was überall auf dem

Fußboden herumlag. Ich konnte mir jetzt vorstellen, dass die Hammond-Kinder wirklich mit den merkwürdigsten Dingen spielten, wie beispielsweise dem zerrissenen Schnürsenkel, den ich gefunden hatte, und die Sachen dann einfach irgendwo liegen ließen. Alle Sachen, von denen ich nicht wusste, wohin sie gehörten, stapelte ich auf einen Haufen hinter der Leiter, die von der einen Ecke in der Küche ins Dachgeschoss führte.

Emma saß an Wilas Bett und war die meiste Zeit still oder sang ganz leise. Ich brachte ihr ein- oder zweimal Kaffee und eine frische Schüssel mit warmem Wasser, und sie wusch damit Wilas Gesicht und Hals und Nacken ab. Mindestens dreimal forderte sie mich auf, mir keine Sorgen zu machen.

Ich erinnerte mich, wie es gewesen war, als die kleine Emma Grace in genau diesem Schlafzimmer geboren worden war, und zwar in Steißlage. Wila war es damals auch sehr schlecht gegangen, aber Emma hatte jederzeit die Situation im Griff gehabt und uns beiden immer wieder gesagt, dass alles gut werden würde. Und so war es dann auch wirklich gewesen. Kein Wunder, dass die Hammonds Emma vertrauten. Nachdem sie neun von deren zehn Kindern auf die Welt gebracht hatte, mussten sie der Meinung sein, dass Emma wirklich alles konnte.

Aber in diesem Augenblick war unmöglich zu übersehen, wie tief ihre müden Augen in den Höhlen lagen.

„Am Kamin steht ein Schaukelstuhl", sagte ich. „Soll ich ihn dir bringen, damit du dich ein bisschen ausruhen kannst, so lange Wila schläft?"

Sie schüttelte den Kopf. „Dass du hier sauber machst, ist schön, Juli, aber wegen mir Möbel umzustellen, das ist wieder was ganz anderes. Vielleicht möchte ja George gleich in dem Schaukelstuhl sitzen."

„Er ist in der Küche und flickt einen Stiefel. Er hätte sicher nichts dagegen."

Sie sagte nichts weiter, also schleppte ich den Stuhl herein und stellte ihn genau neben den anderen mit der geraden Lehne, auf dem George zuvor gesessen hatte. Zusammen nahmen die beiden Stühle den gesamten vorhandenen Raum ein.

Ich half Emma zu dem Schaukelstuhl hinüber und legte ihr die erstbeste Decke über die Beine, die mir in die Hände fiel. Es schien draußen jetzt noch dunkler zu werden und auch kälter, und ich war nicht die einzige, der das aufgefallen war. Ich hörte, wie George aufstand, um Holz nachzulegen, damit das Feuer nicht ausging. Das Wohnzimmer und die Küche der Hammonds waren ein Raum, was in Bezug auf Wärme ganz gut war, denn auf der einen Seite stand der große Herd und auf der anderen der offene Kamin. Vielleicht war die Anordnung sogar besser als in Emmas Haus, aber alles war auch viel dichter zusammengedrängt und enger.

Wila schlief diesmal eine ganze Weile und George beschäftigte sich, indem er dies und das erledigte. Ich begab mich wieder ans Putzen, was das Haus dringend nötig hatte, und zwar vom Dachboden bis zum Keller. Als ich die Küche fegte, wurden dabei so viel Staub und Sägespäne aufgewirbelt, dass ich husten musste.

George blickte kurz zu mir herüber und sagte: „Das is' doch nich' nötig."

„Ich weiß, aber es geht mir einfach besser, wenn ich mich ein bisschen nützlich machen kann."

„Wila macht das immer im Frühling, wenn sie alle Fenster un' Tür'n aufreiß'n kann", sagte er, und zwar so, als müsste ich so etwas doch eigentlich auch selbst wissen. „Deshalb heißt es ja auch Frühjahrsputz."

Ich sah hinunter auf den Boden und fragte mich, ob er damit meinte, dass sie deshalb auch nur im Frühjahr fegte. Fast war ich geneigt es zu glauben, so wie der Boden aussah. Aber sie war krank gewesen und man konnte von Lizbeth nicht erwarten, dass sie die gesamte Hausarbeit alleine bewältigte. Doch bei sieben Jungen im Haus hätte man eigentlich erwarten können, dass wenigstens einer von ihnen bei der Hausarbeit mit eingesprungen wäre. Meine Güte, der gesamte Fußboden und auch die Arbeitsplatten waren mit einer dicken Schmutzschicht überzogen. Sogar die Wände waren schmuddelig.

Ich stellte trotzdem den Besen beiseite, weil ich mir nicht

sicher war, ob es George vielleicht stören könnte, wenn ich fegte. Ich ging, um einen Blick ins Schlafzimmer zu werfen, wo Emma anscheinend im Schaukelstuhl eingeschlafen war. Ich versuchte mich leise wieder hinauszuschleichen, aber sie schreckte trotzdem auf.

„Gibt es eine Veränderung bei Wila?", fragte sie mich.

„Ich glaube nicht." Ich fragte mich, was sie damit gemeint hatte, dass Wilas Herz aus dem Takt sei, und so nahm ich jetzt allen Mut zusammen und fragte sie, was das zu bedeuten habe.

Emma setzte sich ein bisschen aufrechter hin und ich trat ein wenig näher an sie heran für den Fall, dass sie den Wunsch haben könnte aufzustehen. Genau so war es auch, und so half ich ihr wieder auf Wilamettas Bettkante, damit sie wieder ihren Kopf an die Brust der schlafenden Frau legen konnte. „Ihr Herzschlag war unregelmäßig, Juli. Das habe ich damit gemeint."

„Und was ist jetzt damit?"

Sie kam ein wenig hoch. „Wila hat immer gesagt, dass sie stark wie ein Ochse ist. Und das war sie auch. Konnte heben wie zwei Kerle und auch leicht so viel essen."

„Ist alles in Ordnung mit ihr?"

Emma schaute weg in Richtung Fenster und schüttelte den Kopf. „Nein. Nein, das ist es nicht. Aber ihr Leben liegt in Gottes Hand, und dort ist es auch am allerbesten aufgehoben."

Ich folgte Emmas Blick durch das zugefrorene Fenster, wo wir beide das immer noch herrschende Schneetreiben sahen.

„Da draußen ist es ziemlich schlimm", sagte ich zu ihr. „George hat gesagt, dass man die Straße gar nicht mehr sehen kann, selbst wenn man darauf stehen würde. Ich bezweifle, dass der Arzt noch heute kommt."

„Dann warten wir eben bis morgen", sagte sie, wobei sich ihr Gesichtsausdruck nicht veränderte. „Mach dir doch keine Sorgen um die Kinder. Die kommen da drüben mit Samuel schon zurecht."

Ich machte mir wegen der Kinder gar keine Sorgen. Solange sie nur heil in Emmas Haus angekommen waren, wusste ich, dass Samuel es schon mit ihnen allen schaffen würde. Er hatte ein Händchen für Kinder. Aber der pfeifende Wind war inzwischen noch stärker geworden, und der Schnee wurde noch heftiger gegen die Fensterscheiben gepeitscht. Es war ein echter Sturm, und für mich stand außer Frage, dass wir alle, auch der Doktor, dort festsaßen, wo wir gerade waren.

Stunden vergingen und alles war unverändert. Eigentlich war es Zeit fürs Abendessen, aber niemand dachte jetzt an Essen. Wilametta wachte noch zweimal auf, beide Male jedoch kaum lange genug, dass wir ihr etwas zu trinken einflößen konnten.

Emma hielt weiter Wache bei ihr, wusch sie immer wieder ab, massierte ihr die Arme und Beine und sprach mit ihr, wenn sie die Gelegenheit dazu hatte. Ich versuchte Emma dazu zu bringen, sich noch ein wenig länger auszuruhen, aber davon wollte sie nichts wissen. Sie überließ mir zwar all die Wege zwischen den einzelnen Räumen, aber das war auch alles.

Später am Abend erhitzte ich noch einmal den Kräutersud, den ich mittags zubereitet hatte und brachte ihn genau in dem Augenblick, als Wila wieder einmal aufwachte. Diesmal hustete sie.

„George?"

Ich stellte ab, was ich in den Händen hielt und ging in Richtung Küche. Aber ich musste ihn gar nicht holen, denn er stand bereits in der Tür. Er trat ganz nah ans Bett heran und kniete sich hin, nahm die Hand seiner Frau und legte sie an seine Wange. Es war das erste Mal, dass ich so etwas wie körperliche Zuneigung zwischen den beiden miterlebte.

„George", flüsterte Wilametta. „Erinnerst du dich an die Halskette, die deine Großmutter mir geschenkt hat?"

„Ja, ich erinnere mich", antwortete er langsam.

„Sorg bitte dafür, dass Lizbeth sie kriegt, hörst du? Sie steht ihr zu. Se is' die ganze Zeit ein Engel für mich gewesen, un' das weisste auch."

„Äh, ja. Sie is' wirklich 'ne gute Hilfe." George strich Wila ein paar verschwitzte Haarsträhnen aus der Stirn. „Aber du musst se' ihr lieber selber geben. Das wär bestimmt das Größte für se..."

„Ich hab dich geliebt, schon als ich dich zum ersten Mal geseh'n hab", sagte sie und wurde ruhiger. „Unter einer Platane, und du has' dich wie 'n Narr aufgeführt. Ein Wunder, dass wir überhaupt zusamm'n gekomm'n sin..."

„Ja, das kann man wohl sag'n", sagte George und nickte zustimmend. „Du hätt'st es eben besser wiss'n müss'n."

„Es war gut", flüsterte sie wieder. „Ganz gut."

Und dann war sie still. Sie gab noch einen kleinen Seufzer von sich und hob die Hand, um Georges Ärmel zu berühren. Dann glitt der Arm, der wächsern und irgendwie unwirklich aussah, zurück auf ihr Kissen. Noch einmal hörte man einen kurzen Atemstoß, dann war alles still.

Ich sah die Veränderung in ihrem Gesicht, wie der Frieden gleichzeitig mit der weißfahlen Hautfarbe kam. Und ich hatte das Gefühl, aus dem Zimmer stürzen zu müssen, irgendwohin, um nach dem Gott zu schreien, der doch eigentlich aufpassen und die Gebete erhören sollte, mit denen wir ihn bestürmt hatten.

Emma machte eine Satz nach vorn und massierte Wila wieder, sprach mit ihr, betete und versuchte irgendeine Reaktion von ihr zu bekommen. Aber schließlich gab sie es auf und senkte ihren Kopf auf Wilas Brust.

„Oh, Wila", weinte sie. „Nicht heute. Du darfst heute einfach nicht von uns gehen."

Nie zuvor hatte ich jemanden so schwach und niedergeschlagen erlebt. Ich stand einfach nur angewurzelt da und starrte sie an. Das konnte einfach nicht wahr sein. Nein, es konnte nicht sein. Ich sah zu George und sein Anblick machte mir Angst.

Er schüttelte den Kopf und schob dann sein Kinn vor, sodass er sehr zornig aussah.

„Se is' nich' tot", sagte er. „Nein, das is' se doch nich', Emma. Se is' nich' von uns gegangen."

Emma schloss die Augen, den Kopf immer noch auf Wilas Brust. Sie sah so winzig und zerbrechlich aus. Plötzlich fing sie an zu zittern und ich hätte sie am liebsten von Wila weggezerrt und festgehalten.

„Sie ist von uns gegangen, George", sagte sie, wobei ihre Stimme fester war, als man hätte annehmen können. „Gott liebt sie. Sie ist von uns gegangen."

Sie setzte sich ganz langsam auf, aber nur gerade lange genug, um vom Bett herunterzugleiten und zu Boden zu sinken.

„Es tut mir so Leid“, sagte sie, und ich sprang auf und eilte ihr zu Hilfe.

George beugte sich über Wila, berührte ihre Wange und ihre aufgesprungenen, blassen Lippen. Er schüttelte sie, zart und verzweifelt zugleich, und ich hörte, wie er langsam und schmerzlich ein- und ausatmete.

„Sie hat bestimmt nachher Hunger, Mrs. Wortham“, sagte er dann. „Vielleicht könnt'n se ja 'ne kräftige Suppe koch'n wenn's recht is'.“ Dann richtete er sich auf. „Vielleicht wenn wir ihr heiße Umschläge machen...“

Emma zitterte in meinen Armen und er hielt einfach inne und sah sie an. Die Stille in diesem Moment war bleischwer und ich spürte, wie sich ihr ganzes Gewicht auf meine Brust legte. George stand da wie eine Statue. Schließlich sank er neben Wilametta nieder und hielt sie ganz fest im Arm. Ich musste mich abwenden, weil der Anblick zu sehr schmerzte.

„Es ist nicht zu ändern“, flüsterte Emma.

„Du has' aber doch gesagt, se würd' wieder. Das haste doch gesagt.“

„Keiner von uns kann so was ganz sicher sagen.“

Er schwieg lange, war ganz still bei Wila an ihrem Bett, ohne dass sich auch nur ein Haar rührte.

„Nein“, sagte er schließlich, kaum in der Lage, auch nur dieses eine Wort herauszubringen.

„George“, Emma streckte ihm eine Hand hin.

„Nein.“ Er stand auf und wandte sich von uns ab. Ich konnte hören, wie er rasch zur Haustür ging und dann ins Freie trat, ohne sich auch nur die Zeit zu nehmen, Jacke und Hut vom Haken zu nehmen.

„George!“, rief Emma noch einmal und richtete sich kerzengerade und angespannt auf. „Juli, geh doch bitte und guck nach, ob du sehen kannst, wohin er gegangen ist! Er sollte bei diesem Schneesturm und in diesem Zustand nicht draußen sein! Ach Juli, es zerreißt ihn.“

Dann begann sie zu schluchzen, und ich wollte sie so nicht alleine lassen. Aber ich rannte zur Tür, wie sie es mir aufgetragen hatte.

George hatte die Tür einfach offen stehen lassen, und in dem heftigen Schneegestöber konnte ich nichts sehen. Der Wind hatte sogar seine Spuren schon verweht, sodass nicht mehr zu erkennen war, in welche Richtung er gegangen war.

„Mr. Hammond", schrie ich, wohl wissend, weshalb sich Emma solche Sorgen machte. Blind vor Schmerz und ohne Jacke hatte er da draußen in der Eiseskälte nichts verloren. Ich wäre ihm bestimmt gefolgt, wenn ich gewusst hätte, wohin er gegangen war. „Mr. Hammond!"

Es kam keine Antwort, nur das Heulen des Windes und das ferne Muhen von Georges Kühen, die zwar in die Scheune getrieben worden waren, aber sicher trotzdem froren.

„Mr. Hammond!", rief ich noch einmal, so laut ich konnte. Ich überlegte kurz, einfach in die Richtung zu gehen, in der ich die Scheune vermutete, um nachzuschauen, ob er dort hingegangen war, aber wenn das nun nicht der Fall war? Was, wenn auf dem unordentlichen Hof der Hammonds irgendetwas unter dem Schnee lag, das ich nicht sehen konnte?

Ich wusste, dass er überall sein konnte. Vielleicht versuchte er ja sogar durch den Wald zu seinen Kindern bei uns auf der Farm zu gelangen. Es tat mir alles so Leid und besonders tat er mir furchtbar Leid, aber ich musste jetzt an Emma denken, die immer noch im Haus war, und zwar in der schlimmsten Verfassung, in der ich sie jemals erlebt hatte, schwach und voller Schmerz um den Verlust einer Freundin. Wilametta Hammond, stark wie ein Ochse, und dann von einem Augenblick zum anderen von uns gegangen. In einem stillen, grausamen, teuflischen Augenblick.

Langsam zog ich die Haustür zu und schloss sie.

2

Samuel

Alle zehn Hammond-Kinder kamen durch die Hintertür hereingestürmt, alle ganz und gar voller Schnee, zu sehr durchgefroren, um mein „Herein" auf ihr Klopfen abzuwarten. Willy sagte als erster, dass Emma sie fortgeschickt habe, damit ihre Mutter ein wenig Ruhe bekäme.

„Sie kommt wieder in Ordnung, wenn se sich 'n bisschen ausgeruht hat", meinte Kirk.

„Mensch, wenn Sommer wär, könnten wir einfach 'ne Weile rausgeh'n."

Lizbeth brachte das Baby sofort in die Nähe des Feuers, woraufhin der Rest der Hammonds ihr dorthin folgte. Ich legte Holz nach, so viel ich konnte, damit das Feuer möglichst gut wärmte. Lizbeth war ernst – viel zu ernst. Das kleine Mädchen und die beiden jüngsten Jungen schmiegten sich ganz nah an sie heran, beide hatten rot gefrorene Finger und Nasen.

Der älteste Junge, der genau wie ich Sam heißt, befahl allen, ihre Jacken auszuziehen und in der Nähe des Feuers zu bleiben. Er selbst ging wieder zur Tür und zog seine alten Fingerhandschuhe straff.

„Fährst du wieder zurück nach Hause?", fragte ich ihn.

„Ja, und sagen Sie das bitte den andern. Erst muss ich aber noch den Doktor hol'n."

Mir entging nicht, wie schwer diese Aussage wog. George hatte nicht einmal nach dem Arzt geschickt, als das Baby zu früh gekommen war. Ja, er hatte nicht im entferntesten daran gedacht. Und damals war das Wetter gut gewesen.

„Ich bin mir gar nicht so sicher, ob du bei dem Wetter mit dem Fuhrwerk durchkommst, mein Junge. Und selbst wenn, ist nicht sicher, ob der Doktor es dann zu euch schafft."

Einen Augenblick lang sah er mich mit seinen dunklen Augen sehr ernst an. „Da ha'm Se recht", sagte er. „Bin auf'm Weg her schon fast 'inner Schneewehe stecken geblie'm. Wenn Se nix dageg'n ham, lass ich den alten Teddy und den Wagen hier und versuch' s mit Bird. Die is' robuster."

Erst wollte ich ihm widersprechen, ihm sagen, wie sinnlos es war, einen Jugendlichen wie ihn in den Sturm hinauszulassen. Aber ich wusste nicht, wie die Lage bei den Hammonds war, hatte nicht mit eigenen Augen gesehen, wie es Wilametta ging. Und sie wussten ja sicher genauso gut wie ich, wie das Wetter war.

Sam Hammond wäre auch gar nicht zu überzeugen gewesen. Er war wild entschlossen, sich auf den Weg zu machen, egal, was ich dazu sagte, also gab ich ihm meinen etwas wärmeren Mantel und den Schal, den Juli mir gestrickt hatte. Ich wusste nicht, was er vom Beten hielt, auch wenn die Familie regelmäßig zur Kirche ging, aber ich betete bevor er aus dem Haus ging, weil es mir einfach richtig vorkam.

Robert kam in die Küche und suchte mich. Er schaute mich mit großen Augen fragend an. „Bleiben sie alle über Nacht, Papa?"

„Das werden sie bei dem Wetter wohl müssen."

„Ist ihre Mutter sehr krank?", fragte er mit echter Sorge in der Stimme. Mit seinen zehn Jahren war er durchaus in der Lage sich vorzustellen, was das bedeuten konnte.

„Ich glaube, ja."

„Und was sollen wir jetzt machen?"

„Dafür sorgen, dass sich alle bei uns willkommen und wohl fühlen."

Ich durchsuchte die Schränke nach dem Stoffbeutel mit dem Mais fürs Popcorn, den wir von Russell Lowell bekommen hatten, und die Vorratsdose mit dem Salz. Ich holte den größten Topf heraus, den es im Haus gab und nahm aus der Kühlkiste auf der Veranda ein großes Stück Butter.

„Will jemand Popcorn?", rief ich laut und eilte zurück ins Wohnzimmer, bevor die Kinder Gelegenheit bekamen, unruhig zu werden. Die meisten von ihnen labten sich noch an der Wärme vor dem Kamin, und zwar so sehr, dass man vor lauter Kindern davor das Feuer gar nicht mehr sehen konnte. Aber Bert und Harry, die beiden jüngsten Jungen waren schon unterwegs in Richtung Treppe.

„Pokkon?", hielt der kleine Berty inne, wobei seine roten Wangen richtig wund aussahen. „Wir krieg'n Pokkon?"

„Klar. Wenn ihr möchtet."

Meine kleine Sarah blickte mich mit ihren lächelnden Augen an und sagte mit der Unschuld und Süße einer Sechsjährigen: „Mensch, das is' ja besser als eine Geburtstagsparty."

Rorey Hammond war bereits an ihrer Seite und die beiden rannten nach oben, um Sarahs Stoffpuppe zu holen.

„Ich will Emma sein", hörte ich Rorey auf der Treppe sagen. „Deine Puppe kann Mama sein und wir mach'n se wieder gesund."

Lizbeth stand unten an der Treppe und hielt Emma Grace fest im Arm. Die Kleine war ganz ruhig, sodass ich davon ausging, dass sie schlief. Das älteste Mädchen warf einen Blick auf Harry, der bereits halb die Treppe hinaufgeklettert war und schüttelte missbilligend den Kopf.

„Harry Beckwith Hammond, komm sofort da runter! Benimm dich gefälligst! Wir sind erst 'n paar Minuten hier!"

Der kleine Junge sah seine Schwester an, dann mich, und als wolle er es uns beiden so richtig zeigen, schwang er ein Bein über das Treppengeländer und rutschte darauf zu uns herunter, wo er schließlich vom Pfosten am Geländerende gebremst wurde.

„Das war wirklich ein tolles Kunststück", sagte ich zu ihm. „Aber Lizbeth ist deine große Schwester, und wenn du hier in meinem Haus nicht auf sie hörst, dann muss ich dich vielleicht hinaus in den Schnee setzen."

Er sah mich herausfordernd an, so als wollte er herausfinden, ob ich das möglicherweise ernst meinen könnte. Er war fast fünf, schätzte ich, und immer wenn ich ihn bisher gesehen hatte, steckte er gerade mitten in irgendeinem Schlamassel oder war gerade dabei, einen anzuzetteln. Aber sein kleiner Bruder setzte sich plötzlich auf einer Stufe hinter ihm hin und fing an zu weinen.

„Oh nein", fing einer der älteren Jungen an zu jammern, "er muss bestimmt mal und er hasst es, wenn er bei so 'ner Kälte raus zum Klo muss."

„Ich geh mit ihm", sagte Joe und sah jetzt nicht mehr so ängstlich aus wie damals, als er das erste Mal bei uns gewesen war. Er war groß und schlaksig. Ich konnte mich nicht erinnern, ihn schon einmal lächeln gesehen zu haben. Er schnappte sich seinen kleinen Bruder, wickelte ihn in eine Jacke und in eine der Decken, in denen das Baby verpackt gewesen war und ging in Richtung Tür.

„Warum zeigst du ihnen nicht den Weg, Robert?"

„Ach nee, Papa", protestierte Robert.

„Ich weiß schon, wo's is'", sagte Joe. „Ich bin schon 'n paar Mal da gewesen."

Für Joe traf ein, zwei Mal sicher zu, aber Willy und Kirk und manchmal auch Frank kamen ziemlich oft mit Robert nach der Schule vorbei, und auch Rorey war häufig bei uns, weil sie so gern mit Sarah spielte. Keines der Hammond Kinder war uns also fremd, aber ich fühlte mich erbärmlich unvorbereitet, als ich in all die Gesichter schaute, die da vor mir aufgereiht waren.

Sie stapelten ihre Jacken neben einem Stuhl zu einem Riesenhaufen, und dann kletterte Frank ganz oben auf den Haufen. Die Decken, mit denen sie sich unterwegs gewärmt hatten, lagen daneben. Sie waren durch den mittlerweile geschmolzenen Schnee sehr feucht geworden. Ich zeigte auf die Leine, die vom einen Fensterrahmen bis zum Kaminsims verlief und sagte: „Hängt bitte jemand die Decken daran auf? Sie müssen möglichst schnell trocken werden, damit ihr später darunter schlafen könnt."

Zunächst rührte sich niemand, aber dann stand Robert auf. Weil er schon eine Aufgabe abgelehnt hatte, fühlte er sich jetzt wohl in der Pflicht. Lizbeth übergab Kirk das Baby und half ihm, während ich den Popcorntopf aufs Feuer stellte, um die Butter zu schmelzen. Normalerweise bereitete Julia das Popcorn zu – wie auch sonst unser gesamtes Essen – aber ich traute es mir ebenso zu, auch wenn ich fürchtete, dass das Feuer so heiß war, dass vielleicht etwas anbrennen könnte. Ich musste wohl erst noch ein Weilchen abwarten.

Es war nur noch eine Woche bis Weihnachten und ich überlegte, ob wir vielleicht ein paar Weihnachtslieder singen sollten, aber dann befürchtete ich, dass dafür jetzt vielleicht doch nicht der richtige Zeitpunkt war. Vielleicht war ihnen gar nicht nach Weihnachten zu Mute, so arm wie wir alle waren und dazu mit einer kranken Mutter. Herr, erbarme dich.

„Mr. Wortham", meldete sich plötzlich Franky zu Wort, „ham Se eign'lich auch 'ne Mama? Emma hat keine, das weiß ich. Die is' zu alt."

„Ich habe eine. Sie lebt in Albany, im Staat New York, aber es ist schon eine ganze Weile her, dass ich sie gesehen habe."

Ich brauchte ja nicht unbedingt zu erwähnen, dass sie mich bei unserer letzten Begegnung mit einer Schnapsflasche in der Hand davongejagt hatte.

„Hat Mrs. Wortham denn eine Mama?"

Auch darüber wollte ich eigentlich nicht reden. Es hätte sie zu sehr beunruhigen können, wenn ich ihnen erzählt hätte, dass Julias Mutter gestorben war, als Julia erst fünf Jahre alt war.

„Jeder hat eine Mutter, mal lange und mal nicht so lange",

sagte ich deshalb nur und betete sofort für Wilametta Hammond.

Franky sah mich einfach nur an. Seine silbrigen Augen waren geschwollen und er war schmutzig; furchtbar schmutzig, so als hätte er irgendwo in der Erde gewühlt.

Sarah und Rorey kamen wieder die Treppe herunter mit Bess, der Stoffpuppe, die sie geholt hatten.

„Ich wette, dass 'ne Zwiebel ihr hilft", erklärte Rorey. „Jede Wette, dass das hilft."

Lizbeth ging ans Fenster und schaute hinaus in das weiße Schneegestöber. Harry schmiegte sich an meinen rechten Arm und stupste gegen den Popcornbeutel. Willy entdeckte das Damespiel auf dem Kaminsims und ich holte es für ihn herunter.

„Ihr müsst euch damit abwechseln", sagte ich. „Der Sieger spielt immer gegen den nächsten."

Willy war ungefähr in Roberts Alter und schon bald bauten sie das Spiel mit den Steinen auf, genau beobachtet vom zwölf Jahre alten Kirk, der immer noch das Baby auf dem Arm hatte.

Franky schien nicht im geringsten an irgendetwas interessiert zu sein, das um ihn vor sich ging. Er legte den Kopf zurück in den Jackenberg und sah mich immer noch an.

„Schlafen Se da oben?"

„Normalerweise ja, aber bei dieser Kälte sollten wir heute Nacht vielleicht besser hier unten bleiben, damit wir näher beim Feuer sind.

„Gut."

Ich wunderte mich über ihn. Er war erst acht und eher klein für sein Alter. Seine Lehrerin, Elvira Post, sagte, er sei sehr langsam. So als sähe man einen Baumstamm wachsen, wie sie sich ausdrückte. Aber an diesem Abend war er sehr nachdenklich – ebenso wie Lizbeth. Wie sonst keiner von ihnen, außer Sam und vielleicht noch Joe, sah er diesen Tag mit älteren Augen als denen eines Kindes.

Joey kam mit einem dumpfen Klopfen an die Tür zurück. Während er noch an der Tür den Schnee von den Schuhen entfernte, rannte der kleine Berty direkt zum wärmenden Feuer.

„Brr, immer langsam, Pferdchen", sagte ich zu ihm. „Nicht zu nah ans Feuer." Er war ziemlich ungestüm, so viel stand fest, und seine Nase lief wie ein Wasserhahn. Ich zog mein Taschentuch heraus und putzte sie ihm, aber er entwand sich mir, um seine Schwester zu suchen. Lizbeth nahm ihn hoch, als er an ihrer weiten Hose zupfte, die wahrscheinlich einmal ihrem älteren Bruder gehört hatte. Aber sie sah einfach weiter aus dem Fenster, und das war nicht annähernd spannend genug für einen Zappelphilipp wie Berty. Er zappelte herum, bis sie ihn wieder absetzte und er sich in Richtung Treppe trollte.

Das Baby Emma Grace wachte mit markerschütterndem Geschrei auf, woraufhin Kirk sie nur zu gern an Lizbeth weiterreichte und sich dann die Ohren zuhielt. Ich glaube, ich hatte noch nie zuvor ein so kleines Baby so laut brüllen hören. Lizbeth ging auf direktem Weg in die Küche zu der Tasche, die sie dort abgestellt hatte. Sie nahm eine Milchflasche mit selbstgemachtem Sauger heraus, die bereits vorbereitet war und gab sie ihrer kleinen Schwester, kalt wie sie war, und das Baby trank gierig, ohne sich auch nur im Geringsten daran zu stören.

„Ich hab noch mehr davon“, sagte sie in meine Richtung gewandt. „Wo kann ich sie hintun, damit sie nicht zu warm wird oder einfriert?“

„Auf die Kellertreppe“, antwortete ich ihr. „Ich bringe sie für dich dorthin. Warte einen Moment.“ Ich zog den Topf mit der geschmolzenen Butter ein bisschen zur Seite und brachte dann die Ziegenmilch der Hammonds in den Keller. Ich merkte gleich, dass Franky mir gefolgt war und jede meiner Bewegungen ganz genau verfolgte.

„Ich hoffe, dass du dir keine Sorgen machst wegen deiner Mama“, sagte ich. „Sie ist in guten Händen. Aber ich weiß auch, dass es ziemlich komisch für euch sein muss, so plötzlich alle zusammen hier bei uns zu sein.“

„Is’ schon in Ordnung.“ Er hielt sich mit beiden Händen am Treppengeländer fest. „Wir könn’ doch Freunde sein, Mr. Wortham, oder?“

„Na klar, Kumpel. Das fände ich richtig gut.“

Er lächelte und griff nach meiner Hand, eine Bewegung, die mich bei einem Hammond-Kind ein wenig überraschte, denn soweit ich es mitbekommen hatte, gab es bei ihnen nicht viel Zärtlichkeit oder körperliche Zuwendung. Außer vielleicht zwischen Lizbeth und ihren ganz kleinen Geschwistern.

„Kann ich bei Ihn'n bleiben?", fragte Franky mit leicht zittriger Stimme. Er hatte seltsame Augen, ganz hell und fast silbern wie der Mond, tief und einsam, wie die einer vergessenen Seele.

„Klar", sagte ich zu ihm und versuchte heiterer zu wirken, als mir tatsächlich zu Mute war. Es hatte mir wirklich nichts ausgemacht, als Julia gegangen war, auch dass sie trotz des heftig einsetzenden Schneefalls aufgebrochen war, aber das war gewesen, bevor es dermaßen schlimm geworden war, sowohl mit dem Wetter als auch mit der Not der Nachbarn. Ich hätte am liebsten innegehalten und erst einmal gebetet, oder besser noch, wäre aufgebrochen, um selbst den Doktor zu holen und hätte den ältesten Jungen bei den Kindern gelassen. Aber nun hatte ich eben das Haus voller Kinder und genauso wollten es Emma, Julia und George, und das musste mir eben reichen. Ich musste mich einfach auf sie verlassen. Und selbst mit neun Kindern und meinen eigenen beiden noch dazu hatte ich kaum einen Zweifel daran, dass ich die leichtere Aufgabe von beiden zu bewältigen hatte.

Franky drückte meine Finger und blieb auf der obersten Stufe der Kellertreppe stehen. Er sagte nichts, sondern stand nur einen Augenblick einfach da und schaute in die Küche und auf Emmas große Wanduhr. Sie schlug die volle Stunde mit einem blechernen Ton, einem Ton, an den ich mich in den sieben Monaten, die wir jetzt hier lebten bereits gewöhnt hatte. Aber Franky stand da wie angewurzelt.

„Arthur Whistler sagt, dass irgendwo 'ne Uhr stehen bleibt, wenn einer stirbt." Er sah mich mit seinen seltsamen Augen an, die unruhig geworden waren, und ich wusste, dass er dabei an seine Mutter dachte. „Stimmt das wirklich, Mr. Wortham?"

„Ich kann daran keine Logik erkennen, du etwa? Das ist bestimmt nur ein Märchen."

„Ich hab letzte Woche Mamas Uhr kaputt gemacht." Er drehte sich noch einmal zu Emmas Uhr um und stand da mit mageren, hängenden Schultern.

„Nich' mit Absicht. Hab se einfach vom Regal fall'n lass'n. War nix mehr zu mach'n. Glas un' alles war kaputt."

Er sah jetzt noch kleiner aus als sonst, ängstlich und unsicher.

„Ach weißt du, Frank, Sachen gehen nun mal kaputt. So was passiert. Ich kann dir gar nicht sagen, wie oft ich Sachen zerbrochen habe, als ich noch klein war."

„Auch 'ne Uhr?" Hoffnungsvoll blickte er zu mir auf, dass ich seine Befürchtung widerlegen und ich seine Frage bejahen würde.

„Vielleicht. Ich bin jedenfalls sicher, dass ich eine echte Plage war. Hab jede Menge Sachen kaputt gemacht. Ich kann mich gar nicht mehr erinnern was alles. Aber eines weiß ich ganz sicher – wenn Menschen dir vergeben haben, dann macht es ihnen auch nichts mehr aus und alles ist wieder ziemlich genauso wie vorher. Also mach dir keine Sorgen, okay? Eine Uhr ist auch nur eine Uhr."

Franky sagte gar nichts, sondern ließ nur meine Hand los und ging zurück ins Wohnzimmer zu dem Jackenhaufen. Das beunruhigte mich, aber wenn eines von seinen Geschwistern unser Gespräch mitgehört hatte, dann schien es sie nicht im mindesten zu interessieren.

Sarah und Rorey ließen sich mit ihrer Puppe direkt neben dem Damespiel nieder, um so nah wie möglich am Feuer zu sein. Berty beobachtete sie mit einem verschmitzten Grinsen von seinem Beobachtungsposten hinter einer der aufgehängten Decken.

„Ich hab dir 'n bisschen gehelf'n", sagte er von dort aus, woraufhin ich meinen Blick augenblicklich zu dem Popcornbeutel lenkte, für den er sich so sehr interessiert hatte. Der lag jetzt völlig leer auf dem Boden. Berty hatte den gesamten Beutelinhalt – etwa zweieinhalb Kilo Maiskörner – einfach in den Topf mit Butter geleert. Die Menge passte ziemlich hinein, und es war auch nur etwa eine halbe Tasse voll um den Topf herum verschüttet.

„So, jetzt kann's losgeh'n", sagte er übers ganze Gesicht grinsend. „Freus' du dich denn gar nich'?"

An diesem Abend sehnte ich mich nach einem Radio, nur um etwas zu haben, womit ich sie hätte unterhalten können. Wir aßen Julias Suppe bis auf den letzten Löffel auf, und auch alles

Brot, das da war. Außerdem öffnete ich noch drei Gläser selbst gemachtes Apfelmus, das ich aus der Speisekammer geholt hatte. Zumindest würden ihre Mägen nicht knurren, wenn wir uns alle hingelegt hätten.

Joe half mir dabei, Emmas Matratze und die Matratzen von oben ins Wohnzimmer zu schleppen. Wir hatten kaum genug Platz für alle, aber wenigstens die Kleinen konnten wir einigermaßen bequem lagern. Ich baute ein kleines Bettchen für Emma Grace, indem ich eine Kommodenschublade herauszog, sie leerte und mit dicken Tüchern auspolsterte. Rorey erklärte dieses Lager für schöner als das, welches sie zu Hause hätte, was mich zu der heimlichen Frage veranlasste, wo das Baby wohl bei ihnen zu Hause schlief.

Berty machte es sich auf Lizbeths Schoß gemütlich, und als sie anfing, ihm etwas vorzusingen, drängten sich auch Harry und Rorey an ihre Seite. Franky beobachtete sie eine Zeit lang, wandte dann aber seine Aufmerksamkeit wieder mir zu.

„Erzähl'n Sie uns 'ne Geschichte? So wie damals im Oktober?"

Das war das einzige andere Mal gewesen, dass einige von ihnen bei uns übernachtet hatten. Auch damals war ihre Mutter krank gewesen, wenn auch nicht so schwer wie jetzt. Nicht so schlimm, dass man nach dem Doktor hatte rufen müssen.

Kirk verdrehte die Augen, als eine Geschichte erwähnt wurde, weil er sich offenbar für so etwas für zu groß hielt. Aber Joe, der mindestens noch ein Jahr älter war, nickte mir zustimmend zu.

„Ja, wenn es Ihn'n recht is', Mr. Wortham."

Ich kramte in meinem Kopf nach einer Geschichte für eine so besondere Gruppe an einem Abend wie diesem. Lizbeth, die immer noch leise sang, schaute wieder weg von uns und zum Fenster hinaus, so als ob sie nicht wollte, dass ich ihr Gesicht sah. Berty, der schon fast eingeschlafen war, hatte seinen Daumen in den Mund gesteckt. Sarah kam und legte ihren Kopf in meinen Schoß.

„Okay", fing ich an. „Ich glaube, ich erzähle euch von Bismarck, dem Schmetterling."

„Schmetterling!", rief Willy. „Is' ja toll! Das wird bestimmt spannend."

Frank sah mich kläglich an, worauf Willy mit einem verächtlichen Grunzen reagierte. „Großes Baby!"

„Halt den Mund, Willy!", befahl Joe.

„Ich werd nächste Woche sieben", informierte mich Rorey wie aus heiterem Himmel. „Dann macht Mama mir 'n richtigen Geburtstagskuchen."

„Na, das hört sich ja nach etwas ganz Besonderem an", erwiderte ich lächelnd.

„So einen haben wir doch jedes Jahr. Is' doch nix Besonderes." Das war wieder Kirk, der jetzt plötzlich seine Schwester zu ärgern versuchte. „Vielleicht hat se ja auch gar keine Lust, immer dasselbe olle Ding zu mach'n."

„Doch, macht se wohl! Das hat se mir versproch'n." Rorey stand jetzt auf, um ihren Bruder anzuschauen, der mindestens doppelt so groß war wie sie. „Se macht mir'n Kuch'n mit richtiger Sahne un' Kirschen drauf!"

Kirk schüttelte den Kopf. „Keine Kinkerlitzchen dies Jahr, hat Papa selbst gesagt. Wir kriegen ja nich' mal 'n Truthahn zu Weihnachten. Wahrscheinlich ess'n wir Patches."

Gut zu wissen, dass Patches ein Schwein war, das bereits geschlachtet war und die Quelle für den geräucherten Schinken, der auf Hammonds eisigem Dachboden hing.

„Is' mir doch egal", beharrte Rorey. „Haupsache wir kieg'n mein' Kuchen."

Lizbeth schob Berty vorsichtig auf die Matratze und deckte ihn zu. Sie war fast so groß wie meine Frau, aber wenn sie in dem dämmrigen Raum zu mir herüberblickte, wirkte sie kaum älter als Rorey.

„Warum seid ihr nicht einfach alle still", sagte sie und legte sich zwischen Harry und Berty.

„Franky möchte gern 'ne Geschichte hör'n."

Erstaunlicherweise wurde es jetzt still im Zimmer. Lizbeth war die Chefin, so viel stand fest, zumindest beim Zubettgehen. Harry legte seinen Kopf an ihre Schulter und Berty kuschelte sich eng an ihre Seite und klammerte sich mit seiner kleinen Faust an ihrem Ärmel fest. Aber sie lag nur einfach auf dem Rücken und schien in Gedanken ganz woanders.

„Sind alle bereit?", fragte ich und fühlte mich eigentlich viel zu leer, um mir eine Geschichte zu überlegen und sie zu erzählen. Aber weil ich mich verpflichtet hatte, einen ernsthaften Versuch zu unternehmen, fing ich an.

„Es war einmal eine Raupe, die hieß Bismarck“, begann ich. „Ihr wisst doch alle, was eine Raupe ist, oder? Er war als Raupe aus einem Ei geschlüpft, und dann erwachte er eines Tages als großer, wunderschöner Schmetterling.“

„Na toll. Is’ das alles?”, fragte Willy ungeduldig.

„Er fängt doch grad erst an“, verteidigte Robert mich. „Gib ihm doch wenigstens ’ne Chance.“

Er überraschte mich, denn er war in letzter Zeit immer eher ungehalten gewesen, was meine kleinen Geschichten anging. In Gesellschaft anderer war es wohl anders, nahm ich jetzt an. Aber ich hätte erwartet, dass er meine Geschichte ablehnen würde, besonders weil Willy und Kirk auch nicht gerade begeistert davon waren.

Ich versuchte es noch einmal. „Bismarck war ein großer Schmetterling, mit wunderschönen Flügeln ...“

„Ein Admiral?”, fragte Sarah.

Ich strich ihr übers Haar und sie sah mit einem Lächeln zu mir auf.

„Ja, ein Admiral. Und dazu noch ein besonders schöner. Aber Bismarck war nicht sehr mutig. Er hatte vor so ziemlich allem Angst, auch vor anderen Schmetterlingen.“

„Warum?”, fragte Franky. Er lag auf dem Bauch, immer noch im Mantel, das Kinn auf die Hände gestützt.

„Ich nehme an, weil er dachte, dass die anderen alle so groß aussahen und so schnell waren. Er glaubte, dass sie alle viel besser fliegen könnten als er, weil er eigentlich noch gar nicht viel geflogen war, nur wenn er Hunger gehabt hatte und zu einer Blume hatte fliegen müssen.“

„Das is’ doch ’ne Geschichte für Mädchen“, beschwerte sich Willy.

„Sind doch gar keine Mädchen drin“, entgegnete ich. „Bisher jedenfalls.“

„Die is’ für alle, die Geschichte, nich’?”, erkundigte sich Rorey.

„Für jeden, der zuhören möchte.“

Damit stand Willy auf und ging wieder zum Damespiel zurück, und Kirk schloss sich ihm an, nachdem er mir rasch einen

Blick von der Seite zugeworfen hatte. Ich nickte ihnen nur kurz zu und erzählte dann weiter.

„Eines Tages, als Bismarck gerade zu einer Blüte flog, wurde der Himmel sehr dunkel. Als er dann noch Donner hörte, hatte er zu viel Angst, um auch nur ans Essen zu denken, also versteckte er sich unter der Blüte einer Blume und wartete."

Joe lehnte seinen Kopf in einem der Wohnzimmerstühle zurück und schloss die Augen. Sarah kletterte auf meinen Schoß und Franky rückte näher an Robert heran, der im Schneidersitz neben mir saß.

„Es begann zu regnen und es regnete und regnete", erzählte ich weiter. „Und plötzlich hörte Bismarck ein schreckliches Geräusch, das von ganz weit unten kam."

„War es eine Schlange?", fragte Rorey und sprang dabei auf.

„Nein, keine Schlange."

„Ein Löwe", meinte Harry. „Die fress'n alles."

„Nein, ein Löwe war es auch nicht." Ich holte tief Luft. „Es waren Stimmen. Viele winzige Stimmen, die alle um Hilfe riefen."

„Wieso war denn das so schrecklich?", fragte Rorey.

„Weil Bismarck solche Angst hatte. Er wollte nicht nachsehen, wer da rief. Er wollte nicht wissen, warum Hilfe gebraucht wurde. Er wollte einfach nur, dass jemand anderer vorbeikam und er sich nicht rühren musste."

„Und, is' denn jemand gekomm'n?"

„Nein, niemand. Weder ein Schmetterling, noch eine Libelle, noch ein Mensch. Niemand. Also flog Bismarck schließlich hinab, und weiter und weiter hinab – obwohl er solche Angst hatte – um zu sehen, was er tun konnte."

„Und was hat er getan?"

Ich musste über Roreys hartnäckiges Nachfragen lächeln. „Als erstes sah er Raupen", erklärte ich. „Viele, viele Raupen. Sie waren gerade erst aus den Eiern geschlüpft, und manche waren sogar noch in den Eiern. Und sie waren alle durch den heftigen Wind von einem Blatt hinunter in eine große Pfütze geweht worden."

„Raupen könn'n nich' schwimmen", sagte Rorey.

„Genau das ist das Problem. Deshalb riefen sie nämlich auch um Hilfe. Und wisst ihr, was Bismarck gemacht hat?"

„Is' losgegangen und hat ihre Mama gesucht?“

„Das hätte er bestimmt getan, wenn er gewusst hätte, wo er hätte suchen sollen. Und wenn er genügend Zeit gehabt hätte. Aber das hatte er nicht. Also flog er hinunter und holte eine aus der Pfütze und brachte sie wieder auf das Blatt hinauf.“

„Nur eine?“ Diesmal war es Sarah, die fragte.

„Nein. Er flog immer wieder zurück zur Pfütze, bis er sie alle gerettet hatte. Aber genau in dem Augenblick, als sie sich bei ihm bedanken wollten, blies der Wind besonders kräftig, und wehte ihn hinauf in den Himmel. Er versuchte zu fliegen, aber der Wind war zu stark. Er blies ihn so weit fort, dass er gar nicht mehr wusste, wo er war. Aber wisst ihr was? Als er schließlich wieder herunterkam waren da viele Schmetterlinge und viele andere Lebewesen, aber Bismarck hatte keine Angst mehr vor ihnen. Er war jetzt größer, mit großen bunten Flügeln, die genauso schnell und stark waren wie die der anderen.“

„Wo hatte er denn die neuen Flügel her?”, fragte Rorey und die Flammen des Kaminfeuers spiegelten sich in ihren Augen.

„Ja, genau das ist der springende Punkt an der ganzen Geschichte“, sagte ich zu ihnen. „Manche sagen, dass der Wind Bismarck neue Flügel geschenkt hätte, weil er ja jetzt ein Held war. Aber vielleicht waren die Flügel ja auch gar nicht neu. Vielleicht waren es noch genau dieselben wie vorher, nur dass sie sich jetzt anders anfühlten, weil er wusste, was er alles konnte. Er konnte jemandem kleineren helfen, und dadurch fühlte er sich groß und stark.“

„Vielleicht is' er ja gestorben“, fügte Franky ganz ernst hinzu. „Vielleicht hat ihn der Wind gegen einen Stein gepustet, un' er is' in den Himmel gekomm'n und hat da bessere Flügel gekriegt.“

Die Worte des kleinen Jungen brachten mich zum Schweigen. Wieso hatte ich nicht vorher daran gedacht, dass solche Gedanken kommen konnten? Franky war keineswegs langsam. An diesem Abend war er jedenfalls schneller als ich.

Meine kleine Geschichte hatte nicht alle schläfrig gemacht, außer den beiden Jüngsten, die aber sowieso schon vorher eingeschlafen waren. Ich machte also noch mehr Popcorn, wobei ich die Körner aus einer großen Schüssel holte, in der ich die Riesenportion, die Harry aus dem Sack in den Topf geschüttet hatte, zwischengelagert hatte. Wir öffneten ein paar Flaschen selbst gemachten Johannisbeersaft, und als wir wieder satt waren, bauten die Jungen das Damespiel ab und alle legten sich hin. Lizbeths leise Stimme kam zu uns herüber mit einem Schlaflied, das ich noch nie gehört hatte. Ich konnte mir nicht vorstellen, wie sie sich mit drei kleinen Geschwistern, die kreuz und quer auf ihr lagen, entspannen und zur Ruhe kommen konnte, aber vielleicht war sie es ja so gewohnt. Wahrscheinlich gab es auch bei den Hammonds zu Hause nicht mehr Platz zum Schlafen als bei uns an diesem Abend. Ich streckte mich auf einer Decke auf dem Fußboden aus, und Sarah schmiegte sich eng an mich.

Als ich zur Decke hinaufschaute, hörte ich all das Atmen und ich betete, wie ich kaum je zuvor gebetet hatte, für den anderen Sam, der irgendwo da draußen im Schneesturm unterwegs war – und für Wilametta, Emma und Juli. Der heulende Wind draußen hörte sich unheimlich an, stark genug, um ein ganzes Haus wegzufegen mitsamt allen Menschen, die sich darin aufhielten. Genau wie Bismarck und seine kleinen Admiralsflügel.

Ich merkte, wie sich noch jemand an mich schmiegte und stellte fest, dass es Franky war, der meine Hand suchte. Er sagte nichts, sondern klammerte sich einfach nur an mich, mit einem Finger in seinem Mund. Ich sah, wie die Schatten des Kaminfeuers auf seinem Gesicht tanzten. Ich betete auch für ihn und für seine Brüder und Schwestern. Im Augenblick sahen sie alle so aus, als fühlten sie sich wohl, denn alle waren eingeschlafen, aber auf ihre ganz eigene Weise wirkten sie auch verloren und hatten in ihrem Leben nichts als Schmutz und Träume. Und was sie vom einen zu viel hatten, hatten sie vom anderen zu wenig. Das weckte in mir den Wunsch, auch für George zu beten, der mir mehr als nur einmal erzählt hatte, er habe zu viele Kinder. Wenn nur eines da wäre, so hatte er gesagt, dann hätte er dem wenigstens etwas zu bieten gehabt. Aber das Wenige, das er hatte, reichte bei zehn Kindern nicht weit.

Das konnte ich gut verstehen, denn ich fand es schon schwierig genug mit unseren zwei Kindern. Und meine Frau war gesund. *Herr, bitte sei freundlich zu George Hammond. Er braucht deine Kraft und Güte gerade jetzt so besonders, und deine Gnade und deine Liebe.*

3

Julia

Emma meinte, es wäre besser Wila sofort herzurichten und aufzubahren, weil es immer schwieriger würde, je länger wir damit warteten. Also wuschen wir Wila behutsam und ich kämmte ihr das lange, krause Haar, während Emma Wilas schönstes Kleid heraussuchte. Wir schnitten es am Rücken auf, um es ihr besser anziehen zu können, aber dennoch war es wohl mit das Schwerste, was ich jemals hatte tun müssen. Es war, als ob die Endgültigkeit all dessen, was geschehen war, durch das Zerschneiden des Sonntagskleides noch einmal besonders unterstrichen wurde.

Emma legte ein paar zehn Cent Stücke auf die Lider der Toten, nur um ganz sicher zu gehen, dass sie sich nicht wieder öffneten. Eine Weile zupfte sie noch an Wilas Haar herum, beschloss dann aber, dass es vielleicht gar nicht mehr richtig Wila wäre, wenn man sie zu ordentlich frisierte; die Wila, die immer ausgesehen hatte, als hätte sie den ganzen Tag im Wind gestanden. Dann faltete sie noch Wilas Hände und strich die Bettdecke glatt, aber das Gesicht der Toten deckte sie nicht zu. Noch nicht, denn es war ja keine Familie da, die uns hätte auftragen können, es zu tun.

„Sieht sie nicht friedlich aus, Juli?”, fragte Emma. „Sie ist jetzt beim Herrn, kannst du es nicht auch sehen?“

Ich konnte nichts sagen. Wila war eine Mutter und sie war noch so jung. Wie sollte ich mich da freuen?

„Eigentlich wäre ich erst dran gewesen“, flüsterte Emma und berührte zart Wilas Hand. „Ach Gott, es hätte lieber mich treffen sollen.“

„Emma ...“

„Bitte sag jetzt nichts mehr. Es gibt nichts weiter zu sagen."

„Es ist doch nicht deine Schuld ..."

„Ich hätte wissen müssen, wie Sie zu retten ist, Juli. Irgendwas hätte mir einfach einfallen müssen."

Das klang jetzt so gar nicht mehr nach Emma. Auf jeden Fall nicht nach der Emma, die ich kannte. Ganz und gar verschlungen vom Tod im Raum schien sie hilflos und wie geschrumpft, und ich war unfähig, etwas dagegen zu tun.

Sie bahnte sich langsam ihren Weg an der Bettkante entlang zum Fußende und bückte sich dann nach ihrem Mantel und dem Stiefel.

„Wir sollten die Stühle rausstellen und die Tür zumachen", sagte sie zu mir. „Ist nicht gut, wenn es hier drin bei ihr zu warm wird. Ist ja schwer zu sagen, wann einer herkommen und George mit allem helfen kann, was noch zu tun ist."

Ich stellte die Stühle hinaus, wie sie gesagt hatte. Doch dann zog sie ihren Stiefel an und machte Anstalten, den Mantel auch noch anzuziehen, und ich hatte keine Ahnung weshalb.

„Wir können nicht gehen und jemanden benachrichtigen", sagte ich. „Wir haben kein Gespann hier."

„Ich will nur nach draußen ins Freie, Juli. Hilf mir doch bitte."

Ich half ihr ins Wohnzimmer und schloss die Schlafzimmertür hinter uns. Ich überlegte, dass ich sie vielleicht dazu würde bewegen können, sich in einen der Sessel zu setzen.

„Emma, du solltest dich jetzt lieber ausruhen. Es ist schrecklich kalt und draußen ist Schneegestöber ..."

„Und wenn da draußen minus 30 Grad sind", sagte sie, „ist mir das ganz egal. Ich will nach draußen."

Einen Augenblick lang verschlug es mir einfach die Sprache. Wieso wollte sie unbedingt nach draußen ins Freie? Was sollte das? Aber dann erinnerte ich mich wieder an George. Ja, das war bestimmt der Grund. Sie machte sich Sorgen um ihn, das war es.

„Er kommt sicher bald zurück, Emma ..."

„Es kann keiner sagen, was er tut, Juli. Keiner."

Es traf mich mit Wucht, dass sie damit absolut Recht hatte. Es war töricht und zudem gefährlich, was er getan hatte, und wenn ihm alles egal war, dann machte es das nur noch schlimmer. Es gab jedoch nichts, was Emma hätte tun können, da war ich mir ganz sicher. „Es gibt keinen Hinweis darauf, wohin er gegangen sein könnte. Du schaffst es nicht, bei all dem Schnee."

„Ich weiß, Kindchen". Sie seufzte und es schnitt mir ins Herz. „Da ist nichts zu machen, so gern ich es auch möchte. Wenn er zurückkommt, kommt er zurück, Gott helfe ihm. So, und jetzt hilf mir zur Tür."

Ich fragte mich jetzt, ob sie vielleicht verwirrt war. „Wieso, Emma? Was willst du denn da draußen?"

„Ich will einfach nur raus, mein Kind. Nur weit genug nach draußen, dass ich die Sterne sehen kann."

War ihr wirklich entgangen, dass es schon den ganzen Nachmittag geschneit und bis jetzt nicht aufgehört hatte? Es war weiß in alle Richtungen, einschließlich nach oben. An diesem Abend Sterne zu sehen war ungefähr so wahrscheinlich wie die Vorstellung, dass Wilametta sich von ihrem Bett erheben würde.

„Es ist ganz und gar bewölkt, Emma."

„Ist mir egal." Sie schaute hinüber zu dem zugefrorenen Fenster und schüttelte den Kopf. „Ich muss was sehen. Ich muss direkt in Gottes Himmel sehen, Juli. Hilf mir dabei."

Das kam so entschlossen und bestimmt, dass es mir ins Herz schnitt. Fast hätte ich noch einmal protestiert, aber ein Blick in ihre Augen hinderte mich daran.

„Wenn ich jemals eine Tochter gehabt hätte, hätte sie nicht besser sein können als du, Juli. Du hast mich nach Hause zurückgeholt, Juli, und dafür bin ich dir so dankbar."

„Ich bin es, die dankbar zu sein hat. Immer. Du hättest uns nicht bleiben lassen müssen."

Vor nicht einmal einem Jahr war meine Familie kreuz und quer durchs ganze Land getrampt auf das Versprechen eines Arbeitsplatzes hin. Als daraus dann nichts geworden war und wir völlig mittellos irgendwo am Straßenrand gestanden hatten, hatte Emma uns ihre Farm angeboten, obwohl es ihr sehnlichster Wunsch gewesen war, wieder dort zu leben. Da war es nur recht gewesen, ihr die Chance zu geben, auch nach Hause zurückzukommen.

Sie blickte jetzt zu mir auf. „Du bist so stark, Kindchen. War sicher Gottes Plan, dass du herkommst und all den anderen hilfst, das hier durchzustehen. Du schaffst das, ich weiß, dass du das schaffst."

Vielleicht merkte sie ja nicht, wie nah ich daran war, wie ein Häufchen Elend in mich zusammenzufallen. All die Kinder. Ich war innerlich völlig angespannt. „Ach, Emma..."

Sie richtete sich jetzt auf, sah aber immer noch winzig klein aus.

„Ich muss jetzt raus, damit ich was sehen kann", wiederholte sie noch einmal. „Nur einen kurzen Augenblick. Ich muss den Himmel sehen."

Sie stand da auf ihrem einen alten Bein und ich wischte mir die Tränen aus den Augen und nahm ihren Arm. So entschlossen, wie sie klang, wäre sie wahrscheinlich auch ohne meine Hilfe vor die Tür gegangen, und wenn sie auf allen Vieren hätte kriechen müssen. Ich musste ihr einfach helfen, egal ob ich sie in diesem Augenblick verstehen konnte oder nicht. Und sie war ja ohnehin jetzt die einzige, für die ich noch etwas tun konnte.

Ohne den Rollstuhl und Sams starke Hände war es schwierig. Emma stützte sich schwer auf mich und einen ihrer Stöcke und humpelte so durch das Wohnzimmer der Hammonds in Richtung Tür. Sie war schwach, das merkte ich, und ihr Atem ging schwer. Ich wünschte mir, es wäre außer mir noch jemand da gewesen, jemand, der mir einfach hätte helfen können, aber ich wusste auch nicht, was dieser jemand hätte tun sollen.

Ein Schwall eisiger Kälte durchdrang uns, als wir es schließlich hinaus in das Unwetter geschafft hatten, aber Emma schien es gar nicht zu bemerken. Sie starrte einfach in das Schneegestöber vor uns. Himmel und Hof und der Wald – alles verschwamm vor uns zu einer wirbelnden Masse, bis in der Dunkelheit gar nichts mehr zu unterscheiden war.

„Bitte, Emma, willst du nicht lieber wieder hinein ins Warme gehen?"

Aber offenbar hörte sie die Frage gar nicht. „Juli, du musst dich drum kümmern, dass Albert sein Wort hält, das er mir gegeben hat, hörst du? Sorge dafür, dass die Hammond-Kinder hier bleiben können, egal was passiert. Ihre Mama wird nämlich da draußen begraben sein. Das hätte sie so gewollt. Und es wär nicht recht, wenn das hier an irgendjemand Fremden verkauft würde.

Kalte Tränen rannen mir beißend die Wangen hinunter und ich hätte gerne widersprochen, dass es keinen Grund gab, absolut keinen Grund, mir an diesem Abend eine solche Bürde aufzuerlegen. Aber sie war noch nicht fertig.

„Gib mir dein Wort darauf, hier und jetzt, Julia Wortham, dass du für mich sprichst, falls er herkommt und vorhat, dies Land hier zu verkaufen."

Ich konnte ihr nicht antworten, sondern wischte mir einfach die kalten Tränen ab. Ich wollte nicht an Albert denken. Er hatte mit all dem hier nichts zu tun. Er war der einzige Verwandte von ihr, den ich je kennen gelernt hatte, aber er blieb auf Abstand. Und sie brauchte auch jetzt nicht an ihn zu denken, wo sie doch nichts anderes im Sinn haben sollte, als wieder hinein ins Haus und so nah wie möglich ans Feuer zu kommen, um sich dort auszuruhen für den kleinen Rest der Nacht, der noch blieb.

„Ach Gott, ich bete, dass George in Sicherheit ist", sagte sie. „Juli, ich fürchte, er hat sich was angetan."

„Nein, Emma, das würde er niemals tun. Er muss doch an die Kinder denken."

„Der denkt jetzt überhaupt nicht. Und ist schon schrecklich lange weg."

„Komm, lass uns wieder ins Haus gehen."

„Ich konnte wirklich nichts machen." Sie stützte sich jetzt seitlich an der einen Verandawand ab, knöcheltief im Schnee stehend.

„Bitte, lass mich dich reinbringen."

„Sie war eine gute Frau, Juli."

„Emma ..."

„Habe doch allen gesagt, dass sie wieder wird, dass ich als nächste gehen würde. Nicht sie."

Ihre rechte Hand zitterte jetzt und sie sah seltsam in sich zusammengesunken aus. Dann bemerkte ich, dass sich ihre rechte Hand an der Stelle, wo das Herz ist, in die Jacke gekrallt hatte.

„Du musst Lizbeth unter deine Fittiche nehm', Juli, Mädchen ..."

Ich legte ihren Arm um meine Schulter und zog sie von der Wand weg. Ihr Stock fiel geräuschlos in den Schnee, aber ich hatte zu große Angst, um mich jetzt darum zu kümmern.

„Es ist zu kalt, Emma! Du kannst nicht hier draußen bleiben!“

Mit aller Kraft mühte ich mich ab, sie wieder zurück ins Haus zu bekommen, indem ich sie zog, ja fast trug. Sie war jetzt ganz schlaff, konnte ihr eigenes Gewicht nicht mehr tragen.

„Juli“, flüsterte sie, „es tut mir so Leid.“

„Psst, jetzt nicht sprechen!“, befahl ich ihr unter Tränen. „Es gibt nichts, was dir Leid tun müsste! Du hast hier dein Bestes getan und mehr verlangt doch niemand von dir. Du bist die Beste, Emma. Die Allerbeste, die man sich nur vorstellen kann!“

Sie immer noch halb ziehend, halb tragend, schob ich sie durch die Haustür, die ich mit dem Fuß geöffnet hatte. *Gott! Wo bist du nur heute Nacht? Hilf mir doch!*

„Kannst du mich ins Schlafzimmer bringen?“

Emma klang leise, als wäre sie weit weg.

„Wir gehen direkt zum Feuer. Du bist ja eiskalt!“

Irgendwie schaffte ich es, sie auf den nächstbesten Küchenstuhl zu setzen. Dann schloss ich die Haustür, rannte, um den Schaukelstuhl zu holen und sie so nah wie möglich an den Herd zu ziehen. Ich wandte mich nur gerade so lange von ihr ab, dass ich das Feuer neu anstochern und Holz nachlegen konnte. Dann wirbelte ich wieder zu ihr herum, wobei eine Angst langsam aber furchtbar in mir aufstieg. Emma sah aus wie ein Gespenst, das im Schein des Feuers tanzte, ganz in sich zusammengesunken und grau. Ich zog eine zerschlissene alte Decke von einem der anderen Stühle weg und breitete sie über Emma aus. Sie streckte ihre dünne Hand zu mir aus, sagte aber nichts.

„Soll ich dir etwas Warmes zu Trinken machen?“

Ich zwang mich, das zu sagen und dabei auch noch unbekümmert zu klingen. Aber sie versuchte nicht einmal zu antworten, sondern nickte einfach nur und lehnte den Kopf zurück an die hohe Lehne des Schaukelstuhls.

Sie ließ aber meine Hand nicht los, bis ich ihr in die Augen sah.

„Psalm 46“, flüsterte sie.

Ich wusste, ich hätte meine Bibel nicht zu Hause lassen sollen. Ich hätte es wissen müssen.

„Ich – ich kann ihn nicht auswendig. Dazu brauche ich meine Bibel, tut mir Leid.“

„Wilametta hat doch eine Bibel."

Irgendetwas an diesem Vorschlag bewirkte, dass ich innerlich erstarrte. Ja, da war eine Bibel. Sie lag wie immer rechts von Wilas Bett auf dem Nachttisch. Und Emma sah mich einfach nur an und wartete.

„Also gut", lenkte ich seufzend ein. Ich war sicher, es würde ihr nichts ausmachen. „Ich setze uns nur noch Teewasser auf und hole sie dann sofort."

Befriedigt richtete Emma ihren Blick jetzt wieder auf das Feuer. Ihre Hände lagen gefaltet in ihrem Schoß und plötzlich kam es mir seltsam vor, sie so zu sehen – untätig. Emma hatte sonst immer irgendetwas in den Händen gehabt. Ich beugte mich vor und gab ihr einen Kuss auf die Wange. In diesem Moment mochte ich sie nicht einmal so lange allein lassen, wie ich brauchte, um den Tee zu kochen.

„Apfel-Minze", sagte sie, und ich lächelte, weil ihre Bitte für mich ein Hoffnungsschimmer war.

Ich holte ein paar Becher Wasser aus dem Trinkwassereimer, füllte sie in den schweren Emaillekessel und stellte diesen dann aufs Feuer. Dann legte ich einen großen Holzscheit nach und stocherte noch einmal, damit das Feuer besser brannte.

„Hast du die Sterne gesehn?", flüsterte Emma.

Ich schaute zu ihr hinüber, und sah gerade noch ihr winziges, zärtliches Lächeln. *Sterne?,* dachte ich. *In dem Schneegestöber da draußen?* Wolken hatte ich gesehen, vielleicht bis in alle Ewigkeit und keine Wetterbesserung in Sicht.

„Himmlisch", sagte sie und schloss dabei die Augen.

Ich starrte sie an und fragte mich, was sie gesehen haben mochte oder immer noch sah.

„Wila braucht jetzt nicht mehr zu leiden." Ihre Stimme klang ganz warm, einverstanden mit allem, so wie ich Emma kannte.

„Nein, das braucht sie jetzt nicht mehr. Ich hoffe, George und die Kinder sehen das auch." Daran wollte ich jetzt gar nicht denken, an all die Kinder. Aber es war unmöglich, nicht daran zu denken.

„Die Sterne leuchten jetzt noch schöner für eine weitere Heilige da oben. Das hat meine Ma immer gesagt." Sie zog die Decke ein wenig fester um sich. „Tut mir so Leid, Juli."

„Was tut dir Leid?"

„Ach, all das hier. Und dass du jetzt nicht bei deiner Familie sein kannst."

„Das ist doch nicht deine Schuld."

Sie legte ihre knochige Hand an eine ihrer Wangen und lehnte sich entspannt dagegen. Ich betrachtete sie ein Weilchen, wie sie so dasaß und ging dann wieder in die Küche an den Herd zurück, wo meine Tasche an die Kartoffelkiste gelehnt auf dem Fußboden stand. Emma wollte Tee. Apfel-Minze. Gut, dass ich außer all den anderen Kräutern auch diesen Tee mitgebracht hatte. Sie mochte ihn besonders gern. Die Minze wuchs bei uns zu Hause um die Pfähle der Wäscheleine herum. Bei Emma zu Hause, das jetzt Millionen von Kilometern entfernt zu sein schien.

Ich durchsuchte die Schränke bis ich Tassen fand und Löffel, Zucker und ein Tablett, um alles hineinzutragen. Ich würde es alles mit ans Feuer nehmen, sobald das Wasser heiß genug war.

Aber noch einmal in Wilamettas Zimmer zu gehen, das fiel mir wirklich schwer. Die Kälte dort traf mich wie ein Schlag, als ich die Tür öffnete. Seltsam, dass es so schnell abgekühlt war. Oder vielleicht lag es ja auch daran, dass ich den Tod an diesem Ort so intensiv spürte.

Wila lag da und sah jetzt größer aus als im Leben. Sie sah aus, als könnte sie einfach mit den Winterwolken entschweben, indem sich ihre weiße Bettdecke zu weißen Federschwingen ausbreitete, die sie und all ihren Kummer dann direkt in den Himmel trugen. Einen Moment lang stand ich einfach nur da, denn der Gedanke ließ mich innehalten. Was war nur mit uns los? Emma sah die Sterne und ich – ich stellte mir vor, dass alle Schmerzen ganz einfach fortfliegen konnten. Für Wila war das möglich, jetzt, da ihr Kampf vorüber war, aber für uns andere nicht. Für uns gab es ein Morgen, und danach noch eins und immer so weiter.

Ich drehte mich zu dem Nachttisch um. Dort lag die Bibel, die abgenutzt und an einer Ecke ein wenig eingerissen war. Es war deutlich zu erkennen, dass Wilametta viel darin gelesen hatte.

„Vergib mir", flüsterte ich, obwohl es ja nichts Unrechtes war, die Bibel zu holen, um eine Freundin zu trösten. Schwer wie Blei lag das Buch in meiner Hand und ich verließ so schnell ich konnte wieder das Zimmer. Vorsichtig schloss ich die Tür hinter mir, um kein Geräusch zu machen.

Es schien fast so, als wäre der Tod ein lebendiges Wesen in diesem Haus. Allein die Vorstellung, dass Wila da auf der anderen Seite der Tür war, schmerzte mich. Im Herbst hatten wir zusammen Hickory-Nüsse gesammelt. Sie hatte ihren Teil der Blaubeeren bekommen, vielleicht sogar mehr als ihren Teil, und zwar jeden Morgen zu früher Stunde, die gesamte Blaubeerzeit hindurch. Ich hatte das Gefühl, ich hätte ihr Lebewohl sagen müssen, vielleicht sollte ich es immer noch tun, aber ich brachte es einfach nicht über mich, noch einmal ihr Zimmer zu betreten und sie dort liegen zu sehen. Nicht noch einmal. Noch nicht jedenfalls.

Mit der Bibel in der Hand ging ich zur Feuerstelle zurück und sah, wie Emma ganz ruhig dasaß. Ich legte die Bibel auf den Stuhl, der ihrem am nächsten war und eilte dann in die Küche zurück, um den Tee aufzubrühen. Ich wünschte, George wäre wieder ins Haus zurückgekommen oder ich wüsste, wo er war. Bestimmt war mit ihm alles in Ordnung, auch wenn Emma sich Sorgen machte. Vielleicht war er drüben in der Scheune oder bei Samuel und den Kindern.

Wie sehr wünschte ich, dass alle da gewesen wären und wir am Feuer hätten beisammen sitzen und zusammen mit Emma den Psalm hören können, dass wir uns hätten gegenseitig trösten können in unserem Schmerz. Wir mussten das hier irgendwie durchstehen. Wir mussten einfach. Der gute Herr würde uns durch das hier hindurchhelfen und auch Emma die Kraft geben, uns weiter zu helfen. Sie war diejenige, die Lizbeth brauchen würde, um mit all der Verantwortung fertig zu werden, die jetzt auf ihr lag. Sie war der Fels in der Brandung. Und sie würde für uns da sein, solange wir sie brauchten. Das glaubte ich und darauf verließ ich mich.

Es dauerte nur noch einen Augenblick, das Wasser über den Tee zu gießen, und schon war ich wieder bei Emma am Feuer. Ich wollte mich zu ihr setzen und den Psalm vorlesen, solange der Tee zog.

„Psalm 46 hast du gesagt, Emma?"

Sie antwortete nicht und ich dachte sie schliefe. Sie hatte ja auch allen Grund erschöpft zu sein, das stand fest! Ich wandte mich in ihre Richtung und sah, dass sie dort mit entspannt heiterem Ausdruck zurückgelehnt in dem Schaukelstuhl saß, und in meinem Bauch krampfte sich etwas zusammen. Sie schlief nur. Anders konnte es gar nicht sein. Aber irgendetwas Bitteres und Kaltes in meinem Inneren glaubte das nicht.

„Nein." Ich stand einfach nur da und nahm kaum das dumpfe Geräusch wahr, mit dem Wilas Bibel zu Boden fiel. „Nein, Gott."

In Panik streckte ich meine Hand nach Emma aus, brachte es aber nicht über mich, sie zu berühren. Ich rief sie beim Namen, obwohl ich schon wusste, dass sie nicht mehr antworten würde. Ihr Atem stand still; ihre sanfte Stimme schwieg für immer. Einen Moment lang stand ich einfach nur da und starrte sie an. Das konnte einfach nicht sein. Doch nicht jetzt. Nicht auch noch Emma, wo wir alle sie doch gerade nun so dringend brauchten.

„Nein!" Das musste ein Irrtum sein. Anders konnte es gar nicht sein. Bestimmt schlief sie nur! Krank und sehr, sehr müde.

„Emma? Oh bitte, Emma!" Ich legte ihr eine Hand an den Hals, die andere aufs Herz. „Emma?"

Ich wusste es. Ihr Herz schlug nicht mehr und ich konnte auch nicht den leichtesten Atemhauch feststellen. Nichts als ihre Kälte, die Tatsache, dass sie tot war und die Wucht meines rasenden Schmerzes.

„Nein!" Tränen verschleierten meinen Blick, als ich nach einem der Becher mit Tee griff und ihn mit aller Kraft ins Feuer schleuderte. „Wie konntest du das nur tun, Gott? Wie konntest du mich nur dermaßen allein lassen?"

Ich zog mich hoch, bis ich, an den geflochtenen Stuhl gelehnt, wieder stand. Ein Fuß stieß gegen die zu Boden gefallene Bibel und ich starrte auf sie hinunter, wobei heftiger Zorn in mir aufstieg.

„Warum? Warum auch noch Emma? Du sollst doch den Menschen helfen! Du sollst dich kümmern und für uns sorgen!"

Dann musste ich so sehr weinen, dass ich kein Wort mehr herausbrachte. Ich ging deshalb im Wohnzimmer der Hammonds auf und ab und weinte, wünschte beinah, dass ich es wäre, die da so kalt und reglos in dem Sessel säße.

Draußen heulte immer noch der Wind und ich wusste, dass es auch immer noch heftig schneite. Es konnte Stunden, vielleicht sogar Tage dauern, bis Samuel zu uns durchkommen würde. Aber er war dort drüben mit all den Kindern und hatte keine Ahnung, was jetzt alles auf ihn zukam. Ich wollte zu ihnen hin, aber ich war mir nicht sicher, ob ich es durch die Kälte und Dunkelheit bis zur Farm schaffen würde. Ich hatte keine Ahnung, wo George war, aber bei Samuel würde er sicher nicht sein. Irgendwie wusste ich das.

Ich rannte zur Tür und wurde dort von dem heftigen Wind, der inzwischen noch stärker geworden war, fast umgeworfen.

„Mr. Hammond!“, schrie ich. Aber als einzige Antwort erhielt ich das ferne Brüllen des Viehs.

Sie werden verhungern, dachte ich. *Sie werden verhungern, wenn George sie nicht versorgt hat. Und dann werden auch alle Hammond-Kinder verhungern.*

„Mr. Hammond!“

Ich blickte in den Himmel hinauf und hoffte, dort vielleicht die erste Morgendämmerung ausmachen zu können. Dauerte die Nacht nicht schon eine Ewigkeit? Aber alles, was ich sah, war Dunkelheit und wirbelnder Schnee. Keine Wolkenlücke und keine Sterne. Es war nicht mehr zu erkennen als kurz zuvor, als Emma nach oben geschaut hatte.

Es war nicht richtig. Eigentlich hätten die Sterne jetzt besonders leuchten müssen, so wie Emma gesagt hatte, um die beiden guten Seelen zu begrüßen. Für Emma hätten sie eigentlich heller strahlen müssen als je zuvor, statt sich hinter dem tosenden Sturm zu verbergen. Ich schloss die Tür wieder und hatte das Gefühl, mich in einem furchtbaren Traum zu befinden. Was ich gerade erlebte, konnte einfach nicht wahr sein.

Ich dachte an Großmutter Pearl und wie wir sie tot in ihrem Bett gefunden hatten, ausgestreckt, so als wäre der Bestatter schon da gewesen und hätte sie aufgebahrt. Ich wusste, dass ich Emma irgendwo hinlegen musste, damit die Leichenstarre nicht eintrat, während sie noch so dasaß. Aber es kam mir wie ein Sakrileg vor, sie zu bewegen oder auch nur zu berühren.

Aber was, wenn George kommt und sie so findet? Es war nicht abzusehen, wie er darauf reagieren würde. Es war besser, wenn er sie nicht sofort beim Betreten des Hauses sehen würde. Besser war es, ihm diesen neuerlichen Schlag so lange wie möglich zu ersparen. Das hätte auch Emma so gewollt.

Wie betäubt zog ich den Schaukelstuhl mit Emma in Richtung der geschlossenen Schlafzimmertür. *Oh Gott! Wo bist du nur?*

Mir verschwamm alles vor Augen, aber ich kämpfte mich dennoch mit dem Schaukelstuhl zu Wilas Bett vor. Es schien absolut töricht, was ich jetzt tat, wirklich töricht, aber ich musste es einfach tun. Emma hätte es so gewollt. Und sie an meiner Stelle hätte es ebenfalls so gemacht.

Ich schlug die Decke zurück und hatte große Mühe, Emma aus ihrem Stuhl herauszuheben, wobei ich die ganze Zeit das Gefühl hatte, mir würde gleich das Herz stehen bleiben. Sie war klein und zierlich und viel leichter als ich, aber die ganze Sache war dennoch nicht einfach.

Ich legte Emma neben Wilametta und jetzt sahen die beiden aus wie schlafende Schwestern, die ein kostbares Geheimnis miteinander teilten. Die Gesichtszüge der beiden wiesen keinerlei Anzeichen von Kummer oder Schmerz auf. Ziemlich außer Atem trat ich wieder vom Bett zurück und hatte den intensiven Wunsch, einfach nur zu weinen und mich in Samuels Arme zu flüchten.

Einen Augenblick lang konnte ich mich nicht rühren. Meine Brustmuskeln waren völlig verkrampft. Ich schüttelte mich, konnte aber das Grauen nicht abschütteln. Also versuchte ich tiefer zu atmen und hatte das Gefühl zu ersticken. Aber immer noch musste ich für Emma tun, was ich konnte. Sie hatte ja gesagt ich sei stark, obwohl das eigentlich gar nicht stimmte. Gott wusste, dass es nicht stimmte. Aber ich musste es, wenn irgend möglich, um ihretwillen tun.

Vorsichtig zog ich ihr den Mantel aus und wusste in diesem Augeblick genau, dass es ihr Wunsch gewesen wäre, ihn Lizbeth zu vermachen. Aber ich konnte ihr jetzt nicht einmal ihr Sonntagskleid anziehen. Als ich mich erneut auf die Bettkante setzte, verschwamm mir wieder alles vor meinen Augen. Emma hatte sofort Wilas schönstes Kleid herausgesucht, etwas, das ich jetzt für Emma nicht tun konnte, denn für sie war kein Kleid mehr da. Trotzdem holte ich Wasser und wusch ihr das Gesicht. Ich wünschte, sie hätte es spüren können, hätte die Augen geöffnet und mir irgendetwas Tröstliches gesagt. Ich öffnete ihr das Haar und kämmte es mit Wilas Kamm, flocht es dann neu und steckte es ihr so auf, wie sie es sonntags immer zur Kirche getragen hatte. Ich hatte keine zehn Cent Stücke mehr, aber Emma hatte noch zwei davon sowie eine Dollarnote und einen Penny in der Tasche. Ich legte ihr die Münzen auf die Augenlider, so wie sie es mir gezeigt hatte, obwohl ich noch nie zuvor gesehen hatte, dass jemand es so machte.

Jetzt darf niemand mehr sterben, dachte ich. *Es ist nur noch ein einziger Penny da, und der reicht nicht.*

Ich strich ihr Kleid glatt und faltete ihr die Hände. Dabei stellte ich mir vor, dass sie jetzt gerade irgendwo anders war und ihren schon lange vor ihr verstorbenen Ehemann Willard umarmte. Wir würden ihr nicht so sehr fehlen wie sie uns. Ich deckte sie zu, auch wenn mir klar war, dass es jetzt nicht mehr darauf ankam, wie warm sie es hatte.

Ihr Gesicht konnte ich nicht zudecken. Sie hatte uns zwar immer wieder zu ihrer Familie erklärt, aber ich wusste, dass ich nicht die Kraft hatte, sie ganz zuzudecken. Ich floh aus dem Zimmer und ließ den Schaukelstuhl dort zurück. Mit zitternden Händen schloss ich die Tür. Dann nahm ich das Teetablett und stellte es auf den Küchentisch. Ich sah mich in dem Zimmer um und überlegte, dass es am besten war, mich nützlich zu machen, aber stattdessen sank ich zu Boden, und mein Herz raste und mein Kopf tat weh von einem Schmerz, von dem ich glaubte, er würde nie wieder vergehen.

4

Samuel

Als ich aufwachte, war es noch dunkel. Irgendeine innere Unruhe hatte mich geweckt. Das Erste, was mir auffiel, war die Stille draußen. Der Wind hatte sich gelegt und es hatte hoffentlich auch aufgehört zu schneien. Vielleicht war ja der Doktor inzwischen bei den Hammonds angekommen oder würde wenigstens bald ihre Farm erreichen. Vielleicht würde ja Juli schon bald wieder bei uns zu Hause sein. Ich hoffte, dass sie Gelegenheit gehabt hatte, sich auch ein wenig auszuruhen.

Ich war ganz leise und rückte ein wenig von Sarah ab, die ganz eng an mich geschmiegt geschlafen hatte. Alle anderen Kinder schliefen noch kreuz und quer im Raum verteilt, aber meist zwei sehr nah beieinander. Ich stocherte das Feuer im Kamin an, blies hinein und legte ein paar Holzscheite nach, damit es wieder richtig brannte.

Lizbeth wurde als erste wach und spürte im Bruchteil einer Sekunde die Bewegung des Babys, das im Laufe der Nacht irgendwie zu ihr hingelangt war.

„Du brauchst etwas Ziegenmilch für sie, nicht wahr?", fragte ich leise in der Hoffnung, das Baby würde nicht gleich wieder so laut anfangen zu brüllen, dass Himmel und Erde erbebten.

„Ja, wenn's keine Umstände macht."

Ich legte noch etwas Holz nach und zündete eine Petroleumlampe an, die ich mitnahm, damit ich bei der Dunkelheit die Milch für das Baby im Keller fand. Ich wusste, dass auch Robert bald wach werden würde. Er war schon immer ein Frühaufsteher gewesen, was ich auch von einigen der Hammond-Jungen annahm. Aber ich hoffte auch, dass die meisten der Kinder möglichst lange schlafen würden. Vielleicht würden sie es eilig haben, wieder nach Hause zu kommen und nachzuschauen, wie es ihrer Mutter ging, und ich wusste nicht so genau, was ich ihnen sagen sollte.

Franky drehte sich gerade auf die andere Seite, als ich mit der Milch zurückkam. Er rieb sich die Augen und die Nase mit dem Ärmel und sah zu mir auf. Lizbeth gab ihrer Schwester sofort die

Milch und das Baby saugte hungrig an der Flasche. Ich war also wenigstens schnell genug gewesen, um das sonst übliche Gebrüll zu verhindern.

„Ich muss Lula Bell melken", sagte ich zu Lizbeth. „Ich bin aber gleich zurück und dann mache ich uns Frühstück."

Sie nickte nur, sah dabei aber nicht mich, sondern Emma Grace an.

„Kann ich mitkommen?", fragte Franky flüsternd.

„Bleib lieber hier", sagte ich, weil ich sicher war, dass es draußen noch immer sehr kalt war. „Du kannst auf das Feuer Acht geben und noch einen Scheit nachlegen. Kannst du das bitte ganz leise machen?"

„Ja, das kann ich." Er pellte sich aus seiner Decke und ging zum Feuer, wobei er sich die Augen rieb, fast so als hätte er geweint.

„Machst du dir Sorgen um deine Mama?"

„Ja."

„Wir werden bestimmt bald von ihr hören. Aber ich gehe mal davon aus, dass es ihr gut geht."

Robert wurde wach und sah mich an. Ich sagte ihm, er solle die Hühner füttern und ging in die Küche, um dort Feuer in dem kleinen Herd zu machen. Dann war ich soweit, mir den Melkeimer zu schnappen und nach draußen zu gehen.

Der Wind hatte sich zwar gelegt, aber es war immer noch stark bewölkt. Im Osten zog die erste Morgendämmerung auf. Es war schwer zu sagen, wie viel Schnee gestern und dann die Nacht hindurch gefallen war. An manchen Stellen lagen nur ein paar Zentimeter, an anderen gab es Schneeverwehungen, die mehr als mannshoch waren. Es war eine seltsame, strahlend weiße Landschaft, in der die Bäume wie schweigende Engel dastanden, die weißen Flügel zum Himmel erhoben. Das Schlimmste des Sturms hatten wir überstanden, zumindest fürs Erste, und er hatte uns diese reine, kalte Schönheit hinterlassen.

Ich betete für Juli, dass auch dort drüben, wo sie war, der Sturm vorbei sein möge und es allen gut ging. Als ich aber dann sah, in welchem Zustand die Straße war, kam es mir eher unwahrscheinlich vor, dass der Arzt zu den Hammonds durchgekommen war. Ich fragte mich sogar, ob Sam Hammond es überhaupt bis zum Arzt geschafft hatte und wo er jetzt sein mochte, falls nicht. Die Zufahrt zu unserem Haus war ganz und gar zugeweht und dahinter war kaum auszumachen, wo die Straße verlief. Heute würden jedenfalls keine Autos durchkommen. Der Wagen der Hammonds stand in einer Schneewehe bei unserer Scheune, die Vorderräder steckten vollständig im Schnee.

Ich musste als erstes Teddy versorgen und füttern, aber es dauerte schon eine ganze Weile, bis ich den Schnee so weit weggeschaufelt hatte, dass ich das Scheunentor überhaupt öffnen konnte. Unser Hund Whiskers sprang fröhlich mit dem Schwanz wedelnd an mir hoch. Die Katze Dorcas mit ihrem Jungen, das inzwischen genauso groß war wie sie selbst, strich um meine Beine. Ich nahm an, dass sie alle dicht aneinander geschmiegt die Nacht im Heu verbracht hatten.

Teddy schien zu schlafen. Er stand noch genauso in der Box wie am Vorabend. Ich holte eine große Gabel voller Heu und warf sie vor ihm auf den Boden. Lula Bell rief nach mir, denn sie wollte gemolken werden. Ich tätschelte ihr den Hals und zog den Melkschemel heran. Ich hatte vor ihr noch nie eine Kuh gemolken, ja noch nicht einmal eine berührt, aber sie und ich hatten uns ganz gut aufeinander eingestellt in den sieben Monaten, die wir jetzt schon hier waren.

Ich hörte Robert und mindestens noch einen weiteren Hammond-Jungen zwischen dem Haus und dem Hühnergehege laut hin- und herrufen. Bestimmt hätten sie am liebsten im Schnee herumgetollt, wenn sie dazu die entsprechende Kleidung gehabt hätten, was aber nicht der Fall war. Das warf bei mir die Frage auf, wie sie nach Neujahr in die Schule kommen wollten. Auch bei dieser Kälte wollte ich meine beiden weiter dort hinschicken oder sie wahrscheinlich selbst hinbringen. Die Hammonds versäumten im Laufe des Winters bestimmt unzählige Schultage. Auch so schienen sie häufig in der Schule zu fehlen, besonders die älteren, die kaum noch am Unterricht teilnahmen.

Und dann dachte ich an Weihnachten. Nur noch fünf Tage waren es bis dahin. Ich hatte für meine beiden Kinder Schlitten gebaut, weil es völlig außer Frage stand, Geschenke zu kaufen.

Aber was war mit den Hammonds? Hatte George eine Möglichkeit gefunden, noch etwas anderes für Weihnachten vorzubereiten als das Schwein Patches zu schlachten? Er hatte zwar mehr Vieh als wir, aber ansonsten ging es ihm finanziell nicht besser. Ich hatte in der Erntezeit länger bei unserem Nachbarn Barrett Post gearbeitet, und das hatte geholfen, hin und wieder Lebensmittel im Laden einkaufen zu können, aber ich war mir nicht sicher, ob George überhaupt über Bargeld verfügte, selbst wenn er es geschafft hatte, etwas aus Emmas trockenem Acker herauszuholen. Ich überlegte, ob wir die Hammonds vielleicht alle zu Weihnachten zu uns einladen sollten. Wenn Wilametta wirklich so krank war, wie es schien, dann war es ihnen ja vielleicht ganz lieb, wenn jemand anderer es ihnen ein wenig weihnachtlich machte. Wahrscheinlich würde Juli sogar einen Kuchen hinbekommen, der Rorey gefiel.

Ich war fast mit dem Melken fertig, als Joe zu mir herauskam und nach mir suchte.

„'S schneit wieder", sagte er. „Kommt ziemlich was runter."

Ich schüttelte den Kopf. Das war so ziemlich das Gegenteil von dem, was ich im Moment erwartet hatte und mir auch wünschte.

„Hab überlegt, ob ich nich' lieber rüber soll und nachsehn, ob Pa vielleich' Hilfe brauch' bei der Arbeit."

Er machte sich Sorgen, das sah ich ihm an. Aber dann wäre ein weiterer Hammond-Junge mit unzureichender Kleidung im Schnee unterwegs.

„Besser du kriegst erst mal was in den Bauch", sagte ich deshalb. „Es dauert bei dem Wetter sicher viel länger durch den Wald bis zu euch nach Hause."

Plötzlich tauchte Robert im Scheunentor hinter ihm auf.

„Willst du etwa für uns alle Frühstück machen?"

„Ich nehm mal an, das werde ich wohl müssen. Es sei denn, du möchtest es machen."

„Es war'n nur vier Eier da. Die Hühner legen schlecht."

„Das liegt an der Kälte. Aber mach dir darüber keine Sorgen. Ich mache euch Pfannkuchen. Hol doch bitte für Whiskers den

Knochen, aus dem deine Mutter gestern die Suppe gekocht hat."

Robert war einen Augenblick still und dachte nach. „Glaubst du, dass sie bei dem Schnee heute nach Hause kommen kann?"

„Das müssen wir abwarten, Kumpel." Ich nahm den Melkeimer, der nicht annähernd voll war, und machte mich auf den Weg ins Haus, dicht gefolgt von Joe und Robert. Es schneite jetzt tatsächlich wieder heftig. Willy saß hoch oben auf einer Schneewehe und Joe schimpfte ihn aus, weil er nicht daran gedacht hatte, dass er keine trockenen Kleider zum Wechseln dabei hatte. Und ich dachte an Juli, die nur anderthalb Kilometer von uns entfernt war. Aber was für anderthalb Kilometer das waren an einem Tag wie diesem.

5

Julia

Es wurde hell, aber nicht annähernd hell genug, um an diesem Morgen meine Seele etwas zu erhellen. Es war kein Feuerholz mehr im Haus. Der Wassereimer war leer, und es gab kein Lebenszeichen von George oder sonst jemandem in den vielen, langen, kalten Stunden. Ich saß noch immer an der Stelle auf dem Fußboden, an der ich in der Nacht niedergesunken war, aber ich hatte jetzt keine Tränen mehr, und ich war kaum in der Lage, meine Gedanken zu sammeln. Ich saß einfach nur da und starrte die schmuddeligen Küchenwände an, die abblätternde Farbe und die Papierbordüre, die einmal rosa gewesen sein mochte und sich jetzt an vielen Stellen von den Wänden löste. Überall machte sich Verlust bemerkbar – und Verfall, wohin ich auch blickte.

Mir kam der Gedanke, dass ich ja eigentlich nicht mehr hier zu bleiben brauchte, dass ich auch versuchen konnte, durch den Wald zu meiner Familie zu gelangen. Stark genug war ich dazu jedenfalls. Bei gutem Wetter war ich den Weg schon häufig gegangen, und es hatte mir immer Freude gemacht. Aber Emma war hier. Hier.

Sie hätte auch in *Belle Rive* sein können, nur ein paar Schritte vom Doktor entfernt, wenn sie ihre Farm nicht so sehr geliebt hätte. Sie war zurückgekommen, um die ihr noch verbleibende Zeit hier zu leben und dann zu Hause zu sterben und neben ihrem geliebten Willard begraben zu werden. Was jetzt geschehen war, war ein grausamer, gemeiner Streich. Anderthalb Kilometer entfernt hätte es geschehen sollen. Anderthalb Kilometer nur, aber sie war hier gestorben, hier.

Dieser Gedanke löste eine tiefe, lodernde Wut in mir aus, die mir Angst machte. Ich hätte am liebsten Gegenstände in den gesichtslosen Himmel geworfen. Ich hätte es vielleicht sogar getan und das auch als absolut berechtigt empfunden, wenn ich nur irgendetwas zur Hand gehabt hätte, das mir gehörte, um damit zu werfen.

Es war einfach ungerecht, das konnte doch jeder sehen. Emma war ein guter Mensch gewesen. Der beste, den ich gekannt hatte. Sie hatte aus vollem Herzen gegeben, alles was sie hatte, auch wenn sie für sich selbst nie viel gehabt hatte. Wie konnte es da nur gegen den Plan des Himmels sein, dass sie zu Hause starb in ihrem eigenen Bett, in ihrem eigenen Haus, auf der Farm, die über siebzig Jahre lang ihr Leben gewesen war?

Ich stand vom Boden auf, immer noch von einer Dunkelheit eingehüllt, wie ich sie nie zuvor erlebt hatte. Es war ein tiefer, brennender Schmerz, der immer weiter in mein Inneres vordrang.

„Sie hat zu dir gebetet, Gott“, sagte ich laut, selbst erschrocken darüber, wie rau meine Stimme klang. „Warum hast du das zugelassen?“

Meine Hände waren eiskalt und es half absolut nicht, dass ich versuchte, meine steifen Arme etwas zu wärmen, indem ich sie rieb.

Es ist so kalt, dachte ich. *Wenigstens passiert dann nicht so viel mit den beiden Toten, bis man uns findet. Vielleicht bin ich ja bis dahin auch tot.*

Ich dachte an George, der immer noch irgendwo da draußen sein musste. Er war es, der inzwischen durchaus ebenfalls tot sein konnte. Vielleicht hätte ich längst nach ihm suchen sollen.

Vielleicht hätte ich hinüber zu Samuel oder sonstwohin laufen sollen in der vergangenen Nacht, um nur von irgendwoher Hilfe zu holen. Vielleicht hätte es etwas gegeben, das ich hätte tun können, damit wenigstens eine der beiden Frauen hätte gerettet werden können. Aber jetzt waren da Kinder, denen mitgeteilt werden musste, was passiert war. *Oh Gott, warum nur?*

Ich zog mir meinen Mantel an und fragte mich jetzt, wieso ich nicht schon längst auf die Idee gekommen war, das zu tun. Ich hatte halb erfroren mit ein paar dünnen Decken dagesessen und mein Mantel hatte direkt neben mir gelegen. Und bestimmt gab es draußen auch genügend Holz. George hatte sicher irgendwo in der Scheune einen Vorrat davon angelegt.

Durchs Fenster sah ich, dass es schneite, und am liebsten hätte ich darüber jetzt geflucht. Das tat ich zwar nicht, aber dass ich überhaupt das Bedürfnis danach hatte, erschütterte mich sehr. Ich hatte immer geglaubt ich wäre stark. Selbst als wir unser Haus in Pennsylvania verloren hatten und darüber hinaus alles, was wir besaßen, war es mir einigermaßen gut gegangen. Ich hatte die schützende Hand Gottes gespürt. Aber das hier war anders. Wilamettas Tod war sinnlos und viel zu früh. Genau wie der Tod meiner Mutter vor vielen Jahren. Aber Wilametta hatte zehn bedürftige Kinder hinterlassen, nicht nur eines. Es trieb mir Tränen in die Augen, besonders wenn ich an Rorey dachte, die etwa so alt war wie ich damals, als meine Mutter starb. Und dann war da Emma. Ein wahrer Engel auf Erden war sie gewesen. Wenn so etwas ihr passierte, dann war wirklich alles möglich. Herr, erbarme dich.

Ich konnte nicht fortgehen, bevor jemand gekommen war. Ich konnte Emma jetzt nicht allein lassen, auch wenn sie tot war. Aber ich wusste, dass ich George suchen musste. Das hätte auch Emma von mir erwartet. Wenn ich auch sonst nichts hatte, so doch genügend Tageslicht für die Suche. Ich konnte wenigstens zur Scheune hinübergehen, um nachzusehen, ob er sich vielleicht dort verkrochen hatte. Zumindest so viel wusste ich.

Aber der Gedanke, dort vielleicht auf noch eine weitere Leiche zu stoßen, war einfach unerträglich. Oder vielleicht war er auch einfach fortgegangen und würde nie gefunden werden. Was sollten wir dann seinen Kindern sagen? Vielleicht würden sie in mir für immer diejenige sehen, die etwas hätte ändern können, es aber nicht getan hatte? Mir fiel nichts ein, was ich hätte anders machen können, aber trotzdem hatte ich versagt. Furchtbar und absolut versagt.

Ich knöpfte meinen Mantel zu, vergaß aber die Mütze und den Schal, die auf meiner Tasche lagen. Die Schuhe hatte ich gar nicht ausgezogen, das einzige Paar, von dem Emma beide behalten hatte. Sie hatte gesagt, sie hätte sie so schön gefunden, dass sie sie einfach hätte weitergeben müssen. Ich drehte mich um und sah zu der Tür hin, die mich von ihrem und Wilas Anblick trennte. Ich dachte an die beiden dort hinter der Tür, wie wir noch im Sommer Spaß beim Kräutersammeln gehabt hatten, während Emma lächelnd auf Emma Grace aufgepasst hatte. Auch das Baby hatten die beiden gemeinsam gehabt. Und noch immer hatten sie etwas gemeinsam, selbst jetzt.

Ich atmete so tief wie möglich ein, wobei sich meine Lunge wie ein Klumpen Blei anfühlte und stieß dann die Tür ins Freie auf. Es war nicht mehr so windig wie zuvor, aber es war kalt und schneite wieder heftig. Der frische Schnee legte sich als neue Schicht auf den der vergangenen Nacht. Ödes, kahles Land so weit das Auge reichte. Still wie der Tod, der es umgab. Es schien als läge ein Zauber über dem Ort, der sonst immer so lärmend und voller Trubel war, dass man meist rasch genug davon hatte.

Ich hatte weiche Knie und es war eine Qual, mich so durch die hohen Schneewehen zu kämpfen. Aber die Scheune war nur noch einen Steinwurf von mir entfernt, ebenso blass wie der Himmel ragte sie vor mir auf. Ich begann innerlich zu zittern, als ich mich dem Gebäude näherte.

„Mr. Hammond!“

Herr, bitte hab Erbarmen. Herr, bitte schicke Samuel her zu mir, damit er mir hilft. Es ist jetzt zu spät für den Arzt. Oh bitte Gott, schick Samuel her.

Die Scheunentür stand einen spaltbreit offen und durch den Spalt wurde Schnee ins Scheuneninnere geweht. Ich musste mich selbst durch den Spalt hindurchzwängen, weil die Tür eingefroren war und sich nicht bewegen ließ. Erleichtert hörte ich das Scharren von Tierhufen. Ich hatte fast erwartet, den Ort gespenstisch leer vorzufinden oder voller toter, gefrorener Kadaver von George Hammonds Vieh.

Ich ging langsam über den mit Streu bedeckten Boden,

schaute zu drei Schweinen in einer Box hinein und zu einer großen Ziege in einer anderen.

„Mr. Hammond?"

An der Scheunenwand entlang war Brennholz gestapelt, fast mannshoch. Irgendwo in der Nähe hörte ich weitere Schweine grunzen und jetzt roch ich sie auch. Das war das einzige, was hier vertraut schien. Das einzige, was sich nicht verändert hatte.

Die Schweine fingen an zu quieken und ich nahm an, dass mein Anblick bei ihnen die Hoffnung auf Futter weckte. Ich wusste aber nicht, wo das Schweinefutter war und außerdem trieb mich ein ganz anderes Anliegen voran. Langsam spähte ich in jede Box, mich so gut es ging für den Anblick wappnend, der mich möglicherweise erwartete.

Eine magere graue Katze, die eine Maus im Maul hatte, sah mich durch ein Loch im Scheunenboden an. Irgendwo hörte ich eine Kuh muhen und dann noch eine und dann wieder die erste. Ich folgte dem Geräusch zum südlichen Ende der Scheune, wo ich dann endlich die alte Rosey sah, die den Kopf nach vorn ins Heu gesenkt hatte. Mit ihr im selben Pferch waren bestimmt noch sechs weitere Ziegen und eine junge Kuh. Es war der größte Pferch in der Scheune und nur ein Drahtzaun und eine schiefe Pforte trennten mich von den Tieren.

Ich schaute noch einmal nach, ob der Haken an der Pforte des Pferches auch fest saß, als die Tiere sich an den Rand des Pferches drängten und mich mit ihren Nasen anstupsten. Am anderen Ende des Pferches lag zwar ein Haufen Heu, aber den beachteten sie gar nicht und scharten sich stattdessen um mich, alle außer Rosey und einer Milchziege, die damit beschäftigt waren, irgendetwas abzulecken, das ich nicht richtig erkennen konnte. Ich wollte mich gerade wieder abwenden, als die Milchziege den Kopf hob, und da erst erkannte ich, was so interessant für sie war. Es war ein Stiefel. Ein alter, brauner Männerstiefel, ziemlich abgetragen und schon häufig geflickt.

Es war George Hammonds Stiefel, so sicher wie ich da vor dem Pferch stand. Mir schnürte sich vor Angst die Kehle so eng zu, dass ich kaum Luft bekam. Ich konnte nur die Sohle und die eine Seite des Stiefels sehen, der an einer Seite aus dem Heuhaufen herausragte. Wenn er es wirklich war, dann lag er völlig reglos da.

Ich drückte mit aller Kraft die Pforte zu dem Pferch auf und drängte mich zwischen den Ziegen hindurch. Die Tiere umringten mich immer noch, drängten sich an mich und standen mir im Weg. Ich schob sie weg und schlug ihnen zwischen die Ohren, wobei vor meinen Augen alles verschwamm und ich in kurzen heftigen Stößen atmete. Ich konnte George Hammond nicht einmal mehr mit seinem Namen ansprechen, solche Angst hatte ich, selbst auf diese Entfernung, dass er vielleicht nicht mehr antworten würde.

Es war wirklich George, zu dem der Stiefel gehörte. Er lag im Heu, Rosey tief über ihn gebeugt, wie eine beschützende, fürsorgliche Mutter. Ein paar Ziegen machten sich an ihm zu schaffen und die Milchziege knabberte an seinem Knie. Er war blau gefroren. Ich hatte Angst ihn zu berühren und musste unwillkürlich an Joe denken, wie er ausgesehen hatte, als er gestern bei uns zu Hause angerannt gekommen war, so verängstigt und in Eile. Ich hatte mir keine Sorgen um ihn gemacht, hatte nicht die leiseste Ahnung gehabt.

Aber dann bewegte George sich, wenn auch nur ein ganz klein wenig. Rosey beugte sich mit der Nase tief über ihn, aber ich schob sie weg und ließ mich neben ihm auf die Knie fallen. Er schlug die Augen auf, aber derjenige, der mich da ansah, war nicht wirklich der George Hammond, den ich kannte. Sein Blick war völlig leer.

„Mr. Hammond, können Sie aufstehen?"

Er schloss die Augen wieder und drehte sich weg von mir.

„Mr. Hammond! Sie müssen aufstehen! Sie müssen mit ins Haus kommen!"

„Nein!" Er schüttelte den Kopf. „Ich kann nich'."

„Aber Sie müssen!" Ich schrie ihn an und all der Zorn, der sich in mir angestaut hatte, entlud sich jetzt an ihm. Ich packte ihn an seinem eiskalten Arm und zog heftig daran. „Sie müssen aber! Sie werden sterben, wenn Sie nicht ins Haus gehen. Und einer Ihrer Söhne wird Sie dann hier finden und sich fragen, wieso Sie es nicht einmal versucht haben!"

Er öffnete die Augen und einen Augenblick lang dachte ich, er würde wieder zu sich kommen. Aber er schüttelte nur erneut den Kopf, wobei seine Stimme jetzt ebenso furchtbar kalt war wie seine Berührung. „Gehn Se weg von mir."

Er schob mich von sich weg gegen Roseys eines Bein, woraufhin sie einen Schritt von uns weg trat. Die Ziegen hatten sich wieder dicht um uns gedrängt und er ließ sie auch. Aber ich drängte sie fort.

„Mr. Hammond, Sie haben Kinder, an die Sie denken müssen! Sie sind ja eiskalt. Sie müssen ins Haus hinübergehen. Sie müssen einfach."

Ich versuchte wieder, ihn am Arm zu packen, aber er entzog sich mir. „Ich kann da nich' reingehn . Verstehn Se das denn nich'? Ich kann einfach nich'."

Ich stand ratlos da. Eine Ziege kam und knabberte an meinem Rock und die Milchziege leckte wieder an Georges Stiefel. Er zog die Beine an den Bauch, rollte sich eng zusammen und zitterte. Ich konnte erkennen, dass er gar nicht richtig bei sich war. Es war nicht er selbst, der hier draußen im Heu bei den Ziegen und Kühen bleiben wollte, ganz und gar am Leben verzweifelt. Ein gebrochener Mann.

„Wilametta hat nicht darum gebeten, Sie auf diese Art allein zu lassen", sagte ich zu ihm. „Es wäre ganz sicher nicht in ihrem Sinn, wenn Sie jetzt einfach aufgeben."

„Gehn Se endlich weg und lassen Se mich in Ruh."

Er sah jetzt hart und böse aus und ich wusste, dass er mich wieder wegstoßen würde, wenn ich versuchte, ihn noch einmal anzufassen. Es gab nichts, was ich tun konnte, um ihn zum Aufstehen zu bewegen. Ich konnte mich unmöglich auf einen Kampf mit einem Mann einlassen, der so viel stärker war als ich und ihn dann ins Haus tragen. Ich konnte ihn auch nicht überzeugen, jedenfalls nicht, indem ich vernünftig mit ihm redete. Er war halb wahnsinnig vor Schmerz oder Kälte oder vielleicht auch beidem, und er sah keine Freundin in mir.

Aber ich konnte ihn doch auch nicht einfach sterben lassen. Ich konnte nicht einfach abwarten, bis es irgendjemand schaffte, zu uns durchzukommen und derjenigen Person dann sagen, dass es außer den beiden Frauen im Schlafzimmer auch noch einen Toten in der Scheune gab. Nein, es durfte nicht noch jemand sterben!

Ich würde seinen Mantel holen. In diesem Augenblick wurde mir klar, dass ich den gleich hätte mitnehmen müssen, als ich in die Scheune gegangen war. Ich hätte doch wissen müssen, dass ich George möglicherweise dort finden würde und dass er dann seinen Mantel brauchen würde. Dumm war ich. Einfach zu dumm. Dumm. Aber jetzt durfte ich keine Fehler mehr machen. Jetzt nicht mehr. George Hammond war alles, was seine Kinder noch hatten.

Ich würde auch Decken mitbringen. Selbst wenn er nicht aufstehen würde, er würde sich unter wärmenden Decken so gut fühlen, dass er sie nicht würde ablehnen können. Ich würde jede Decke holen, die ich auftreiben konnte und natürlich auch seinen Mantel. Ich würde ein prasselndes Feuer machen und ihm Kaffee kochen oder sonst etwas Warmes zu Trinken machen. So wahr mir Gott helfe, ich würde es ihm schon zeigen.

Ich drehte mich wieder um zu der wackeligen Pforte, aber die andere Kuh hatte sich davor gestellt. Jetzt versuchten auch die anderen Ziegen, an meinem Rock zu knabbern, aber ich verscheuchte sie. Ich drückte mich an der Kuh vorbei, die ihre weiche Nase an meinem Nacken rieb, sodass ich heftig erschrak und einen Satz machte.

Ich rannte zur Scheune hinaus und in den Schnee, wobei ich immer wieder mit aller Kraft die Füße aus den hohen Verwehungen ziehen musste. Irgendwann blieb dann auch noch einer meiner Stiefel in der Schneewehe stecken, und ich fiel hin. Einen Augenblick lang blieb ich einfach liegen.

Oh Gott, es wäre so einfach, jetzt hier liegen zu bleiben und zu sterben. Es wäre so einfach, aber es wäre nicht richtig.

Mit eiskalten Tränen im Gesicht stand ich wieder auf und bahnte mir meinen Weg zum Haus. Ich war fast dort angekommen, als mir dämmerte, dass ich einen Arm voll Feuerholz hätte mitnehmen müssen. Dumm. Dumm. Wie dumm. Da starben die Menschen um mich her und alles was ich tat und dachte, war einfach nur dumm. Ich griff nach Georges Mantel, der auf dem Boden lag und der Decke über einem Sessel im Wohnzimmer. Ich sah mich in dem Raum um. Ich brauchte noch eine Decke mehr, vielleicht besser noch zwei. Da waren noch die Decken in Wilamettas Zimmer. Aber nein, im Obergeschoss gab es sicher auch welche.

Schnell stieg ich die Leiter hinauf. Dort oben befand sich eigentlich nicht mehr als ein riesiges Schlaflager auf dem Fußboden. Ich griff mir die beiden nächstbesten Decken und eilte wieder nach unten – zu schnell. Ich verfing mich mit dem Fuß in einer der Decken und fiel von der zweiten Leitersprosse. Aber was auch geschah, ich würde mich nicht aufhalten lassen. Ich stand mühsam wieder auf, griff mir die Decken und Georges Mantel und trat wieder aus dem Haus ins Freie.

Schon auf der Veranda rutschte ich erneut aus und fiel von der zweiten Stufe in eine Schneewehe. Aber auch dadurch ließ ich mich nicht beirren. Ich würde nicht verlieren. Ich würde nicht aufgeben und sterben oder einfach hier liegen bleiben und heulen. Ich rappelte mich also erneut auf, klopfte den Schnee von den Decken und eilte so schnell ich konnte zu Mr. Hammond zurück.

Er hatte sich keinen Zentimeter vom Fleck gerührt, aber genau wie ich es mir gedacht hatte, weigerte er sich nicht, den Mantel und die Decken anzunehmen, die ich jetzt über ihn breitete. Ich forderte ihn auch noch einmal auf, mit ins Haus zu kommen, aber er schüttelte dazu auch diesmal nur den Kopf. Also sagte ich ihm, ich sei gleich zurück und ging zum Feuerholzstapel. Wenn er etwas Warmes zu trinken bekam, vielleicht würde ihm das ja helfen. Vielleicht würde er die Situation wieder anders sehen und dann ins Haus kommen und sich dort wärmen. Aber erst musste ich den Herd und auch den Kamin anheizen, damit es im Haus warm wurde und ich etwas Warmes für ihn zubereiten konnte. Irgendwann musste er ja hereinkommen. Er würde Wilametta in ihrem Schlafzimmer gegenüberstehen und dann das Leben, das noch vor ihm lag, wieder aufnehmen.

Ich ging ins Haus und zündete als erstes ein neues Feuer im Herd an und setzte Teewasser auf. Dann machte ich auch im Kamin Feuer und es war so, als käme dadurch langsam wieder Leben ins Haus. Ich überlegte, ob ich vielleicht noch mehr zubereiten sollte als nur Kaffee. Vielleicht eine Kartoffelsuppe. George würde alle seine Kräfte brauchen.

Er würde alle nur erdenkliche Kraft brauchen, um durch den Wald zu unserer Farm zu gelangen und es seinen Kindern zu sagen.

Es würde niemand die Strasse entlangkommen, den Gedanken hatte ich längst aufgegeben. Aber irgendjemand, der entschlossen genug war, könnte es zu Fuß zu uns wagen. Ich hatte gebetet, dass Samuel kommen möge, aber jetzt betete ich, dass er nicht kommen möge. Es waren ja all die Kinder bei ihm drüben, um die er sich kümmern musste, und die er nicht einfach allein lassen konnte. Und es wäre auch nicht richtig gewesen, eines der Kinder zu uns zu schicken. Es schneite jetzt wieder heftig. Gott sei Dank hatte sich wenigstens der starke Wind gelegt.

Ich trug zwei weitere Ladungen Holz ins Haus und sah beide Male nach George, um mich zu vergewissern, dass er wirklich unter den Decken lag. Es schneite in daumennagelgroßen Flocken. *Welche Ironie*, dachte ich. *Nach dem trockenen Sommer haben wir um Schnee zu Weihnachten gebetet, und den haben wir jetzt. Aber Weihnachten. Oh Gott, und das zu einem solchen Zeitpunkt.*

Beim Kartoffelschälen rutschte mir kurz darauf das Messer ab und als ich das rote Blut aus meinem Daumen hervorquellen sah, brach ich zusammen. Ich war hierher gekommen, um zu helfen, aber was ich auch anpackte – es führte zu nichts. Ich brach zusammen und blutete auf George Hammonds Kartoffeln. Wenn ich gestorben wäre, und zwar nur ich, dann wäre alles so viel besser gewesen. Dann wäre alles gut gewesen. Irgendwie bekam ich die Blutung zum Stillstand und schaffte es auch, stehen zu bleiben, obwohl meine Knie puddingweich waren und ich am liebsten zu Boden gegangen wäre. Ich zwang mich, auch weiter stehen zu bleiben und die Kartoffeln fertig zu schälen, wobei mir ununterbrochen die Tränen liefen. Emma hätte nicht aufgegeben. Emma wäre stark genug gewesen, das zu tun, was zu tun war, ohne sich zu beklagen. Ja, selbst Wila wäre dieser Situation gewachsen gewesen. Sie waren beide so viel tüchtiger gewesen als ich. Sie waren so ... so...

Tot. Einfach nicht mehr da. Und bis jetzt wusste noch nicht einmal jemand davon.

Das war einfach zu viel. Ich ließ das Messer auf die Arbeitsplatte fallen und sah im selben Augenblick die Bibel, die ich achtlos neben dem Kamin auf dem Fußboden abgelegt hatte. Psalm 46. Den hatte Emma hören wollen. Zum ersten Mal fragte ich mich jetzt, wieso ausgerechnet diesen Psalm.

„Gott ist unsere Zuflucht und unsere Stärke ...“

Ich las laut weiter, so als gäbe es Zuhörer, die begierig den Worten lauschten.

„... darum fürchten wir uns nicht ..."

Tränen verschleierten meinen Blick, und ich konnte nicht weiter lesen. Als ich mir das Buch an die Brust drückte, weinte ich um die gute Seele, die mir diese Worte in ihren letzten Augenblicken geschenkt hatte. Gott war immer noch da, irgendwo, auch in diesem Schmerz, der mich zu zerreißen drohte und in der Verzweiflung, die mir das Herz abschnürte. Irgendwie, auf seine ganz eigene Art, würde er dafür sorgen, dass alles wieder gut wurde.

6

Samuel

Ich konnte keinen Sirup zubereiten wie es Julia immer machte, deshalb servierte ich die Pfannkuchen mit Blaubeermarmelade, die sie und Emma im Laufe des Sommers eingekocht hatten. Die kleineren Jungen hatten mich lange damit auf Trab gehalten, mehr Pfannkuchen zu machen, aber Joe wollte unbedingt aufbrechen, und ich wollte nicht noch einen Hammond-Jungen allein durch den Schnee laufen lassen. Deshalb übernahm Lizbeth die Aufgabe, die Pfannkuchen zu wenden, während Sarah und Rorey mit dem Baby spielten. Ich zog mehrere Schichten Kleidung übereinander an und dann meine Handschuhe und setzte Roberts Mütze auf in der Hoffnung, dass Sam Hammond, der ja in meinem Mantel unterwegs war, irgendwo in der Wärme und in Sicherheit war.

Ich sagte zu Lizbeth, dass wir gegen Mittag zurück sein würden, vielleicht sogar zusammen mit Juli, wenn es Wila schon wieder besser ging. Robert sagte ich, er solle besonders auf Harry achten, der keinen Augenblick stillsitzen oder es länger als wenige Momente an derselben Stelle aushalten konnte. Ich verstand jetzt, wie schon allein dieser eine Junge Wilametta oder Lizbeth – oder auch beide – an ihre Grenzen bringen konnte. Aber seine älteren Geschwister schenkten ihm so gut wie keine Beachtung.

Harry war nur in der Zeit, die ich gebraucht hatte, um mir ein dickes Flanellhemd anzuziehen und zuzuknöpfen, schon zwei Mal alleine nach draußen ins Freie gerannt. Als ich ihn vom Verandageländer herunterholte, trat er nach mir und sagte, er sei ein wildes Indianerpferd und ich könne ihn nicht aufhalten, auch nicht mit allen Soldaten des ganzen Landes.

„Ab in deinen Wigwam", sagte ich zu ihm. „Und du gehst nicht raus in den Schnee, bevor du dir nicht noch eine Hose angezogen hast."

Er lachte. „Ich geh jetz' nach oben. Das ist ein Berg. Und du kannst da nich' raufklettern."

„Gut."

Sarah kam zur Tür, um mich noch einmal zu umarmen. Zuerst dachte ich, sie würde dagegen protestieren, dass jetzt auch ich noch wegging, aber sie war immer noch ganz und gar glücklich darüber, dass ihre beste Freundin bei uns übernachtet hatte.

„Sag Mama, dass wir heute Schule spielen", sagte sie. „Rorey und ich sind immer abwechselnd die Lehrerin."

Ich lächelte und nickte und ich musste ihr versprechen, Juli einen Kuss von ihr zu geben.

Franky wollte mitkommen, aber Joe weigerte sich unnachgiebig, ihn mitzunehmen. Ich musste ihm Recht geben, obwohl mir der arme Franky Leid tat. Er war der einzige, der es offenbar schwer nahm, dass wir gingen, außer vielleicht noch Lizbeth, aber die war mit all den Kindern so beschäftigt, dass es schwer zu sagen war.

„Sag bitte Papa, dass ich die Uhr nich' mit Absicht kaputt gemacht hab", flüsterte er mir zu.

„Ich glaube wirklich nicht, dass er sich heute über eine zerbrochene Uhr aufregt, mein Junge."

Er zuckte mit den Schultern, zweifelte an, was ich da gesagt hatte, und war immer noch sehr aufgeregt, das sah ich in seinen Augen.

„Hilf deiner großen Schwester", sagte ich. Dann wandte ich mich an Kirk, den ältesten der Jungen, die dablieben. „Und du auch."

„Jemand müsste Wasser reinhol'n", sagte Lizbeth. „Ich muss die Windeln auskoch'n, die ich mitgebracht hab und sie am Feuer zum Trocknen aufhängen. Is' es Ihn'n recht, Mr. Wortham, wenn ich ein Geschirrhandtuch für Emma Grace als Windel nehm, solange bis ihre trocken sind?"

„Tu, was nötig ist. Ich werde ein paar Windeln mitbringen."

„Da sind aber auch fast keine sauberen mehr", gab sie zu. „Ich hatte eigentlich gestern waschen woll'n."

Ich fragte mich, was wohl Juli dazu sagen würde, dass wir ihre Geschirrhandtücher als Windeln benutzten, aber wahrscheinlich würde es ihr nichts ausmachen. Sie konnte gut improvisieren. Ich versuchte zu überlegen, ob sie da drüben vielleicht irgendetwas von uns brauchten, aber mir fiel nichts ein. Also brachen Joe Hammond und ich so schnell wir konnten in Richtung Wald auf.

Ich merkte schnell, dass die meisten Anhaltspunkte, die ich im Wald kannte, ganz und gar zugeschneit waren. Ich hätte mich vielleicht verlaufen, wenn nicht Joe den Weg so gut gekannt hätte. Er ging schnurstracks und unbeirrt in die richtige Richtung, bahnte sich den Weg durch die hohen Schneewehen, und ich musste mich richtig anstrengen, um mit ihm Schritt halten zu können.

Es schneite immer noch und der Schnee wehte uns ins Gesicht. Innerlich stöhnte ich bei dem Gedanken an den langen Weg zum Arzt. Wenn der Arzt auf der Straße von *Belle Rive* kam, dann war es für ihn sicher noch schwerer durchzukommen als für uns, vorausgesetzt natürlich, dass er es überhaupt gewagt hatte, sich auf den Weg zu machen.

Der Teich war nicht zu sehen, und ich hätte nicht einmal genau gewusst, wo er sich befand, wenn Joe nicht auf die eine Ecke von Willards Grabstein oben auf dem Hügel oberhalb des Teiches gezeigt hätte. Ungefähr zu diesem Zeitpunkt hörte es auf zu schneien. Joe zog seinen Mantel glatt und lief sogar noch schneller. Herr, bitte gib, dass es so warm wird, dass alles schmilzt, dass der Doktor einen Schlitten hat oder besser noch, dass Wilametta ihn gar nicht mehr braucht.

Es war fast gespenstisch, als wir endlich aus dem Wald auf das Feld der Hammonds heraustraten. Das Haus und all die Nebengebäude schauten aus den Schneewehen heraus, kahl und grau, als gehörten sie zu der Landschaft, die sich jetzt fest im Griff der Natur befand, ganz und gar eingehüllt in Schnee. Der Ort sah aus, als wäre er schon seit langer Zeit verlassen, und alles war so still wie der Wald, durch den wir gekommen waren.

„Pa muss das Vieh schon gefüttert haben, sonst würd man's hör'n", flüsterte Joe. Irgendwie schien er das Gefühl zu haben, flüstern zu müssen, wie aus Ehrfurcht vor der Stille, die uns umgab. „Wir sollten als erstes in der Scheune nachseh'n, nur dass wir wissen, dass Pa nichts dagegen hat, dass ich da bin. Wenn er weiß, dass ich wegen der Arbeit in' Stall komme, isses bestimmt in Ordnung."

Je näher wir der großen alten Scheune kamen, desto stärker krampfte sich mein Magen zusammen. Ich schaute zum Haus hinüber in der Hoffnung, von dort würde sich jemand mit guten Neuigkeiten melden. Es stieg nur eine dünne Rauchsäule vom Schornstein in den Himmel und vor der Verandatreppe waren Fußspuren im Schnee zu erkennen. Bestimmt war George nach draußen gegangen, um das Vieh zu füttern, genau wie Joe gesagt hatte, aber dann hörten wir die Schweine quieken, laut und fordernd.

„Mist!", sagte Joe. Er blieb zum ersten Mal seit wir bei uns losgegangen waren stehen, und ich sah, wie er zum Haus hinüberschaute. Wie er jetzt so dastand und sich Sorge und Anspannung in seinem Gesicht abzeichneten, sah er aus wie ein erwachsener Mann. Er sagte nichts weiter, aber das brauchte er auch nicht. Wenn sein Vater die Schweine noch nicht gefüttert hatte, die ihm sonst so besonders wichtig waren, dann musste das einen Grund haben, und das bedeutete bestimmt nichts Gutes.

Eigentlich rechnete ich damit, dass Joe jetzt zum Haus hinüberlaufen würde, aber er setzte stattdessen seinen Weg zur Scheune unbeirrt fort. Darin zeigte sich seine Stärke. Er war zwar noch ein Kind, aber mit dieser einen Entscheidung wurde er wieder ein bisschen mehr zum Mann, indem er tat, was eben zu tun war.

Er ging direkt zu den Schweinen, nahm einen Eimer vom

Haken an der Wand und füllte ihn mit Mais aus einem riesigen Fass.

„Ham Se schon mal Ziegen gemolken?", fragte er mich.

„Nein."

„Zwei davon müssen gemolken werden, und die alte Rosey. Ich wär dankbar, wenn Se eine davon übernehm' könnten."

Mir war nicht klar, wieso ich nicht erst einmal ins Haus hinüberging. Joe wusste viel besser als ich, was hier draußen zu tun war, und er hätte die Arbeit auch ohne mich geschafft. Aber ich wollte ihn nicht allein lassen, irgendwie wusste ich, dass es nicht richtig gewesen wäre. Und auch er schien nicht zu wollen, dass ich ging. Er brauchte meine Hilfe offenbar noch bei etwas anderem als nur beim Melken. Irgendwie wusste ich das tief in meinem Innern. So stark er auch schon sein mochte, er war immer noch ein Kind.

Wir fanden George in Decken eingepackt im Pferch bei der Milchkuh, drei Ziegen dicht um ihn gedrängt. Er starrte zu den Dachbalken hinauf und war blau vor Kälte.

Joe ließ seinen Eimer fallen und lief zu ihm hin. „Pa! Was machst du denn hier draußen?"

George war gar nicht richtig bei sich, soviel konnte ich erkennen. Er sah Joe nicht einmal an und reagierte kaum.

„Lass mich in Ruhe, Junge", sagte er mit rauer Stimme. „Du kannst nichts tun."

„Bist du krank, Pa?"

Keine Antwort. George schloss die Augen und half kein bisschen mit, als Joe versuchte, ihn aufzurichten. Ich kam ihm zu Hilfe, und schließlich brachten wir George in eine sitzende Position, in der wir ihn jedoch festhalten mussten. Er konnte oder wollte nicht aus eigener Kraft sitzen bleiben.

„Nun komm schon, Pa. Wir müssen ins Haus."

Er sah keinen von uns an, sondern sagte einfach Nein. Ganz schlicht und klar und eindeutig und ebenso unglaublich wie Schnee im Sommer.

„Wie – nicht reingehen?", fragte ich ihn. „Sie können doch unmöglich hier draußen bleiben."

Aber meine Worte klangen hohl. Offensichtlich war er schon eine ganze Weile hier, so kalt wie er war. Das hatte er selbst so entschieden, hatte es gezielt so geplant, weshalb auch immer.

George war zwar kein brillanter Denker, aber normalerweise war er auch nicht gedanken- oder verantwortungslos. Was war nur passiert, dass es ihn hier nach draußen in die Kälte getrieben und ihm das Hirn vernebelt hatte? Ich musste kurz an Juli denken, die sich anscheinend drüben im Haus aufhielt. Hatte Wilametta irgendeine ansteckende Krankheit? War er hier draußen, damit er es nicht auch bekam?

Joe versuchte noch einmal, seinem Vater aufzuhelfen, und ich verscheuchte meine eigenen Gedanken, um ihm dabei zu helfen. Das konnte es nicht sein. Wenn Wilametta etwas Ansteckendes hatte, dann war es ohnehin zu spät, sich von ihr fernzuhalten. Er und auch alle Kinder hatten doch längst Kontakt mit ihr gehabt, sodass sich wohl jeder inzwischen angesteckt hätte und es egal gewesen wäre, ob wir Kontakt mit ihr hatten oder nicht.

„George“, sagte ich jetzt ganz direkt zu ihm, „wir werden Sie jetzt ins Haus bringen, egal, ob Sie das wollen oder nicht. Es ist einfach zu kalt hier draußen.“

Einer auf der einen und der andere auf der anderen Seite von George, zogen wir ihn auf die Füße, aber er entriss Joe seinen Arm und rammte ihn mir wie einen Hammer in den Bauch. Ich fiel in den Heuhaufen, bekam George aber bei beiden Armen zu fassen.

„So, und jetzt hören Sie mir mal zu!“, schrie ich ihn an. Mir war bewusst, dass Joe über uns gebeugt stand, verängstigt und mit weit aufgerissenen Augen. George sah mir ins Gesicht, und was ich da sah, machte mir ebenfalls Angst. Er sah aus wie eine leere Hülle, völlig ausgehöhlt, ohne jede Hoffnung. Irgendetwas war in ihm gestorben. Einfach tot. Und da wusste ich es.

„Pa?“ Joes Stimme war brüchig. „Was ist passiert? Was machst du hier draußen?“

Er fragte nicht: „Wie geht es Mama?“ Er fragte sonst gar nichts, sondern stand nur einfach da, sah fast so aus wie sein Vater, blass und dünn, mit fest aufeinander gepressten Kieferknochen und vor Kummer und Sorge trübem Blick.

„Was auch immer passiert sein mag“, sagte ich zu ihnen beiden, „wir müssen jetzt ins Haus. Und ich werde Sie auf jeden Fall da hineinbringen, und wenn ich Sie tragen muss. Also wehren Sie sich nicht und hören Sie auf mit mir zu kämpfen.“

Wieder schüttelte er den Kopf. „Ich kann da nich' rein geh'n."

„Aber Sie müssen. Es tut mir Leid, aber Sie müssen. Sie sind ja eiskalt und Sie können Gott dafür danken, dass Ihr Sohn darauf bestanden hat, zuerst hier in die Scheune zu kommen. Sie haben eine Familie, an die Sie denken müssen. Wenn Sie hier draußen bleiben, werden Sie erfrieren."

Ich zog ihn aus dem Heu hoch und jetzt leistete er auch keinen Widerstand mehr.

„Hol bitte die Decken, Joe."

Ich schaffte es, George auf die Füße zu bringen, aber er konnte kaum stehen. Er war größer und schwerer als ich. Zu schwer, als dass ich ihn allein hätte tragen können, um ehrlich zu sein. Aber ich konnte ihn auf den Beinen halten und ihn halb ziehen und es so irgendwie schaffen. Joe nahm ihn an der anderen Seite, die Decken unter den freien Arm geklemmt.

Der Treck zum Haus hinüber war erbärmlich. Es war deutlich zu erkennen, wo jemand in den Schnee gefallen war und einen Holzscheit zurückgelassen hatte. Das war bestimmt Juli gewesen. Gott steh ihr bei. Auf den Stufen zur Veranda sah es erneut so aus, als ob sie dort gefallen wäre. Ich konnte auf der obersten Stufe im Schnee immer noch einen Handabdruck deutlich erkennen, obwohl es danach noch geschneit hatte. Und dann entdeckte ich das gebogene Ende von einem von Emmas Gehstöcken auf der Veranda. Warum um alles in der Welt war sie draußen im Freien gewesen? Und wieso hatte Juli sie überhaupt hinausgelassen?

Abrupt ging die Haustür auf und da stand Juli vor uns. Ohne Mütze und ohne Handschuhe, mit einer dampfenden Tasse in der Hand. Sie sah mich, sie sah George und gab einen kleinen erstickten Laut von sich. Sie trat gerade so weit ins Haus zurück, dass sie die Tasse abstellen konnte und kam dann mit Tränen in den Augen wieder herausgestürmt und nahm Joe erst einmal all die Decken ab. Ich dachte, sie wollte mir etwas sagen, als sich unsere Blicke trafen, aber sie sagte nichts, sondern trat einfach nur zur Seite, damit wir George ins Haus schaffen konnten.

„Gott sei Dank, dass ihr gekommen seid", sagte sie schließlich, als wir George in einen Sessel in der Nähe des Feuers gesetzt hatten. „Ich habe ihn allein nicht ins Haus bekommen." Sie breitete eine Decke über ihn und eilte dann zum Tisch, um die Tasse zu holen. George konnte sie nicht selbst halten, deshalb reichte sie sie mir. Im selben Augenblick sah sie, dass Joe gerade die geschlossene Tür zum Schlafzimmer öffnen wollte.

„Warte!" Sie nahm seinen Arm und zog ihn zurück ans Feuer. Nur einen Moment lang sah sie mich jetzt noch einmal an und ich nahm in ihrer Miene einen ähnlichen Schmerz wie bei George wahr. Stark und gewaltig. Aber bei Juli sah ich nicht diese Leere. Sie war erfüllt von irgendetwas, das ich zuvor noch nicht bei ihr gesehen hatte. Irgendeine Art tiefer, alles verzehrender Entschlossenheit.

„Joey, deine Mama hat gestern über den Himmel gesprochen."

Einen Augenblick lang neigte er den Kopf und starrte dann wieder hinüber zur Schlafzimmertür.

George presste seine Augen fest zu und zitterte plötzlich.

„Sie war ganz sicher, dass sie dort hinkommt", fuhr Juli fort. „Und sie wollte, dass du das weißt."

Joe stand nur mit offenem Mund da und starrte seinen Vater an. „Se woll'n doch nich sag'n, dass se tot is', oder? Se wär doch nie gestorben. Das is' unmöglich. So schlecht ging es ihr doch gar nich', oder?"

Juli griff nach meiner Hand und ich stellte die Tasse ab.

„Gestern Abend, Joey", sagte Juli sanft. „Es ging ihr wirklich schlecht. Aber sie war ganz friedlich. Sie ist heimgegangen."

Joe ging jetzt wieder direkt auf die Tür zum Schlafzimmer zu, aber wieder packte ihn Juli beim Arm wie schon zuvor, und ich folgte ihr, wollte sie festhalten und ihr die Tränen abwischen, die ihr die Wangen herunterliefen.

„Oh Joe, es tut mir so Leid", sagte sie. „Wir haben alles getan, was in unserer Macht stand. Wir haben auch nach dem Doktor geschickt. Emma hat wirklich alles getan, aber ... aber ..."

Joe griff mit der Hand nach dem Türknauf. Juli konnte ihn nicht mehr aufhalten. Sie wusste, dass sie ihn nicht aufhalten konnte, aber sie war noch nicht fertig. „Oh, Joey! Sammy! Emma ist ... Emma ist..."

Joe öffnete die Tür und stand einfach nur da. Ich spürte den kalten Luftstrom, der aus dem Zimmer kam; und dann sah ich sie beide dort liegen. Mir stockte der Atem. Ich konnte mir vorstellen, wie sich Joe jetzt fühlte.

Im nächsten Augenblick stürzte er ins Zimmer und brach neben dem Bett zusammen.

Ich folgte ihm jetzt zum Schlafzimmer, aber eine Stimme hinter mir hielt mich auf.

„Lass'n Se ihn", befahl George. „Lassn' Se ihn."

Ich sah, wie die Schultern des Jungen bebten und wusste, dass er weinte. Aber George, der absolut nicht in einer guten Verfassung war, hatte Recht. Es gab herzlich wenig, was wir alle für Joe tun konnten, außer ihn trauern zu lassen. Ich nahm Juli in die Arme und da schien sie zusammenzubrechen. Sie fühlte sich so klein an.

„Ich bin so froh, dass du gekommen bist, Sammy, aber was ist mit den Kindern?"

Ich küsste ihr weiches, glattes, braunes Haar und hielt sie ganz fest. Aber ich sah auch an ihr vorbei und fühlte mich wie betäubt. Ich hatte es gewusst. Das mit Wila hatte ich gewusst. Und so schlimm es war, es hätten sich Möglichkeiten und Wege gefunden, damit irgendwie fertig zu werden und es zu schaffen. Aber nun auch noch Emma! Es war, als wäre uns unsere Welt weggenommen worden. Nichts würde je wieder so sein, wie zuvor.

7

Julia

Wir wollten nicht gehen. Wir wollten Joey nicht in dem kalten Grauen des Hauses zurücklassen, zusammen mit seinem Vater, der so abwesend war, dass er sich dort in seinem Sessel am Feuer immer noch nicht gerührt hatte. Es war Leben in Georges Körper, und zwar viel Leben, denn er war ein so zäher Bursche, dass er bei klirrender Kälte eine Nacht in einer kalten Scheune überstanden hatte, und zwar ohne auch nur eine einzige Frostbeule. Vielleicht wäre er auch am wärmenden Feuer rasch wieder zu sich gekommen – wäre da nicht dieser Blick gewesen, dieser starre, leblose Blick. Irgendwie abgrundtief. Es machte mir Angst, ihm in die Augen zu sehen, weil ich mich dabei fühlte, als schaute ich in einen tiefen Abgrund, in den ich hineinstürzen und nie wieder herauskommen würde. Ich wusste, dass ich hier wegmusste. Ich musste zurück zu den quirligen Kindern, selbst wenn ich Überbringerin von Nachrichten sein musste, die sie innerlich zerreißen würden. Aber George würde ganz bestimmt nicht mitkommen. Und Joey, den wir am Totenbett seiner Mutter zurückgelassen hatten und der die Tür hinter sich geschlossen hatte, würde auf keinen Fall seinem Vater von der Seite weichen.

„Gehen Se", sagte Joe zu uns. „Ich bleib lieber hier, falls der Doktor doch noch kommt. Außerdem muss die Stallarbeit noch fertig gemacht werden."

Er klammerte sich an Samuels Arm, um die Dringlichkeit seines Anliegens ganz deutlich zu machen. Er hatte Angst. Und im Geiste hörte ich das, was er nicht sagte. Ob der Doktor kam oder nicht, war jetzt auch egal, und die liegen gebliebene Arbeit war jetzt bei weitem nicht so wichtig wie sein Vater. Er blieb da, weil jemand dableiben musste, um dafür zu sorgen, dass George immer noch da war, wenn wir zurückkamen, um dafür zu sorgen, dass er in seinem absolut desolaten Zustand keine Dummheiten machte.

George sagte nichts zu uns, nicht einmal als Samuel ihn fragte, wen wir außerdem noch benachrichtigen sollten. Er schien die Frage nicht einmal gehört zu haben. Er starrte nur ins Feuer, mit bebendem Unterkiefer.

„Der Pastor", sagte Joe, als sein Vater lange geschwiegen hatte, „der weiß bestimmt, was zu tun ist."

Er nahm nur einen kurzen Moment lang meine Hand, eine Geste, die ich so ganz und gar nicht verstand. Er sah mich nicht direkt an und das war auch ganz gut so, denn ich weiß nicht, ob ich das ertragen hätte.

Samuel wollte mich den Trampelpfad durch den Wald, den er und Joe gekommen waren, zurück nach Hause tragen, aber das ließ ich nicht zu. Er versuchte mich zum Reden zu bringen, aber auch den Gefallen tat ich ihm nicht. Ich wusste, dass Emma sich in diesem Augenblick von mir gewünscht hätte, dass ich vom Himmel erzähle, und zwar so, als sei es das Beste und Freudigste, was man sich überhaupt nur vorstellen kann. Aber ihr gegenüber versagte ich, ebenso wie Samuel gegenüber. Er war so besorgt um mich, dass er kaum darauf achtete, wohin er ging. Er hielt mich am Arm und ich spürte fast die ganze Zeit seinen Blick auf mir. Trotzdem sah ich ihn nicht an, denn ich wollte nicht noch einmal zusammenbrechen und nur noch weinen. Ich wollte nicht, dass mein Gesicht wieder rot und verquollen war, wenn wir zu Hause ankamen. Für Samuel konnte ich vielleicht nicht stark sein, aber für die Kinder musste es mir gelingen. An ihnen durfte ich nicht auch noch versagen.

Wir stapften durch den Schnee und plötzlich bemerkte ich, dass Sammy sprach, so leise, dass es kaum zu hören war. Er hatte in den letzten paar Monaten angefangen, viel zu beten. Und das tat er auch jetzt. Für mich. Ich wäre fast stehen geblieben und hätte ihn empört darauf angesprochen, hätte ihn beinah angeschrien, dass er nicht das Recht hätte zu beschließen, dass ausgerechnet ich jetzt Gebet bräuchte, wo ich doch die allerletzte war, die es verdient hatte. Er solle lieber für Joey, George und die Kinder beten, denen wir bald gegenübertreten müssten. Er sollte lieber für deren Zukunft beten. Für ihre kleinen Herzen, die sicher in tausende von Stücken zerspringen würden. Oh Gott, und das alles, wo Weihnachten vor der Tür stand.

Aber von all dem konnte ich nichts sagen. Dass er überhaupt betete, bewies ja schon, wie umsichtig er war. Es war ja so absolut richtig, überhaupt zu beten. Das war mir klar. So klar, wie ich Emmas Psalm vor noch nicht einmal einer Stunde gelesen hatte. Gott war unsere Zuflucht und unsere Stärke, selbst in dieser schrecklichen Situation. Aber das tröstete mich nicht, wenn ich an Rorey und Harry und Bert dachte. Ich freute mich nicht darüber, dass Emmas Tage mit schwachem Herzen und im Rollstuhl jetzt vorüber waren.

Sie waren zu schnell von uns gegangen und zwar beide. Emma nicht – wie sie es sich so sehr gewünscht hatte – in ihrem geliebten Zuhause. Und Wila hinterließ ein Baby, das eigentlich noch gestillt wurde. Mein Herz stand dabei im Widerstreit mit meinem Kopf. Ich wusste zwar, dass Gott gut ist, war aber trotzdem in meinen Grundfesten erschüttert darüber, wie ungerecht das alles war. Wie konnte er nur so etwas zulassen, wo er doch das Universum in seiner Hand hält?

„Juli?“ Samuels Stimme war so aufmerksam, wie ich es noch nie zuvor bei ihm erlebt hatte. „Ich muss noch weiter zu den Posts und ihnen sagen, was passiert ist, damit sie dann alle nötigen anderen Leute informieren können. Ich muss Barrett auch bitten, ein Auge auf Sam Hammond zu haben und herauszufinden, ob der Doktor schon unterwegs ist und vielleicht doch noch kommt. Ich bin zurück, so schnell ich kann. Vielleicht muss ich danach noch einmal zu George und dort bei ihm nach dem Rechten sehen. Du bleibst am besten erst einmal bei den Kindern. Sie brauchen dich jetzt.“

Ich dachte an Sarah und schon stiegen mir wieder Tränen in die Augen. Sie war erst sechs und hatte Emma so sehr geliebt, als wäre die alte Dame ihre leibliche Großmutter. Ich hatte keine Vorstellung, wie sie auf die Nachricht reagieren würde. Und sie war nur eines von zehn Kindern, die mich zu Hause erwarteten.

Ins Haus hineinzugehen und es den Kindern zu erzählen, war das Schwerste, was ich je in meinem Leben hatte tun müssen. Darin hatte sich Emma nicht getäuscht. Gott hatte einen Fehler gemacht. Das hier war einfach zu viel.

Und dann war alles genau, wie man es sich vorstellt. Sie hörten uns schon kommen, bevor wir an der Tür waren. Alle waren in der Küche und warteten darauf, welche Nachrichten wir mitbringen würden. Samuel drückte meine Hand und ich wusste, er war kurz davor es zu sagen, das zu sagen, was gesagt werden musste. Aber das konnte ich nicht zulassen. Noch nicht. Nicht, bevor ich ihnen nicht alles über den Himmel erzählt hatte, was mir einfiel. Das hätte Emma so gewollt. Und Wilametta auch.

Aber Franky hatte schon meinen Arm zu fassen bekommen und hielt mich fest; und Lizbeth fragte bereits nach ihrer Mutter, bevor ich mich's versah. Oh Gott, wie sehr sie Wila plötzlich ähnelte. Das war mir zuvor nie aufgefallen, weil sie so viel dünner war als ihre Mutter.

„Ich hab dich vermisst, Mama!“ Die kleine Sarah kam auf mich zugerannt und schlang ihre Arme um mich. Ihre beste Freundin Rorey stand neben ihr und sah mich mit großen Augen fragend an. Und da wäre es fast vorbei gewesen. Ich war schwach von dem schweren Weg und dem Kummer und der Trauer. Samuel holte mir einen Stuhl und ich fragte mich, ob er wusste, wie dringend ich den jetzt gerade gebraucht hatte.

„Was ist passiert?”, fragte Lizbeth jetzt mit großer Dringlichkeit in der Stimme. Und da wusste ich, dass ich ihnen nichts vormachen und auch nichts verheimlichen konnte. Sie lasen in meinem Gesicht wie in der Tageszeitung und mir blieb nur noch ganz wenig Zeit, ihnen ein bisschen von der Herrlichkeit des Himmels zu vermitteln, wie es Emma und Wila gewollt hätten. Vielleicht, vielleicht würden sie mir ja vergeben, wenn ich erst von Emma berichtete.

„Ihr wisst ja alle, dass Emma ganz viel von Jesus erzählt hat und auch von Gott und wie er ist, nicht wahr?“

„Ja“, antwortete Kirk stellvertretend für alle und sah dabei schrecklich finster drein.

Bert versuchte auf meinen Schoß zu klettern, rutschte aber wieder zurück auf den Boden. Sarah und Franky flankierten mich auf beiden Seiten und zwar so eng, dass ich kaum Platz hatte.

„Sie hat mich gebeten, euch etwas zu sagen. Sie wollte, dass ich euch sage, dass der Himmel ein wunderbarer, ewiger Ort ist, wo niemand jemals krank ist. Leute, die Schmerzen gehabt haben oder Kummer, brauchen sich damit dann nicht mehr abzuquälen, weil sie im Himmel wieder gesund und glücklich sind, und weil dort für alles gesorgt ist, was sie brauchen.“

Alle Kinder warteten und fragten sich bestimmt, was ich als nächstes sagen würde und vor allem, warum ich das alles jetzt und hier erzählte. Außer Lizbeth, die kreideweiß wurde. Die kleine Emma Grace quengelte irgendwo im Haus vor sich hin, aber Lizbeth rührte sich nicht, um sie hochzunehmen und zu uns zu holen. Sie sah so zerbrechlich aus, jung wie das Baby, auch nicht annähernd in der Lage, all die Verantwortung zu übernehmen, die jetzt auf sie zukam.

Oh George, klagte ich innerlich. *Du musst wieder zu Sinnen kommen! Du musst stark sein, weil diese arme, liebe Seele nicht all das Bemuttern bewältigen kann, das Wila ihr hinterlassen hat.*

„Kinder, ihr wisst ja, dass Emma schon sehr lange krank war", redete ich jetzt weiter in der Hoffnung, ich würde alles erzählen können bevor es irgendjemandem von ihnen gelang, eine weitere Frage zu stellen. Ich hatte keine Ahnung, was ich tun und auch was ich sagen würde, wenn es dazu kam. „Sie hat uns schon vor Monaten gesagt, dass sie weiterziehen und von uns gehen würde, und da hatte sie Recht. Emma ist letzte Nacht von uns gegangen. Sie ist jetzt im Himmel."

Ich sah, wie die Furcht von Lizbeth wich und auch Kirk wirkte erleichtert, aber Sarah traf die Nachricht hart und sie weinte bitterlich. Ich nahm meine Kleine in die Arme und wünschte, ich hätte sie richtig trösten können, aber die übrigen Kinder starrten mich immer noch unverwandt und schweigend an und wussten nur die Hälfte. Ich schaute in die Gesichter der Jungen: Willy und Kirk, Franky, der ebenso wie Sarah in Tränen ausgebrochen war und dann die Kleinen, Harry und Bert, die kaum begriffen, was hier vor sich ging. Mein eigener Ältester, Robert, sah jetzt zu seinem Vater hinüber. Und Samuel, der offenbar begriff, was gleich auf ihn zukam, legte seine Arme nicht nur tröstend um seinen eigenen Sohn, sondern auch um drei der Hammond-Jungen.

„Was is' mit Mama?" Es war jetzt Franky, der die Frage stellte. Er sah ein wenig wie ein Gespenst aus, das Gesicht fast so verzerrt und hohlwangig wie das seines Vaters.

Ich versuchte Luft zu holen, aber es gelang mir nicht. Ich zwang mich, die Kinder anzusehen, denn ich wusste, dass das, was ich gleich sagen musste, sie innerlich zerreißen würde.

„Eure Mama war auch sehr krank." Ich versuchte, ja, ich versuchte wirklich um ihretwillen mit klarer und fester Stimme zu sprechen. „Sie hat jeden von euch sehr, sehr lieb gehabt. Das weiß ich ganz gewiss. Wir wollten, dass sie wieder gesund wird, aber ... es war nicht möglich ..."

„Nein!", schrie Lizbeth laut auf. Irgendwo weinte Emma Grace, jetzt noch lauter als zuvor.

„Sie is' nich' tot", sagte Kirk. Das war die gleiche Reaktion wie bei seinem Vater und ich fürchtete, dass jetzt vielleicht auch er aus lauter Verzweiflung einfach auf und davonlaufen könnte. Aber er hatte nicht vor, mich so leicht davonkommen zu lassen.

„Sag'n Se uns das jetz'. Sag'n Se uns, dass se nich' tot is."

Wie der Tritt eines Pferdes oder der Schlag einer Kanonenkugel nahm mir der Schmerz das bisschen Atem, das ich noch hatte, und mir blieb nichts anderes, als genügend Luft zu holen, um ihm zu antworten. „Das kann ich nicht. Ich ... ich kann dir das nicht sagen. Sie ist zusammen mit Emma im Himmel. Ihnen tut jetzt nichts mehr weh. Sie ... sie sind beide von uns gegangen. Gestern Abend."

Lizbeth sank zu Boden und ich wusste nicht so genau, ob sie ohnmächtig geworden war oder nicht. Willy und Kirk rannten beide in die Richtung, aus der das Geschrei des Babys kam, aber das Schreien hörte nicht auf. Kurz darauf hörte ich Schritte von wenigstens einem der beiden auf der Treppe. Rorey und Sarah standen ganz dicht nebeneinander und weinten jetzt beide. Und Samuel hatte Harry und Bert zu sich geholt, die jetzt beide in seinem Arm so ganz und gar verloren schienen.

Es war schließlich Robert, der ging, um das Baby zu holen, und es zu mir brachte. Unsere Blicke trafen sich, als er mir das Baby auf den Schoß setzte. Es war einfach schrecklich, wieder all den Schmerz und die Unsicherheit in seinem Blick zu sehen. Ich sah in seinem Blick förmlich die Frage, die er mir stellen wollte: *Was wird jetzt aus uns?*

Darauf wusste auch ich keine Antwort. Ich drückte die kleine Emma fest an mich, vergrub mein Gesicht in ihrem Haar und weinte. Erst als ich hörte, wie Kirk im Nebenzimmer etwas gegen die Wand warf, merkte ich, dass es Franky war, der stille, in sich gekehrte Franky, der verschwunden war.

Samuel wollte nicht gehen, bevor der Junge nicht wieder aufgetaucht war. Wir suchten überall und fanden ihn schließlich draußen in einem dreckigen Loch unter der Veranda. Er weinte nicht mehr, aber er rührte sich auch nicht vom Fleck. Samuel zog ihn schließlich an einem Bein aus dem Loch und trug ihn dann ins Haus zurück.

Danach musste sich Samuel dann wirklich auf den Weg machen und ich war dadurch mit all den Kindern allein, das war mir klar. Ich drängte ihn aber trotzdem zu gehen, denn je schneller er bei Barrett Post war, der die Straße ein Stück weiter herunter wohnte, desto schneller konnte er wieder nach George und Joe schauen, ja sie vielleicht sogar dazu bewegen, zu uns herüberzukommen und zur übrigen Familie zu stoßen, wo sie jetzt auch hingehörten und dringend gebraucht wurden.

Es gab so schrecklich viel zu bedenken und zu regeln, aber ich konnte kaum einen klaren Gedanken fassen. Der Pastor würde kommen, sobald es das Wetter zuließ, ebenso wie all die Leute aus der Kirchengemeinde. Und Albert.

Oh Gott, wir mussten auch Emmas Neffen benachrichtigen, die ja ihre nächsten Angehörigen waren. Ich erschauderte, als ich an das dachte, was Emma mir noch aufgetragen hatte. Lass nicht zu, dass er das Land verkauft. Lass nicht zu, dass er die Hammonds zwingt, umzuziehen. Aber wer war ich denn, dass ich ihn würde aufhalten können? Wenn Albert Emmas Absichten nicht notariell hatte festschreiben lassen, dann hatten wir nichts in der Hand und konnten auch nichts tun. Albert Graham konnte uns alle an den Ohren aus unseren Häusern zerren, auch wenn Emma etwas anderes gewollt hatte. Ich fragte mich, ob Samuel daran wohl auch schon gedacht hatte.

Er küsste mich auf die Wange, bevor er ging und flüsterte mir zu, dass es ihm Leid täte, als wäre irgendetwas von all dem seine Schuld. Ich hätte mich am liebsten nur irgendwo verkrochen, mir eine Decke über den Kopf gezogen und mich versteckt, aber ich wusste, dass das jetzt nicht ging. Kirk war immer noch wütend, anscheinend in erster Linie auf mich, und jetzt schäumte er außerdem, weil Samuel ihn nicht mitnehmen wollte. Er brüllte Rorey an, sie heule ja wie ein Baby, Robert schnauzte er an, weil der seine kleine Schwester hochgenommen hatte und Lizbeth dafür, dass sie Robert nicht daran gehindert hatte. Ich hoffte, er würde sich beruhigen und seinen Brüdern irgendwie eine Stütze sein, aber im Augenblick ignorierte er sie alle und starrte mich nur wütend an.

„Se sollten ihr doch helf'n", sagte er. „Se sin doch rüber, um ihr zu helf'n."

„Das haben wir auch versucht", war alles, was ich darauf entgegnen konnte. „Wir haben sogar nach dem Doktor geschickt, aber er konnte wegen des Schnees nicht durchkommen."

Lizbeth wischte sich die Tränen ab und sah uns alle an.

„Hol die Jacken von den andern“, sagte Kirk zu ihr. „Wir müssen jetz’ nach Haus.“

„Nein“, widersprach Lizbeth. „Pa hat gesagt, dass wir hierher kommen soll’n , und wir geh’n nirgends hin, bevor er’s uns nich’ sagt. Das weißt du ganz genau. Er kommt uns hol’n, wenn er so weit is’.“

„Vielleicht ja auch nich’.“

Das klang jetzt so gar nicht mehr nach Kirk. Er sah nicht einmal mehr aus wie er selbst. Er schaute kurz zu Franky hinüber, der gedankenverloren an der Speisekammertür stand. Ich wusste, wie sehr sein kleiner Bruder seine Hilfe brauchte. Hilfe von irgendjemandem, wem auch immer. Aber Kirk stand nur wie gelähmt da und ich saß auch einfach da, mit dem Baby auf den Knien und vier anderen kleinen Kindern um mich geschart.

„Lassen Sie mich die Kleine nehm’“, bot Lizbeth plötzlich an. „Se braucht wahrscheinlich sowieso ’ne frische Windel.“

Sie beugte sich vor, um mir die Kleine vom Schoß zu nehmen, sah mich dabei aber nicht an. Der kleine Berty griff plötzlich mit einem Aufschrei nach ihrem Rockzipfel und Harry steckte sich den Daumen in den Mund und stand mit verwirrtem Blick einfach da. Ich wäre ja zu Franky hingegangen, der mit gesenktem Kopf zu Boden starrte, aber bevor ich aufstehen konnte, kletterte Rorey auf meinen Schoß. Sie verbarg ihr Gesicht in meiner Bluse, während Sarah sich an meinen Arm klammerte. Ohne Samuel war das hier einfach zu viel. Zu viel Trauer und zu viele Menschenkinder, die Trost brauchten.

Frank stieß einen klagenden Laut aus und zwar ganz plötzlich und so durchdringend und heftig, dass mir beinahe das Herz stehen blieb. Das Baby fest an sich gepresst, drehte sich Lizbeth zu ihm um und sah ihn an, wobei sie selbst kreidebleich war. Berty brüllte inzwischen laut, aber Franky wurde merkwürdig ruhig. Rorey bebte vor Schluchzen in meinen Armen, während Sarah einfach nur dastand, mich ansah und an ihrer Unterlippe nagte. Es war Harry, der schließlich zu mir herüberkam und sich neben Franky setzte. Den Daumen immer noch im Mund, legte er eine Hand dem Bruder sanft auf den Rücken und saß dann einfach so da.

„Hol Berty, Kirk", befahl Lizbeth. „Ich muss das Baby füttern und wickeln." Sie wischte sich mit dem Ärmel die Tränen weg und wandte sich dann erschrocken an mich. „Ach du liebe Zeit, Mrs. Wortham, hat Ihr Mann an die Windeln gedacht? Die andern sind noch gar nich' trocken."

„Windeln?"

Sie brauchte darauf nicht zu antworten. Ich erkannte sofort die missliche Lage, in der sie sich befand. Das arme Kind war ja ganz und gar unvorbereitet von zu Hause aufgebrochen und natürlich dafür nicht ausgerüstet gewesen. Betäubt oder nicht, ich musste jetzt wieder einen klaren Kopf bekommen und den Kummer, der mich innerlich aufzufressen drohte, erst einmal beiseite schieben. Es gab jetzt so schrecklich viel zu tun, nur um für diese Kinder den Tag so normal wie nur irgend möglich zu gestalten. Und das konnte nur ich tun. Emma hatte Recht gehabt mit dem, was sie mir gesagt hatte. Ich war es, die allen durch das hier hindurchhelfen musste, denn es würde vielleicht noch eine ganze eine Weile dauern, bis George dazu in der Lage sein würde.

„Ich habe schon eins von Ihr'n Geschirrtüchern genomm'", sagte Lizbeth, mit verweinten Augen. „Ich hoffe, es is' recht."

„Ach nimm erst mal noch eins und ich schneide dann gleich ein altes Leinentuch für dich zurecht." Ich stand auf und zog Sarah und Rorey mit mir. „Wollt ihr mir helfen, Mädchen? Berty, komm du auch mal her zu mir. Du könntest uns beim Abmessen helfen?"

Natürlich war es alles andere als praktisch, einen Dreijährigen beim Stoffabmessen um Hilfe zu bitten, aber wenigstens konnte ich ihn auf diese Weise eine Weile von Lizbeth fernhalten und ihn so weit ablenken, dass er zu schreien aufhörte. Er sah mich an, als hätte er plötzlich Angst vor seinem eigenen Schatten, aber wenigstens wurde er ruhiger. Er sah hinüber zu Harry und Frank, beschloss dann aber, sie doch lieber in Ruhe zu lassen.

Robert war nach oben gegangen, vermutlich war er seinem besten Freund Willy gefolgt, und auch das beschloss ich einfach so zu lassen wie es war. Kirk beobachtete mich mit zornigem Blick, während ich nach einem von Emmas Geschirrtüchern griff, um es Lizbeth zu geben und dann mit den kleineren Mädchen ins Nebenzimmer ging.

„Was meinst du, sollen wir bald mal anfangen, etwas zum Mittagessen zu machen?”, fragte ich ihn in der Hoffnung, ihn in irgendeine Aktivität einbinden zu können. Das war so ungefähr das einzige, was mir in diesem Augenblick einfiel – dafür zu sorgen, dass möglichst alle irgendwie beschäftigt waren.

„Ich glaub ja nich', dass irgendwer jetz' Hunger hat“, sagte er. „Se könn' gar nix machen, dass alles wieder in Ordnung kommt, Mrs. Wortham. Is' ganz sinnlos, wenn Se das versuch'n.“

„Aber wir müssen es versuchen“, widersprach ich. „Irgendetwas müssen wir doch tun.“

Ich schob Rorey und Sarah und Berty sachte in Emmas Schlafzimmer, während Lizbeth dem Baby eine frische Windel anzog; beim Anblick von Emmas leerem Rollstuhl am Fenster, dem schönen handgenähten Quilt auf dem Bett, dem kleinen Silberglöckchen und all den anderen Schätzen auf ihrer Kommode wurde mir ganz weh ums Herz. Aber die Nähsachen waren nun mal hier und auch alle Stoffreste, die wir hatten, waren in einem Fach von Emmas Schrank untergebracht.

Meine Tränen wegzwinkernd griff ich nach der Schere und dem Maßband in Emmas Nähkorb und nahm das schwere Leinen aus dem Schrank, von dem Emma einmal gesagt hatte, es würde sich gut für Geschirrtücher eignen. Ich breitete es vorsichtig auf ihrem Bett aus und bat die Mädchen, die Ecken glatt zu ziehen. Ich konnte kaum sehen, was ich tat, aber ich wusste, dass ich möglichst geschäftig tun und die Kinder bei Laune halten musste, damit es irgendwie weiterging und sie nicht plötzlich wieder zusammenbrachen.

Ich ließ Berty das Maßband auseinander rollen und bat Sarah ein paar Stecknadeln zu holen. Dann maß ich vier Quadrate aus und ließ dabei Rorey die Maße ablesen. Sie zitterte immer noch und sah mich mit Blicken an, die tiefgründiger waren als Willards Teich. Sicherlich fragte sie sich, was ich wohl als nächstes tun würde.

Ich markierte die Quadrate mit Stecknadeln und fing an, sie zuzuschneiden.

„Mama war wirklich doll krank“, sagte Rorey so leise, dass ich sie kaum verstehen konnte.

„Ja, mein Schatz.“

„Ich hab ihre Hand gehaltet."

„Ja, das weiß ich noch. Und ich wette, dass sie sich darüber ganz schrecklich gefreut hat."

„Sehn'n wir se irgendwann wieder?" Ihre Lippe bebte, als sie das sagte, und ich sah Berty an. Er hatte sich in das Maßband eingedreht, beobachtete uns aber gleichzeitig sehr aufmerksam.

„Ja, mein Schatz, ja, das werden wir ganz bestimmt. Sie wartet jetzt im Himmel auf den Tag, an dem du und alle anderen auch dort bei ihr sein werdet. Ihr werdet sie wieder sehen und das wird dann ein wunderbarer Freudentag werden."

„Und dauert das noch lange?", wollte jetzt Sarah von mir wissen.

„Das weiß ich nicht. Das weiß niemand so genau."

„Ich wünschte, wir könnten alle sterben", verkündete Rorey. „Jetzt sofort und dann auch in den Himmel kommen und bei Mama sein."

Ganz plötzlich schlug jetzt Berty mit dem Kopf gegen das Fußende von Emmas Bett. Zuerst dachte ich, es wäre aus Versehen passiert. Aber dann tat er es noch einmal. Und noch einmal.

„Mama", murmelte er vor sich hin. „Mama."

Ich legte die Schere beiseite und nahm in auf den Arm. Er klammerte sich so fest an meinen Hals, dass es wehtat, aber gleichzeitig strampelte er mit seinen kleinen Beinen und trat mit den Füßen nach mir. Der arme Kleine wusste gar nicht, was er eigentlich wollte. Er wusste nur, dass aus irgendeinem schrecklichen Grund nichts mehr so war, wie es einmal gewesen war. Emma Grace schrie im Nebenzimmer, als ob auch sie genau Bescheid wüsste, was passiert war. Ich versuchte, mir Bertys Stirn anzusehen, um festzustellen, ob er sich ernsthaft verletzt hatte, aber er ließ mich nicht an seinen Kopf heran, sondern duckte sich immer wieder weg.

Plötzlich hörte ich, wie die Hintertür aufging und einen Augenblick lang machte mein Herz einen Satz vor Erleichterung, weil ich dachte, es könnte vielleicht mein Mann sein, auch wenn es dazu eigentlich noch viel zu früh war. Immer noch mit Berty auf dem Arm, rannte ich in die Küche. Harry hatte jetzt seinen Kopf zu Frank hinuntergebeugt, der sich keinen Millimeter vom Fleck gerührt hatte. Aber als ich in Richtung Fenster schaute, sah ich aus dem Augenwinkel kurz einen verschwommenen Haarschopf und rannte zur Tür.

„Kirk!"

Er stand im Mantel auf dem Hof, mit gerötetem Gesicht und geballten Fäusten, als wolle er mich schlagen.

„Ich geh jetz' nach Haus", sagte er mit Nachdruck.

„Bitte, Kirk, ich brauche dich hier noch eine Weile und für deine Brüder und Schwestern ist es auch wichtig, dass du hier bist."

„Was die brauchen, is' ihre Mama! Oder wenigstens ihren Pa! Ich geh ihn jetzt hol'n, damit er uns wieder mit nach Hause nimmt. Wir ham hier nix mehr zu suchen. Un' für Se gibt's ja bei uns drüben auch nix mehr zu tun!"

Ich musste mit ihm reden wie mit einem Mann, daran führte jetzt kein Weg mehr vorbei. „Dein Vater trauert. Er kommt und holt euch ab, sobald er kann. Und Joe ist drüben bei ihm, um ihm beizustehen. Wenigstens bis mein Mann oder dein Bruder Sam zurück sind, brauche ich dich hier. Du bist der älteste Junge."

Der Zorn wich jetzt aus seinem Gesicht. „Sammy is' gar nich' zu Haus?"

Daran hatte ich überhaupt nicht mehr gedacht. Aber er konnte ja unmöglich wissen, wie weit Sam Hammond bei dem Schneesturm gekommen war oder wo er jetzt gerade steckte. Ach Herr, hab Erbarmen. Ich wollte damit den Jungen nicht noch mehr beunruhigen.

„Wahrscheinlich ist er in *Belle Rive*", sagte ich. „Oder mit dem Doktor unterwegs. Bei dem vielen Schnee dauert es ja sicher viel länger, bis sie hier sind."

„Er war die ganze Nacht weg un' is' noch immer nich' wieder da?"

„Wahrscheinlich hat er es noch bis in die Stadt geschafft und hat dann da festgesessen bis heute morgen. Vielleicht ist er ja ..."

„Ach, halt'n Se doch den Mund. Se wissen ja nix! Gar nix wiss'n Se!"

Jetzt fing Berty auf meinem Arm wieder an laut zu weinen. Er bekam einfach zu viel mit, auch wenn er noch so klein war, und er wusste nicht, wie er damit umgehen sollte.

„Is' Mama friedlich gestorben?", fragte Kirk plötzlich, wobei ihm fast die Stimme brach.

„Ja, sie war ganz ruhig. Sie hat mich noch gebeten, ihr einen Choral zu singen, und deinem Vater hat sie noch gesagt, wie sehr sie ihn liebt. Und dass sie euch Kinder auch alle sehr lieb hat."

Einen Augenblick lang schwieg Kirk, stand einfach nur da im Schnee, und ich drückte Berty fester an mich, wusste genau, dass ich ihn bei der Kälte eigentlich sofort ins Haus bringen musste. Aber ich wollte noch nicht hineingehen, nicht ohne seinen älteren Bruder.

Kirk war erst zwölf, zu jung, um einfach weiterzumachen, wie sonst immer. Trotzdem dachte er in diese Richtung. „Das Lied, das Se da gesung'n ham", fragte er mit feierlichem Ernst, „würd'n Se das bei der Beerdigung noch mal für se sing'n?"

Ich nickte nur, denn ich hätte jetzt kein Wort herausgebracht.

Nun öffneten sich seine geballten Fäuste. „Wenn Pa und Joe bis zum Mittag nich' da sin', dann muss ich nach Haus und Ziegenmilch für Emma Grace hol'n. Ihr Mann hat uns andern Kuhmilch gegeben, aber se hat noch nie Kuhmilch gekriegt. Mama hat se gestillt und immer nur Ziegenmilch zugefüttert, wenn se krank war. Se hat gesagt, Ziegenmilch wär besser für ihr'n Bauch, aber das, was wir mitgebracht ham is' jetz' fast alle."

„Also gut. Wenn sie bis heute Abend nicht da sind, dann kannst du gehen und die Ziegenmilch holen. Vielleicht ist Joe auch dankbar für Hilfe beim Melken." Ich wandte mich wieder um, um ins Haus zurückzugehen, jetzt ziemlich zuversichtlich, dass er hinterherkommen würde.

„Mrs. Wortham?"

„Ja?"

„Soll ich vielleicht einen oder zwei Armvoll Holz mit rein nehmen, wo ich schon mal hier draußen bin?"

Normalerweise sorgte mein Samuel dafür, dass immer genügend Holz im Keller war, und ich wusste, dass dort noch reichlich Vorrat war. Aber das hier war genau das, was ich wollte und was Kirk brauchte. Eine Möglichkeit, irgendwie weiterzumachen und etwas Nützliches zu tun, einfach fortzufahren mit dem ganz normalen Leben.

„Ja, das wäre gut. Vielen Dank. Das Holz liegt unter dem Dachüberstand an der Ostseite der Scheune.

Er rannte los und sein zu langes Haar wehte im plötzlich auffrischenden Wind hinter ihm her.

„So, jetzt gehen wir wieder ins Haus", flüsterte ich Bert zu.

„Kirky!", sagte der Kleine.

„Er ist in Ordnung. Es geht ihm bald wieder besser."

Willy und Robert waren wieder nach unten gekommen und ich hatte sie einfach in Ruhe gelassen. Mit einem Gebet um genügend Kraft öffnete ich die Kartoffelkiste, die Emmas Mann vor vielen Jahren gezimmert hatte und trug Sarah und Rorey auf, Kartoffeln in eine Schüssel zu zählen. Frank schickte ich in den Keller, um eine Zwiebel zu holen, und er schien völlig schockiert, dass ich überhaupt mit ihm sprach. Aber er ging sofort, zusammen mit Harry, der ihm auf Schritt und Tritt folgte. Ich versuchte Berty abzusetzen, aber der fing sofort wieder an zu jammern, worüber Rorey, die ganz verweinte Augen hatte, nur den Kopf schüttelte.

„Ist er es gewohnt, immer auf dem Arm zu sein?", fragte ich sie.

„Nee, ganz bestimmt nich'. Er is' fast nie auf'm Arm gewesen, seit er laufen kann."

Das war natürlich kaum wahrscheinlich, aber das Gedächtnis einer Sechsjährigen konnte ziemlich lückenhaft sein. Mit drei von seinen Fingern im Mund und laufender Nase sah Berty mich direkt an und legte dann seinen Kopf auf meine Schulter. Oh, wie sehr Emma diese Kinder geliebt hatte! Und wie sehr ich doch gerade jetzt ihre Hilfe bei allem gebraucht hätte. Es war einfach nicht richtig, dass sie ihre Mutter auf diese Weise verloren hatten, ohne dass man wenigstens auf Emma zurückgreifen konnte.

Das ist einfach nicht richtig, Herr!

Quer durch den Raum beobachtete ich Lizbeth, wie sie mit ihrer kleinen Schwester sprach und ihr das Fläschchen gab. Sie schien ganz ruhig, bemerkenswert ruhig, aber irgendwie jetzt auch leblos. Dieses ganz besondere, für sie typische Strahlen war weg, sodass sie fast unwirklich aussah.

Sie fing sehr leise, fast flüsternd an zu singen, aber das Geräusch schwebte durch den Raum wie die Wolken am Himmel. Alle anderen waren ruhig, als Kirk mit dem Holz hereinkam. Seine Wangen und Hände waren von der Kälte draußen gerötet. Er hatte keine Handschuhe an. Hatte er Handschuhe gehabt, als sie gestern Abend zu Hause aufgebrochen waren? Oh Gott, warum mussten sie so arm sein? Und wir hatten nichts, was wir ihnen hätten abgeben können.

Es war ein wenig mühsam, die kleinen Mädchen beim Kartoffelschälen mit Bert auf dem Arm zu beaufsichtigen, der sich immer noch an mich klammerte. Ich setzte ihn daher auf der Arbeitsplatte ab, gerade so weit von mir weg, dass ich die Hände frei hatte, um an den Topf heranzukommen und die Petersilie und alles andere, was ich für einen großen Topf Kartoffelsuppe brauchte, hineinzugeben. Franky brauchte ziemlich lange, um die Zwiebel zu holen, aber ich sagte dazu nichts und drängte ihn nicht zur Eile. Einen Augenblick stand er bei mir und beobachtete mich mit rotgeweinten Augen, bis ich merkte, dass er gar nicht mich ansah, sondern Emmas alte Kuckucksuhr an der Küchenwand. Er stand lange reglos und schweigend da und sah nur zu, wie das kleine Pendel hin und her schwang.

„Sie geht“, sagte er.

„Ja, Emma hat immer gesagt, dass sie gut läuft. Genau wie die Kaminuhr.“

„Se soll stehen bleiben. Finden Se nich' auch, dass se aufhör'n soll?“

Er hatte dabei einen so seltsamen Gesichtsausdruck, dass ich zuerst nicht so recht wusste, wie ich darauf reagieren sollte.

„Nein. Ich finde es gibt keinen Grund, weshalb sie das sollte. Ich hoffe, dass die Uhren beide noch eine ganze Weile weiterlaufen.“ Ich musste plötzlich an Albert Graham denken. Ob er die Uhren vielleicht haben wollte oder etwas anderes von Emmas Sachen? Natürlich stand ihm alles zu.

„Wenn se weiterlauf'n würd'n, würd das Emma wohl gefallen?“

„Ach, mein Schatz, ich glaube, dass sie an solche Dinge jetzt gar nicht mehr zu denken braucht. Ich wette, sie ist so glücklich, endlich Willard wieder zu sehen, dass sie vor Glück tanzt – und das jetzt auch noch auf beiden Beinen.“

Aber Franky schüttelte nur den Kopf. „Ich glaub, es würd ihr gefall'n.“ Sonst sagte er nichts mehr, sondern ging einfach weg.

Ich hatte die Kartoffeln im Topf und damit angefangen Teig für Maisbrot zuzubereiten, also wandte ich mich wieder den Zutaten zu. Harry hatte sich auf dem Boden zu meinen Füßen niedergelassen und Berty saß immer noch neben mir auf der Arbeitsplatte. Von Willy und Robert, die immer noch oben waren, war nichts zu hören. Das Baby war inzwischen auf Kirks Arm und Lizbeth spülte schweigend das gesamte Frühstücksgeschirr. Die kleine Rorey stand auf einem Stuhl und fischte ein Geschirrstück nach dem anderen aus dem Nachspülwasser, um es abzutrocknen. Dann reichte sie das Geschirrteil jeweils Sarah, die ebenfalls auf einem Stuhl stand und die Sachen in den Schrank räumte. Wir schwiegen alle, so als hinge unser Leben davon ab, dass wir einfach weitermachten, egal, ob uns danach war oder nicht.

Wir waren deshalb auch alle völlig unvorbereitet, als es im Nebenzimmer plötzlich laut krachte. Ein schwerer Aufprall, splitterndes Glas. Ich reichte Berty an Lizbeth weiter, obwohl sie nasse Hände hatte und rannte hinüber ins Wohnzimmer.

Dort stand Franky neben dem Kamin. Er sah mich nicht an, sondern starrte nur auf die Trümmer zu seinen Füßen. Es war Emmas wunderschöne Seth Thomas Kaminuhr. Hinüber.

„Franky!“, brüllte Lizbeth hinter mir. „Was um alles inner Welt haste jetz' wieder angestellt?“

„Wieder mal“, fügte Kirk noch hinzu. „Du weißt genau, dass de nix anfass'n soll's, was nich' dir gehört, du Blödmann.“

Der kleine Junge sagte kein Wort, sondern starrte nur stumm vor sich hin. Ich trat näher an ihn heran, aber Franky rührte sich nicht und gab auch keinen Ton von sich.

„Was ist passiert?”, fragte ich, als ich so nah bei ihm war, dass ich Tränen auf seinen Wangen schimmern sah.

„Mama is' tot“, sagte er. „Un' Emma jetz' auch.“

Einen Moment lang stand ich da und konnte seinen Gedanken nicht ganz folgen. Er wusste schon, dass Emma gestorben war. Die Uhr war eines ihrer kostbarsten Besitztümer gewesen, und zwar weil sie Willard so sehr gefallen hatte. Aber jetzt konnte es ihr nichts mehr ausmachen, dass sie entzwei war.

„Franky ...“

„Ich wollte se doch nur aufzieh'n. Ich wusste, dass se aufgezogen werden muss.“

Er hätte die Uhr gar nicht anrühren sollen. Er hatte nichts an der Uhr zu schaffen gehabt und es machte mich böse, dass er es trotzdem gewagt hatte, ohne erst zu fragen. Glücklicherweise hatte ich mich wieder so weit gefangen, dass ich meinen Zorn nicht zeigte.

„Ich wollt se wirklich nich' zerdeppern“, sagte er, kreidebleich im Gesicht. „Ich hab' Emma doch gemocht.“

Sein Knöchel blutete, wo eine Scherbe ihn getroffen haben musste, aber er trat einen Schritt zurück und ließ mich nicht an sich heran.

„Franky ...“

Seine Lippen bebten und urplötzlich drehte er sich um und floh, an uns allen vorbei, in die Küche.

„Franky!“, schrie Lizbeth hinter ihm her. „Du komms' sofort wieder her und hilfs' das Durcheinander hier wieder aufzuräum'n.“ Mit zerknirschtem Gesichtsausdruck wandte sie sich dann mir zu. „Das tut mir so schrecklich Leid“, sagte sie etwas leiser. „Er is' einfach nich' richtig bei sich. War se teuer?”

Bevor ich antworten konnte, hörte ich, wie die Hintertür zugeknallt wurde. Ich rannte in die Küche in der Hoffnung, schnell genug zu sein, um zu sehen, in welche Richtung der kleine Kerl lief, aber als ich die Tür erreicht hatte, war er schon nicht mehr zu sehen. Im nächsten Augenblick hörte ich ein schwaches Schluchzen genau unter mir. Also verließ ich die Veranda über die Treppe, obwohl ein böiger, kalter Wind wehte und schaute etwas genauer die Stelle an, wo zwei Bretter locker waren.

„Franky?“

Und wirklich, dort saß er. Wieder genau an derselben Stelle, an der ihn auch Samuel schon einmal gefunden hatte. Zusammengekauert saß er dort und weinte sich die Augen aus.

„Franky, warum kommst du nicht heraus?", fragte ich ihn ganz sanft. „Solche Missgeschicke passieren nun mal."

Kirk stand direkt hinter mir. Das Baby hatte er im Haus bei Lizbeth gelassen. „Komm da sofort raus, du erbärmlicher Kerl", befahl er. „Schon schlimm genug, woran wir jetzt alles denken müssen, und du machs' durch so was alles nur noch schlimmer."

Ich sah von Franky weg und hinüber zu Kirk. „Kirk", sagte ich. „Würdest du bitte mal für mich nach dem Suppentopf sehen und dafür sorgen, dass genug Holz auf dem Feuer ist?"

Er sah mich misstrauisch an.

„Nun mach schon. Bitte. Ich rede mit ihm."

Kopfschüttelnd über meine Reaktion ging Kirk ins Haus zurück. Franky hatte sich nicht gerührt.

„Ich weiß, dass du das nicht absichtlich getan hast. Es ist schrecklich kalt da draußen. Kannst du nicht bitte herauskommen? Wir setzen uns lieber nach drinnen."

Er drehte mir den Rücken zu und saß zusammengekauert da.

Diese Hammonds, dachte ich. *Was ist eigentlich los mit ihnen, dass sie diese Aussetzer haben, so wie jetzt Franky und auch sein Vater?*

Ich wusste, dass es der Schmerz und die Trauer waren, die dieses Verhalten auslösten, aber es widerstrebte mir fast ebenso sehr wie Kirk, denn man musste das, was man gerade tat, unterbrechen, um sie vor sich selbst zu schützen, sodass einem selbst gar keine Gelegenheit und Zeit mehr zum Trauern blieb.

„Franky?"

Er beachtete mich gar nicht. Also ging ich trotz des Schnees auf Hände und Knie hinunter und kroch ein Stück auf allen Vieren, um ihn aus dem Hohlraum unter der Veranda herauszuziehen, genau wie Sam es auch gemacht hatte. Aber irgendetwas an seinem erstickten Schluchzen ließ mich innehalten. Er betete zu Gott.

„Franky?"

„Ich wollte ihn'n wirklich nich' wehtun. Ich wünschte Mama un' Emma hätt'n nie 'ne Uhr gehabt. Dann hätt' ich ihn'n gar nich' wehtun können. Dann könnte ich nix zerdeppern."

Ich kroch schnell zu ihm hin und legte meine Hand auf seinen Arm. „Ach nein, Schatz. Du hast ihnen nicht wehgetan. Die Uhr hat mit all dem gar nichts zu tun."

„Aber ich hab Mamas Uhr auch zerdeppert", schluchzte er. „Ich wusste, dass se sterben würde. Es is' doch wahr, was Arthur Whistler mir erzählt hat. Un' es is' meine Schuld, das weiß ich genau!"

„Franky..."

„Ich will auch tot sein!"

„Nein, das willst du nicht."

Er packte mich plötzlich so heftig, dass ich beinah seitlich umgekippt wäre. Er klammerte sich so fest an mich, dass es schmerzte, und er weinte mir auf meinen Kragen. In dem Augenblick kam er mir so klein vor wie ein Baby und wenn ich mich in dem Loch hätte aufrichten und hinstellen können, hätte ich ihn wahrscheinlich auf den Arm genommen und ins Haus getragen.

„Franky ..."

Er schien mich gar nicht zu hören. „Jesus", weinte er. „Jesus. Jesus."

Ich musste tief Luft holen. „Deine Mama und Emma sind jetzt bei ihm", flüsterte ich. „Und sie sind beide sehr glücklich dort."

„Ich will nich', das se böse auf mich sin ..."

„Das sind sie gar nicht! Das ist doch alles gar nicht deine Schuld."

„Aber ich weiß ..."

„Nein, mein Schatz, da hast du nur eine ganz dumme Geschichte gehört, das ist alles."

Er blickte zu mir auf.

„Aber se sin' doch wirklich gestorben!"

„Ja, aber sie sind gestorben, weil sie beide sehr krank waren. Das hat gar nichts mit dir zu tun. Verstehst du das?"

„Kirky und Joey und die anderen hassen mich jetz' bestimmt."

„Nein, das werden sie nicht. Nicht wenn sie auch nur einen Funken Verstand haben. So, und jetzt genug damit. Es ist viel zu kalt, um hier draußen zu bleiben. Komm mit rein und hilf mir mit deinen kleinen Brüdern."

Er setzte sich auf und wischte sich das Gesicht mit den Ärmeln ab. „Wieso brauchen die denn Hilfe?"

„*Ich* brauche deine Hilfe, mein Junge. Spiel einfach mit ihnen, damit sie eine Weile beschäftigt und zufrieden sind. Könntest du das wohl übernehmen?"

Als er nickte, seufzte ich erleichtert. Gemeinsam krochen wir unter der Veranda hervor und gingen von dort aus direkt in die Küche. Franky nahm den kleinen Berty bei der Hand und zog ihn mit sich in Richtung Wohnzimmer.

„Los, komm Harry", sagte er. „Du auch. Wir spiel'n hier drin jetz' Injaner."

Ich blieb kurz am warmen Herd stehen und warf einen Blick in meinen Suppentopf. All diese Kinder und all ihre ganz eigenen Nöte. Ich hatte es geschafft, dass einer von ihnen sich die Tränen abgewischt hatte und unter der Veranda hervorgekommen war. Aber welches Problem würde als nächstes auftauchen? Konnte ich auch nur die Hälfte dessen bewältigen, was noch auf uns zukam? Was war mit den Begräbnissen und mit dem langen Winter, der noch vor uns lag? Und Weihnachten. Herr, hab Erbarmen. Ich war nicht stark genug, um all das zu bewältigen, nicht einmal mit Samuel an meiner Seite würde ich das schaffen.

8

Samuel

Louise Post sah mich kommen und rief sofort laut nach Barrett. In ihrer Stimme schwang Panik mit. Ich nehme an, sie wusste, dass ich mich bei diesem Wetter nicht fünf Kilometer durch Schneewehen und Kälte querfeldein gekämpft hätte, wenn es nicht wirklich dringend war.

„Es ist was mit Emma, oder?", fragte Barrett, sobald ich nah genug herangekommen war. Louise stand hinter ihm und wrang ein Geschirrtuch in den Händen.

Ich erzählte ihnen alles – dass Mrs. Hammond verstorben war und dann auch Emma, und dass die Hammond-Kinder alle bei uns waren. Ich berichtete auch, in welchem Zustand Joey und ich George vorgefunden hatten.

„Ich werde Ihre Hilfe brauchen“, sagte ich dann. „Albert muss benachrichtigt werden und die Verwandten der Hammonds und der Pastor.“

„Ich bringe Sie zu ihm hin“, sagte Barrett.

„Ach du liebe Güte“, rief Louise aus. „Wie nimmt Lizbeth es denn auf? Und Julia?

„So gut es eben geht, nehme ich an.“

„Nun beeil dich mal“, befahl Louise ihrem Mann. „Macht euch sofort auf den Weg und bringt den Pastor zu ihnen hinaus. Das ist jetzt sicher für alle ein Trost.“

Ich war fast ein wenig überrascht, dass ausgerechnet sie das sagte. Die Posts waren keine Kirchgänger und hatten sich Emmas Bemühungen, sie in dieser Richtung zu beeinflussen, stets entzogen.

„Emma hat mir gesagt, dass sie nicht vom Totengräber beerdigt werden will“, fügte Barrett mit feierlichem Ernst hinzu.

„Das hat sie mir auch gesagt. Damals im Juni, glaube ich.“

„Und was ist mit Wilametta? Hat George Ihnen irgendwas dazu gesagt?“

„Ich glaube nicht, dass er in der Verfassung ist, sich darüber überhaupt Gedanken zu machen.“

„Er könnte es sich doch sowieso gar nicht leisten“, sagte Barrett mit großem Mitgefühl. „Wir kümmern uns um das Begräbnis. Dazu sind Nachbarn doch schließlich da.“

Ich freute mich über Barrett. Obwohl seine Frau sich bereits um all die Kinder Sorgen machte und um Emma klagte, schirrte der Gute sein Gespann vor den vierzig Jahre alten Schlitten und besprach alles mit mir, was jetzt zu erledigen war.

„Is' schon reichlich spät am Tag, um noch viel zu erledigen, nachdem die Leute benachrichtigt sind. Is' wohl besser, wenn wir morgen die letzte Ehre erweisen. Machen Se sich mal keine Sorgen wegen den Gräbern, Sam. Dafür sorgen Clement und ich schon. Das ham wir schon ein paar Mal im Winter gemacht.“

Barrett war bereit, gleich loszufahren, und ich setzte mich neben ihn, froh darüber, dass es inzwischen nicht mehr schneite. Aber ich hätte mir gewünscht, dass sein Gespann etwas schneller gewesen wäre. Er trieb die Pferde nicht an, weil es auch so schon schwer genug für sie war, uns durch die hohen Schneeverwehungen zu ziehen. Aber es war auf jeden Fall einfacher als zu Fuß zu gehen.

„Bauen Sie die Särge?", fragte Barrett plötzlich, als wir an *Grovers Corner* vorbeikamen, das in dem strahlenden Weiß kaum zu erkennen war.

Darüber hatte ich mir noch gar keine Gedanken gemacht, obwohl ich das weiß Gott schon längst hätte tun sollen. „Emmas werde ich auf jeden Fall bauen, das habe ich ihr versprechen müssen, auch wenn ich damals gehofft habe, dass es dazu nie kommen würde."

„Ja, sie hat gesagt, mit Holz wär'n Se richtig gut. Seit Se ihr damals den Stuhl gebaut haben." Er nickte. „Vielleicht sollten Se dann auch den Sarg für Wilametta mit einplanen. George und seine Jungs sollten sich damit nich' belasten müssen. Haben Se genug gutes Holz?"

„Weiß nicht!"

Ich staunte darüber, wie sachlich er über all diese Dinge reden konnte. Aber er und sein Bruder Clement hatten schon ihre Eltern, die Schwestern, einen Bruder und zwei Kinder begraben.

„Ich bring Ihnen heute Abend noch etwas gutes Pinienholz rüber", versprach er. „Bis dahin hat Louise bestimmt auch 'ne Ladung Essen gekocht, nehm ich mal an, damit sich keiner Gedanken ums Kochen und Essen machen muss."

Ich konnte mir in diesem Augenblick nicht einmal vorstellen, überhaupt Hunger zu verspüren. „Vielen Dank für Ihre Hilfe."

„Das is' doch nur Nachbarschaftshilfe. Es gibt hier in der Gegend keine Menschenseele, die nicht alles für Emma tun würde. Und Wilametta – gute Güte! Allein schon der Gedanke an George reicht ja aus, dass er jedem Leid tut! Ich hoffe wirklich, dass Wilas Familie die Kinder aufnehmen kann."

Das war ein seltsamer Gedanke für mich. Wieso ging er nicht davon aus, dass die Kinder bei ihrem Vater bleiben würden? Aufgrund dessen, was ich ihm erzählt hatte? Sicher, George war völlig außer sich und durcheinander, aber ich wäre auch in schrecklicher Verfassung, wenn Julia etwas zustieße. Es gab doch keinen Grund anzunehmen, dass er sich nicht wieder fing. Oder?

„Wilametta war diejenige, die drüben bei den Hammonds alles zusammengehalten hat, Sam", sagte Barrett, als hätte er meine Gedanken gehört. „George ist nicht gerade besonders helle im Kopf. Er kommt zwar einigermaßen zurecht, aber er hat sich schon immer schwer getan, richtige Entscheidungen zu treffen. Wilametta hat immer Seite an Seite mit ihm zusammengearbeitet, wenn das möglich war. Sie war diejenige, die gesagt hat, wo es lang geht und was als nächstes getan werden muss."

Genau das hatte ich auch beobachtet, aber ich hatte es auf Wilamettas Herrschsucht zurückgeführt und nicht auf pure Notwendigkeit. Wieso wusste George nicht, was auf einer Farm zu tun war, mit der er sich doch eigentlich hätte auskennen müssen nach all den Jahren dort? Er und Wila hatten jetzt schon seit über zwanzig Jahren zusammen dort gelebt und gearbeitet, und er hatte sogar schon als Kind dort gelebt.

„Wir müssen ein Auge auf ihn haben", fuhr Barrett fort. „Wenn er irgendwas zu trinken in die Finger kriegt, dann ist es ganz vorbei mit ihm. Damit kann er nämlich ganz und gar nicht umgehen. Manche sagen, dass sein Vater auch schon so war und sein Großvater ebenfalls. Ich sag das wirklich nich' gern, aber dass Wilametta ihn dazu gebracht hat, in die Kirche zu gehn, war das einzig Wahre, damit er mit dem Trinken aufhört. Sonst hätten se es niemals so lange geschafft."

Er seufzte. „Die Prohibition verhindert eben doch nicht das Selbstbrennen und den Verkauf von Schnaps. Es gibt Unmengen von dem Zeugs da draußen, wenn man weiß, wo man suchen muss. Schlimm is' das für die Leute, die dieses Zeugs, das da heute gebraut wird, trinken. Es macht sie abhängig und krank."

Ich nickte nur und er fuhr schweigend weiter, bis wir Covey Muellers Haus sehen konnten. Die Muellers waren ebenfalls eine große Familie, aber ihr Haus war auch viel größer als das der Hammonds.

„Wir können auch gleich halten und ihnen Bescheid geben", sagte Barrett finster. „Wenn die Telefonleitung so weit raus gelegt würde, müssten wir gar nicht in die Stadt fahren. Aber das wird wahrscheinlich nie was werden. Keiner will so viel Aufwand treiben für uns paar Farmer hier draußen."

Covey und Alberta reagierten ungefähr genauso wie Louise. Barrett plauderte noch ein paar Minuten, aber ich wollte eigentlich lieber so schnell wie möglich weiter. Je schneller wir in die Stadt kamen, desto schneller waren wir auch wieder zurück, und ich war doch etwas in Sorge um Julia und die vielen Kinder bei ihr.

„Manche Leute warten mit dem Begräbnis bis es taut", sagte Covey, ohne auch nur einen Hauch von Respektlosigkeit. „Als meine Tante Mabel starb, haben sie sie sorgfältig in einem Schuppen aufgebahrt, bis sie das Grab ausheben konnten. Aber das war auch im Norden von Minnesota."

„Mit all den Kindern in der Nähe ist es bestimmt besser, nicht zu warten", sagte Barrett. „So hart es sich auch anhört, aber je schneller es abgeschlossen ist, desto besser, damit George und die Kleinen dann weitermachen können."

Covey nickte. „Wir helfen euch."

„Wir machen morgen Feuer, damit die oberste Erdschicht taut", erklärte Barrett. „Es ist bestimmt nicht mehr so schwer, wenn wir erst mal die gefrorene Schicht weghaben."

Ich wollte jetzt keine weiteren Einzelheiten mehr hören, wollte nicht immer wieder dieselben Informationen hören bei jedem Haus, dessen Bewohner wir benachrichtigten. Allein schon der Gedanke an den Schmerz, den ich unter Julias fester Entschlossenheit gespürt hatte, weckte in mir den heftigen Wunsch, sofort zurückzueilen und sie in die Arme zu nehmen. Dazu hatte ich bisher überhaupt noch keine Gelegenheit gehabt. Und all die Kinder! Wie gern hätte ich mich zu meinen beiden eigenen Kleinen gesetzt und ihnen so gut wie möglich zu erklären versucht, was passiert war; hätte sie eine Weile fest in die Arme genommen und dafür gesorgt, dass für sie alles wieder gut wurde. Auch dazu war bisher noch keine Gelegenheit gewesen. Wann das wohl möglich sein würde? Und wer würde diesen Part bei den Hammond-Kindern übernehmen?

„Brauchen Sie eine Tasse Kaffee?", fragte mich plötzlich Mrs. Mueller. „Sie sehen gar nicht gut aus."

„Nein", antwortete ich, aber mehr brachte ich nicht heraus.

„Wieso bringst du ihn nicht nach Hause?", schlug Covey vor.

„Ich glaube, er sollte jetzt besser bei seiner Familie sein.

Orville und ich, wir könn' in die Stadt gehn und da Bescheid sagen, was passiert ist."

Gott segne Sie!, dachte ich bei mir. *Der Himmel segne Sie, Covey Mueller!* Barrett hatte nicht ohne mich in die Stadt fahren wollen. Ob er nur nicht allein zum Pastor gehen wollte oder was auch immer – ich wusste es nicht, aber er nickte den Muellers jetzt zu und erklärte sich sofort einverstanden.

„Sie müssen Albert in Chicago anrufen", wies er sie an. „Und Fedora und Chloe Adamson drüben in Farmington. Das sind Wilamettas Schwestern. Zu schade, dass sie wahrscheinlich bei dem Wetter nicht rüberkommen können. Und haltet auch Ausschau nach dem jungen Sam Hammond, ja? Er hat sich gestern Abend auf den Weg gemacht, den Doktor zu holen, aber seitdem hat ihn keiner mehr gesehn."

Ich war froh, als wir endlich wieder aufbrachen, um uns auf den Rückweg zu machen. Und Barrett war ebenfalls froh. So viel sagte er mir noch, aber danach schwieg er.

Zuerst fuhren wir zu den Hammonds, weil Barrett meinte, dass es vielleicht eine Hilfe sein könnte, wenn noch ein weiterer Nachbar mit George sprach. Im Haus war es immer noch völlig still, als wir dort ankamen. Ich stieg von dem Schlitten und ging auf die Veranda, um an die Tür zu klopfen, aber Joe öffnete schon, bevor wir überhaupt die Veranda erreicht hatten.

„Ich hab grad Kaffee gemacht. Woll'n Se welchen?"

„Klar", antwortete Barrett, der hinter mir stand. Wir folgten Joe ins Haus, weil wir beide sehen wollten, in welcher Verfassung George war.

Er saß immer noch am Feuer und es sah fast so aus, als hätte er sich die ganze Zeit nicht von der Stelle gerührt. Aber einer von beiden musste sich bewegt haben. Zwei Stühle lagen nämlich umgekippt mitten im Raum. Beim einen waren die Beine zertrümmert, so als hätte jemand ihn gegen irgendetwas geschleudert. Alles, was auf dem Kaminsims gestanden hatte, lag zerbrochen auf dem Boden verstreut, zusammen mit zwei angeschlagenen Töpfen, ein paar Tellern und Wilamettas Bibel.

Ich sah die beiden an und fragte mich, ob einer von ihnen fähig war, derart zu wüten. Ich war fast sicher, dass es George gewesen war, aber keiner von beiden sagte ein Wort. Joe brachte den Kaffee und reichte mir und Barrett jeweils einen Becher voll. Als er versuchte auch George einen zu geben, wurde er weggestoßen.

„Gehn Se nach Hause, Wortham“, sagte George plötzlich. „Un’ Se auch, Post. Ich will hier jetz’ kein’n seh’n.“

„Ich geh gleich wieder“, sagte ich zu ihm. „Aber ich würde Sie gern mitnehmen. Ihre Kinder brauchen Sie jetzt.“

„Sie ham mich doch selbst in dies Totenhaus zurückgezerrt!“, brüllte er nun. „Hier wollten Se mich doch ham. Ich geh’ nirgends hin!“

„Also wirklich, George ...“, setzte Barrett an.

„Halten Se’n Mund un’ lass’n Se mich in Ruh!“

„Damit ist doch gar nichts gelöst“, sagte Barrett. „Un’ Samuel hat doch wirklich Recht. Deine Kinder brauchen dich. So viel von dir wie se nur kriegen können. Willst du, dass ich se herbringe?“

Jetzt ergriff Joe das Wort. „Die Kleineren kommen besser noch nich’ wieder her.“ Er sah mich angespannt an. „Vielleicht können ja Kirk und Lizbeth komm’. Natürlich wenn’s ihn’n recht is’, dass die andern noch bleiben.“

„Ich will nich’, dass irgendwer kommt!“, schrie George seinen Jungen an. „Hast du mich verstanden? Geh lieber auch mit da hin. Raus hier. Es gibt sowieso kein’ Grund mehr, hier zu bleib’n.“

„Aber Pa ...“ Joe wandte sich jetzt an Barrett und mich, und das, was ich in seinen Augen sah, war offenbar Angst. Viel ruhiger sagte er: „Ich kann hier jetz nich’ weg.“

Dazu konnte ich nur nicken. Es sollte wirklich jemand dort sein, wenn der Doktor und Samuel Hammond es tatsächlich schaffen sollten durchzukommen, oder der Pastor, oder wer auch immer. Und wir konnten uns nicht darauf verlassen, dass George auch dann da blieb, wenn wir ihn nicht mehr im Auge hatten.

„Nun mach dir mal keine Sorgen, mein Junge“, beruhigte Barrett ihn. „Es is’ ganz richtig, dass du ihn nicht allein lassen willst.“

George stand jetzt auf und starrte uns wutentbrannt an. „Ich hab euch nich' um eure Gesellschaft gebeten! Wieso verschwindet ihr nich' einfach un' kümmert euch um euern eigenen Kram?"

„Wir haben ein bisschen mehr damit zu tun, deinen zu bedenken, George", sagte Barret sanft zu ihm. „Ich weiß, du willst nicht drüber reden, aber ich muss wissen, wo du Wilametta begraben willst. Wir müssen über all das reden, auch wenn uns das wirklich nich' gefällt."

„Keiner holt mir meine Wila aus dem Bett da raus", sagte George jetzt ganz sanft.

Barrett schüttelte den Kopf und Joe setzte sich. Er sah aus, als wäre ihm weich in den Knien geworden.

„Wir könn'n kein'n Totengräber bezahl'n", sagte uns der Junge. „Ich heb das Grab selbst aus, wenn's so weit is. Das hätte Mama auch so gewollt. Drüben beim Birkenwäldchen, wo immer die Glockenblumen blüh'n."

Barrett nippte an seinem Kaffee. „Mach dir darüber mal keine Gedanken. Darum kümmern wir uns schon. Zeig uns morgen früh einfach nur die Stelle, wenn du willst. Deine Mama wäre stolz auf dich. Du bist ein starker Junge."

Ganz offensichtlich fühlte Joe selbst sich ganz anders, denn als er diese Worte hörte, sah er so aus als würde er jeden Augenblick zusammenbrechen.

Ich trank einen großen Schluck Kaffee, obwohl er noch sehr heiß war. Ich hatte gehofft, dass George in der Lage sein würde, mit zu uns zu kommen, um seinen Kindern die väterliche Unterstützung zu geben, die sie jetzt brauchten, aber in der Hinsicht hatte er absolut nichts zu geben. Und mir gefiel es gar nicht, einfach nur dazustehen und mich nutzlos zu fühlen.

„Braucht das Vieh Wasser?", fragte ich Joe. „Oder gibt es sonst was, das ich tun kann, wo wir schon mal da sind?"

„Das wär gut." Der Junge nickte mir dankbar zu. „Wenn es Ihn'n nix ausmacht. Se müssen auch die Morgenmilch mit rüber nehm'n für Lizbeth. Eigentlich hätt ich sie ihn'n vorhin schon mitgeben soll'n."

„Sie braucht auch Windeln fürs Baby", erinnerte ich mich plötzlich wieder.

„Mist. Ich weiß nich', wo welche sin'." Er schaute hinüber zu seinem Vater und seufzte. „Pa, wo sind Emma Gracies Windeln?"

George starrte nur in die flackernden Flammen im Kamin und antwortete nicht.

Joe stand auf und machte einen Schritt in seine Richtung, blieb dann aber abrupt stehen. Irgendetwas an seinem Ausdruck änderte sich. Hoffnung. Oder Erleichterung. Da war jedenfalls etwas Neues in seinen Augen, als er jetzt ans Fenster rannte, schneller als ich ihn sich jemals hatte bewegen sehen.

„Habt ihr das gehört?"

Ich hatte nichts gehört. Und Barrett schüttelte den Kopf.

„Da kommt noch 'n Schlitten."

George erhob sich. Joe war im Nu an der Tür und ich folgte ihm. Sobald das Gespann nah genug war, konnte ich Sam Hammond darin sehen, zusammen mit einem älteren Mann, der aller Wahrscheinlichkeit nach der Doktor war. Kein Wunder, dass Joe erleichtert war. Der junge Sam war fast vierundzwanzig Stunden lang weg gewesen und jetzt war er heil und wohlbehalten zurück. Aber welche Neuigkeiten ihn hier erwarteten!

Sam sprang rasch vom Schlitten und kam zum Haus, das Gesicht war wund und gerötet von der beißenden Kälte.

„Geht's Mama schon besser?", fragte er, bevor Joe oder ich auch nur Gelegenheit hatten, etwas zu sagen. George war gar nicht aus dem Haus gekommen und Barrett war bei ihm geblieben. Ich sah, wie der älteste Hammond-Junge zu Posts kleinem Schlitten hinüberschaute. Er wusste, dass es nicht meiner war und fragte sich jetzt bestimmt, wer sonst noch gekommen sein mochte und vor allem, weshalb.

„Na, da bin ich aber froh, dass de wieder da bis'", sagte Joe zu seinem großen Bruder, kaum in der Lage, die Tränen zurückzuhalten.

„Na, dann is' es wohl besser hier nicht länger rumzustehen", erklärte Sam und wirkte wegen des Gesichtsausdrucks seines Bruders ein wenig verunsichert. Der Arzt stieg jetzt ebenfalls vom Schlitten und sie gingen beide zum Haus.

„Wart' mal". Joe packte seinen Bruder am Arm, schien aber irgendwie keine Worte zu finden. Mit Verzweiflung im Blick und Hilfe suchend sah er mich an.

„Gut, dass du den Doktor geholt hast", sagte ich zu dem Jungen. „Aber wir brauchen ihn jetzt leider nicht mehr."

Der junge Sam starrte uns nur für einen Moment fassungslos an. Unsere Gesichter offenbarten wohl deutlich, dass es sich hier nicht um eine gute Nachricht handelte.

„Tut mir Leid", sagte ich zu ihm und wünschte, ich hätte ihm etwas Tröstlicheres zu sagen gehabt.

„Was ist los?", fragte Dr. Howell sofort nach.

„Mama ... sie is'... sie is' gestorben", stammelte Joe und sah den Doktor dabei an. „Es tut uns Leid ... dass Sie extra rausgekommen sin'."

Sam starrte mich fragend an, so als verlange er von mir eine Bestätigung dessen, was Joe kaum zu sagen geschafft hatte. Er griff Halt suchend nach der einen Seite des Schlittens, um nicht umzufallen.

„Es tut mir Leid", sagte ich noch einmal zu ihm. „Keiner von uns konnte noch etwas für sie tun."

Doktor Howell ließ den Kopf hängen. „Ist es in Ordnung, wenn ich trotzdem kurz hineinschaue?"

Joe sah ihn irritiert an, jetzt mit Tränen verschleiertem Blick. „Aber jetz' nützt es auch nichts mehr. Sie ist von uns gegangen ..."

Howell nickte. „Tut mir Leid, mein Junge. Es ist aber jetzt meine traurige Pflicht, den Totenschein auszustellen."

„Emma Graham", sagte ich schnell. „Sie war hier, um Mrs. Hammond zu helfen, aber sie ..."

„Sie ist auch tot", sagte Joe. „Beide vergangene Nacht." Er sah jetzt aus, als könne er sich kaum noch auf den Beinen halten. Und der junge Sam, der nach den Strapazen der vergangenen 24 Stunden auch noch mit diesem Schock fertig werden musste, war in noch schlimmerer Verfassung.

Ich wünschte, ich hätte sie beide in den Arm nehmen können, aber sie waren so groß wie ich und umarmten sich ja nicht einmal gegenseitig.

Dr. Howell stand für einen Augenblick einfach so da, um die bitteren Neuigkeiten erst einmal zu verdauen. „Beide am selben Leiden?"

„Nein, das glaube ich nicht", antwortete ich. „Emma war schon seit ein paar Tagen ziemlich schwach. Das Herz ... wie üblich. Ich wollte eigentlich nach Ihnen schicken, aber sie hat immer wieder gesagt, dass sie das nicht will."

„Ich hätte ihr Bettruhe verordnet und das wusste sie auch. Meistens konnte ich auch nicht mehr für sie tun. Sie war einfach am Ende ihres Lebens angekommen." Mit langsamen Schritten ging er jetzt zum Haus.

„George ist drinnen mit Barrett Post", sagte ich. „Er nimmt es nicht gut auf. Kann sein, dass er nicht besonders erfreut ist, Sie jetzt hier zu sehen."

Sam Hammond lehnte sich nun mit dem Rücken an der Seite des Schlittens an.

„Wir sind zu spät gekommen", sagte er, als würde ihm erst jetzt klar, was wir ihm mitgeteilt hatten.

„Du hättest auch nicht mehr tun können", sagte ich noch einmal.

„Das könn'n Se doch gar nich wissen! Wenn ich gestern Nacht hier gewesen wär ..."

„Gegen den Schneesturm hättest du auch nichts tun können. Du hast alles getan, was du konntest."

„Ich hab angehalten", sagte er mit zittriger Stimme und sah dabei seinen Bruder an. „Ich hab's nich' geschafft. Als Birdie vom Weg abgekommen und in ein Loch getreten is', hab ich se nich' mehr wieder hochgekriegt. Musste se da lassen. Das wär's wert gewesen, dass Mama Hilfe kriegt, aber so ..."

Joe sah aschfahl aus. „Was, du has' Birdie verlor'n?"

Ich wusste, was er dachte. Das war zusätzlich noch ein weiterer schwerer Schlag. Wenn Birdie nicht mehr da war, waren sie so gut wie erledigt, selbst bei gutem Wetter. Georges altes müdes Pferd Teddy konnte unmöglich allein ihren großen Wagen ziehen. Und ohne den Wagen waren sie völlig aufgeschmissen.

Sams Kopf war inzwischen fast bis zu den Händen geneigt. „Ich hätte 'n andern Weg nehmen soll'n. Ich hätt besser wissen müssen, wo die Straße verläuft, und Birdie von dem Loch fernhalten. Dann wär ich vielleicht durchgekommen. Aber auch zu Fuß bin ich immer wieder hingefall'n . Konnte gar nix seh'n vor Schnee. Bei Tom Welty musste ich Halt machen. Aber das hätt ich nich' machen dürfen ..."

„Das hätte auch nichts mehr geändert. Es war einfach zu gefährlich bei dem Schneesturm weiterzugehen. Ich hätte dich gar nicht losfahren lassen sollen.“

„Aber ich musste. Pa hat doch gesagt ...“

„Nein.“ Fast hätte ich gesagt, dass sein Pa es eigentlich hätte besser wissen müssen. Er hätte wissen müssen, dass es zu spät war, als der Schneesturm erst einmal mit voller Wucht im Gange war. Aber ich brachte die Worte einfach nicht heraus.

„Es nützt jetzt auch nichts mehr, darüber nachzudenken, was gewesen wäre, wenn. Wir haben eben das getan, was wir für richtig hielten. Mach dir keine Vorwürfe.“

Plötzlich schrie George im Haus. Wir wussten alle, dass er es war, auch wenn unmöglich zu verstehen war, was er sagte.

„Is er betrunken?”, fragte Sam.

„Nein“, sagte darauf sein Bruder. „Er is’ nur nich’ richtig bei sich. Schwer zu sagen, was er macht.“

Der älteste Hammond schüttelte mit tiefen Schmerz im Blick den Kopf. Ich wünschte, er hätte weinen können. Das hatte Joe wenigstens tun können. Aber Sam gab sich selbst einen Ruck und schaute zum Haus hinüber.

„Sind die Kinder immer noch bei Ihnen drüben?”, fragte er mich.

„Ja. Und sie sind bestimmt froh, dass du heil zurück bist.“

„Wissen se es schon? Das mit Mama?“

Wieder sah Joe mich an und seufzte. „Ja, inzwischen wissen se es.“

Sam schüttelte den Kopf. „Und was machen wir jetzt? Ohne Emma verlier’n wir vielleicht auch noch die Farm.“

„Das hat Pa auch gesagt“, bestätigte Joe. „Er hat gesagt, dass es gar keinen Sinn hat, wenn die Klein’ zurückkommen, weil das hier sowieso nich’ mehr ihr Zuhause is’. Aber ich hab auch keine Ahnung, wie viel ich davon glauben soll, was er sagt, wenn er so is’ wie jetzt.“

Ich sah, wie sich die Blicke der beiden ältesten Jungen trafen und sie sprachen so, als wären jetzt sie für alles verantwortlich.

„Ohne Mama bleibt uns nix mehr“, sagte Sam.

„Tante Chloe is’ doch noch da.“

„Nein. Wo doch Dude und Rachel und Simon dauernd krank sind, da kann se wohl kaum noch uns helfen. Und Tante

Fedora tut ganz bestimmt nix für Pa, wenn Mama nich' mehr da is'."

Ich fragte mich, was wohl in den beiden Jungen vorgehen mochte. Sie hatten ihren Vater immer respektiert. Er arbeitete immer an irgendetwas und sie hatten immer getan, was er gesagt hatte. Aber in dieser Situation trauten sie ihm anscheinend ganz und gar nichts zu.

„Wir komm'n schon zurecht", sagte Joe und versuchte entschlossen und sicher zu klingen.

„Lizbeth kennt sich gut mit den Kleinen aus."

„Irgendwie kriegen wir das schon hin", fügte der junge Sam ernst hinzu. „Aber das is' alles nicht richtig."

Dr. Howell kam schon wieder aus dem Haus zurück.

„Es war nichts Ansteckendes, so viel steht fest", sagte er im Näherkommen. „Ich wusste ja, wie es um Emma stand, aber das mit Mrs. Hammond ist wirklich schrecklich. War sie lange krank?"

„Vielleicht zwei, drei Tage", antwortete Joe. „Und davor den ganzen Herbst hindurch immer wieder."

Dr. Howell sah von einem Jungen zum anderen. „Tja, da kann man nichts machen. Tut mir wirklich Leid für euch, Jungs."

Sam wandte nur den Kopf ab.

„Haben Sie denn schon Gelegenheit gehabt, den Totengräber zu benachrichtigen?", fragte mich der Doktor.

„Wir brauchen kein'n Totengräber", antwortete Sam darauf sofort. „Könn' uns kein' leisten. Außerdem kenn' wir den kaum. Mama hätt nur Leute um sich gewollt, die se auch gekannt hat."

Darauf reagierte Dr. Howell nicht. Er wandte sich nur an mich und schüttelte mir mit feierlichem Ernst die Hand. „Soll ich Emmas Verwandte für Sie benachrichtigen, wenn ich wieder in der Stadt bin?"

„Das macht Covey Mueller schon. Aber Sie haben sie ja schon lange gekannt. Ich wäre Ihnen dankbar, wenn Sie nachprüfen könnten, ob er auch durchgekommen ist und ihre

Freunde informiert hat, wenigstens alle, von denen Sie wissen."

Er nickte. „Rita McPiery natürlich. Und Miss Sharpe aus ihrer Gemeinde in Dearing."

Natürlich dachte er sofort an Mrs. McPiery. Aber Miss Sharpe? Das war die missmutige alte Dame, von der Emma für verrückt erklärt worden war, weil sie wieder nach Hause auf ihre Farm gezogen war. Sie hatte Juli und mich von Anfang an verabscheut und hatte sogar den Versuch unternommen, Albert Graham gegen uns aufzuwiegeln. Aber Emma hatte sie trotzdem gern gehabt. Emma hatte jeden gern gehabt.

„Tut mir wirklich Leid", sagte der Doktor noch einmal zu den beiden Jungen. Und dann sah er mich noch einmal an, bevor er wieder zum Schlitten ging. „Sagen Sie bitte George, wie Leid es mir tut. Würden Sie das bitte für mich tun?"

Er hatte mit keinem Wort erwähnt, weshalb George so laut geschrien hatte. Er sagte auch nicht, ob er versucht hatte, mit George zu reden oder nicht. Er nickte uns nur noch einmal zu und stapfte dann durch den Schnee zum Schlitten.

„Ja, Sir", sagte ich zu seinem Rücken, auch wenn ich wusste, dass er mich gar nicht mehr hören konnte. „Ich werd's ihm ausrichten."

Der junge Sam ging jetzt zum Haus. Joe folgte ihm und ich ebenfalls, weil ich nicht wusste, was ich sonst hätte tun sollen.

„Er hat hier ein ziemliches Durcheinander angerichtet", sagte Joe zu seinem Bruder. „Er war wütend und verrückt wie vorhin."

„Hat er dir wehgetan?", fragte Sam sofort nach.

Ich wunderte mich über die Frage. Ich wusste, dass George seine Kinder manchmal ohrfeigte. Manchmal auch heftig. Aber ich hatte bisher noch keines seiner Kinder über Misshandlungen klagen hören.

„Nee", antwortete Joe. „Er war nich' auf mich wütend."

„Auf wen is' er dann so wütend? Auf Gott?"

„Un' Emma. Un' Mr. Wortham." Er sah mich an.

„Auf die ganze Welt, nehm ich an, ich glaub auch auf Mama."

„Aber das macht doch gar kein' Sinn."

Joes Antwort darauf brach mir beinah das Herz. „Ich nehm an, es macht gar nix mehr einen Sinn jetzt."

Als wir das Haus betraten, saß George am Tisch, den Kopf in die Hände gestützt. Er blickte nicht auf, aber Barrett, der ihm gegenüber gesessen hatte, stand auf.

„Gut, dich wohlbehalten wieder hier zu sehen nach dem langen Weg bei dem Wetter", sagte er zum ältesten Hammond-Jungen. „Das war ja ein Wetter, bei dem man keinen Hund vor die Tür gejagt hätte."

Sam blieb stehen und seufzte. „Danke für Ihre Sorge, Mr. Post."

„Ich möchte, dass ihr wisst, dass Clem und ich uns um alles kümmern, was eure Mama betrifft, damit ihr Jungs euch darum nicht auch noch zu sorgen braucht."

„Das is' aber unsere Sache", protestierte Georges Ältester. „Unsere Mama hat uns so erzogen, dass wir das, was wir selbst erledigen können, auch selbst machen."

„Aber sie hätte auch gewollt, dass ihr euch helfen lasst, mein Junge. So ist es üblich. Überlasst es uns, uns um das Begräbnis zu kümmern. Tut uns den Gefallen. Vielleicht müsst ihr das Gleiche auch irgendwann für uns tun."

Beide Jungen nickten. Dann gingen sie zusammen in das Zimmer ihrer Mutter. Ich wartete mit Barrett.

„Sie kommen schon zurecht, auch wenn es hart ist", sagte er zu mir.

„Wir müssen uns bald auf den Weg machen, damit wir uns um all die anderen Dinge noch kümmern können." Er sah hinüber zu George. „Es is' bestimmt kein guter Zeitpunkt, die Kinder jetzt bei dem Schnee wieder herzuholen, wenn sie vielleicht ein paar Tage bei Ihnen drüben bleiben können. George hat mir versprochen, nicht verrückt zu spielen und keinen Schnaps anzurühren. Wir können sie ja übermorgen zurückholen, wenn das Wetter nicht wieder schlechter wird."

Nach den Beerdigungen, nahm ich an, auch wenn Barrett es nicht so formuliert hatte. Aber brauchten die Kinder ihren Vater jetzt nicht dringender als je zuvor?

„Niemand braucht jetzt hier zu bleiben“, sagte ich. „Vielleicht ist es einfacher, ein paar Tage lang nicht hier zu sein. George, ich fände es gut, wenn Sie und die Jungen heute Abend mit zu uns kämen. Das wäre sicher ein Trost für Ihre Kinder. Sie wissen gar nicht, was auf sie zukommt, alles ist so fremd und ungewohnt für sie.“

„Sie ham vielleicht komische Ideen.“ Das war alles, was George dazu sagte, und ich hatte keine Ahnung, was er damit meinte.

In Wilamettas Schlafzimmer standen die beiden Jungen schweigend vor den beiden mittlerweile zugedeckten Toten. Alle waren plötzlich ganz still, und die Stille tat richtig weh. Ich wollte etwas zu ihnen sagen, irgendetwas, das ihnen helfen würde, aber es gab nichts zu sagen.

Sam Hammond berührte die Decken nicht, ja er berührte nicht einmal das Bett. Er blickte auch nicht zu Boden oder schluchzte, wie es sein Bruder getan hatte. Er stand einfach nur da. Und wir konnten nichts weiter tun als einfach zu warten.

„Emma hat uns praktisch alle auf die Welt gebracht“, sagte er schließlich. „Sie war besser als ’ne Oma, die nebenan wohnt. Hat sogar gesagt, dass ich eines Tages ’n feiner Herr werden würd.“ Er lachte. „Stell’n Se sich das mal vor!“

Über seine Mutter sagte er nichts. Vielleicht konnte er nicht. Schon kurz darauf kam er wieder aus dem Zimmer und sah so jung und verängstigt aus. Tief in Gedanken versunken, genau wie Joe, die Schuld auf sich nehmend.

„Mr. Wortham, Sie sind schrecklich gut darin, das hier alles zu regeln. Würden Sie wohl die Särge für uns machen?“

Die Art, wie er das fragte, schmerzte mich. Er war sechzehn und Joe erst dreizehn. Es war einfach nicht richtig, dass sie schon an solche Dinge denken mussten.

„Ja“, sagte ich deshalb schnell. „Das hätte ich euch schon längst sagen sollen, dass ich das mache. Und auch alles andere, wobei ihr Hilfe braucht.“

„Raus“, knurrte George mich plötzlich an. „Wir brauchen

Ihre Hilfe nich', Sam Wortham. Nicht beim Viehtränken un' auch bei sonst nix. Raus hier!"

Der älteste Junge schüttelte den Kopf und ging zusammen mit Barrett und mir zur Tür. „Is schon in Ordnung", sagte er. „Ich komm später rüber, um nach den Kindern zu sehn. Gut, dasse bei Ihn'n sein könn'.

„Aber du brauchst dich später nicht durch den Schnee zu kämpfen", sagte ich zu ihm. „Du kannst auch jetzt schon mit uns kommen."

„Ich kümmre mich besser erst mal noch um Pa. Hab noch gar keine Zeit gehabt, mit ihm zu reden."

„Sag einfach Bescheid", meinte Barrett, „wenn wir was für euch tun können."

„Wenn Sie uns nur mit dem Begräbnis helfen", sagte Sam ernst. „Das ist schon mehr als genug. Beim meisten, was wir brauchen, kann uns sowieso keiner helfen."

Joe, der hinter ihm stand, nickte dazu.

In meinem ganzen Leben hatte ich noch nie so niedergeschlagene junge Männer gesehen.

9

Julia

Niemand hatte viel zum Mittag gegessen, sodass noch eine Menge für Samuel übrig war, aber trotzdem bereitete ich jetzt einen gedeckten Apfelkuchen zu, nur um die kleinen Mädchen mit irgendetwas zu beschäftigen und auch selbst etwas zu tun zu haben und nicht ständig nur an Emma denken zu müssen. Aber anscheinend war es mir unmöglich, jetzt nicht an Emma zu denken. Sie hatte die besten Kuchen gebacken, die ich je gekostet hatte. Und sie hatte mir beigebracht, wie man eine wirklich knusprige Kruste hinbekommt. Ich erinnerte mich noch genau daran, wie sie am Tag vor Roberts Taufe Anfang Oktober in genau dieser Küche gebacken hatte. Sechs goldgelbe gedeckte Apfelkuchen und sechs Kürbiskuchen hatten wir an diesem Tag zubereitet. Sie hatte einen leckeren Boden nach dem anderen hergestellt und gefüllt, um all die Leute aus der Gemeinde satt zu bekommen, die an diesem Tag anlässlich der Taufe zu uns herausgekommen waren. Es war ein so schöner Tag gewesen, mit all den Frauen, die sich extra fein gemacht hatten und den Männern in Anzügen oder frisch gewaschenen Overalls. Robert hatte sich so erwachsen und vernünftig benommen und Emma war so stolz gewesen, als wären wir ihre leibliche Familie.

Jetzt war Robert mit Willy oben und es war nichts von den beiden zu hören. Sie waren ungefähr zwei Minuten lang unten gewesen, als ich zum Mittagessen gerufen hatte, aber sie hatten kaum etwas gegessen und sich gleich wieder nach oben verzogen. Ich wusste, dass ich nach ihnen sehen sollte, aber erst musste ich mit den Mädchen hier fertig sein.

Sarah streute gerade Zimt auf die geschnittenen Äpfel, während ich Rorey beim Ausrollen des Teiges mit Emmas altem Nudelholz half. Fast alles hier gehörte eigentlich Emma, bis hin zu der Schürze, die ich trug. Schon allein dieser Gedanke genügte, dass ich mich am liebsten hingesetzt und nur noch geweint hätte. Aber ich machte weiter und hob den ausgerollten Kuchenboden in die Form, um dann die Äpfel darauf zu verteilen. Als ich die Teigdecke über die Füllung breitete, machte es mir Spaß, den Mädchen zu erklären, wie man Decke und Boden mit den Fingern so zusammendrückt, dass sie wirklich miteinander verbunden und geschlossen sind. Und dann schnitt Rorey, eine Erstklässlerin, die sich mit den Buchstaben noch redlich abmühte, aus dem restlichen Teig die Buchstaben M und E aus. Erst dachte ich, sie wolle mir ein Wort zeigen, das sie schon allein schreiben konnte, aber sie erklärte mir auch gleich, was die Buchstaben zu bedeuten hatten.

„M ist für Mama“, sagte sie ohne aufzublicken, „und E für Emma.“

Ich hätte beinahe die Schüssel fallen gelassen, die ich gerade hielt. Rorey ließ ganz langsam das Messer sinken und ich umarmte sie. Dann umarmte ich Sarah und dann weinten wir alle drei gemeinsam. Aber ich wusste, dass wir damit aufhören mussten, und zwar so schnell wie möglich. Ich trocknete mir das Gesicht mit dem nächstbesten Geschirrtuch ab, trug den Mädchen auf, die benutzten Dinge abzuwaschen und dann eine Weile mit Sarahs Puppe zu spielen. Natürlich hatte Lizbeth unseren Gefühlsausbruch mitbekommen, aber sie sagte dazu nichts. Sie beobachtete mich nur dabei, wie ich den Kuchen in den Ofen schob und versuchte Emma Grace mit leisen beruhigenden Lauten dazu zu bewegen, ein Nickerchen zu machen. Sie bemühte sich um Normalität, indem sie einfach so weitermachte wie immer, aber als ich in ihre Richtung schaute, drehte sie sich weg.

Irgendwie war ich darüber auch froh. Ich wollte nämlich in diesem Augenblick gar nicht sehen, wie weh ihr das alles tat, und ich wollte auch nicht, dass sie merkte, wie es mir ging. Wenn ich weiter so tun konnte, als wären wir beide stark, dann würde vielleicht alles gut werden. Sie war die rechte Hand und beste Helferin ihrer Mutter gewesen. Und ich brauchte sie jetzt ebenso als meine rechte Hand, solange all die Kinder hier bei uns waren, oder ich würde einfach zusammenbrechen.

Harry und Bert schienen ganz fröhlich. Sie tobten und spielten, sie wären wilde Tiere. Aber auch ihnen sagte Lizbeth jetzt, dass es Zeit für den Mittagsschlaf sei, und ich fragte mich, was Franky wohl in dieser Zeit machen würde. Er hatte das Spiel begonnen und spielte auch ohne die anderen weiter, obwohl er weiß wie ein Laken war. Ich trocknete mir die Hände ab und bat Lizbeth dann, auch ihn zu bitten, einen Mittagsschlaf zu halten.

„Er schläft nich' mehr am Mittag“, verkündete sie mit beinah scharfer Stimme. „Er is' doch schon acht.“

„Ich weiß. Aber er ist klein und zart für sein Alter und er sieht heute mächtig müde aus.“

Sie schüttelte den Kopf. „Der is' nich' so müde wie er aussieht.“

Ich merkte, wie meine Hände zu zittern begannen, so überrascht war ich über ihren Tonfall und ihre Stimme. „Bitte Lizbeth. Ich muss nach oben und mich eine Weile um Robert und Willy kümmern. Sie haben bisher kaum ein Wort gesagt.“

„Ich geh mit Franky nach draußen“, bot Kirk jetzt an. „Wir könn' noch mehr Holz reinhol'n und vielleicht auch noch mehr hacken, wenn's Ihn'n recht is'.“

Ich zögerte zwar, aber inzwischen schien draußen die Sonne, und offenbar gefiel Kirk die Vorstellung, draußen etwas Sinnvolles zu arbeiten.

„Na gut, aber bleibt nicht zu lange draußen. Und sei nicht grob zu ihm. Lass ihn nicht aus den Augen. Keinen Augenblick, hörst du?"

„Gut, mach ich."

„Schau bitte auch nach, dass Lula und Sukey Wasser bekommen, ja?", fügte ich noch hinzu. Er kannte Emmas Kühe. Sie alle kannten sie.

„Ja, mach ich. Los Franky, hol deine Jacke!", rief er laut. „Wir ham zu tun."

Ach du liebe Zeit, jetzt war er zu seinem Bruder schon wieder so kurz angebunden und grob. Und das obwohl ich ihn extra ermahnt hatte. „Kirk ..."

Er sah meine Sorge und schüttelte den Kopf. „Franky würd gar nich' wissen, was ich will, wenn ich plötzlich so mit ihm rumsäusel", sagte er. „Das is' nun mal nich' uns're Art."

Und im Nu waren sie zur Tür hinaus. Ich eilte die Treppe hinauf nach oben, wo ich Robert und Willy friedlich spielend vorzufinden hoffte, weil es dort so still war.

Ich fand sie Seite an Seite sitzend mit dem Rücken an die Wand gelehnt im Kinderzimmer auf dem Boden. Beide hatten ihr Taschenmesser in der Hand, den Kopf tief nach vorn gebeugt und vor sich auf dem Boden einen Haufen Späne. Ich konnte nicht sagen, was sie geschnitzt hatten, bis ich die Reste des Pferdes aus Hickory-Holz erkannte, das Samuel einmal an einem regnerischen Abend aus einem Scheit Feuerholz geschnitzt hatte.

Robert blickte auf und sah mich. „Das is' schon in Ordnung, Mama", sagte er leise. „Ich hab ihm gesagt, dass er's haben kann."

„Nein! Das ist absolut nicht in Ordnung!"

Willys Kopf schoss jetzt hoch. Keine Tränen. Keine erkennbare Regung. Das, was vom Pferderücken noch übrig war, hielt er in der Hand. Am liebsten hätte ich die beiden angeschrien. Das Holzpferdchen war kein großes Kunstwerk gewesen und es war auch eher nebenbei entstanden und sicher nicht wertvoll, aber jetzt war es zerstört, so als hätten die Jungen eine Veranschaulichung für den Zustand ihres Lebens gebraucht. Wir waren alle zerbrochen – irreparabel wie es schien – und es sah ganz so aus, als gäbe es dieses Jahr an Weihnachten keinen Grund zur Freude.

„Ihr macht jetzt nichts mehr kaputt", sagte ich den beiden so ruhig ich konnte. „Ihr schnitzt bitte an nichts in diesem Haus mehr herum, ohne mich vorher zu fragen. Habt ihr das verstanden?"

„Wir versprechen's, Mama", versicherte Robert mir. „Und das hier machen wir auch ganz bestimmt wieder sauber."

Ich wollte mich gerade umdrehen, um wieder nach unten zu gehen, als Robert plötzlich aufstand. Ich konnte die Angst in seinen Augen erkennen.

„Werden wir jetzt alle kein Zuhause mehr haben und obdachlos sein, Mama? Willy sagt, dass wir jetzt bald kein Zuhause mehr haben."

Robert wusste natürlich wie das war. Er wusste, wie es ist, irgendwo zu schlafen und alles zu essen, was sich nur irgendwie und irgendwo auftreiben lässt. Dadurch dass wir Emma wieder nach Hause zurückgeholt hatten, hatte sich für uns die großartige Möglichkeit eröffnet, auch eine Bleibe zu erhalten. Es war also nicht weiter verwunderlich, dass er sich jetzt Sorgen machte.

„Emma hat mit Albert geredet, mein Schatz. Ich glaube, dass er uns weiter hier wohnen lassen wird."

„Euch vielleicht", sagte Willy bitter. „Aber er hasst meinen Pa, das weiß ich genau. Ich hab selbst gehört, wie er das gesagt hat."

„Meinst du, dass er sie zwingt umzuziehen?", fragte Robert mich jetzt und ihm standen dabei Tränen in den Augen.

„Jetzt macht euch mal darüber keine Gedanken", sagte ich zu den beiden. „Wie wäre es, wenn ihr nach unten geht und mir den Waschzuber mit Wasser füllt, damit ich Emma Graces Windeln waschen kann."

Robert steckte sein Taschenmesser in die Hosentasche zurück, rührte sich aber nicht. Er wartete darauf, dass Willy das Zeichen zum Aufbruch gab.

Der sagte aber: „Kirk kann doch Wasser hol'n".

„Er versorgt aber gerade schon die Kühe", sagte ich, etwas ungeduldig darüber, dermaßen abgewiesen zu werden, „und holt außerdem Holz fürs Feuer."

Endlich erhob Willy sich. „Ich würd am liebsten gar nix machen."

Das konnte ich gut verstehen, aber es half ihm auch nicht weiter, den ganzen Tag herumzusitzen, Dinge zu zerschnitzen und dabei viel zu viel zu grübeln.

„Du bist nicht der Einzige, der sich so fühlt", gab ich zu. „Aber das hilft uns jetzt auch nicht weiter. Wir haben gar keine Wahl."

„Los, nun komm schon", sagte Robert. „Wenn wir damit fertig sind, können wir auf den Heuboden gehen." Er hielt plötzlich inne, weil er draußen etwas hörte. Vielleicht das Wiehern eines Pferdes. Wir schauten zum Fenster hinaus und sahen, dass Barrett Post Samuel an der verschneiten Zufahrt zum Haus absetzte und dann weiterfuhr.

„Papa!"

Ich hatte nicht erwartet, dass Robert sich so sehr freuen würde ihn zu sehen. Es war mir gar nicht in den Sinn gekommen, dass er besorgt sein könnte, weil einer von uns nicht zu Hause war, aber seine Miene ließ jetzt eindeutig Erleichterung erkennen.

„Papa ist wieder da!"

Willy teilte Roberts Begeisterung nicht.

„Nun los, mach schon", versuchte Robert ihn aufzumuntern. „Lass uns rausgehen wie meine Mutter gesagt hat."

Willy stand zögernd auf, klappte sein Taschenmesser zu und schob es in die Hosentasche. „Is' sons' noch jemand bei ihm?"

„Nein", antwortete Robert und Willy tat mir Leid, weil er wahrscheinlich gehofft hatte, dass einer seiner älteren Brüder mitgekommen war oder vielleicht sogar sein Vater. Aber er nahm die Antwort kommentarlos hin und die beiden polterten nacheinander die Treppe hinunter, wobei sie den Haufen Späne auf dem Boden offenbar völlig vergessen hatten.

Aus keinem besonderen Grund trat ich einmal kräftig nach dem Haufen und die größeren Späne flogen durch den Raum und verteilten sich. Eine kleine Sägespänewolke schwebte einen

Augenblick lang in der Luft und legte sich dann als Staubschleier ebenfalls auf den Boden.

Mehr sind wir auch nicht, dachte ich. *Nichts als Staub. Und wir können jederzeit genauso verstreut werden.*

Es war töricht, aber ich stand einfach da und weinte. Samuel war noch draußen und darüber war ich unendlich froh. Er würde sicher mit mir reden wollen. Unten weinte jetzt wieder das Baby und ich wusste, dass ich etwas unternehmen musste, um Lizbeth zu entlasten. Aber ich drehte mich nur zum Nebenraum und schaute durch die Tür hinein auf die anderen Dinge, die Samuel an einem stürmischen Abend geschnitzt hatte. Ein kleines Eichenkreuz, an dessen Fuß ein paar Blumen standen. Ich hatte es auf ein paar umgedrehte Holzkisten gestellt, die uns als Regale dienten. Ein Wunder, dass die Jungen es nicht ebenfalls zerschnitzt hatten.

Ich stand da und schaute auf das kleine Kreuz, wobei sich immer wieder dieselbe Frage in meine Gedanken drängte. *Warum, Gott? Warum Wilametta? Und warum ausgerechnet jetzt?*

Und warum hatte Emma dort drüben sterben müssen, wo es doch ihr einziger und innigster Wunsch gewesen war, hier zu sterben, in diesem Haus, das ihre Persönlichkeit widerspiegelte, wohin man auch sah? Emmas Gardinen an den Fenstern. Emmas Decken, die uns nachts warm hielten. Oh, Herr! Wir verdankten ihr wirklich alles und jetzt gab es niemanden mehr, dem wir danken und um den wir uns aus Dankbarkeit kümmern konnten. Sie hatte immer wieder betont, was wir alles für sie getan hätten, dass wir die Arbeit auf der Farm erledigten, sodass sie wieder hier leben konnte. Aber wir waren diejenigen gewesen, die nichts gehabt hatten.

Ich musste schon eine ganze Weile weinend dagestanden haben und kam mir dabei unglaublich töricht vor, weil ich nicht nach unten gegangen war, um Samuel zu begrüßen. Dann kamen Sarah und Rorey hinter mir ins Zimmer geschlichen und plötzlich stand eine der beiden an jeder Seite von mir.

„Mami?“, fragte Sarah verschüchtert.

Ich trocknete mir rasch die Tränen ab und versuchte nicht mehr zu weinen. „Ja, mein Schatz?“

„Stirbst du jetzt auch?“

„Nein, oh nein, mein Liebling.“ Ich nahm ihre Hand und

sah jetzt, wie verängstigt sie aussah. Und dass sie mich in Tränen aufgelöst vorgefunden hatte, beruhigte sie natürlich auch nicht gerade.

„Vielleicht ja doch", sagte Rorey mit finsterer Entschlossenheit. „Man kann nie wissen."

„Unsinn." Entgegnete ich.

„Aber es stimmt! Ich hab mal gehört, wie der Prediger das gesagt hat! Wir wissen nie, wann wir sterben. Wir fall'n vielleicht die Treppe runter, oder das Haus brennt oder wir ess'n was Verdorbenes und weg sin' wir! Das hat er gesagt."

Ihr Blick war jetzt hart und zornig und ich fragte mich, ob die Frage, über die ich mir gerade Gedanken gemacht hatte, auch in ihr schwelte. Warum, Gott? Wieso diese Ungerechtigkeit? Warum diese Ungewissheit?

„Um diese Dinge brauchen wir uns keine Gedanken zu machen", sagte ich zu den beiden. „Wenn uns irgendwas zustoßen sollte, sind wir in Gottes guten Händen sicher aufgehoben. Aber es wird nichts passieren. Wir leben ganz einfach weiter, das ist alles."

„Man kann nie wissen", wiederholte Rorey noch einmal. „Und ich wünsch mir, dass was passiert. Ich würd nämlich gern bei Mama sein. Aber nur, wenn es nich' wehtut."

Ich ging jetzt zur Treppe und Sarah blieb ganz dicht an meiner Seite.

„Deine Mutter hätte gewollt, dass wir jetzt das Beste aus allem machen, Rorey", sagte ich. „Und nun sag mal, mögen eigentlich alle deine Brüder Bohnen und Schinken?"

„Berty nich'. Aber er is' ja auch 'n Baby. Der mag gar nix außer einfach Brot mit Butter."

„Rorey hat die Puppe die Treppe runtergeworfen", sagte Sarah jetzt so leise, dass ich sie kaum verstehen konnte. „Sie hat gesagt, dass sie jetzt tot ist."

Ich blieb stehen und seufzte. „Rorey, Schatz, Sarah mag es nicht, wenn du so mit ihren Sachen umgehst. Bitte sag ihr, dass es dir Leid tut."

„Tut mir Leid, aber sie is' einfach so gefall'n." Das kleine Mädchen nahm zwei Treppenstufen auf einmal, sodass sie sich umdrehen und uns direkt von vorn ansehen konnte, um mit uns zu sprechen.

„Hast du eigentlich schon mal beim Windelnwaschen geholfen?“, fragte ich sie.

„Nein.“

„Na gut, dann wirst du mir jetzt helfen.“

Sarah drückte ganz fest meine Hand. Sie fragte nicht, ob sie auch mithelfen dürfe. Sie schien zu wissen, dass sie bleiben durfte, wo sie war, ganz nah an meiner Seite, und das so lange sie wollte. Auf jeden Fall wollte sie jetzt ganz sicher erst einmal eine Weile nicht mit Rorey spielen. Und ich konnte es ihr nicht verübeln. Rorey war meistens wirklich ein ganz nettes Mädchen, aber genau in diesem Moment, in dem wir nicht an den Tod denken oder darüber reden wollten, war sie ein wenig schwer zu ertragen.

Samuel traf uns am Fuß der Treppe und ich blieb stehen, um ihn ewig lang zu umarmen. Aber die Mädchen belegten mich bereits wieder mit Beschlag. Jede griff nach einer meiner Hände.

Er sah so verfroren und müde aus und in seinem Blick lag noch etwas, etwas, das ich nicht benennen konnte.

„Der junge Sam ist zurück.“

Danke Herr, dass du dich erbarmt hast! Fast hätte ich es laut ausgesprochen, aber Samuel hatte einen Schritt auf mich zugemacht und sah so unergründlich aus.

„Ist mit dir alles in Ordnung?“, fragte er.

„Ja.“ Was sonst hätte ich ihm im Beisein von Sarah und den anderen denn sagen sollen? „Ich bin so froh, dass du wieder da bist.“

Ich wollte ihn fragen, wie es George ging, ob er auch zu uns herüberkommen würde oder ob er die Jungen schicken würde, um die übrigen Kinder abzuholen. Aber ich konnte nicht fragen, weil, wie auch immer die Antwort lauten würde, ich mir nicht so sicher war, ob die Kinder sie hören sollten. Und es war sowieso besser, wenn sie jetzt noch nicht wieder zurück nach Hause kamen. Nicht bevor die beiden Toten aus dem Haus waren.

„Barrett kommt nachher noch mal vorbei. Würde mich nicht wundern, wenn Louise auch mitkommt, zumindest aber was zu essen mitschickt.“

„Aber sie wird doch bestimmt bei dem Schnee nicht aus dem Haus gehen wollen.“

„Das ist doch keine Frage des Wollens, Juli. Es ist ihnen eine Pflicht. Und sie haben Emma geliebt."

„Ich rechne immer damit, dass die Jungen Hunger haben, aber sie essen wie die Spatzen, alle außer Harry."

„Mach dir darüber mal keine Sorgen. Irgendwann werden sie schon wieder Hunger bekommen."

Wir gingen in die Küche, und ich gab Samuel etwas zu essen, obwohl auch er keinen großen Hunger hatte. Für einen kurzen Moment hatten alle Kinder gleichzeitig den Raum verlassen und Sam sah mich an.

„Ich werde die Särge bauen, Juli, heute Abend und morgen."

10

Samuel

Barrett kam noch vor Einbruch der Dunkelheit ein zweites Mal mit einem altmodischen Schlitten wieder, diesmal voll beladen mit gutem Bauholz. Er überraschte mich, weil er Dinge aufbewahrte, die von seinem Großvater hätten stammen können, aber gleichzeitig wollte er auch immer die neuesten Werkzeuge und Ausrüstungsgegenstände haben. Er war immer für alles gewappnet. Und finanziell ging es ihm erheblich besser als den meisten unserer von der Wirtschaftskrise gebeutelten Nachbarn.

Er brachte gutes Pinienholz, genau wie er gesagt hatte. Gerade gewachsenes, sauberes Holz. Robert und Willy kamen bei seiner Ankunft sofort aus dem Haus, um sich anzuschauen, was er brachte.

„Wofür ist denn das Holz?", fragte Willy.

Innerlich stöhnte ich auf und wünschte, um die Beantwortung dieser Frage irgendwie herumzukommen.

„Na ja, also", setzte Barrett an, ohne wie ich zu zögern, „in Zeiten wie diesen muss ja irgendjemand für den geliebten Menschen, der von uns gegangen ist, einen Sarg bauen. Das ist eine

Arbeit, die nun mal getan werden muss, und Samuel hat sich bereit erklärt, diese Aufgabe zu übernehmen."

Willy sah mich einen Augenblick lang an. Seine Miene verfinsterte sich, so als wäre ich urplötzlich zum Feind übergelaufen.

„Komm, lass uns wieder reingehen", forderte er Robert trübsinnig auf.

„Mein Vater kann doch nichts dafür", sagte Robert. „Irgendjemand muss es doch machen und er versucht nur zu helfen", sagte Robert.

Willy ging wieder in Richtung Haus. Robert sah mich an. „Ich kann mich noch genau an die Willis' erinnern, Papa", sagte er. „Ich weiß, dass du helfen musst."

„Danke, Robert", sagte ich und wünschte, Barrett hätte sonst noch etwas sagen können. Ich war der Meinung, es wäre besser gewesen, wenn die Kinder erst nach der Fertigstellung der Särge erfahren hätten, was ich da gebaut hatte.

„Es ist gut für sie, dass hier so viele Kinder zusammen sind, mit denen sie über alles reden können", sagte Barrett zu mir, als sie gegangen waren. „Is' nich' so leicht allein."

„Aber es hilft ihnen auch nicht weiter, wenn sie alles wissen", wandte ich ein.

„Er gehört doch zur Familie und die Familie hat das Recht Bescheid zu wissen. Sie müssen Bescheid wissen, so ist das nun mal."

Er half mir dabei, das Holz in der Werkstatt zu stapeln, die ich mir an der stabilen und besser erhaltenen Westseite der Scheune eingerichtet hatte. Wir hätten gut ein paar der Jungen beim Abladen als Hilfe brauchen können, aber ich hatte nicht vor, sie darum zu bitten.

„Louise wollte eigentlich mitkommen", sagte Barrett, „aber es war wegen der Ladung kein Platz mehr auf dem Schlitten. Eigentlich ist er nämlich dazu da, Winterholz zu schleppen. Sie hat aber was Gutes zu essen mitgeschickt und morgen kommt sie bestimmt auch selbst vorbei."

„Aber das braucht sie doch ..."

„Pah! Ihr Gewissen würde sie monatelang plagen, wenn sie nicht kommen würde! Sie wird hier sein, sobald ich sie bringen kann."

Barrett brachte zwei gefüllte Schüsseln ins Haus, während ich schon anfing, das Holz zu sortieren und noch einmal in Gedanken den Tag an mir vorüberziehen ließ, der jetzt schon beinahe zu Ende war. Es wurde wärmer, worüber ich ziemlich froh war, aber es würde noch schrecklich viel mehr Wärme nötig sein, um all den Schnee zu schmelzen, der den Wald und die Felder bedeckte. Barrett würde Feuer anzünden müssen, wie er es gesagt hatte, um den Boden zu erwärmen, damit die Gräber ausgehoben werden konnten. Natürlich musste noch der Schnee weggeräumt werden, der den Boden bedeckte, bevor mit dem Graben begonnen werden konnte. Ich wusste, dass ich eigentlich bei all dem hätte helfen müssen, und das würde ich auch, sobald die Särge gebaut waren. Ich musste also so schnell wie möglich damit fertig werden.

Kurz darauf hörte ich, wie Barrett wieder abfuhr. Ich suchte gerade die längsten Bretter heraus und sortierte den Rest der Größe nach, als ich hörte, wie Kirk und Franky sich drüben bei Lula Bell unterhielten. Bisher hatte ich noch nicht einmal bemerkt, dass sie überhaupt in der Nähe waren.

„Sie is' 'ne dicke Kuh“, hörte ich Franky sagen. „Wieso is unsre Rosey eigentlich nich' so dick wie sie?“

„'ne Kuh is 'ne Kuh“, antwortete Kirk ungeduldig. „Worauf es ankommt is' doch, wie viel Milch se gibt. Un' da schlägt Rosey se alle.“

„Aber se is schon alt. Das hat Pa gesagt.“

„So alt nun auch wieder nich'. Sonst wär'se trocken wie 'n Brunn' inner Wüste.“

Ich war froh, sie über ganz alltägliche Dinge reden zu hören, froh, dass sie überhaupt redeten.

„Was machen Se 'n da?“, fragte Franky, sobald sie nah genug waren.

Ich wollte es nicht sagen, denn Willys Reaktion war schon schlimm genug gewesen. Was um Himmels Willen würde wohl erst Franky tun? Also antwortete ich ausweichend: „Ach, hier ist doch immer etwas zu tun.“

Kirk betrachtete die Bretter, die auf dem Boden um mich herum lagen und ganz langsam wich die Farbe aus seinen Wangen.

„Ich übernehm jetz' das Melken für Mr. Wortham un' ich

hab dir doch gesagt, du solls' 'n Arm voll Feuerholz reinbringen."

„Ich will aber hier bleiben. Kann ich nich 'n bisschen hier bleiben, Mr. Wortham?"

„Nein!", erklärte Kirk entschlossen. „Du bis' doch nur im Weg."

„Bin ich gar nich'. Ich würd helfen. Nur eine kleine Weile."

„Aber du solls' bei mir bleiben", protestierte Kirk.

Franky sah mich mit seinen seltsamen traurigen Augen an. „Irgendjemand muss ja jetz' für Mama 'n Sarg bauen. Machen Se das hier grade?"

Kirk wurde noch bleicher. „Franky ..."

Aber ich hob die Hand und hinderte ihn daran, was auch immer er sagen wollte, zu beenden. Franky hatte sich jetzt irgendwie verändert. Vielleicht musste man mit ihm einfach anders umgehen als mit den anderen.

„Da hast du ganz Recht", sagte ich. „Irgendjemand muss das tun. Und so Leid es mir auch tut, das werde wohl ich sein. Es wäre einfach nicht richtig, es jemand anderen machen zu lassen."

„Werden se auch stabil sein?"

Kirk sah uns jetzt beide völlig überrascht an.

„Nicht so stabil wie manche andere", sagte ich. „Aber ich mache sie so gut und stabil ich kann."

„Mama mag Blumen", sagte Franky dann. „Können Se welche drauf machen?"

Ich sah zu Boden und musste darüber nachdenken. Wie kam es nur, dass mir dieser achtjährige Junge, der kaum größer war als unsere sechsjährige Sarah, plötzlich kaum noch wie ein Kind vorkam?

„Ich werde es versuchen", sagte ich. „Ich nehme an, dass Emma das auch gefallen würde."

„Ich bleib hier", sagte Franky jetzt zu seinem großen Bruder. „Wenn du willst, kannst du ja Mrs. Wortham Bescheid sagen, damit se weiß, dass ich nich' wieder abgehau'n bin oder so."

Kirk schaute zu mir herüber. „Sind Se sicher?"

„Ich glaube, das ist schon in Ordnung."

Er ging, um Lula Bell zu melken, obwohl das normalerweise meine Aufgabe war. Franky nahm jetzt mein Werkzeug in

Augenschein und ich fragte mich, ob ich wohl das Richtige tat, wenn ich über all das so direkt und ohne Umschweife mit dem Jungen sprach und ihn bleiben und zuschauen ließ. Aber ich wusste nicht, was ich sonst hätte tun sollen. Etwas an der Art, wie er mich ansah, sagte mir, dass es alles nur noch schlimmer machen würde, wenn ich ihn jetzt wegschickte.

„Aber so lange kannst du nicht bleiben", sagte ich. „Es ist immer noch ziemlich kalt hier draußen."

„Mir kommt es aber gar nich' kalt vor", sagte Franky.

„Aber deine Ohren sehen ganz so aus. Hast du denn keine Mütze?"

„Hab ich wohl irgendwo liegen lassen. Vielleicht zu Haus im Garten." Er steckte die Hände in die Taschen und zog dann zwei große dicke Blumenzwiebeln heraus. „Mama hat vorgestern gesagt, dass se vergess'n hat, die Gladiolenzwiebeln auszugraben. Bin ich eben hingegangen und hab se ausgebuddelt, bevor es schneit. Ich hab aber nur die beiden hier gefunden. Die sind doch noch nich' erfroren, oder?"

Ich konnte ihn mir vorstellen, wie er in der kalten Erde herumgewühlt hatte, um das zu tun, was er für den Wunsch seiner Mutter gehalten hatte. Aber Wilametta hätte bestimmt gewusst, dass die kalten Nächte, die wir schon gehabt hatten, gereicht haben mussten, um ihre kostbaren Blumenzwiebeln zu zerstören. Vergessen war hier gleichbedeutend mit hinüber, da war ich ziemlich sicher, aber ich brachte es einfach nicht übers Herz, Franky zu sagen, dass die Zwiebeln, die er so mühsam und sorgfältig gerettet hatte, wahrscheinlich nicht mehr wert waren als die Erde, in der er gewühlt hatte.

„Vielleicht würd es Mama ja gefallen, wenn wir se da eingraben, wo se ...", er hielt inne und sah mich mit bebender Unterlippe an.

Und ich nickte. „Wenn du das gern möchtest, dann freut sie sich bestimmt darüber, dass du dir solche Mühe machst."

Mehr brachte ich nicht heraus. Er saß einfach still da und beobachtete mich mit rot gefrorener Nasenspitze.

„Willst du nicht doch lieber wieder ins Haus gehen?", fragte ich ihn, „Setz dich doch ans Feuer."

„Nein, das bin ich Mama schuldig, dass ich damit fertig werde."

Ich wusste nicht, was ich dazu sagen sollte, aber er war fest entschlossen und sehr viel gelassener über die Sache, als zu jedem anderen Zeitpunkt, den ich ihn an diesem Tag schon erlebt hatte. Also ließ ich ihn bleiben. Länger als ich es eigentlich vorgehabt hatte. Denn er erwies sich als guter Helfer beim Vermessen und Anzeichnen und beim Glatthobeln der einzelnen Bretter. Ich hatte noch nie zuvor erlebt, dass ein Kind in seinem Alter so gut mit Holz umgehen konnte.

Aber dann kam Robert herein und stand für einen Augenblick einfach da und schaute zu, wie ich mit Franky zusammen arbeitete. „Mama lässt ausrichten, dass es was zu essen gibt, wenn ihr was wollt."

Irgendetwas an seiner Stimme klang seltsam, und als ich aufblickte, sah ich, dass er Franky beobachtete.

„Bleiben sie heute Nacht wieder alle hier bei uns?", fragte Robert mich, wobei sein Blick ganz deutlich Missfallen über diese Möglichkeit zum Ausdruck brachte.

„So lange es nötig ist", antwortete ich ihm deshalb. „Und du achtest bitte auf deine Manieren."

Im selben Moment tat es mir aber auch schon wieder Leid, dass ich ihn zurechtgewiesen hatte. Es musste schon ziemlich schwer für ihn sein, gerade jetzt in einer so harten Zeit seine Eltern mit so vielen anderen teilen zu müssen. Ich versuchte noch etwas anderes zu ihm zu sagen, aber er rannte schon wieder hinaus, und ich hatte keine Gelegenheit mehr dazu.

„Zeit für eine Pause", sagte ich zu Franky. „Hört sich ganz so an, als hätte Julia das Essen für euch fertig."

„Ich hab aber gar kein' Hunger."

„Es ist trotzdem besser, wenn du jetzt was isst. Ich glaube, im Augenblick wissen wir selbst nicht so genau, ob wir Hunger haben oder nicht."

„Und wir haben noch viel Arbeit vor uns, oder?"

„Ja, es ist noch viel zu tun."

Seine silbrigen Augen leuchteten wie der Mond und spiegelten das Licht der Öllampe wider, die ich benutzte, um meine Werkstatt in der Scheune zu beleuchten.

„Warum willst du mir eigentlich helfen, Franky?"

„Hab ich doch schon gesagt. Das bin ich Mama schuldig."

„Ich glaube nicht, dass sie gedacht hat, du schuldest ihr etwas."

„Doch, das, was ich mache, gut zu machen. Sie hat immer gesagt ich soll meine Sachen gut machen."

Dazu konnte ich nur zustimmend nicken.

Covey Mueller brachte am Abend in seinem großen, zum Schlitten umgerüsteten Fuhrwerk den Pastor bei uns vorbei. Ich hatte so ein Gefährt noch nie gesehen. Ich freute mich, die beiden zu sehen, nicht zuletzt in der Hoffnung auf irgendwelche Nachrichten von Wilas oder Emmas Verwandten. Außerdem freute ich mich, dass Pastor Jones eine Weile da war, um mit den älteren Kindern reden zu können.

Die beiden Männer waren schon bei den Hammonds gewesen und brachten die Abendmilch mit sowie etwas Kleidung für die Kinder, die Joe einfach in eine Tasche gestopft hatte, und die Nachricht, dass Georges Pferd Birdie lahmend nach Hause zurückgekommen sei. Auch von Wilas Schwestern hatten sie gehört. Keine der Frauen konnte kommen, und sie hatten auch beide klar zu verstehen gegeben, dass sie es sich nicht leisten konnten, eines der Kinder bei sich aufzunehmen.

Ich fragte mich, wieso sie wohl so schnell zu diesem Entschluss gekommen waren, aber es waren schwere Zeiten und überall herrschte Armut. Es fiel anscheinend jedem schwer sich vorzustellen, wie George, der auch so schon seine liebe Not gehabt hatte, mit seiner Familie über die Runden zu kommen, es schaffen sollte, jetzt allein mit all seinen Kindern zurechtzukommen.

„Wir müssen für Albert Graham beten", sagte der Pastor zu Juli und mir. „Er kann ebenfalls nicht sofort herkommen, so Leid es ihm auch tut, aber seine Frau hat eine Lungenentzündung. Der Verlust von Emma hat ihn sehr getroffen und er fürchtet jetzt, noch einen weiteren geliebten Menschen zu verlieren."

Er betete dann auch sofort für Albert und dessen Frau und danach für George und dessen Kinder. Der Pastor berichtete, George habe gesagt, er wolle keine Trauerfeier, die älteren Jungen seien da aber anderer Meinung. Sie wussten, dass sie, wenn sie nicht alles in ihrer Macht stehende taten, um ein würdiges Begräbnis zu ermöglichen, es in den kommenden Jahren bereuen würden. Aber George wollte nicht, dass irgendjemand kam, keine Menschenseele wollte er sehen.

„Ich habe darüber schon mit Albert geredet und er hat gesagt, dass Emma sich gewünscht hätte, zu Hause aufgebahrt zu werden", bereitete uns Pastor Jones jetzt vorsichtig vor.

„Wir müssen eine richtige Trauerfeier abhalten, damit alle ihren Seelenfrieden haben. Aber es wäre viel schwieriger, die Toten in die Stadt zu bringen und wieder hierher zurück, einmal ganz abgesehen von den Kindern. Albert hat gesagt, wir sollen doch die Trauerfeier hier abhalten – vorausgesetzt natürlich, es ist Ihnen recht. Und wenn Lizbeth und Kirk genauso empfinden wie ihre Brüder, nämlich eine gemeinsame Trauerfeier für Emma und Wilametta abzuhalten, dann wäre es auch etwas einfacher für George."

Julia weinte bei diesem Gedanken gar nicht so sehr, wie man vielleicht hätte glauben können. Sie saß einfach nur da und schaute sich um. Ich hatte den Eindruck sie überlegte, wie schrecklich schwer das alles für die Kinder sein musste.

Aber dann richtete sie ihren Blick direkt auf unseren freundlichen Pastor und erschreckte ihn sehr, da bin ich ganz sicher, denn sie sagte: „Das ist einfach nicht richtig. Nichts von all dem ist richtig!"

Ich nahm schnell ihre Hand, als sie das sagte, aber es konnte sie jetzt niemand mehr aufhalten, auch noch den Rest dessen zu sagen, was sie zu sagen hatte.

„Emma hätte eigentlich hier sterben sollen, so wie sie es sich immer gewünscht hat, Pastor Jones! Sie wollte nicht im Wagen von irgendjemandem hierher zurückgebracht werden! Wieso konnte Gott ihr nicht einmal diesen einen bescheidenen Wunsch erfüllen? Warum nicht? Und Wilametta! George weiß, dass es nicht richtig ist. Das ist auch der Grund, weshalb er beinah wahnsinnig wird. Es ist nicht seine Schuld, dass er damit nicht fertig wird. Ein paar Dinge auf dieser Welt sollten einfach richtig und gerecht sein. In all dem müsste doch wenigstens irgendein Sinn zu erkennen sein!"

Lizbeth drehte sich zu Julia um und sah sie mit unendlichem

Schmerz im Blick an. Ich war froh, dass alle anderen Kinder, außer dem Baby auf ihrem Schoß, nach oben gegangen waren.

„Julia“, sagte der Pastor mit sanfter Stimme. „Wir verstehen das doch alle nicht, das will ich gar nicht bestreiten. Aber wir wissen, dass der Allmächtige einen guten Plan für jeden von uns hat, und dass die Menschen, die wir lieben, es dort besser haben als hier bei uns auf der Erde.“

„Machen Sie einfach das Beste draus“, fügte Mr. Mueller noch hinzu. „Sie werden darüber hinwegkommen und George auch. Sie werden sehen.“

Aber es stand außer Frage, dass George bisher auch nicht annähernd damit fertig wurde. Vielleicht war es ja schon eine Hilfe, wenn Wilametta und Emma nicht mehr in seinem Haus aufgebahrt waren.

Ich sah zu Lizbeth hinüber. Eigentlich hätte sie weinen müssen bei all den Überlegungen, die hier vor ihren Ohren angestellt wurden. Sie war die Älteste der Kinder, die nicht bei ihrem Vater waren, und der Pastor wollte sie einbeziehen, weil ihre Brüder ihn darum gebeten hatten, aber sie hätte das alles nicht so schweigend hinnehmen dürfen.

„Mama hätte sicher nichts gegen eine gemeinsame Beerdigung mit Emma gehabt“, sagte sie schließlich. „Es gab auf der ganzen Welt keinen Menschen, den sie mehr bewundert hat als Emma.“ Baby Emma Grace spielte mit den kleinen dicken Fingerchen in Lizbeths langem Haar, aber Lizbeth schien es gar nicht zu bemerken. „Bei den Birken“, fügte sie noch hinzu, „da sollte sie begraben werden. Die Birken hat sie immer so gemocht.“

Ich ging mit Covey und dem Pastor hinaus, als sie aufbrechen wollten. Beide waren sehr ernst und schweigsam und deshalb war mir irgendwie klar, dass sie mir noch etwas zu sagen hatten. Mit dem, was dann kam, hatte ich allerdings ganz und gar nicht gerechnet.

„George hat gedroht, das Haus anzuzünden und sich selbst darin mit zu verbrennen“, erzählte mir Covey. „Ich habe noch nie jemanden erlebt, der so schwer mit einem Todesfall fertig wird."

„Die Kinder sollten ihn in diesem Zustand lieber nicht sehen", sagte der Pastor zu mir. „Das sollte ihnen nicht zusätzlich zu all dem anderen auch noch zugemutet werden. Wir müssen dafür beten, dass es nach der Beerdigung mit ihm besser wird."

„Ja", sagte ich und fragte mich, wie ernst es George wohl mit seiner Drohung war. Es war schwer zu glauben, dass er jemals etwas so Dummes tun würde, aber da sprach bestimmt der Schmerz aus ihm.

„Samuel", sagte der Pastor jetzt sehr ernst, „er will nichts essen und er hat auch kaum mit mir gesprochen. Spätestens morgen muss er sich aber all dem stellen, dem Begräbnis und dem Tag danach. Gleichzeitig muss er seinen Kindern gegenübertreten und dabei wird er merken, dass ihr Schmerz und ihre Trauer genauso groß sind wie seine. Aber vielleicht wird er Hilfe brauchen – vielleicht braucht er Sie und Juli, dass Sie sich zumindest vorübergehend um einen Teil der Kleinen kümmern."

„Wir werden tun, was wir können."

„Ich danke Ihnen. Sie sind wirklich ein Geschenk des Himmels, Samuel."

Es fiel mir schwer, das so anzunehmen, denn ich hatte ja gar nicht viel getan. Ganz bestimmt nichts, was besondere Beachtung verdient hätte.

„Ich werde wieder zu George und den Jungen fahren und dort auch übernachten", teilte mir der Pastor anschließend mit. „Bitte beten Sie für mich. Vielleicht ist er alles andere als erfreut, mich schon wieder bei sich zu haben."

„Er hat mit der Bibel seiner Frau nach dem Pastor geworfen", fügte Covey noch hinzu, auch wenn ihm das einen tadelnden Blick von Pastor Jones einbrachte.

Ich fragte mich, wie wir die Nacht und die nächsten paar Tage überstehen sollten. Louise hatte eigentlich mitkommen wollen, hatte Barrett gesagt, und vielleicht wäre es gut gewesen, wenn sie hätte kommen können oder auch die Frau des Pastors oder eine andere Frau, die den Kindern vertraut war.

Juli und Lizbeth schwiegen beide, als ich wieder ins Haus kam, so als wären sie zu benommen, um reden zu können. Aber dann kamen alle Kinder nach unten, stellten Fragen oder saßen einfach nur da und trauerten oder, das galt besonders für die beiden Kleinen, weinten sich die Augen aus.

Harry und Willy beklagten sich beide darüber, dass sie nicht mit dem Pastor und Mr. Mueller hatten mitfahren dürfen. Und ich merkte, dass auch Juli am Ende ihrer Kräfte war.

Ich wusste, dass es jetzt gut gewesen wäre, den Kindern anzubieten, eine Geschichte zu erzählen, aber mir wollte beim besten Willen keine einfallen. Was sollte ich ihnen denn sagen? All meine kleinen Geschichten würden nur oberflächlich und billig wirken. Franky war schweigend weggegangen und hatte sich in eine Ecke verkrochen, den Kopf zwischen den gekreuzten Armen vergraben. Das Baby war gerade bei Julia und Berty quengelte auf Lizbeths Arm vor sich hin. Willy und Robert standen einfach am Feuer, so als warteten sie darauf, dass es etwas von ihnen brauchte, und Kirk ging auf und ab, erst im einen Raum, dann im anderen, wie ein gefangenes Tier im Käfig. Sarah und Rorey waren gnädigerweise ruhig. Sie saßen auf dem Boden, die Puppe zwischen sich, und beide sahen zu Juli und Lizbeth hin, so als warteten sie darauf, gesagt zu bekommen, was sie jetzt als nächstes tun sollten.

„Lasst uns schon mal die Schlafplätze für die Nacht vorbereiten“, sagte ich, worauf zunächst jedoch niemand von ihnen reagierte.

Dann stand Sarah auf. „Schlafen wir wieder alle unten, Papa?“

Ich überlegte einen Augenblick. Es wäre sicher nett gewesen, noch ein Weilchen länger mit Julia oben allein zu sein, um ungestört mit ihr reden zu können. Und ein paar der Kinder hätte es sicher nicht geschadet, oben zu sein. Die anderen hätten dann unten in der Nähe des Kaminfeuers schlafen können. Aber es war alles fremd und neu und traurig für sie, und für die Hammonds wahrscheinlich auch beängstigend. Keiner von ihnen sollte in dieser Nacht zu weit weg sein von den anderen oder von uns. Ich sah Juli an und sie nickte.

„Wahrscheinlich machen wir es am besten wieder so", sagte ich deshalb zu Sarah. „Dann sind wir alle nah beieinander."

Ich brachte die größeren Jungen wieder dazu, Matten und Decken und alles andere Notwendige auf dem Wohnzimmerfußboden auszubreiten, als wir heftiges Klopfen an der Hintertür hörten.

Es war Barrett Post, unmittelbar gefolgt von seiner Frau und deren Schwägerin Elvira, der Lehrerin, die beide noch mehr zu essen mitbrachten.

„Louise hat einfach darauf bestanden", erklärte Barrett. „Sie hat gesagt, wir hätten keine Entschuldigung, weil wir ja einen Schlitten haben. Und Sie alle sollten an einem Abend wie diesem nicht allein sein."

Ich war mir nicht so sicher, ob Juli und Lizbeth sich wirklich darüber freuten, dass sie gekommen waren. Sie sahen beide dermaßen erschöpft aus, dass es schwer zu sagen war.

Louise und Elvira stellten eilig ihre Schüsseln und Töpfe ab und Louise schnappte sich sofort das Baby, um sich dann auf Emmas Schaukelstuhl niederzulassen, und Elvira bot an, Harry und Bert eine Geschichte vorzulesen.

„Lizbeth!", verlangte Berty hartnäckig. „Lizbeth soll lesen!"

„Also gut, aber dann musst du still und brav sein, hörst du?", sagte Elvira. „Es hat nämlich niemand besondere Lust, schreienden und brüllenden Jungen etwas vorzulesen."

Sie zog ihren Mantel aus, nachdem sie zwei dünne Bücher aus dessen Taschen geholt hatte und setzte sich dann auf die Längsseite von einer der Matratzen. Obwohl sie nicht Lizbeth war, setzte sich Berty neben sie, um sich die Bilder in dem Buch anzuschauen. Auch Sarah gesellte sich dazu und am anderen Ende des Zimmers hob Franky jetzt ebenfalls den Kopf und beobachtete uns alle, während er zuhörte.

Rorey allerdings verschränkte nur ihre kleinen Arme vor der Brust, stampfte mit dem Fuß auf und sagte: „Wieso seid ihr alle hier? Ihr sollt nich' hier sein!"

„Aber ich will sie hier haben", erklärte Julia sehr bestimmt, „und das reicht. So, und jetzt setz dich hin und hör dir die Geschichte an!"

Juli wandte sich wieder von uns allen ab, nachdem sie das gesagt hatte. Ihre Hände zitterten. Und plötzlich – ohne ein weiteres Wort – ging sie ganz allein in Emmas Zimmer und machte die Tür hinter sich zu.

„Lassen Sie sie nur", riet Louise mir. „Manchmal muss man einfach allein sein und sich ausheulen."

Aber da kannte ich meine Juli besser. Sie war tatsächlich gern allein und zwar wenn sie glücklich war und sie in der Küche munter vor sich hin sang, oder wenn sie draußen in der Sommersonne irgendetwas sammelte oder pflückte. Aber nicht jetzt.

Ich öffnete die Tür zu Emmas Zimmer, trat rasch ein und schloss die Tür sofort wieder hinter mir, weil Rorey und Harry mir folgen wollten. Julia saß auf Emmas Bett und war bereits in Tränen aufgelöst. Ich eilte zu ihr hin, um sie festzuhalten und stieg zu diesem Zweck mit Stiefeln und allem anderen aufs Bett, um sie fest in die Arme zu nehmen.

„Ich schaffe das nicht", weinte sie. „Ich schaff's einfach nicht! Ich hätte niemals so mit dem kleinen Mädchen reden dürfen! Sie kann doch wirklich nichts dafür! Aber manchmal, ach manchmal ..."

„Schschsch, mein Schatz." Ich hielt sie einfach nur fest, während sie unter ihren Schluchzern bebte. Ich weiß nicht genau, wie lange wir so dasaßen. Ich hörte, wie Louise dem Baby etwas vorsang und ein Gewirr aus anderen Stimmen, einschließlich der von Elvira, die etwas vorlas. Wie gut, dass die beiden gekommen waren. Ich dankte Gott für diese Menschen, Menschen, die einfach einsprangen und sich kümmerten, selbst solche, die gar nichts mit Gott zu tun haben wollten.

„Was werden sie jetzt nur von mir denken?", flüsterte Juli.

„Es ist doch ganz egal, was sie denken. Es steht dir zu, zu trauern. Das ist dein gutes Recht. Das ist notwendig, sonst wirst du einfach zerspringen."

Sie holte mühsam sehr tief Luft. „Und hier sitzen wir nun, in Emmas Zimmer." Ihre Stimme brach und ich wusste, dass wieder Tränen flossen.

„Sie wäre froh", sagte ich. „So seltsam das auch klingen mag, sie wäre froh, dass wir hier sind."

„Tut es dir Leid?", fragte sie plötzlich. „Tut es dir Leid, dass wir die Schenkung abgelehnt haben, als Emma sie uns angeboten hat?"

„Nein, wir müssen Albert die nötige Achtung entgegenbringen. Das hier war schließlich die Farm seines Großvaters und nicht meine."

„Ach, Sammy, Emma fehlt mir so! Stell dir nur mal vor, wie sehr Lizbeth und Rorey und all die anderen Kinder erst ihre Mama vermissen müssen! Und ich sitze hier und mache mir darüber Gedanken, wie sehr ich Emma vermisse, obwohl sie ja noch nicht einmal leibliche Verwandtschaft war."

„Aber sie war unsere Familie. Die echteste Familie, die ich je gehabt habe, außer dir und den Kindern."

„Ich wünschte, sie wäre hundertzwanzig Jahre alt geworden, so wie Mose."

„Aber sie ist froh. Du weißt, dass sie froh ist, jetzt daheim zu sein. Es kommt weniger auf dieses Zuhause hier an als auf das andere dort, wo sie jetzt ist."

Wir mussten wieder zurück zu den anderen. Harry hörte nicht auf, gegen die Tür zu hämmern. Rorey saß schmollend mitten auf einer Matratze, als wir wieder aus Emmas Zimmer herauskamen. Harry wollte Julia sofort wieder mit Beschlag belegen, aber ich nahm seine Hand und brachte ihn zu seinen Brüdern, damit sie sich einen Moment zu Rorey setzen und sie umarmen und trösten konnten. Sogar Barrett blieb noch und nahm irgendwann Harry auf den Schoß.

Dieser Abend war schwerer, als alles, was ich je zuvor zu bewältigen gehabt hatte. Wir mühten uns stundenlang damit ab, einfach nur die Kinder irgendwie zum Schlafen zu bringen. Und dann wachte ständig eines der Kinder wieder auf, irgendjemand weinte oder stand einfach auf und lief herum, so als wüsste er nicht wohin mit sich. Ich fragte mich, wie es wohl Joe und dem jungen Sam gehen mochte, und ob unser Pastor, der noch jünger war als ich, wohl mit George zurechtkam. Ich fragte mich auch, wie Wilametta es jeden Abend geschafft hatte, alle zehn Kinder ins Bett zu bekommen. Aber da war es ja auch nicht so gewesen wie jetzt.

Niemand bat mich, eine Geschichte zu erzählen, und ich war darüber ganz froh, weil ich nicht so sicher war, ob mir etwas eingefallen wäre. Franky kam und rollte sich neben mir zusammen, und ich fragte mich, ob Robert darüber wohl sauer war, so wie vorher in der Scheune. Aber ich brachte es einfach nicht übers Herz, Franky wieder wegzuschicken. Er weinte lange, lag einfach irgendwie still da, und als ich endlich einschlief, war ich nicht sicher, ob er nicht immer noch weinte.

11

Julia

Ich hatte gerade von Emma geträumt, wie sie um das Erdbeerbeet herumtanzte, als die kleine Emma Grace mich mit einem markerschütternd lauten, durchdringenden Schrei weckte. Die arme Lizbeth war so müde vom ständigen Beruhigen all ihrer kleinen Geschwister, dass sie sich kaum noch rühren konnte. Aber Louise musste schon vorher wach gewesen sein, weil sie bereits das Baby hochgenommen hatte, bevor ich überhaupt aufstehen konnte.

Samuel hatte schon Feuer gemacht und war nach draußen gegangen, obwohl es noch dunkel war. Auch wenn es noch sehr früh war, wunderte ich mich doch, wie ich überhaupt so lange hatte schlafen können, besonders da mich meine gestrigen Ausbrüche sehr quälten. Es brauchte niemand etwas von all dem Bitteren zu erfahren, dass da in mir schwelte, am allerwenigsten Lizbeth. Ich musste meine Gedanken einfach für mich behalten oder eine günstige Gelegenheit abwarten, um mich wieder mit Samuel auszutauschen. Aber vielleicht war ja auch das gar nicht so gut.

Ich bekam das Bild von Emma einfach nicht aus dem Kopf – auf dem Fußboden in Wilas Zimmer, so ganz und gar gebrochen. Sie hätte bestimmt noch länger gelebt, da war ich mir ganz sicher, wenn Wilametta nicht vor ihr gestorben wäre. Und auch das quälte mich. Ich hätte mutiger sein müssen. Ich hätte darauf bestehen müssen, allein nach Wilametta zu sehen, sodass Emma sich hätte ausruhen können, wie sie es gebraucht hätte. Vielleicht wäre sie dann bei meiner Rückkehr noch hier gewesen, um mir zu helfen, all die armen Seelen zu trösten.

Ich stand auf, um den Küchenherd anzuheizen, aber als ich Emmas Schaukelstuhl im Wohnzimmer stehen sah, blieb ich einfach stehen. Louise kam zu mir mit dem weinenden Baby auf dem Arm.

„Machen Sie sich keine Gedanken wegen des Frühstücks", sagte sie. „Ich mache etwas. Haben Sie Eier da?"

Es waren Eier da, ja. Weil Emma vier Hühner mitgebracht hatte, als sie nach Hause auf die Farm zurückgekehrt war, hatten wir inzwischen sechszehn Hühner. Den Rest hatten wir im Laufe des Sommers großgezogen und ein paar davon sogar schon geschlachtet. Alles an unserem Hiersein schien irgendwie von der Hand Gottes gesegnet worden zu sein. Warum nur fühlte es sich jetzt so an, als wäre Gott unglaublich fern?

„Es sind Eier da", sagte ich zu Louise. „Aber seit es so kalt ist, legen die Hühner nicht besonders gut. Ein paar sind jedoch bestimmt trotzdem da. Ich schick Robert gleich raus, um nachzuschauen und sie einzusammeln."

„Barrett ist nach Hause gefahren, um die Tiere zu versorgen", sagte sie. „Vielleicht denkt er ja daran, unsere Milch und die Eier mitzubringen, wenn er zurückkommt. Sie müssen da drüben im Wald ja schon früh mit der Arbeit an den Gräbern anfangen."

Ach natürlich, das musste auch noch getan werden, aber ich fragte mich, wie sie es fertig bringen würden. Vor allen Dingen Samuel, der darüber hinaus noch viel mehr zu tun hatte. Er würde seine Sache sicher gut machen, daran hatte ich keinerlei Zweifel, aber ich selbst würde es sicher nicht über mich bringen, obwohl ich es ja auch irgendwie geschafft hatte, Emma auf das Bett neben Wilametta zu legen. Ich würde jedoch keine Kiste zimmern oder Emma gar dort hineinlegen können, und ganz sicher würde ich sie nicht in die Erde hinunterlassen können.

Jemand hatte bereits im Herd Feuer gemacht. Robert, der sowieso meistens früh aufstand, war auch jetzt ziemlich schnell auf den Beinen, und ich schickte ihn hinaus, um alle Eier einzusammeln, die da waren. Kirk schlief noch, ebenso wie die meisten anderen Kinder, also beschloss ich, schon einmal den Melkeimer zu waschen und mich dann selbst ans Melken zu machen. Ich wollte ganz sicher nicht, dass sich Samuel an diesem Morgen, an dem er so vieles zu bedenken hatte, auch noch um die Stallarbeit kümmern musste. Morgen sollten die Trauerfeier und die Beerdigungen sein. Es würden viele Leute kommen, alle, die bei dem Schnee irgendwie zu uns durchkommen konnten, um den beiden Verstorbenen die letzte Ehre zu erweisen. Wie sollte ich, wie sollten wir alle es nur schaffen, Emma und Wila ein letztes Mal anzuschauen?

Die ganze Zeit während des Melkens machte ich mir darüber Gedanken. Sie würden Wila und Emma hierher in Emmas Haus bringen. Irgendwie fühlte sich das nicht richtig an. Aber nichts, was mir sonst dazu einfiel, fühlte sich richtiger an. Der Pastor wusste, dass es zu schwierig war, die Trauerfeier in der Stadt abzuhalten, und es war sicher auch nicht im Sinne von Wila und Emma, die ihr Zuhause beide so sehr geliebt hatten. Ach, wenn es doch Frühling gewesen wäre, sodass wir alle draußen im Freien inmitten von Emmas Blütenpracht hätten sein können.

Ich war fast fertig mit dem Melken, als Franky zu mir in die Scheune herauskam und Samuel bei seiner Arbeit an den Särgen helfen wollte. Ich rief ihn zu mir herüber, aber er wollte nicht, denn er müsse helfen, das sei er seiner Mama schuldig.

„Er macht mir Sorgen", sagte ich zu Samuel, als ich ihm etwas später Kaffee brachte und bei der Gelegenheit Franky ins Haus zurückscheuchte, damit er frühstückte. „Er sollte eigentlich nicht hier draußen sein und dir dabei zuschauen."

„Was soll er denn sonst machen?", fragte Samuel mit traurigem Blick. „Er denkt sowieso an nichts anderes, Juli. Es beschäftigt ihn ununterbrochen, so hat er doch zumindest das Gefühl, etwas tun zu können."

„Ich könnte ihn auch im Haus beschäftigen. Louise hält da grade Großputz für die Gäste, die zur Trauerfeier kommen."

Er seufzte. „Aber es muss doch jeder auf seine ganz eigene Weise mit den Dingen fertig werden. Ich verstehe es zwar auch nicht, aber vielleicht ist das hier eben seine Art."

Diese ganz einfachen Worte machten mich wütend. Wir konnten eben nicht auf unsere eigene Art und Weise mit den Dingen umgehen. Ich wusste ja nicht einmal, was meine Art war. Vielleicht wusste das keiner von uns. Wir mussten helfen,

George zu retten, Babys halten und versuchen, nichts zu sagen, was so dumm war, wie das, was ich am vorigen Abend gesagt hatte. Wir mussten genau so sein, wie es von uns erwartet wurde, und wir durften uns nicht mehr gehen lassen als unbedingt nötig, mussten einfach automatisch tun, was zu tun war, so wie Lizbeth es machte. Ich hatte ja nicht einmal eine Ahnung, wie es wohl wäre, wenn nur ich allein mit diesem Schmerz hätte fertig werden müssen. Vielleicht würde ich schreien. Vielleicht würde ich noch eine Tasse mit Apfel-Minz-Tee in Wilamettas Kamin werfen. Aber vielleicht war es ja auch besser, nie zu erfahren, wie es wohl wäre.

Barrett Post kam zurück und brachte Milch und Eier mit. Er überreichte mir beides, damit ich es ins Haus brachte und brachte ein Päckchen zu Samuel hinein. Dann war er auch schon wieder fort, fast ohne ein Wort gesagt zu haben.

Als ich ins Haus ging, hatte Sarah eine Untertasse zerbrochen und saß in Tränen aufgelöst am Tisch. Louise tat ihr Bestes, so rasch wie möglich die Scherben aufzukehren, weil Harry auf allen vieren unter dem Esstisch herumkrabbelte.

„Berty hat aus der Hose gestunken", verkündete Harry, als er mich sah.

Ich brachte die Milch und die Eier auf die Kellertreppe und dachte an die arme Lizbeth, die das ständig erledigen musste, und das nicht nur bei ihm, sondern auch bei Emma Grace. Aber in diesem Augenblick hatte Elvira das Baby, und ich war dafür sehr dankbar.

Rorey wachte tropfnass auf und weinte, entweder, weil sie selbst so schockiert war, ins Bett gemacht zu haben, oder aus lauter Peinlichkeit. Und in diesem Augeblick hätte ich George und Wilametta anschreien mögen dafür, dass sie so viele Kinder hatten.

Wo bist du, George?, wollte ich schreien. *Wann kommst du endlich her und bist für sie da? Wann kümmerst du dich endlich auch selbst um deine Probleme?*

Bevor Rorey und Berty frisch angezogen waren, hatte Kirk beschlossen, dass es nun langsam Zeit würde, das zweite Pferd seines Vaters nach Hause zurückzubringen. Ich wusste, dass ich ihn nicht würde aufhalten können. Es gab kein Entrinnen vor dem Grauen, egal, wo er sich aufhielt.

„Rede bitte erst mit Samuel", bat ich ihn deshalb. „Er weiß sicher, ob dein Vater darüber etwas gesagt hat."

Heute holen sie die beiden Toten dort ab und bringen sie hierher, dachte ich weiter. *Wie schrecklich musste es sein, dabei zu sein.*

Robert und Willy misteten Lula Bells Stall aus und gaben ihr neues Stroh. Ich war ihnen so dankbar dafür. Danach brachten sie auch noch frisches Stroh in den Hühnerstall. Covey Mueller kam mit Alberta, als ich gerade das große Wohnzimmerfenster putzte. Ich hatte keinen Wagen auf Kufen mehr gesehen, seit ich ein kleines Mädchen gewesen war. Großvater Charly hatte auch einen solchen umgerüsteten Schlitten gehabt. Clarence und Pet, die beiden Pferde der Muellers, waren die größten Pferde weit und breit.

Alberta kam mit flinken, kleinen Schritten direkt aufs Haus zu, obwohl ihre beiden Arme mit Töpfen voll beladen waren. Sie hatte Hühnchenpastete und einen glasierten Kuchen gemacht. Ich stellte beides in der Küche auf die Anrichte und hätte darüber beinah vergessen, sie zu begrüßen. Mr. Mueller ging direkt in die Scheune.

Alberta drückte mich ganz fest, obwohl ich sie gar nicht so gut kannte und fragte, ob ich wüsste, wie viele Leute aus der Kirchengemeinde aus *Dearing* zur Trauerfeier kommen würden.

„Nun, wir müssen wahrscheinlich einfach abwarten", sagte ich ihr. „Ich kann mir nicht vorstellen, dass es bei diesem Schnee sehr viele sein werden."

Aber keine zwanzig Minuten später kam Mrs. Gray, die Sonntagsschullehrerin auf einem robusten grauen Pferd angeritten. Sie war in viele Schichten Kleidung gehüllt und hatte einen Sack dabei, mit dem sie wie der Nikolaus persönlich das Haus betrat. Sie hatte eingelegte Rote Beete mitgebracht und etliche Einweckgläser mit unterschiedlichem Inhalt, die sie in Handtücher gewickelt hatte, sowie einen knusprigen Apfelkuchen. Sie ging direkt auf Lizbeth zu und umarmte auch sie lange und innig, wie ich es noch nie zuvor bei jemandem gesehen hatte – wirklich nie!

„Oh, Mrs. Gray", sagte Lizbeth, aber mehr brachte sie nicht heraus. Für einen kurzen Moment veränderte sich ihr Gesicht ein ganz klein wenig und sie sah so aus, als würde sie etwas sagen oder einfach nur zusammenbrechen und weinen, aber dieser kurze Moment ging wieder vorüber. Ihr Blick war ganz schnell wieder trüb und hart und sie schimpfte mit Harry, weil er sich die Socken ausgezogen und sie in die Kartoffelschüssel geworfen hatte.

„Wir haben Orville abgesetzt, damit er beim Graben helfen kann“, erzählte mir Alberta.

Ihr Sohn und Louises und Elviras Männer taten, was sie konnten, obwohl sie zu all dem gar nicht verpflichtet gewesen wären. Und die Frauen, die gekommen waren, hätten uns ebenfalls nicht beim Hausputz zu helfen brauchen, aber auch damit hatten Elvira und Louise bereits begonnen. Sie hätten auch kein Essen mitzubringen oder uns voller Mitgefühl zu umarmen brauchen. Aber für Emma hätten sie alles getan, genau wie Emma alles für sie getan hätte. Obwohl es sie letztlich umgebracht hatte.

Robert und Willy hatten angefangen, Wege durch den Schnee zu schaufeln, und ich fragte mich, wer ihnen wohl aufgetragen haben mochte, so schwer zu arbeiten. Ich hätte ihnen das jedenfalls nicht zugemutet, so viel stand fest.

Louise machte Wasser heiß, und wir bereiteten alles vor, um die Kinder zu baden, obwohl eigentlich keines von ihnen im Winter darauf besonders erpicht war. Wir teilten eine Ecke der Küche ab und sobald ein Kind sauber war, steckten wir das nächste in die Wanne. Rorey weinte, als wir ihr das verfilzte Haar bürsteten, und Sarah saß todernst einfach nur da.

„Ich will nicht, dass all die Leute hier sind“, sagte Sarah zu mir, als ich fast damit fertig war, sie zu baden. „Ich will nur mich und dich und meine Bessie-Puppe – nur wir ganz allein.“

Ich musste sie einen Augenblick einfach nur halten. Ich konnte sie wirklich verstehen. Das arme Kind, das es gewohnt war, mein Baby und mein Schatten zu sein, musste jetzt warten, bis es an der Reihe war.

„Es tut mir Leid, mein kleiner Kürbis“, flüsterte ich. „Es wird auch wieder besser.“

„Nein Mami“, protestierte sie. „Du musst immer mehr und

mehr machen, damit du die Lücke ausfüllen kannst, wo sonst immer Roreys Mama war."

Was für ein Bild. Aber es war so treffend. Zumindest vorübergehend.

Covey Mueller half Samuel beim Bauen der Särge, was die ganze Sache erheblich beschleunigte. Einmal kam Franky zu mir herein und erzählte mir, dass Samuel damit angefangen habe, Blumen in die Sargdeckel zu schnitzen, während Mr. Mueller die Unterteile zusammenbaute.

„Das mit den Blumen war meine Idee", verkündete er.

Ich wollte trotzdem nicht hinausgehen und sie mir genauer ansehen. Es machte mir immer noch viel aus, dass Franky so unmittelbar an allem beteiligt wurde, aber ich konnte nichts dagegen tun. Samuel ließ Franky dabei sein, so viel er wollte, und er hatte Kirk auch erlaubt, das Pferd zu nehmen und es zu seinem Vater zurückzubringen, weil der Junge unbedingt seinen Vater sehen und bei seinen älteren Brüdern sein wollte. Der Pastor sei doch auch dort, versuchte Samuel mich zu beruhigen, Kirk würde schon zurechtkommen. Ich hoffte nur, dass er Recht behielt.

Zum Mittag wollte niemand etwas essen, aber Louise zerschnitt die Hühnchenpastete trotzdem, steckte einen Löffel in einen Kartoffelauflauf und versuchte alle dazu zu überreden, doch wenigstens einen kleinen Happen zu essen. Als sie erst einmal angefangen hatten, aßen Robert und Willy nach all der anstrengenden Arbeit, die sie erledigt hatten, mit Appetit. Aber alle anderen aßen kaum etwas, außer vielleicht Bonnie Gray, die sich, als sie fertig war, anbot, den Männern, die im Wald die Gräber aushoben, ebenfalls Essen zu bringen. Aber Alberta sagte ihr, dass Covey sowieso bald in diese Richtung gehen würde und er dann für die Männer etwas zu essen mitnehmen könne.

Und wirklich, schon kurz nach dem Mittagessen luden Mr. Mueller und Samuel die beiden langen Kisten auf den Schlitten der Muellers. Ich bekam bei diesem Anblick plötzlich kaum Luft. Ich hatte keine Ahnung, wie sie das so schnell hatten schaffen können, auch wenn sie zu zweit gewesen waren. An den Seiten der Särge hatten sie Messinggriffe angebracht, die Barrett Post mitgebracht hatte und für die er mit Sicherheit nichts haben wollte – weder dafür, noch für das Holz. Ich betete für ihn und Louise, dass Gott sie anrühren und für ihre Großzügigkeit segnen möge.

Bonnie half Alberta eine großzügig bemessene Menge Essen in zwei Körbe zu packen, einen für die Männer im Wald, den anderen für George, seine Jungen und den Pastor. Dann zogen sie sich wieder ihre Mäntel und Umschlagtücher an und verfrachteten die Körbe nach draußen.

Samuel und die Muellers brachen zusammen auf und ich empfand eine große Schwere, als ich sie so fortgehen sah. Auch alle anderen schienen sich jetzt irgendwie zu verändern. Lizbeth klang besonders kurz angebunden, als sie versuchte, Bert zu einem Mittagsschlaf hinzulegen, und als Franky hereinkam, setze er sich einfach in eine Ecke und starrte vor sich hin.

Louise und Elvira wirbelten herum und brachten das Haus auf Hochglanz. Dann suchten sie ein paar Dinge aus, die Emma besonders am Herzen gelegen hatten, um sie für die Besucher auszustellen. Ich sagte zwar nichts dazu, aber mir gefiel nicht, was sie da taten, dass sie Emmas Sachen befingerten und über sie sprachen. Sie hatten große Hochachtung vor ihr, das stand völlig außer Frage, und sie waren auch freundlich. Aber sie kannten sie nicht so gut wie sie dachten, weil sie nicht wussten, dass es Gott war, auf den es Emma am allermeisten angekommen war und der ihr das Wichtigste gewesen war. Das hatten sie nie wirklich begriffen. Die Posts waren wirklich gute Leute, aber keiner von ihnen interessierte sich auch nur im Geringsten für Gott und machte sich Gedanken über ihn, und sie schienen nicht zu wissen, wie sehr Emma ihr Seelenheil am Herzen gelegen hatte.

Ich erinnerte mich jetzt, wie sie einmal gesagt hatte: *„Ach Juli, Barrett verschließt einfach die Augen, und die anderen von ihnen sind auch nicht besser. Die haben dem Erlöser den Rücken zugekehrt und dabei liebt er sie alle so sehr.“*

Ich betete noch einmal für sie alle. Weil Emma das jetzt auch getan hätte, wollte ich es jetzt stellvertretend für sie tun. Und dann sagte ich dem Herrn, dass eigentlich Frauen aus der Gemeinde da sein sollten, um Emmas Sachen zu ordnen, weil sie besser wüssten, was Emma den Leuten gern gezeigt hätte – und worüber sie Emmas Meinung nach nachdenken sollten – in Zeiten wie diesen.

Und wie als Antwort auf mein Gebet, ging jetzt Mrs. Gray auf Elvira zu und schlug vor, doch Emmas Bibel in die Mitte des Tisches zu legen, auf der die Gegenstände von Emma ausgelegt werden sollten.

„Das hätte Emma gefallen", sagte Bonnie zu ihnen. „Das Wort Gottes ganz vorn und als Mittelpunkt. Sie würde genau dasselbe sagen, wenn sie jetzt hier wäre."

Rorey kam jetzt in Sarahs blauem Kleid zu mir. Ihre Lockenpracht kringelte sich wild um ihren Kopf, genauso wie es bei ihrer Mutter immer gewesen war.

„Mrs. Wortham", sagte sie ganz ernst, „was machen wir denn jetzt zu Weihnachten?"

Sie fragte nicht nach ihrem Geburtstag, obwohl ich wusste, dass der nur einen Tag nach Weihnachten war. Sie erwähnte auch den Kuchen nicht, den ihr die Mutter versprochen hatte, obwohl ich das schon vor drei Wochen von Sarah erfahren hatte. Sie sagte sonst gar nichts, sondern stand in Erwartung meiner Antwort einfach nur mit weit aufgerissenen ängstlichen Augen da.

„Darum wird sich der Herr schon kümmern, wenn es so weit ist", hörte ich mich selbst sagen. „Jetzt müssen wir erst einmal immer nur einen Tag nach dem anderen bedenken."

Keine zwei Minuten später kam Barrett Post mit seinem Schlitten zurück, auf dessen Rücksitz ein paar Leute saßen. Es waren Pastor Jones' Frau Juanita und Delores Pratt mit ihrer halbwüchsigen Enkelin Thelma, die ebenfalls zur Kirchengemeinde gehörten.

„Der Pastor hat mir gesagt, ich soll sie alle abholen und herbringen", erklärte Mr. Post. „Ich geh jetzt wohl am besten und helf ihm beim Graben."

Der Pastor? Graben? Ich hätte fast etwas gesagt, aber Mr. Post musste meinen Gesichtsausdruck auch so bemerkt haben.

„Oh, er ist nicht der einzige. Da machen Sie sich mal keine Gedanken. Er ist nur rausgekommen und hat um den Gefallen gebeten, mich so lange vertreten zu dürfen, bis ich zurück bin."

„Und wie geht es George?"

„Ich hab ihn heute noch nicht gesehen. Noch nicht mit ihm geredet. Sein Ältester hat auch kein Wort gesagt." Er schüttelte den Kopf. „Aber der kann vielleicht arbeiten, das kann ich Ihnen sagen! Ich hab versucht, ihn wieder nach Hause zu schicken, nachdem er uns die Stelle gezeigt hat, aber er ist dageblieben und hat die Feuer versorgt und sich dann wie wild ins Graben gestürzt."

Juanita und Delores hatten einen Rindfleischeintopf mitgebracht, gebratenen Kohl, Apfelmus und Zitronenpudding. Thelma hatte außerdem noch zwei Brotlaibe dabei gehabt. Juanita umarmte mich lange und innig und Louise sorgte dafür, dass ihr Mann sich kurz hinsetzte, um eine Tasse Kaffee zu trinken und sich mit einer Mahlzeit zu stärken.

„Alle bringen so viel zu essen mit", sagte ich.

„Das macht man halt in so einer Situation", erzählte mir Juanita. „Setzen Sie sich einfach hin, meine Liebe. Wir kümmern uns um das hier."

Zum ersten Mal wurde mir klar, dass alle Samuel und mich behandelten, als wären wir wirklich Emmas Verwandtschaft, und sie übernahmen das meiste von dem, was ich sonst tat, damit ich jetzt entlastet wurde. Und ich bedauerte, dass Albert und seine Frau nicht hier sein konnten, um es mitzuerleben. Aber dann erinnerte ich mich an noch jemanden.

„Hatte Emma nicht noch irgendwo eine Cousine?"

„Mary Lou Friday, die Tochter von ihrer Cousine Alice", bestätigte Mr. Post. „Albert hat gesagt, er würde ihr Bescheid geben. Und Ralph Watts, das ist ein Cousin draußen im Westen. Ich nehme nicht an, dass sie den weiten Weg herkommen können."

„Miss Hazel hat gesagt, sie würde versuchen zu kommen", sagte Juanita plötzlich. Ich spürte, wie ich innerlich verkrampfte. Sie hatte uns einmal direkt vor der Kirche böse angegriffen, weil wir angeblich Emma ausnutzen und hintergehen wollten. Sie hatte sogar zu Emma gesagt, es würde ihr Tod werden, die

Pension zu verlassen und wieder auf ihre Farm hinauszuziehen. Und so war es dann ja auch tatsächlich gekommen.

Ich dachte noch einmal zurück an die Monate, die wir gemeinsam hier verbracht hatten, und ich wusste, dass Emma glücklich gewesen war. Emma hätte keine einzige Minute davon bereut. Aber was war mit Miss Hazel und all den anderen Leuten?

Harry kam und bohrte seinen Finger in den Pudding und ich hatte nicht die Energie ihm zu sagen, dass er es lassen solle.

„Möchtest du etwas davon, mein Schatz?", fragte Delores ihn. So redete sie immer. Jedes Kind unter sechs Jahren war „mein Schatz" und alle anderen waren „Liebling". Sie häufte Harry Pudding auf einen Teller, stellte den Teller auf den Tisch und legte einen Löffel daneben. Er setzte sich sofort hin und fing an, mit den Fingern zu essen, was sie aber nicht zu bemerken schien.

„In Zeiten wie diesen", sagte sie zu mir, „ist es besonders wichtig, dafür zu sorgen, dass sie genug essen. Es ist dann gar nicht so wichtig, die Zeiten einzuhalten oder ob sie den Nachtisch zuerst essen oder all so was, solange sie nur etwas in den Bauch kriegen. Wenn Menschen in Trauer sind, vergessen sie manchmal zu essen, und besonders für die Kinder ist das gar nicht gut. Sie haben Ihnen doch heute schon was gegeben, oder?"

„Wir haben es versucht."

Sie trat näher und sah mich teilnahmsvoll an. „Und was ist mit Ihnen, meine Liebe? Haben Sie schon zu Mittag gegessen?"

Ich konnte mich beim besten Willen nicht erinnern, ob ich etwas gegessen hatte oder nicht, auch wenn es mir gar nicht gefiel, dass ich dadurch der lebende Beweis für ihre Beobachtung war. Ich hatte es nicht vergessen. Ich hatte einfach nur nicht daran gedacht. Sie schnalzte mit der Zunge und reichte mir eine Schale mit Pudding, die noch voller war als die von Harry.

Dann setzte sie sich neben mich, obwohl ich sie da ganz bestimmt nicht haben wollte, und flüsterte: „Wir haben Emma alle so sehr gern gehabt."

„Ja", sagte ich, steckte meinen Löffel in das Puddingschüsselchen und stand dann auf, um nachzuschauen, wohin sich Rorey so klammheimlich verzogen hatte.

„Nicht einen Bissen", hörte ich Delores traurig sagen. Aber ich kümmerte mich gar nicht darum. Sollte doch Harry es aufessen.

„Rorey?", rief ich leise. Sie saß am Kamin auf dem Wohnzimmerboden. Ich hoffte, sie war mir nicht böse, weil ich ihr keine klarere Auskunft über das bevorstehende Weihnachtsfest gegeben hatte. Vielleicht wollte sie ja auch einfach nur an der behaglichsten Stelle im Haus sein.

Sarah kam die Treppe herunter mit dem kleinen Buch, das ich ihr einmal in Pennsylvania gekauft hatte. Ich wartete auf sie und setze mich dann mit den beiden zusammen hin.

„Rorey, ich wollte dich gerade eben nicht unterbrechen, wenn du noch mehr sagen wolltest. Es war nur, weil die anderen Leute gekommen sind, das war alles."

„Na gut", sagte sie traurig. „Werd'n *Sie* denn Weihnachten feiern?"

Es beschäftigte sie also immer noch und ich wusste nicht, was ich ihr sagen sollte. Bis Weihnachten waren es nur noch vier Tage. „Ich denke, wir werden es versuchen", sagte ich, auch wenn ich mir das im Augenblick so ganz und gar nicht vorstellen konnte.

„Wir könn'n gar nich' Weihnachten feiern", sagte sie dann entschlossen. „Nich' ohne Mama."

„Doch, das könnt ihr", war Sarah zur Stelle. „Oder, Mama? Roreys Mama kann doch einer von unseren Weihnachtsengeln sein. Und Emma auch."

Rorey sah sie überrascht an und ich umarmte beide, weil ich nicht wusste, was ich sonst hätte tun sollen. Sarah und ich bastelten jedes Jahr Weihnachtsengel aus Papier und schmückten damit die Wand hinter unserer Krippe. Ich wusste, dass Sarah es auch dieses Jahr wieder würde machen wollen. Aber letztes Jahr nach Weihnachten hatte ich unsere Krippe fortgegeben, weil wir weggezogen waren und es unmöglich gewesen war, sie mitzunehmen.

„Können wir das nicht so machen, Mama?", bedrängte Sarah mich. „Können wir die Weihnachtsengel machen? Kann Rorey uns dabei helfen?"

Sie überraschte mich wirklich damit, aber es war eine schöne Überraschung. Natürlich konnten wir auch eine Krippe aus

Papier basteln. Vielleicht würde das den beiden sogar gut tun.

„Ihr könnt sie schon mal aufzeichnen“, sagte ich zu ihr. „Du und Rorey, ihr könnt heute schon mal damit anfangen, wenn ihr wollt. Malt die Engel dann hübsch an und macht sie fertig. Aber mit dem Ausschneiden warten wir lieber noch ein bisschen. Das machen wir erst, wenn nicht mehr so viele Leute im Haus sind.“

Rorey sah mich mit gekrauster Stirn an. So sah sie immer aus, wenn sie über irgendetwas nachdachte. „Is Mama denn jetz' wirklich 'n Engel?

„Ich wüsste nicht, warum nicht. Sie ist auf jeden Fall im Himmel, das steht fest.“

Ich stand auf, holte Papier und Buntstifte und legte beides auf den Fußboden. Ich hoffte, Franky würde ebenfalls Interesse zeigen und mitmachen, aber er saß nur da und schaute zu.

Der Nachmittag zog wie hinter einem Schleier an uns vorüber mit den Frauen im Hintergrund, die alles putzten und die versuchten uns irgendwie ein Trost zu sein. Sie holten Emmas Bett aus ihrem Zimmer heraus, um Platz für die Särge zu schaffen, und ich wünschte, ich hätte das alles verschlafen können, so wie Emma Grace und Berty. Aber auch sie würden schon bald aufwachen und zu jemandem auf den Arm wollen.

Bevor ich mich's versah, waren Samuel und die Muellers bereits zurück. Es war wie in einem Traum, als die langen Kisten ins Haus gebracht wurden, so ganz und gar unwirklich. Pastor Jones kam mit ihnen zusammen und ganz plötzlich wollte ich ihn nicht im Haus haben, obwohl ich ihn und seine Frau wirklich sehr gern hatte.

Sprich uns nicht an, hätte ich am liebsten zu ihm gesagt. *Sag lieber gar nichts, weil alles, was du sagen würdest, so grauenhaft endgültig und so real klingen würde. Und ich möchte nicht, dass es wahr und wirklich ist.*

Sie waren noch nicht fertig mit den Gräbern. Das sagte Samuel wenigstens. Sie hatten den ganzen Morgen mehrere

Feuer brennen lassen, waren aber trotzdem immer noch nicht mit dem Graben fertig. Ich nahm nicht zur Kenntnis, was er sagte. Ich wollte es gar nicht hören.

Es ist so grausam, Herr. Es ist zu kalt für das, was wir tun müssen. Es sollte eigentlich für Emma etwas Besseres geben. Nicht nur eine lange Kiste aus Pinienholz in ihrem Schlafzimmer und ein Loch im gefrorenen Boden.

Denk an den Himmel, würde sie jetzt sagen. Denk an die Straßen aus Gold, wo es keinen Kummer und keine Schmerzen gibt. Aber da war so viel Schmerz, wenn ich nur in die verletzten Augen von Wilamettas Kindern schaute.

„George wollte nicht mitkommen", sagte Alberta zu mir. „Noch nicht. Ich habe noch nie jemand gesehen, der vor Trauer so außer sich ist. Er muss sie wirklich geliebt haben. Aber ich weiß nicht, wie das jetzt mit ihm noch werden soll."

Was sollte aus seinen Kindern werden? Das hätte ich gern gewusst. Aus Franky zum Beispiel, der in dem Augenblick, als er das Gespann gehört hatte, aufgesprungen war und jetzt am Sarg seiner Mutter saß, immer eine Hand am Griff des Sargdeckels. Und aus Rorey, die feierlich Weihnachtsengel zeichnete, während ihr die Tränen übers Gesicht liefen. Und aus Lizbeth, die wieder einmal ein quengelndes Baby beruhigte und aussah wie tot. Oder aus Willy und Harry, die sich so verhielten, als würden sie von all dem gar nichts mitbekommen. Und der kleine Berty, den all die vielen Menschen so verwirrten, dass er gar nichts mehr verstand.

Aber am allermeisten Gedanken machte ich mir um die älteren Jungen. Sam, Joe und inzwischen auch Kirk, die vielleicht bei ihrem Vater waren oder auch beim Ausheben der Gräber halfen, ohne Juanita oder Elvira oder sonst jemanden, der ihnen tröstend zur Seite stehen konnte.

Louise und Bonnie versuchten schon wieder, alle dazu zu bewegen, etwas zu essen, und die Muellers waren nach Hause gegangen. Frank Cafey und drei oder vier andere Nachbarn bahnten sich an diesem Abend ihren Weg durch die Kälte, um bei uns einen Beileidsbesuch zu machen. Und nachdem sie alle wieder weg waren, machten sich auch die Posts auf den Heimweg.

Es war seltsam tröstlich, dass Bonnie Gray, Delores und ihre

Enkelin sowie die Pastorenfrau Juanita die Nacht über bei uns blieben. Pastor Jones beschloss aber dann doch, nachdem er mit fast allen Kindern gesprochen hatte, noch einmal zurück zum Haus der Hammonds zu gehen, um die Nacht dort zu verbringen.

Als er seinen Mantel holte, nahm Samuel mich einen Augenblick beiseite. „George hat gefragt, ob wir uns noch weiter um die Kinder kümmern können", sagte er. „Er hat gesagt, dass er keinen Tag länger leben möchte. Schwer zu sagen, was er machen wird."

Uns um die Kinder kümmern? Als ob wir das nicht schon die ganze Zeit getan hätten! Ich hätte George in diesem Augenblick gern zu fassen bekommen. Welches Recht hatte er, uns noch mehr abzuverlangen? Welches Recht hatte er, sich in seiner erbärmlichen Verrücktheit so lange fern zu halten und nicht einmal den Versuch zu unternehmen, seinem eigenen Fleisch und Blut Trost zu sein? Die Jungen dort drüben mussten an Stelle ihres Vaters stark sein, mussten eigentlich ihn bevatern statt umgekehrt! Ich hätte ihn am liebsten geschüttelt, ihm die Augen geöffnet, damit er sah, was er ihnen durch sein Verhalten antat.

Samuel wollte den Pastor nicht allein durch den dunklen, verschneiten Wald gehen lassen, obwohl es nur ungefähr anderthalb Kilometer waren, und obwohl Pastor Jones ein junger, kräftiger Mann war. Sam holte eine Laterne und die beiden machten sich gemeinsam auf den Weg. In dieser Nacht war es nicht mehr ganz so kalt und dafür war ich sehr dankbar. Ich stand draußen auf der Veranda und sah ihnen nach, als sie gingen, immer in der Spur, welche die Stiefel der anderen Männer, Barrett Posts Schlitten und das Fuhrwerk der Muellers bereits im tiefen Schnee hinterlassen hatten. Und als ich sie nicht mehr sehen konnte, schaute ich in den Himmel und sah die Sterne. Emmas Sterne strahlten endlich heller als sie es im ganzen vergangenen Monat getan hatten, so als wollten sie mir sagen, dass sie verstanden hatten: Die Heiligen kommen heim.

Zögerlich drehte ich mich um und ging wieder ins Haus. Ich dachte daran, wie schön es gewesen wäre, einfach noch ein bisschen unter dem klaren Sternenhimmel stehen zu bleiben, „aufzublicken in den Himmel Gottes", wie Emma immer gesagt hat. Ich überlegte, dass ich vielleicht den Schmerz ein wenig beiseite lassen und über all das Gute nachdenken konnte, das irgendwo dort jenseits der herrlichen Sterne auf uns alle wartete.

Aber meine Sarah wartete drinnen auf mich und Rorey und vielleicht außerdem noch andere. Denn sogar in Gesellschaft der anderen verlangten die Kinder immer noch eher nach Lizbeth oder mir. Und all mein Grübeln, meine Überlegungen und Gedanken konnten um ihretwillen warten. Ja, so musste es sein.

Es war eine seltsame Nacht – zu wissen, dass Emma und Wila mit uns unter demselben Dach waren, war gleichzeitig beunruhigend und tröstlich. Willy schaffte es zunächst fast nicht, sich überhaupt hinzulegen. Franky wollte nicht vom Sarg seiner Mutter weichen und ich musste warten, bis er endlich eingenickt war, um ihn dann aus dem Zimmer zu tragen. Und Harry hörte nicht auf zu fragen, wo denn seine Mama sei. Er und Berty begriffen immer noch nicht, was überhaupt passiert war. Rorey weinte sich jetzt bereits die zweite Nacht in den Schlaf und sie und Sarah klammerten sich die ganze Nacht über an mich, genau wie ich es erwartet hatte. Ich lag einfach wach und betete für sie alle, besonders für Lizbeth, auch wenn sie eigentlich schon wieder ganz die Alte zu sein schien und sich überraschend gut hielt.

In dieser Nacht träumte ich, Emma wäre zurückgekommen und ging nun durch den Raum und betete nacheinander für jeden von uns. Aber dann wachte ich auf und sah, dass es Juanita war, die aufgestanden war und betete. Ich umarmte sie und weinte so lange, bis auch sie zu weinen begann. Danach ging es mir besser.

Der nächste Morgen war ganz und gar unwirklich. Ich gab den Kindern zu essen und machte sie zurecht, damit sie in ihren alten, abgetragenen Kleidern so nett und adrett wie möglich aussahen. Die Posts waren schon wieder da, bevor wir eigentlich so weit waren, sie zu empfangen, und dann kamen auch schon die Muellers. Rita McPiery, Emmas liebe Freundin aus der Pension und ihr Bruder Daniel kamen ebenfalls zu uns heraus, beide mit geröteten Augen und Gesichtern, so als hätten sie unterwegs geweint. Frank Cafey war wieder da und roch ganz leicht nach Schnaps. Außerdem waren noch ein paar andere Nachbarn gekommen und die Hemleys, die nur anderthalb Kilometer außerhalb von *Hastings* wohnten. Als der Pastor und mein Samuel zurückkamen, gemeinsam mit Kirk und Joe, fing der Gottesdienst an, obwohl George und der junge Sam noch nicht anwesend waren.

Es war wie in einem Traum. Alle waren ganz still, sogar das Baby. Niemand regte sich, niemand gab einen Laut von sich oder machte ein Geräusch, bis der kleine Berty von seinem Stuhl fiel und wütend gegen das Stuhlbein trat. Dann schwappte das, was ihn gepackt hatte, auf den gesamten Raum über, denn Franky gab plötzlich ein lautes verzweifeltes Heulen von sich, Harry rannte in die Küche, um unter dem Tisch zu schmollen und Lizbeth brach unter ersticktem Schluchzen zusammen, das anscheinend auf alle anderen Anwesenden übergriff. Ich konnte mir absolut nicht vorstellen, wie wir es schaffen sollten, in den Wald hinauszugehen und dort die Begräbnisse zu Ende zu bringen, aber bevor ich mich's versah, hatten sie die Särge bereits auf Muellers Fuhrwerk geladen und die Leute brachen in Richtung Wald auf.

Es war ein sonniger Tag und nicht annähernd so kalt wie am Vortag. Genau so, wie es für das, was wir jetzt zu tun hatten, sein sollte. Beinah wäre ich dann doch nicht mitgegangen. Ich warf einen Blick auf die Kinder um mich und schrie in Richtung Juanita protestierend auf.

„Das ist zu viel für sie. Ich kann ihnen heute nicht noch mehr abverlangen. Es ist einfach nicht richtig, sie mit ansehen zu lassen, wie die Särge in die Gräber gesenkt werden. Ich bleibe mit den Kindern hier. Wir können vielleicht ein bisschen singen und an unseren Weihnachtsengeln weiterbasteln."

Juanita hätte vielleicht zugestimmt, denn sie hätte sich ganz bestimmt nicht auf einen Streit mit mir eingelassen, aber bevor ich etwas sagen konnte, schüttelte Franky den Kopf und meinte: „Aber wir müssen das für Mama tun."

Sein Bruder Willy pflichtete ihm bei und zu meiner großen Überraschung Rorey ebenfalls.

„Ich geh auch mit", sagte sie. „Halte bitte meine Hand."

Also gingen wir mit, wir alle, außer Harry und Berty, die zusammen mit der jungen Thelma Pratt bei uns zu Hause blieben. Wir trotteten den Pfad entlang, der zwischen Schneewehen hindurchführte. Jedes Mal, wenn ich zuvor am Teich gewesen war, war der Weg kurz und leicht gewesen, aber diesmal schien er ewig zu dauern. Ich war froh, dass sich unser Aufbruch so stark verzögert hatte, auf diese Weise blieb uns wenigstens der Anblick des Wagens mit den Särgen erspart. Alle gingen zu Fuß, obwohl ich eigentlich nicht so genau wusste, warum. Denn hinter uns standen vor dem Farmhaus mindestens drei Schlitten.

Aber genauso war es bei Roberts Taufe auch gewesen. All die Leute aus der Gemeinde waren zu Fuß vom Haus zum Teich gegangen, obwohl man mit Pferd und Wagen ziemlich nah an den Teich hätte heranfahren können. Emma hatte aber gesagt, so werde es eben immer gemacht, seit Generationen schon. Sogar am *Tanny Brook* Friedhof, wo ihre Eltern begraben waren, hielten die Leute direkt neben der Straße an und gingen dann den Rest des Weges zu Fuß. Vielleicht dachten sie, dass ein kleiner Fußweg an der frischen Luft gut tat, um sich innerlich auf das Bevorstehende vorzubereiten.

Mit Sarah an meiner einen und Rorey an der anderen Seite versuchte ich einigermaßen stark zu sein. Am liebsten hätte ich so geweint wie in der vergangenen Nacht. Ich wollte mit dem Himmel über all das hier streiten. Aber das hätte auch nichts genützt – jedenfalls nicht vor den Kindern.

Ich versuchte mich umzuschauen und den Wald ein wenig zu genießen. Im Sommer war es ein wunderschöner Ort mit wilden Blumen und den Weiden, die sich im Wind wiegten. Aber jetzt war es dort öde und alles war grau und weiß, und als wir nah genug herangekommen waren, um ihn zu sehen, ragte Willards Grabstein steil und kalt empor, jetzt allerdings nicht mehr alleine.

Samuel stand bereits da mit Georges ältestem Sohn und Mr. Post. Ich hielt Ausschau nach dem Pastor, denn ich wusste, dass er mit dem Gespann vorausgegangen war und eigentlich schon hätte dort sein müssen. Er war jedoch nirgends zu sehen.

„Mami?“ Das war Sarah, die plötzlich ganz verängstigt klang. „Tut es ihnen weh, wenn sie in die Erde gelegt werden?“

„Nein, mein Schatz. Sie sind nicht mehr hier. Sie haben

ihren Körper schon verlassen und es geht ihnen besser, als wir es uns vorstellen können."

„Ist es jetzt dort Frühling?", fragte Sarah mich. „Emma hat mir erzählt, dass sie den Frühling so mag."

Da konnte ich nicht anders, als wenigstens ein ganz klein wenig zu lächeln. „Ich nehme an, dass dort immer Frühling ist. Und auch alles, was sie sonst noch gern hatte."

Als wir uns Willards Grabstein näherten, drückte Rorey meine Hand ganz fest und starrte einfach auf Emmas Sarg, der auf dem Erdhügel stand, über den eine Decke gebreitet worden war. Ich wünschte, ich hätte ihre Aufmerksamkeit auf etwas anderes lenken können, aber vielleicht war es auch besser, dass ich das nicht konnte, damit sie nicht den Hügel hinab zu dem kleinen Birkenhain hinüberschaute, wo das leere Grab auf ihre Mutter wartete.

Herr, wie soll ich nur diesen Tag überstehen?

George war nicht da. Ich hätte es gleich bemerken müssen. Das war sicher auch der Grund, weshalb Pastor Jones ebenfalls noch fehlte. Wahrscheinlich war er irgendwo und versuchte George gut zuzureden, damit er in dieser schweren Stunde seinen Kindern beistehen konnte.

Ich drehte mich um zu Louise Post, Elvira Post, den Muellers, Juanita Jones, Bonnie Gray und all den anderen. Ich fand es erstaunlich, dass sie sich alle die Mühe gemacht hatten, bei dieser Kälte herzukommen. Aber Emma hatte ihnen allen genug Grund gegeben, sie zu lieben, und sie wären alle unter allen Umständen hergekommen.

Sonst erwartete ich niemanden mehr. Es waren ja auch so schon viele Leute da. Aber dann hörte ich noch jemanden den ausgetretenen Pfad im Schnee hinter uns hereilen und ich staunte nicht schlecht, als ich erkannte, dass es Miss Hazel Sharpe war, die uns trotz ihres fortgeschrittenen Alters mit dem für sie typischen flinken Schritt folgte. Charly Hunter war direkt neben ihr und sah aus, als hätte er gern eine Möglichkeit gefunden, ihr irgendwie zu helfen. Aber Hazel brauchte eigentlich nie bei irgendetwas Hilfe, obwohl sie so gebückt ging, dass sie kaum geradeaus schauen konnte.

Ich war Charly dankbar, dass er gekommen war. Er hatte sich immer so treu darum gekümmert, dass Emma und auch wir sonntags irgendwie zur Kirche kamen. Und er hatte Emma „Oma“ genannt, seit sie vor Jahren einmal seine Sonntagsschullehrerin gewesen war.

Trotzdem machte es mir Angst, als ich Miss Hazel jetzt sah. Es war auch so schon alles schwer genug zu bewältigen. Und ich hatte sie in den vergangenen sieben Monaten nicht ein einziges Mal gesehen, ohne dass sie nicht irgendjemandem gegenüber aufgebracht und schnippisch gewesen war. Aber ich wusste, dass auch sie Emma geliebt hatte, zumindest behauptete sie das. Sie waren vor nun fast achtzig Jahren Schulfreundinnen gewesen. Aber sie lehnte es zutiefst ab, dass wir hier waren, und sie hatte George Hammonds ärmliche Existenz und sein Verhalten verächtlich gemacht, deshalb betete ich jetzt auf der Stelle, dass sie wenigstens hier und jetzt so viel Anstand besitzen möge, ihre Zunge im Zaum zu halten.

Lizbeth kam und stellte sich mit einer dick in Decken gewickelten Emma Grace auf dem Arm neben mich. Ich hatte eigentlich das Baby lieber bei Thelma lassen wollen, aber Lizbeth hatte darauf bestanden es mitzunehmen mit der Begründung, die Kleine würde sowieso nur schreien, wenn sie nicht in der Nähe sei. Elvira und ihr Mann stellten sich an Lizbeths andere Seite.

Ich sah zu Robert hinüber, der in letzter Zeit so schrecklich wenig Aufmerksamkeit von mir bekommen hatte. Er war bei Willy, Kirk und Joe, die alle drei in einer Reihe nebeneinander standen. Franky war direkt zu meinem Samuel gegangen und stand nun da, fest an Sams Hand geklammert. Ich war so froh, dass wir wenigstens die kleinen Jungen hatten zurücklassen können.

Jemand stimmte einen Choral an, und ich musste wieder daran denken, wie all die Leute aus der Gemeinde zu Roberts Taufe gekommen waren, und wie aufgeregt Emma deshalb gewesen war.

„Genau wie in alten Zeiten“, hatte sie immer wieder zu mir gesagt. „Alle kommen und singen und feiern und dann essen sie bis sie fast platzen.“

Wir hatten im Garten Tische aufgestellt, die beladen waren mit all dem, was die Gäste zu essen mitgebracht hatten. Und auch an diesem Morgen hatten die Leute wieder zu essen mitgebracht, hauptsächlich für George und seine Kinder, dachte ich. Aber es war keine Feier. Was Emma anging, so hätte es ruhig eine sein können, genau das hätte sie sich nämlich gewünscht. Aber selbst für sie war es ja ein schwerer Schlag gewesen, dass Wila gestorben war.

Lizbeth neben mir fing jetzt an zu weinen und Elvira legte ihren Arm um sie. Endlich kam Pastor Jones den Hügel herauf, allerdings ohne George. Sam Hammond, der still neben dem Mueller-Jungen gestanden hatte, war plötzlich kreidebleich und verschwand. Und so lange Emmas Beisetzung dauerte, kam er auch nicht zurück.

Paxton Jones wusste genau, was Emma in einer Predigt gerne gehört hätte. Er malte ein so großartiges Bild vom Himmel, dass wir uns alle ganz sicher sein konnten, was Emma anging. Aber wir standen entweder weinend da oder schweigend und stocksteif, wie es bei normalen Sterblichen nun mal ist, die den kleinen Blick in die Ewigkeit, der uns in solchen Situationen zuteil wird, gar nicht wahrnehmen. Die Trauer war so tief, dass es so schien, als könne Gott gar nicht größer sein als diese Trauer, ja, als wäre Gott nicht einmal in der Lage, die Lücke zu füllen, die Emma und Wila hinterließen. Selbst wenn die ganze Welt stehen geblieben wäre, hätte alles nicht seltsamer, bedrohlicher oder endgültiger sein können.

12

Samuel

Und ob ich auch wanderte durchs finstere Tal, fürchte ich doch kein Unglück, denn du bist bei mir. Dein Stecken und Stab trösten mich, und ich werde bleiben im Hause des Herrn immerdar.

Langsam wurde Emmas Sarg mit einer Seidenrose darauf in die Erde gesenkt. Die hatte Miss Hazel dort hingelegt, weil, wie sie sagte, Emma Blumen immer so gern gehabt hatte.

Die meisten Anwesenden blieben nur noch einen kurzen

Moment am Grab stehen und machten sich dann langsam auf den Weg den Hügel hinunter zu Wilametta Hammonds Grab. Franky ging schweigend und mit ausdruckslosem Gesicht neben mir her. Robert sah ich in der Nähe des zugefrorenen Teiches, wie er in einen dicken Schneeklumpen trat. Willy und Kirk waren bei ihm und sahen wie benommen aus und ich wünschte, sie hätten einfach die Fassung verlieren und losweinen können. Sie waren doch alle noch Kinder, so groß und stark sie inzwischen auch schon sein mochten.

Miss Hazel sah mich kurz an, als sie an mir vorbeiging. Ihr Blick war streng, aber ohne das übliche Funkensprühen darin. Sie sah Franky an, der sich an meine Hand klammerte und tätschelte ihm kurz die Schulter. Vielleicht hätte mich das nicht weiter überraschen sollen, aber das tat es dennoch, weil ich mich nicht daran erinnern konnte, jemals zuvor schon erlebt zu haben, dass sie irgendjemandem ihre Zuneigung gezeigt hätte. *Segne sie, Herr*, betete ich. *Trotz ihres missmutigen Auftretens ist sie innerlich doch fürsorglich und vielleicht ist sie das ja auch immer schon gewesen.*

Ich wartete auf Julia, die zusammen mit Sarah und den Hammond-Mädchen als letzte von Emmas Grab wegging. Ich wollte sie irgendwie erreichen, sie einfach nur noch einmal kurz festhalten bevor wir uns beide gleich wieder um die Kinder kümmern mussten. Wir hatten uns gerade auf den Weg gemacht, den Hügel hinunterzugehen, als wir zwischen den verschneiten Bäumen Georges Stimme dröhnen hörten.

„Ich steh aber nich' auf. Das sag ich euch! Ich rühr mich hier nich' weg."

Jetzt konnte ich ihn sehen. Er saß mit dem Rücken an eine alte Birke gelehnt. Der junge Sam stand über ihn gebeugt und sagte gerade etwas zu ihm, das ich allerdings nicht verstehen konnte. Lizbeth, Willy und die anderen Kinder starrten ihren Vater nur an. Es war das erste Mal seit drei Tagen, dass sie ihn überhaupt zu Gesicht bekamen, und da saß er nun und sah wild und zerzaust aus und brüllte so laut, dass das Wild im nahe gelegenen Wald bestimmt die Flucht ergriff.

„Lasst mich in Ruhe!", rief er und schüttelte den Arm seines Sohnes ab. „Du hockst ja auf mir wie eine Glucke. Verschwinde endlich!"

Der junge Sam stand einen Moment lang einfach nur da, bis der Pastor ihm den Arm um die Schulter legte und ihn wegführte. Das war zu seinem eigenen Besten. Wir hatten jetzt alles versucht, ich selbst und auch seine Söhne, sowie der Pastor, Barrett und Covey Mueller. Es lag jetzt bei George selbst, sich um George zu kümmern, weil es sonst keiner mehr tun konnte. So sehr wir es uns auch wünschten, er wollte einfach nicht.

Paxton sprach von Wilametta als einer freundlichen, liebevollen Mutter und einem Menschen, der die freie Natur geliebt habe. Als er sagte, sie sei auch eine gute Ehefrau gewesen, erhob sich George ganz langsam und kam gerade nahe genug heran, um eine Ecke des Sarges zu berühren. Franky ließ mich los und versuchte, die Hand seines Vaters zu ergreifen, aber der hatte sich schon wieder weggedreht.

„Ich kann das einfach nich' sehen", murmelte George. „Ich kann nich' mit ansehn, wie ihr se inne Erde legt und eingrabt."

Diese Worte waren für seine Kinder wie Hiebe. Die beiden Mädchen brachen schluchzend in Tränen aus und der arme Joe sank im Schnee auf die Knie. Willy machte auf dem Absatz kehrt, um wegzurennen, und als Robert versuchte, ihn aufzuhalten, schubste Kirk ihn zu Boden.

„Lass ihn gehn!", schrie Kirk ihn an. „Lass ihn einfach gehn."

Robert lag da in einer Schneewehe und sah völlig verblüfft aus und Kirk rannte hinter Willy her. Sie gingen denselben Weg, auf dem sich soeben auch ihr Vater entfernt hatte, nach Hause. Eigentlich rechnete ich damit, dass auch der junge Sam ihnen noch folgen würde, aber das geschah nicht.

Mit Tränen in den Augen nahm er die kleine Emma Grace aus Lizbeths Armen und nickte dem Pastor zu, während sie sagte: „Meine Mama hätt' ein Lied gewollt."

Pastor Jones sah plötzlich sehr jung aus und wandte sich ganz blass vor Sorge und Kummer an Julia. Er fragte sie, ob sie „Jesus meine Zuversicht" singen könne. Ich wusste, dass es bereits so abgesprochen worden war. Einer der Hammond-Jungen hatte sie darum gebeten, es beim Begräbnis zu singen, als er erfahren hatte, dass Juli es seiner Mutter in der Nacht ihres Todes vorgesungen hatte. Aber Juli brachte kaum einen Ton heraus. Sie versuchte es zwar und gab sich redlich Mühe, aber Frankys Weinen übertönte ihren Gesang, und es gab unter den Trauergästen niemanden, der nicht weinen musste.

Paxton sprach anschließend noch ein paar weitere Worte und betete, aber irgendwie schien ihm auch klar zu sein, dass es das Beste war, die ganze Sache so schnell wie möglich zu beenden. Er entließ alle mit einem Segen und die Menschen machten sich zum Gehen bereit, diejenigen jedenfalls, die es konnten. Lizbeth stand einfach nur da und starrte am ganzen Körper zitternd auf das Grab. Und Joe kniete immer noch im Schnee, schaute um sich her und hatte offenbar keine Ahnung, was eigentlich los war. Die Lehrerin ging deshalb zu Lizbeth und der Pastor zu Joe und Julia und versuchte, die kleinen Mädchen nach Hause zu schicken.

Ich wollte Franky mit ihnen mitschicken und den anderen Männern beim Zuschaufeln der Gräber helfen, damit er es nicht mitansehen musste. Aber als die Post-Brüder anfingen, die Erde ins Grab zu schaufeln, wollte er ihnen unbedingt helfen. Er holte die sehr tot aussehenden Blumenzwiebeln aus seinen Hosentaschen und sagte, die wolle er bei seiner Mama mit eingraben.

„Emma hatte so'ne schöne Rose", sagte er. „Meine Mama hat auch Blumen gemocht."

Barrett nahm ihm behutsam die Blumenzwiebeln aus den Händen, warf kurz einen Blick in meine Richtung und tätschelte dann dem Jungen die Schulter.

„Da hast du ganz Recht", sagte er. „Das machst du ganz richtig. Bist'n feiner Junge."

Die beiden dicken Blumenzwiebeln wurden direkt vor dem provisorischen Grabkreuz eingegraben, das Clement Post gemacht hatte. Niemand von uns verlor ein Wort darüber, ob aus den Zwiebeln jemals Blumen wachsen würden, auch wenn ich ziemlich sicher war, dass sie genauso gut wie ich wussten, dass kaum eine Chance bestand, denn der längste und härteste Teil des Winters stand noch aus. Und das hier waren Sommerzwiebeln. Sie sollten eigentlich in der Erde sein, bevor es richtig kalt wurde.

Mir schien, wir waren alle ein wenig so. Abgehärtet und ausgerüstet für eine Lebensspanne und dann von dieser Welt verschwunden. Emma hatte uns schon vor Monaten gesagt, dass sie ausgegraben und an einem anderen Ort wieder eingepflanzt werden würde, und ich konnte mir gut vorstellen, wie sie dort jetzt vor lauter Glück richtig aufblühte. Und Wila war auch dort, hielt vielleicht sogar Frankys Blumen in der Hand.

13

Julia

Wir durchlebten den Rest dieses Tages und auch den Abend wie in einer Art Nebel. Die meisten Leute waren wieder weg und wir hatten immer noch massenhaft Essen übrig, doch niemand hatte so recht Appetit. Wenn ich davon ausgegangen war, dass nur Samuel und ich und unsere beiden Kinder nach der Beerdigung bei uns zu Hause sein würden, dann hatte ich mich gründlich geirrt, denn es waren auch nach der Trauerfeier immer noch sieben der Hammond-Kinder bei uns.

„Ich geh nich' nach Haus“, bekräftigte Lizbeth noch einmal. „Erst, wenn Pa Bescheid gibt.“

Niemand widersprach ihr. Kirk und Willy waren zu Hause – vermutlich jedenfalls – und Sam, der Älteste, hatte sich auf den Weg gemacht, um nach ihnen zu schauen. Aber George hatte in seinem beklagenswerten Zustand keines seiner Kinder überhaupt auch nur wahrgenommen, mit Ausnahme von Sam vielleicht, den er von sich gestoßen hatte. Wir konnten unter diesen Umständen die Kleineren auf gar keinen Fall nach Hause lassen, wenn wir nicht wussten, wie George auf ihre Anwesenheit reagieren würde. Emma hätte gewollt, dass wir uns weiter um sie kümmerten, und irgendwie hatte ich das Gefühl, auch Wila hätte das gewollt.

Also saßen Samuel und ich an diesem Abend mit ihnen zusammen, lasen ihnen zuerst biblische Geschichten vor, und danach erzählte dann Samuel ein paar Geschichten, die er sich selbst ausgedacht hatte. Sie schliefen wieder hier und da, verstreut im Wohnzimmer, nur Robert und Joe hatten ihr Lager im Obergeschoss aufgeschlagen.

„Was machen wir denn jetzt mit ihnen?“, fragte ich Samuel, als im Haus Ruhe eingekehrt war. Und er hielt mich so lange schweigend im Arm, dass ich nicht mehr so genau wusste, ob er mir überhaupt noch antworten würde.

„Ich denke, wir sollten uns Gedanken darüber machen, wie wir ihnen ein möglichst schönes Weihnachten bereiten“, sagte er schließlich. „George hat nicht viel zu geben, Liebling, selbst wenn er es schafft überhaupt daran zu denken.“

Dagegen konnte ich nichts einwenden, auch wenn irgendetwas in mir es gern getan hätte. Auch wir hatten nicht viel. Wir hatten gearbeitet und gearbeitet und das bisschen Bargeld, das sich im Laufe des Sommers angesammelt hatte, war nötig, um unsere kleine Familie überhaupt irgendwie über den Winter zu bekommen. Was konnten wir schon für so viele tun?

„Ich habe die Schlitten“, sagte Samuel wie als Antwort auf meine Frage. „Ich bin sicher, Robert und Sarah würden es verstehen, wenn sie einen davon abgeben müssten. Vielleicht habe ich ja sogar noch genug Zeit, um noch einen mehr zu bauen.“

„Ach, Sammy.“

„Was bleibt uns denn sonst übrig, Juli? Sie brauchen unsere Hilfe, da gibt es kein Entrinnen.“

„Emma war gerade dabei, ein Kleidchen für das Baby zu nähen.“ Ich ging in Gedanken noch einmal alles durch. Samuel hatte die Schlitten gebaut, einen für Sarah und einen für Robert, und ich hatte für Robert eine Mütze gemacht und außerdem ein Kleid für Sarahs Puppe. Wenn wir den Hammond-Kindern einen der Schlitten gaben, dann sollte auch jeder von ihnen noch eine weitere Kleinigkeit bekommen.

„Hat Rorey eigentlich eine Puppe?“, fragte ich laut. Das kleine Mädchen spielte schrecklich gern mit Sarahs Bessie, aber es war mir noch nie in den Sinn gekommen, sie zu fragen, ob sie zu Hause eine eigene Puppe hatte.

„Du bist doch drüben bei ihnen gewesen“, sagte Samuel. „Sie haben fast gar nichts, außer Milch und Schinken.“

„Stimmt, ich habe dort im ganzen Haus weder Spielzeug noch ein Buch gesehen“, pflichtete ich ihm bei, doch uns blieb kaum noch Zeit. Was sollten wir also tun? Andererseits empfand ich diese Situation auch als einen Ansporn, dafür zu sorgen, dass sie alle etwas bekommen sollten.

Ebenso wurde mir schmerzlich bewusst, dass egal, was uns auch einfallen mochte, es niemals das aufwiegen konnte, was sie verloren hatten. Das Fehlen ihrer Mutter würde alles trüben, was ihnen Weihnachten dieses Jahr vielleicht bedeuten konnte.

Zu allem Überfluss würde ich auch noch um Emma trauern. Wir hatten uns bereits in den vergangenen Tagen unsere ganz persönlichen Weihnachtsgeschichten erzählt – was sie gemacht hatte, als Warren und Albert noch klein gewesen waren und Dinge, die wir mit unseren Kindern in Pennsylvania gemacht hatten.

„Meine Krippe habe ich schon an Rita verschenkt", hatte sie mir einmal gesagt. „Das tut mir so Leid, Schätzchen. Aber bis es soweit ist, haben wir ja vielleicht schon eine andere."

Außerdem hatte sie Weihnachtsplätzchen backen wollen. Sterne und Herzen mit weißem und rotem Zuckerguss. Oh wie gern ich mit Emma doch Weihnachten gefeiert hätte! Apfel-Rosinen-Kuchen, Tannenzweige und ausgeschnittene Papierengel auf dem Kaminsims, und viele, viele Weihnachtslieder.

Tu es für die Kinder, würde sie zu mir wohl in diesem Moment sagen, wenn sie noch bei uns wäre. Jedes kleine bisschen davon, für alle zwölf. Daran zu denken, machte mir ein klein wenig Hoffnung, bereitete mir aber auch ein wenig Unbehagen. Was, wenn keiner von ihnen davon etwas wissen wollte?

„Wir werden uns etwas überlegen", sagte Samuel. „Zumindest können wir versuchen, etwas Besonderes zu essen zu machen. Und für Rorey einen Geburtstagskuchen."

Ach, die liebe Kleine. Natürlich würde ich ihr einen Geburtstagskuchen backen. Ich würde tun, was ich konnte. Aber das konnte und würde auch nicht genügen.

„Das ist zu viel, Sammy!", protestierte ich wieder. „Wie kann Gott nur von uns erwarten, all das zu schaffen? Es wäre schon schlimm genug gewesen, nur Emma zu verlieren! Aber wieso auch noch Mrs. Hammond? Warum nicht George? Er ist in den vergangenen Tagen für seine Familie so gut wie nutzlos gewesen!"

Samuel sagte dazu nichts, und mein Magen zog sich schmerzhaft zusammen. Da redete ich also abfällig über George und machte dadurch alles nur noch schwerer und verhielt mich damit im Grunde nicht anders als er selbst. Und auch Samuel machte ich es unnötig schwer, wenn ich so redete. Wann war ich so grob und gefühllos geworden, dass ich auf diese Weise über einen Mann reden konnte, der vor Trauer und Schmerz völlig außer sich war.

„Es tut mir Leid", sagte ich zu Samuel. „Vielleicht sollte ich lieber erst einmal etwas schlafen." Ich wandte mich von ihm ab und hatte plötzlich Kopfschmerzen. Ich war wütend, das war es. Wütend auf Gott und nichts würde je wieder gut werden, so lange sich daran nichts änderte. Ich hatte allerdings keine Ahnung, wie.

Er nahm meine Hand und zog mich zurück in seine Arme. Samuel, mein Heiliger. Er verstand mich, vielleicht besser noch als ich mich selbst.

„Möchtest du über die Nacht reden, in der sie gestorben sind, mein Schatz?"

„Nein, ich glaube nicht, dass ich das kann."

„Aber es könnte dir vielleicht helfen."

Mein ohnehin schon gereizter Magen schmerzte plötzlich heftig.

„Sie sind einfach gestorben, Sammy! Was sollte es da sonst noch zu sagen geben? Sie sind einfach gestorben! Und ich konnte nichts dagegen tun. Ich konnte gar nichts tun, außer sie so schön wie möglich herzurichten für die Leute, die sie noch einmal ansehen wollten. Oh Gott, warum macht man so was eigentlich? Wieso kommen die Leute und sehen sich alles an und reden sinnloses Zeug und sagen Dinge, die wir auch so schon wissen? Es ist sinnlos. Es ist alles so sinnlos!"

„Ich weiß nicht", sagte er ganz ruhig. „Ich nehme an, das ist die einzige Art und Weise, die uns einfällt, um uns zu verabschieden."

„Emma hat sich so gut gekümmert", schaffte ich noch, ihm zu sagen. „Sie hat sich wirklich Mühe gegeben mit Wila. Sie hat wirklich getan, was sie konnte."

Er versuchte, mich festzuhalten, aber ich entzog mich ihm. „Ich hatte nicht einmal ein Kleid für sie", hörte ich mich schluchzen. „Sie war die beste Freundin, die ich jemals gehabt habe, und ich habe nicht einmal ein anständiges Sonntagskleid für sie geholt! ... Ich hätte daran denken müssen, als ich das erste Mal hierher zurückgekommen bin ...“

Dann brach ich in Tränen aus und konnte nicht mehr aufhören zu weinen. Sammy umarmte mich und ich schluchzte wer weiß wie lange an seiner Brust und dachte an Emma in ihrem Schaukelstuhl dort drüben. Ich hätte es kommen sehen müssen. Ich hätte sie niemals zu den Hammonds gehen lassen dürfen. Sie wäre mit Sicherheit noch am Leben, wenn ich dafür gesorgt hätte, dass sie zu Hause geblieben und ihrem rastlosen Herzen genügend Ruhe gegönnt hätte.

Als wir endlich ins Bett gingen, war es schon spät. Ich erzählte Sammy am Ende doch noch ausführlich, wie alles gewesen war. Gestand ein, dass mein Zorn nicht leicht auszuhalten war und dass er auch nicht ausschließlich auf Gott gerichtet war. Die Sorge um George und der Gedanke, dass auch er tot sein könnte, hatten mich zusätzlich zu all dem anderen in Angst und Schrecken versetzt. Und ihn dann in dem besagten Zustand vorzufinden! Besser, er wäre wirklich tot gewesen – jedenfalls war dieser Gedanke mir nicht mehr gänzlich fern gewesen. Wie konnte er es nur wagen, sich so gehen zu lassen? Wenn er anstelle von Wila tot gewesen wäre und Wila ohne ihn hätte weitermachen müssen, dann hätte ich mir vorstellen können, dass sie die Kinder zu sich gerufen und ihnen einzeln erklärt hätte, was genau jetzt jeder zu tun haben würde. Wie konnte er es wagen, so erbärmlich schwach zu sein?

Es gab ein Leben, das es zu bewältigen und zu leben galt. Trotz all meiner inneren Bitterkeit darüber wechselte ich aber wenigstens Windeln, wusch Gesichter, kochte Mahlzeiten und so weiter. Ich versuchte zumindest das zu tun, was nun einmal getan werden musste. Aber obwohl es mir fast das Herz brach, von Emma Abschied nehmen zu müssen, war mein Schmerz etwas ganz anderes als das, was George gerade durchmachte. Ich hatte keine Frau verloren, die erst Ende Zwanzig war. Ich war nicht George ohne seine Wilametta.

„Wir müssen die Kinder auch noch über Weihnachten hier behalten", sagte Samuel ganz sanft. „Wir müssen uns Geschenke für sie einfallen lassen und George mit den Kindern helfen wo immer wir können. Vielleicht kann ich morgen mal mit ihm sprechen und vielleicht lässt er Lizbeth ja ausrichten, dass sie mit den übrigen Kindern wieder nach Hause kommen soll. Es kann sein, dass er das braucht."

„Und was, wenn er nein sagt? Was, wenn er zu Weihnachten nicht einmal herkommen will?"

„Er wird schon zuhören, ganz bestimmt. Die Situation ist jetzt nur besonders schwer für ihn. Das ist alles."

„Er ist aber nicht wie normale Menschen, Samuel. Da war etwas an ihm, das alles andere war als normal, und ich bin mir nicht so sicher, ob er überhaupt zuhören würde."

„Gott sei Dank hat er nicht wieder angefangen zu trinken. Die Post-Brüder haben gesagt, dass ihm wahrscheinlich nicht mehr zu helfen wäre, wenn er damit wieder anfinge. Früher hat er sich häufig bis zur Bewusstlosigkeit betrunken. Das hat Wilametta aber irgendwann beendet.

„Darüber brauchen wir uns jetzt bestimmt keine Sorgen zu machen. Woher sollte er denn etwas zu trinken bekommen?"

„Barrett hat gesagt, dass es in der Gegend Leute gibt, die selbst Schnaps brennen und ihn sogar verkaufen. Dass es gesetzlich verboten ist, ist diesen Leuten wahrscheinlich völlig egal."

„Na ja, ich kann mir auch gar nicht vorstellen, wie es ihm noch schlechter gehen könnte, als es schon der Fall ist. Nicht einmal durch Alkohol."

„Vielleicht geht es ja auch von jetzt an mit ihm wieder bergauf", sagte Sam hoffnungsvoll.

Ich fragte mich, was George an dem Abend und in der Nacht wohl machte, nachdem Emma und seine Frau begraben worden waren. Ich fragte mich, ob er sich wohl Gedanken um seine Söhne machte und sich um sie kümmerte oder ob er sie sich vom Leibe hielt. Der Herr helfe ihm.

Und hilf doch auch mir, Herr. Hilf mir, dass ich dir vergeben kann, was der Tod uns allen angetan hat. Auch wenn es niemals deine Schuld gewesen ist, seit Adam bis heute. Hilf mir, dir trotzdem zu vergeben, um meines eigenen Friedens Willen und weil ich weiß, dass du es so möchtest. Damit ich dich wieder so lieben kann, wie ich dich gerne lieben möchte. Damit ich mich wieder über jeden Regentropfen, jede Erdbeerblüte, jede Senfpflanze freuen kann wie Emma. Ich möchte sein wie sie, Herr. Weil sie so war wie du.

14

Samuel

Lula Bell hatte nie besonders großzügig Milch gegeben, aber am nächsten Morgen gab sie wieder kaum etwas, sodass ich ihr zusätzliches Futter gab in der Hoffnung, dass dadurch ihre Milchproduktion angeregt würde. Aber Sukey machte mir noch mehr Sorgen als Lula Bell, denn sie sollte noch vor Ende des Winters kalben. Als Stadtkind kannte ich mich mit Kühen überhaupt nicht aus und wusste nichts über den Umgang mit ihnen, und ich war schon heilfroh, dass Julia darin ein wenig Erfahrung mitgebracht hatte. Aber ich wusste auch, dass wir auf zusätzliche Hilfe angewiesen waren, besonders bei der Geburt des Kalbes. Vielleicht konnte ich ja George dazu bringen, mich ein bisschen zu beraten, und vielleicht würde es ihn sogar ein wenig von seinem eigenen Kummer ablenken. Einen Versuch war es zumindest wert.

Franky kam in die Scheune und suchte nach mir, als ich nachschaute, wie es um meine Holzvorräte stand. Ich würde abends und nachts an dem Schlitten arbeiten müssen, denn mit meinem neuen ständigen Schatten würde es sonst unmöglich sein, sie damit zu überraschen.

„Was machen Se 'n da, Mr. Wortham?"

„Ich denke nur ein bisschen nach."

„Woll'n Se was bau'n?"

Darauf konnte ich ihm natürlich keine Antwort geben. „Bist heute früh wach, was?“

„Ich bin immer früh auf. Pa sagt, ich könnt mal ’n guter Farmer wer’n, wenn ich nich’ dauernd was umstoß oder über’n Melkeimer fall.“

„Das hört sicher irgendwann auf. Alle Jungs sind ein bisschen ungeschickt, wenn sie noch kleiner sind. Bei mir war es auch so.“

„Ja“, sagte er und verzog dabei das Gesicht. „Aber bei mir is’ es besonners schlimm. Ich schaff es nich’ besonners gut, was richtig zu machen.“

Das war mir noch gar nicht aufgefallen. Kein bisschen. Er war mir hervorragend zur Hand gegangen, zuerst beim Planen und dann beim Abschleifen des Holzes zusammen mit Mr. Mueller. Er hatte die Seiten der Särge absolut glatt geschmirgelt und war für die Arbeit mit Holz mit Sicherheit sehr begabt. So musste ich das einfach sehen, wenn ein achtjähriger Junge von sich aus so selbstverständlich mit Holz hantierte, dass er mich sogar auf einen Fehler hinwies, den ich gemacht hatte, und zwar so rechtzeitig, dass ich ihn noch beheben konnte. Elvira Post musste sich in ihm täuschen, denn er war keineswegs langsam. Ich hielt ihn für brillant. Sie konnte es anscheinend nur nicht erkennen.

„Franky, nur weil du Dinge nicht genauso machst wie alle anderen, bedeutet das doch noch lange nicht, dass du etwas falsch machst. Du hast wirklich Talent, etwas zu bauen, das weiß ich mit Sicherheit.“

„Machen Se noch’n Sarg?“, fragte er mit großem Ernst in der Stimme.

Da stand ich also vor einem Stoß Holz, wie vor zwei Tagen auch schon einmal. „Nein, so was nicht.“

„Wiss’n Se, was ich glaub?“

Ich wartete einfach ab, weil ich wusste, dass er es mir sagen würde.

„Sie sollt’n ’n Schlitten bau’n! Ich weiß, dass Se das könn’n! Un’ es würd gar nich’ so lang dauern. Sie brauchen einfach nur ’n paar gleich stark gebogene Stücke, und dann einen Aufbau zum draufsitzen oben drauf. Ich hab mir das alles schon genau überlegt, aber Pa hat mir nie erlaubt, Nägel un’ Holz dafür zu nehm’.“

Es sprudelte nur so aus ihm heraus und ich befand mich in einem merkwürdigen neuen Dilemma. Wie sollte ich es übers Herz bringen, ihm von meinem Plan zu erzählen? Aber wie sollte ich es fertig bringen, ihm *nicht* davon zu erzählen? Wie sollte ich es fertig bringen, ihm in die Augen zu schauen und ihm ins Gesicht zu sagen: „Nein"?

„Franky? Kannst du ein Geheimnis für dich behalten?"

„Ja. Was is' es denn?"

„Ich will wirklich einen Schlitten bauen. Vielleicht sogar zwei. Aber du darfst den anderen nichts davon erzählen. Ich werde wahrscheinlich daran arbeiten, wenn die anderen alle schlafen, damit sie es nicht mitbekommen."

„Robert findet es bestimmt toll!", rief Franky aus, die offensichtliche Schlussfolgerung ziehend. „Un' Sarah bestimmt auch. Ich wünscht', unser Pa würd auch mal so was machen wie Se. Se ham schon Emmas Rollstuhl so gut hingekriegt. Die ganze Gegend war stolz auf Se!"

Über diese haarsträubende Übertreibung musste ich lächeln. „Danke, aber dein Vater hat ja auch genug damit zu tun, Essen für euch alle auf den Tisch zu bringen, und das ist etwas, worin ich nun wieder nicht gerade besonders gut bin."

„Er hat gesagt, dass Se was von Werkzeug verstehn un' er eher was von Tier'n."

„Das betrachte ich als nettes Kompliment von ihm und ich nehme an, dass er damit in gewisser Weise auch Recht hat. Jeder kann doch irgendetwas richtig gut."

„Nee", sagte er daraufhin. „Ich nich'."

„Ach Franky, ich sehe doch, was du gut kannst. Und wie gut!"

Aber er schüttelte darüber nur den Kopf.

Wir gingen gemeinsam ins Haus und trafen auf Juli, die gerade dabei war, Haferflockenbrei zu kochen. Sarah und Rorey spielten derweil praktisch zu ihren Füßen Schule. Sie brachten der Puppe Bessie gerade ein paar einfache Wörter bei, die sie auf ein altes Stück Papier geschrieben hatten. In dem Augenblick, als wir zur Tür hereinkamen, versuchte Sarah Franky dazu zu bringen, die Wörter ebenfalls vorzulesen, aber er wurde verlegen, lief rot an und rannte ins Nebenzimmer.

„Der war schon immer so", sagte Rorey zu mir. „Er kann

kein Wort lesen, nich' mal sein'n Nam', un' dabei soll er eigentlich schon inner dritten Klasse sein! Willy sagt, es is' gut, dass er so stabil is, weil er ganz sicher dumm is'."

„Rorey!", rief Julia jetzt.

„Ich hab doch nur gesagt, was er gesagt hat!"

„In Wirklichkeit ist er ziemlich schlau", sagte ich zu ihr. „Aber eben auf seine ganz eigene Weise. Gott schenkt jedem von uns bestimmte Fähigkeiten und Begabungen."

„Ja, er hat 'ne doppelte Portion Tollpatschigkeit bekomm'. Das hat Pa gesagt."

Juli, die am Herd stand, drehte sich zu Rorey um, aber ich blieb nicht lange genug, um noch zu hören, was sie sagte. Ich fand Franky im Wohnzimmer, wo er im Feuer herumstocherte. Ich ging zu ihm hin und stellte mich neben ihn.

„Der Stoff in der Schule fällt dir schwer, hab ich das richtig verstanden?"

Er blickte nicht auf. „Schlimmer als schwer. Bringt gar nix, dass ich da überhaupt noch hingeh. Ich mach da nix anneres, als einem andern den Platz wegzunehm'."

„Aber dafür könntest du doch bestimmt eine Schulbank bauen, oder? Da bin ich jedenfalls ziemlich sicher."

„Na ja, das könnt ich wohl", sagte er, und sein Gesichtsausdruck hellte sich merklich auf. „Die sind ja nix anneres als 'n abgeschmirgeltes Brett und 'ne Lehne, an die hinten auch wieder 'n grades Brett angeschraubt is', das die in der Reihe dahinter als Tisch benutzen, wo sie ihre Hefte un' Bücher drauflegen. Und dann sin' da noch 'n paar Beine, die inner Mitte dünner sin als oben und unten." Er hielt inne und sah mich mit einem beinah verschwörerischen Blick an. „Woll'n Se mir etwa immer noch erzähl'n, dass ich schlau bin un' was kann?"

„Ja. Und lass dir bloß von niemandem was anderes einreden."

„Aber was is'n, wenn ich nie lesen lern'?"

„Gib einfach nicht auf. Vielleicht lernst du es ja doch, wenn du einfach am Ball bleibst und dich nicht unterkriegen lässt. Aber leg auch immer wieder einen Tag ein, an dem du was baust und mach deine Sache gut, und vielleicht bezahlen dir die Leute irgendwann viel Geld für die Dinge, die du baust."

„Warum mach'n Se das denn nich'? Sachen bau'n und

verkauf'n, meine ich. Oder auch Sachen reparier'n, so wie Se auch Willards Traktor repariert ham für Pa?"

„Die Zeiten sind schwer, mein Junge", sagte ich zu ihm, so als wäre er schon alt genug, um das zu verstehen. „Es gibt zu viele Leute, die keine Arbeit haben. Es hat niemand Geld übrig für Sachen, die er selbst machen oder auf die er auch verzichten kann."

Ich drehte mich um und bemerkte erst jetzt, dass Robert hinter mir stand. Einen kurzen Augenblick lang stand er einfach nur da und stieg dann die Treppe ins Obergeschoss hinauf. Ich konnte ihm ansehen, dass er verletzt war. Das war ganz deutlich in seinem Blick zu erkennen, aber ich war mir nicht so sicher, weshalb.

„Einen Augenblick mal Franky, ja? Ich bin gleich wieder zurück. Ich muss mal kurz mit Robert reden."

Er zuckte nur die Achseln und schaute zu Joe hinüber, der in einer Ecke saß und Nüsse knackte. Joe reichte ihm einen Nussknacker und Franky setzte sich im Schneidersitz auf den Boden zu seinem Bruder, um ihm zu helfen.

Robert saß auf seinem Bett, als ich nach oben kam und blickte trübsinnig drein. Ich setzte mich neben ihn und legte meinen Arm um seine Schulter.

„Ich dachte, sie würden jetzt endlich wieder nach Hause gehen", sagte er.

„Das werden sie auch bald."

„Eigentlich sollten sie doch zu Hause sein. Manchmal wenigstens. Was is' denn eigentlich los mit ihrem Vater?"

„Das weiß ich auch nicht so genau", antwortete ich ehrlich. „Aber weil er so schrecklich traurig ist, kann er nicht mehr klar denken. Das wird mit der Zeit bestimmt wieder besser werden. Eigentlich müsste er bei seinen Kindern sein, da hast du schon Recht. Und sie brauchen ihn eigentlich gerade jetzt besonders dringend. Vielleicht gehe ich heute noch mal rüber und rede mit ihm. Aber wenn er die Kinder jetzt eine Weile nicht um sich haben kann, mein Junge, dann müssen wir uns kümmern, weil ihre Verwandten es nicht können."

„Aber eigentlich müssten sie doch kommen, oder?"

„Das weiß ich nicht so genau. Ich weiß nur, dass wir freundlich zu ihnen sein müssen. Ich muss ihnen helfen, und das gilt auch für dich, denn im Augenblick haben sie außer uns niemanden. Verstehst du das?“

Einen kurzen Moment lang sagte er nichts, bevor er aufsah mit einem Blick, in dem ein regelrechtes Übermaß an Empfindungen abzulesen war.

„Ich hab gehört, wie du zu Franky ‚mein Junge‘ gesagt hast. Dabei ist er gar nicht dein Junge.“

Ach du liebe Güte, kein Wunder, dass er verletzt war. „Das bedeutet doch nicht, dass er wie ein Sohn für mich ist, Robert. So was sagt man einfach so. Es gibt hier in der Gegend ein paar ältere Männer, die sogar mich so nennen.“

„Aber er ist irgendwie immer in deiner Nähe, Papa! Und mich siehst du fast gar nicht mehr! Ich will nur, dass alles wieder so wird wie früher.“

„Ja.“ Ich seufzte. „Das Problem dabei ist, dass es leider nie wieder so werden wird, wie es einmal war. Besonders nicht für Franky und seine Brüder und Schwestern. Ich wette, sie würden auch am liebsten sofort nach Hause gehen und alles würde so weiter gehen, wie es immer war. Aber ohne ihre Mutter wird es nie wieder so sein. Sie brauchen Hilfe und das wahrscheinlich noch eine ganze Weile.“

„Ich möchte aber auch, dass du mal was mit mir allein machst.“

„Ich weiß und das werde ich auch. Gib uns allen einfach ein bisschen Zeit.“

Er dachte nach, das merkte ich genau. Und irgendwie wurde ich das Gefühl nicht los, dass Franky und Robert sich manchmal sehr ähnlich waren. Beide waren sehr sensibel und beide handwerklich begabt.

„Hey Papa, erinnerst du dich daran, dass ich dir gesagt habe, wie gern ich einen Schlitten hätte?“

Ich nickte und fragte mich, wieso er dermaßen abrupt das Thema gewechselt hatte. Den Schlitten für ihn hatte ich schon gebaut, als es zum ersten Mal kalt geworden war und ihn dann in Willards altem Schuppen versteckt. Aber davon würde ich ihm jetzt natürlich nichts sagen.

„Ich weiß etwas, das wir zusammen machen könnten“, fuhr er jetzt fort. „Wenn alle anderen schlafen, dann könnten wir uns doch rausschleichen und den Hammonds zu Weihnachten einen Schlitten bauen. Vielleicht sogar groß genug, dass sie zu dritt darauf sitzen und sich dann immer abwechseln können. Willy hat mir erzählt, dass sie eigentlich nie was zu Weihnachten bekommen. Höchstens mal'n Paar Socken oder was Süßes. Glaubst du nicht, dass sie sich über einen Schlitten freuen würden?"

Einen Augenblick lang konnte ich nicht einmal antworten. Gott sprach hier gerade durch einen Jungen. Wie sonst konnte er wissen, was ich vorhatte? Wieso sollte er sonst mit einem solchen Feuereifer bei der Sache sein, wo er doch noch ein paar Augenblicke zuvor so außer sich gewesen war?

„Das ist eine großartige Idee, Robert." Und ich dachte wieder an Franky, der dieselbe Idee gehabt hatte, nur dass er automatisch angenommen hatte, ich würde es nur für meine eigenen Beiden machen.

„Und du hast nichts dagegen, dass ich dann auch länger aufbleibe?"

Es war unmöglich, ihm das zu verweigern. Es schien einfach richtig und angebracht zu sein, dass Robert mir dabei half, den anderen Kindern zum Segen zu werden.

„Nein, das ist in Ordnung. Es ist ja nur noch ganz wenig Zeit bis Weihnachten, da kann ich deine Hilfe wirklich gut brauchen. Vielleicht können wir ja sogar zwei bauen, weil sie doch so viele sind."

„Hast du mir auch schon einen gebaut?"

„Ich nehme mal an, da wirst du einfach abwarten und es selbst herausfinden müssen."

Er lächelte und seine klaren braunen Augen strahlten. „Ich weiß, es ist nicht Frankys Schuld, dass er hier bei uns ist."

„Vielleicht könntest du ja genauso sein Freund sein, wie du auch Willys Freund bist."

„Aber er ist irgendwie komisch, Papa. Und kleiner."

„Aber ..."

Von unten unterbrach mich Julia, die zum Frühstück rief.

„Also gut", gab Robert nach und schwieg dann für einen Moment. „Ich bin froh, dass es nicht meine Mutter war. Ich will ja nicht selbstsüchtig sein, aber trotzdem bin ich darüber froh." Er polterte vor mir her mit viel Lärm die Treppe hinunter.

„Das ist doch ganz normal", sagte ich zu seinem Rücken und

hörte plötzlich, wie sich in dem anderen Raum im Obergeschoss etwas regte. Es war noch jemand hier oben. Daran hätte ich natürlich denken und erst nachschauen müssen.

Bevor ich die Treppe erreicht hatte, kam Harry zur anderen Tür heraus und packte mich an den Knien.

„Hab dich!“, schrie er. „Ich bin ’n wilder Injaner und du ’n Bär, un’ ich fress dich jetz’ auf!“

„Ich möchte aber lieber Haferbrei, du nicht?“

„Nee! Ich mag Bärenfleisch! Ich koch es, ess es mit Äpfeln un’ so.“

Ich musste über seine Phantasie lachen. Ich konnte mich noch gut erinnern, wie ich in seinem Alter selbst Indianer gewesen war, und wie auch ich im Garten hinterm Haus auf Bärenjagd gegangen war.

„Bist du denn der einzige mutige Indianer und ganz allein unterwegs?“

„Jap. Berty wollte mit Lizbeth spiel’n .“

„Da brauchst du aber erst mal ’ne große Schüssel Haferbrei, damit du richtig viel Kraft kriegst für all die Arbeit, die du heute noch vor dir hast.“

„Wirklich? Welche Arbeit denn?“ Er ließ jetzt meine Beine los und blickte zu mir hoch. Robert war inzwischen schon unten angekommen.

„Es ist schrecklich viel Arbeit, einen Bären zu häuten“, fuhr ich fort. „Man kann ihn ja nicht mit Fell essen. Das ist viel zu zäh. Wenn du nicht erst was isst, dann kriegst du schrecklichen Hunger, bevor du mit deiner Arbeit fertig bist.“

Er schüttelte den Kopf. „Ich spiel doch bloß. Weißt du denn nich’, dass ich bloß spiel?“

„Doch, natürlich.“ Ich strich ihm über seinen braunen Haarschopf. „Wenn du nicht spielen würdest und ich ein echter Bär wäre, dann hätte jetzt ich vielleicht schon dich aufgefressen.“

Er lachte und nahm dann meine Hand. „Machst du uns wirklich einen Schlitten?“

Er hatte es also gehört – zu dumm. Es würde schwer werden, dieses Geheimnis zu bewahren.

„Ich hab euch ausspioniert“, prahlte er kichernd.

„Das merke ich. Aber sag den größeren Jungen nichts davon, ja? Es soll eine Überraschung werden.“

„Dann baust du uns also wirklich ein'?" Seine Augen wurden vor ungläubigem Staunen ganz groß und rund, so als sei das eine schwer zu glaubende Vermutung.

„Du wirst ja sehen. Aber du darfst es niemandem sagen. Bist du schon groß genug, dass du ein Geheimnis für dich behalten kannst?"

Das war der Punkt, an dem ich ihn zu fassen bekam.

„Na klar! Ich bin schon ein ganz, ganz großer Junge!", erklärte er. „Klar bin ich schon groß. Ich kann schon Holz hack'n und Schweine füttern un' alles!"

Ich konnte mir kaum vorstellen, dass George einem fünfjährigen Jungen schon solche Pflichten übertrug, aber es war ja nichts dagegen einzuwenden, wenn der Junge wenigstens von sich glaubte, er könne das alles schon allein schaffen.

„Na, dann bist du ja schon wirklich ein ganz großer Junge. Aber komm jetzt, wir wollen Julia nicht mit dem Frühstück warten lassen. Vielleicht magst du mir ja helfen, nach dem Frühstück die Holzkiste voll zu machen."

„Mach ich", sagte er mit einem verschmitzten Grinsen. „Aber dann bin ich wieder 'n wilder Injaner, un' ich fang dich un' ess dich dann ganz bestimmt auf."

Er rannte nach unten und lachte und ich dachte an George und daran, was ihm gerade entging. Er hatte seine Kinder jetzt schon drei Tage lang kaum gesehen, aber ich fragte mich auch, ob er wohl überhaupt jemals mit ihnen spielte? Entging ihm vielleicht noch sehr viel mehr als nur das?

Wir waren noch nicht ganz fertig mit Julias Zimt-Haferbrei, als Kirk und Willy mit der Morgenmilch von der Hammond-Farm kamen. Julia sprang auf, um sie sofort zu filtern, aber ich stellte fest, dass das schon erledigt war.

Kirk schlang schnell ein paar Löffel Haferbrei herunter.

„Sam hat uns rübergeschickt", sagte er. „Wir soll'n hier helfen."

„Was hat euer Vater denn gesagt?", fragte Julia mit merklicher Sorge.

„Nichts."

Sie sah mit schmerzvoller Miene in meine Richtung. Nichts. Und keiner der Jungen bot dafür eine Erklärung an. Willy griff nach einem Stück Toast und ging damit ins Wohnzimmer.

„Warum wohn'n wir einlich jetz' hier?", fragte Berty mit vollem Mund.

„Wir sin' nur auf Besuch", versicherte Lizbeth rasch. „Un' jetzt sei ruhig und benimm dich."

„Ich will noch mehr Milch." Der kleine Berty sah Juli direkt an, die sein Glas füllte und danach auch Harry, Rorey und Sarah etwas gab.

Lizbeth fragte nicht, wo ihr Vater war, und Joe tat es ebenfalls nicht. Die beiden hatten am Abend zuvor miteinander geredet und Lizbeth hatte seitdem fast gar nichts mehr gesagt. Sie löffelte mit ausdrucksloser Miene Haferbrei in Emma Graces kleinen Mund.

„Glauben Se, dass wir Weihnachten wieder zu Hause sin'?", fragte Franky mich.

„Bei uns is' kein Weihnachten", erklärte Kirk.

Rorey sprang daraufhin von ihrem Platz auf und rannte weinend ins Nebenzimmer. Juli ging hinterher, aber das half nichts. Trotz all ihrer Versicherungen konnten sich die Hammond-Kinder Weihnachten ohne ihre Eltern einfach nicht vorstellen. All unser Reden über Weihnachtsschmuck und Kuchen und was es sonst noch alles gab, konnte daran nichts ändern. Und ich konnte es ihnen auch absolut nicht verübeln. Ich musste tief Luft holen, als ich an Julis Worte dachte, ohne dass ich es eigentlich wollte.

„Es ist nicht richtig", hatte sie zu Gott und auch zum Pastor gesagt. „Es ist einfach nicht richtig."

15

Julia

Jetzt waren es nur noch zwei Tage bis Weihnachten und alles war von Kummer beherrscht. Es war kaum zu ertragen. Sarah und Rorey hatten schon ein paar Engel gezeichnet und ich hatte direkt nach dem Frühstück angefangen, ihnen dabei zu helfen, auch den Rest noch fertig zu bekommen. Franky, Harry und Bert kamen zwar ganz interessiert dazu und halfen uns, aber von den älteren Jungen zeigte niemand Interesse. Joe hatte schon zuvor begonnen, Walnüsse für mich zu knacken und jetzt setzte ich ihn und Willy daran, die Kerne aus den Schalen zu holen und Kirk und Robert bekamen den Auftrag, die Hickory-Nüsse zu knacken. Wir würden Plätzchen backen. Genau das würden wir tun. Ich würde all diese Kinder mit Weihnachtsvorbereitungen beschäftigen, ob es ihnen nun gefiel oder nicht. Ganz bestimmt würde sich dadurch diese schreckliche Wolke, die über allen und allem hing, verziehen. Ja, das würde ganz sicher helfen.

Ich bat Lizbeth, den Kleinen beim Ausschneiden der Engel zu helfen und die fertigen Engel dann mit Reißzwecken an der Wand zu befestigen. Sie wollte zwar nicht, das spürte ich genau, aber sie beschwerte sich auch nicht. Ich zeichnete ein kleines Bild von Maria und Josef, einer Kuh und einem Schaf, und Franky zeigte mir das Jesuskind, das er gerade zeichnete.

„Das ist gut", sagte ich zu ihm. „Wir nehmen deins."

„Aber seins is' viel zu groß", beschwerte sich Rorey.

„Groß ist doch gut", behauptete ich. „Es sollte groß und gut zu sehen sein, weil es so wichtig ist."

„Aber 'n Baby is' doch nich' so groß wie 'n Schaf!", jammerte sie.

„Er is' einfach näher dran", versuchte Franky zu erklären. „Guck doch mal, manche von deinen Engeln sin' ja auch größer als andere. Die fliegen nur näher dran."

Diese Erklärung schien sie zufriedenzustellen und sie spielte weiter mit zwei anderen Papierengeln, indem sie sie herumschwenkte, als flögen sie über unseren Köpfen umher.

„Müssen wir sie alle aufhängen, Mrs. Wortham? Können wir nich' ein paar davon zum Spiel'n behalten?"

Ihre Frage munterte mich erheblich auf. Ich dankte dem Herrn für so schlichte und leicht zu erfüllende Wünsche! „Aber sicher, mein Schatz. Wir können auch noch welche zusätzlich machen, wenn du möchtest."

„Mach mir'n Pferdchen", bat Harry. „'N Engelpferdchen mit echten Flügeln."

„Engelpferdchen gibt es aber gar nich'", schalt seine Schwester ihn.

„Gibt es wohl!"

„Gibt's nich'. Oder, Mrs. Wortham? Die gibt's doch nich'?", sagte sie, den Blick auf mich gerichtet.

„Also ...", da musste ich erst überlegen. „Im Buch der Offenbarung steht, dass Jesus auf einem weißen Pferd reiten wird. Jedenfalls glaube ich, dass da die Rede von Jesus war."

„Was is'n Offen...? Wie heißt das?"

„Das is' was ausser Bibel, du Dussel", rief Willy quer durchs Zimmer.

„So, nun hört mal alle genau zu", sagte ich. „Ich möchte, dass ihr respektvoll miteinander redet und euch nicht gegenseitig als Dussel oder sonst etwas Beleidigendes bezeichnet, habt ihr verstanden?"

„Ja", murmelte Willy.

Ich wandte meine Aufmerksamkeit jetzt wieder Harry zu. „Ich mach dir ein Pferd, wenn du es gern möchtest."

„Mit Flügeln?"

„Na klar. Ich kann mir nicht vorstellen, dass irgendjemand was dagegen haben könnte. Möchtest du auch eine Figur haben, Berty?"

„Ja, Ziegen", sagte der kleine Junge.

„Im Himmel gibt's aber keine Ziegen", protestierte Rorey jetzt wieder.

„Ich weiß darüber nicht genug", sagte ich seufzend. „Aber es wäre doch schön, eine im Stall bei der Krippe von Jesus zu haben. Das ist eine gute Idee, Berty."

Rorey maulte mich an. „Immer tust du, was die Jungs sagen."

„Ich habe das Gefühl, dass ich gerade versuche, es euch allen recht zu machen", entgegnete ich darauf, aber da wünschte ich auch schon, ich hätte lieber gar nichts gesagt.

„Wie viele Nüsse brauch'n Se eigentlich?", fragte Kirk mich.

„Alle. Wir backen nämlich heute Plätzchen und ein paar Nüsse brauche ich noch für etwas anderes. Aber wenn ihr möchtet, könnt ihr jetzt gern eine Pause machen, wir brauchen ja nicht alle Sorten auf einmal zu backen."

Niemand hörte auf.

„Plätzchen?", rief Berty aus.

„Ja. Zwei oder drei Sorten. Welche Sorte magst du denn am liebsten?"

„Snickerdoodles", antwortete Willy wie aus der Pistole geschossen.

„Könn' wir welche in bestimmten Formen machen?", fragte Rorey nach. „Solche, die aussehen wie Engel und Tannenbäume und so?"

„Ja, das können wir versuchen", sagte ich und dachte dabei an Emma. „Wir haben gerade vor ein paar Wochen etwas Lebensmittelfarbe gekauft, um damit Zucker rot zu färben."

„Emma hat jedes Jahr Plätzchen für uns gebacken", fügte Lizbeth plötzlich noch hinzu. „Sterne un' Spazierstöcke. Die Sterne war'n immer mit weißem Zucker bestreut. Das war noch bevor sie nach *Belle Rive* gezogen is."

Für kurze Zeit legte sich jetzt Stille über den Raum und bereitete mir schreckliches Unbehagen. „Nun, dann wisst ihr ja alle, wie sie aussehen müssen. Ihr seid bestimmt gute Helfer."

„Ich will keine Plätzchen.", warf Franky jetzt ganz leise ein.

„Aber ich wohl", erklärte Berty.

„Ich auch", pflichtete ihm Harry bei. „Kannst du welche machen, die wie Pferdchen aussehen?"

„Oh, das wäre ja noch viel schwerer als welche aus Papier auszuschneiden. Wie wäre es, wenn wir bei Engeln, Sternen, Tannenbäumen und Spazierstöcken bleiben? Und vielleicht noch ein paar einfache Kringel, ja?"

Ich konnte mir Emma vorstellen, wie sie da drüben in der Küche bergeweise Plätzchen gebacken hatte und wie diese Plätzchen alle genau richtig ausgesehen hatten. Alles, was sie anpackte, hatte immer genau richtig werden müssen, ansonsten hatte sie lieber noch einmal von vorn angefangen. Wahrscheinlich hatte sie Massen von Plätzchen gebacken, für die Hammonds und wahrscheinlich auch noch für andere Nachbarn und Freunde. Und dann waren da ja außerdem noch all die Kleidungsstücke und Decken, die sie für andere genäht hatte.

Es war jetzt nur noch ein Tag bis Heiligabend. Ich musste unbedingt das Kleidchen finden, das Emma für das Baby angefangen hatte, und außerdem musste ich noch die Puppe für Rorey machen und mir auch für Lizbeth und die Jungen noch etwas überlegen. Vielleicht würden sie sagen, dass es ihnen egal sei, wenn ich fragte, ob sie sich etwas wünschten. Aber es war ihnen ganz und gar nicht egal, das wusste ich genau, auch wenn es wahrscheinlich noch Jahre dauern würde, bis ihnen das selbst klar werden würde. Das hier würde vielleicht kein gutes Weihnachten für sie werden, ja vielleicht sogar das schlimmste ihres Lebens, aber dennoch würde es ihr wichtigstes Weihnachten werden, weil sie nämlich entweder lähmende Verzweiflung erleben würden oder genügend von der Hoffnung und Liebe Gottes, um weitermachen zu können.

„Ich wünschte, wir hätten ein Klavier", sagte ich plötzlich unvermittelt und war selbst erstaunt über meine Worte.

„Oh ja, ich auch", pflichtete Sarah mir bei. „So wie in *Harrisburg*, wo du spielen und Weihnachtslieder singen konntest."

Ich sah, wie Robert auf der anderen Seite des Raumes in Erinnerung an damals lächelte.

Aber Willy schüttelte den Kopf. „Macht euch bloß keine Hoffnungen. Es hat sowieso kein' Sinn, wenn man sich was wünscht."

Joe ließ eine Handvoll Nusskerne in die Schüssel fallen, die ich ihm gegeben hatte. „Pa hat schon vor ein paar Woch'n die Weihnachssüßigkeiten besorgt. Das hab ich genau geseh'n. Ein Stück für jeden von uns, sogar für Emma Grace, und die kann es ja noch nich' mal essen."

„So was darfst du einlich gar nich' erzähl'n", wandte Franky ein.

„Aber dies Jahr is' es anders", erklärte Joe. „Vielleicht is' es gut, wenn wir wissen, dass er an uns gedacht hat. Weil er nämlich jetzt ganz bestimmt nich' mehr dran denkt."

Darin lag eine gesunde Logik, für die ich dankbar war. Was George in den kommenden paar Tagen tun oder auch nicht tun würde, war nicht vorherzusehen. Aber seine Kinder sollten alle wissen, dass ihm etwas an ihnen lag, wie auch immer er sich im Augenblick verhalten mochte. Und dass er an sie gedacht hatte, bevor er schuldlos zu Boden gegangen war.

„Pa mag gern ganz viel Soße", bemerkte Rorey leise. „Auf sein' Kartoffeln und auch auf sei'm Fleisch zu Weihnachten."

„Ich habe mir überlegt, dass ihr vielleicht alle hier zu uns rüberkommen könntet zu Weihnachten", sagte ich zu ihr und den anderen „Ihr könntet mir helfen, ganz viel Soße zu machen."

Lizbeth nickte zwar, sah aber alles andere als glücklich aus. Sie machte den Eindruck, als ob sie sich einfach mit dem abfand, was eben zu tun war, nicht mehr und auch nicht weniger.

Aber auch Joe nickte und er sah ein bisschen fröhlicher aus.

„Ich hol Pa hier rüber", versprach er. „Vielleicht könn' wir dann ja danach auch wieder nach Haus."

„Ich will aber nich' nach Haus." Es war Willy, der das sagte.

Seine Worte brachten uns alle zum Schweigen. Ich konnte sehen, wie seine Brüder und Schwestern sich alle umdrehten und ihn ansahen, genauso überrascht wie ich darüber, etwas zu hören, womit niemand von uns oder von ihnen gerechnet hatte. Irgendwie wollte ich ihm gerne versichern, dass er seine Meinung bestimmt noch ändern würde, aber was konnte ich ihm schon sagen? Er war ja selbst dort gewesen und hatte die Verzweiflung seines Vaters mit eigenen Augen gesehen. Und darüber hinaus hatte er auch die Ungeborgenheit des Hauses zu spüren bekommen, die dort ohne Wilametta herrschte. Und selbst wenn George wieder zur Besinnung kam, was ja bestimmt bald der Fall sein würde, dann würde sich an diesem zweiten Aspekt nichts ändern.

„Wir wer'n nach Weihnachten wieder nach Haus zurückgehn", erklärte Joe mit feierlichem Ernst. „Darüber redet doch Mr. Wortham grade mit Pa."

Samuel war wirklich zu George gegangen, um mit ihm zu reden, aber es war ganz und gar nicht abzusehen, was er dort erreichen würde. Er hatte Haferflocken mit Zimt und Bratäpfel für George und den jungen Sam mitgenommen. Ich hoffte, dass die beiden mit ihm zusammen zurückkommen würden, aber das wollte ich jetzt nicht sagen, für den Fall dass es doch anders kommen würde.

Plötzlich schniefte Lizbeth und sah mich an. „Ich muss aber vor Weihnachten zu Hause sein“, sagte sie mit Tränen in den Augen. „Ich weiß nämlich, was Mama für Pa gemacht hat, und ich bin die einzige, die weiß, wo es is’.“

Die kleine Emma Grace, die direkt nach dem Frühstück ein Nickerchen gemacht hatte, wurde jetzt wach und weinte, und Lizbeth ging zu ihr und nahm sie hoch.

Die großen Jungen machten sich wieder ans Nüsseknacken und die kleineren Kinder machten weiter mit ihren Basteleien. Die Stille lastete immer noch genauso schwer auf allem wie vorher. Ich saß einfach nur da, schnitt einen Engel aus und betete dabei. Für George und für uns alle.

16

Samuel

Der Schnee begann zu schmelzen und hinterließ ein paar kahle braune Flecken auf dem Waldboden. Um mich her rührte sich nichts und nichts machte Geräusche, außer dass hin und wieder Schnee vom Ast eines Baumes zu Boden rauschte. Ich hatte reichlich Zeit, mir zu überlegen, was ich George sagen sollte, um ihn zu ermutigen, möglichst bald seine Familie wieder zu vereinen, indem er sie zu sich nach Hause holte.

Als ich dann aber von weitem die Veranda der Hammonds sehen konnte, waren all meine sorgfältig zurechtgelegten Argumente wie weggeblasen. George war so elend gewesen und hatte nur noch nach allen Menschen um ihn herum ausschlagen können. Ich klopfte an die Tür und hatte kaum Hoffnung, dass sich daran etwas geändert haben könnte.

Ich hatte eigentlich damit gerechnet, dass der junge Sam mir öffnen würde, aber es war George selbst, der völlig heruntergekommen aussah. Ein Wunder, dass er überhaupt an die Tür gekommen war, so müde wie er wirkte.

„Was woll’n Se denn schon wieder hier?“

„Ich wollte nur mal kurz mit Ihnen reden, wenn es recht ist.“

Seltsamerweise sah das ansonsten so unordentliche Zuhause der Hammonds diesmal ordentlicher aus als bei meinem letzten Besuch.

„Wo ist denn Sam?“, fragte ich und ging dabei an George vorbei ins Haus.

„Der is’ vor ’ner Weile mit Teddy zu Buzz Felder zur Sägemühle. Will seh’n, ob Buzz ihn demnächst noch mal brauchen kann.“

Sam hatte schon hin und wieder bei Mr. Felder ausgeholfen, und das bisschen Geld, das er dabei verdient hatte, war für die Familie ein echter Segen gewesen. Bestimmt war er auf dem fast zehn Kilometer langen Ritt in Gedanken auch jetzt bei der Familie. Und immerhin hatte er George allein gelassen, um die Sache in Angriff zu nehmen. Vielleicht ging es George tatsächlich besser. Zumindest stand er aufrecht vor mir, sah mich direkt an und beantwortete meine Frage. Das war bereits ein weit besserer Anblick als gestern.

„Wieso meint eigentlich jeder, dass er mit mir red’n muss?“, fragte er. „Barrett Post war vor ’ner Weile auch schon da un’ hat hier rumgeschnüffelt.“

„Es ist Aufgabe der Nachbarn, sich zu kümmern. Wir versuchen nur, gute Nachbarn zu sein. Haben Sie Hunger? Juli hat was zum Frühstück mitgeschickt.“

Ich stellte das Essen auf den Tisch, aber er beachtete es nicht. „Mein Sohn Sam is’ kein Nachbar“, murmelte er, „aber von dem hab ich heut morgen auch schon was zu hör’n gekriegt. Das kann ich Ihn’n sagen. Hat gesagt, er würd sich jetzt um Arbeit kümmern, un’ ich könnt ja hier sitzen bleiben und verrotten, wenn ich wollte.“

Ich konnte mir absolut nicht vorstellen, dass Sam Hammond so etwas gesagt haben sollte. Er hatte um George Angst gehabt und davor, was sein Vater vielleicht tun würde, und aus diesem Grund hatte er ihn kaum aus den Augen gelassen. Er hatte sich wirklich Mühe gegeben, seinen Vater aus dem schwarzen Loch herauszuholen, in dem er allem Anschein nach steckte, so viel stand fest. Aber George ließ sich nicht herausholen, nicht einmal um mit seinen eigenen Kindern zu reden. Und vielleicht hatte es dem jungen Sam jetzt einfach gereicht.

„Er ist ziemlich müde“, sagte ich schnell. „Und ihn hat es ja auch schwer getroffen.“

„Wütend, das is’ er. Hat mir die Schuld gege’m, dass seine Mama gestorben is. Aber das is’ ja jetz’ auch egal.“

Und ich hatte mir schon Sorgen gemacht, dass der Junge sich vielleicht selbst die Schuld am Tod seiner Mutter geben könnte. „Niemand von uns hat daran Schuld“, sagte ich zu George. „Ich hoffe nur, dass Ihnen beiden das klar ist.“

„Is doch egal, wem seine Schuld es is’. Sie is’ weg, un’ daran is’ nu auch nix mehr zu ändern. Nix un’ niemand bringt se wieder zurück.“

Er klang so furchtbar hoffnungslos. Wieso konnte er nicht all das Leben sehen, das um ihn war, und zwar mit ihm oder ohne ihn? „Das stimmt wohl, aber es gibt so viel zu tun. Sie haben außer Sam noch neun weitere Kinder, die sich fragen, wie es weitergehen soll, wahrscheinlich noch mehr als Sam. Sie müssen ihnen irgendetwas sagen. Das Haus haben Sie ja schon in Ordnung gebracht. Sie müssen sie wieder nach Hause holen, damit alles wieder so normal wie möglich für sie wird.“

Er wandte sich ab und schüttelte zornig den Kopf. „Sam hat aufgeräumt. Un’ Se brauch’n mir nich’ sagen, was ich zu tun hab. Es gibt hier nix für die Kinder. Versteh’n Se das denn nich’? Un’ außerdem geht Se das auch ganz un’ gar nix an.“

„Oh doch, das tut es sehr wohl. So lange wir uns um Ihre Kinder kümmern, wie wir es jetzt tun, habe ich jedes Recht der Welt Ihnen Fragen zu stellen.“ Ich wusste, dass ihn das nur noch wütender machen würde, aber ich konnte einfach nicht anders. Es musste gesagt werden. „Sie brauchen ihren Vater, George, und Sie müssen endlich begreifen und sehen, dass Sie gefragt sind und Verantwortung haben.“

„Das seh ich doch! Das is’ doch grade das Problem! Sie un’ ich, wir könn’ doch hier rausfliegen, sobald Albert da is’. Es is’ nix festgeschrie’m. Er hat mir selbst gesagt, dass er’s nich’ gemacht hat. Hat gesagt, er will erst seh’n, wie Se sich mach’n. Un’ jetz’ gehör’n beide Farmen ihm, un’ er kann mit uns mach’n, was er will. Wir ham nix mehr, gar nix!“

„Er weiß aber, was Emmas Wunsch und letzter Wille war.“

„Das is’ dem doch ganz egal. Nich’ wenn er immer noch denkt, dass wir se ausgenutzt ham. Das hat er beim letzten Mal gedacht, als er hier war. Wenigstens über mich hat er das gedacht."

Ich wusste nicht, was Albert dachte, aber ich erwartete eigentlich, dass er den Wunsch seiner Tante respektieren würde, auch wenn ich da natürlich nicht ganz sicher sein konnte. „Das ändert absolut nichts an dem, was ich über Ihre Kinder gesagt habe, George. Es ist schlimm genug, dass sie ihre Mutter nicht mehr haben..."

„Ach, halt'n Se doch bloß den Mund. Was soll denn das für'n Sinn ham, se wieder herzubringen? Is' besser, wenn se sich schon mal dran gewöhn'n, woanders zu sein..."

„Und selbst wenn es so ist, brauchen sie trotzdem ihren Vater. Gerade jetzt."

„Ich hab kein' Platz, wo ich hin kann." Er sah jetzt absolut gebrochen aus und unendlich verloren. „Wila un' ich, wir ham drüber geredet, was is', wenn Emma mal nich' mehr is'. Vielleicht zu ihrer Schwester gehn, aber Fedora will mich ja nich' mal zu Besuch bei sich ham, wenn Wila nich' dabei is. Die hat wirklich Haare auf 'n Zähn'. Chloe könnte vielleicht noch ihre Meinung ändern un' mich aufneh'm mit zwei oder drei von den Kindern. Keine Ahnung, wo die andern dann hinsoll'n."

Er setzte sich und schüttelte nur den Kopf.

„Sie werden doch nicht getrennt. Das muss gar nicht sein. Und was Albert angeht ..."

„Der wird mir gar nich' erst zuhör'n. Un' meine Not is' dem doch so was von egal."

„Vielleicht ist es so, aber Gott kann trotzdem einen Weg zeigen."

„Wo geh'n Se denn hin, wenn er Emmas Farm verkauft, Wortham?"

„Ich weiß es nicht. Darüber mache ich mir Gedanken, wenn es so weit ist. Was Sie jetzt tun müssen, ist an Ihre Kinder zu denken und aufzuhören, sich Gedanken über Fragen zu machen, die noch gar nicht gestellt sind."

Einen Augenblick lang starrte er mich nur an. „Is jemand von ihn'n krank?"

„Nein. Sie haben nur Heimweh nach Ihnen und vermissen ihre Mutter. Sie brauchen Sie als Vater. Wann soll ich sie wieder nach Hause bringen?"

Er antwortete nicht, sondern stand auf und ging quer durch den Raum zum Feuer, wohin ich ihm folgte.

„Julia und ich möchten Sie alle einladen, Weihnachten bei uns zu feiern", sagte ich, und ich spürte, wie mir langsam die Geduld ausging. „Ich bringe Ihnen heute Nachmittag die Kinder, und am Weihnachtsmorgen komme ich her und hole Sie alle hier ab zu uns hinüber."

„Ich hab nich' gesagt, dass Se se heute bring'n soll'n."

„Es ist mir egal, ob Sie es gesagt haben. Das ist jetzt lange genug so gegangen."

„Sie werd'n nich' ..."

„Sie tun mir wirklich Leid, George. Wirklich. Aber Sie müssen ihnen jetzt wieder ein Vater sein. Das kann ich nicht für Sie übernehmen."

Er warf mit einer solchen Wucht einen Holzscheit ins Feuer, dass Holzkohle und Funken stoben und überall um den Kamin herum verstreut lagen.

„Wieso denn nich'? Se ham doch selbst nur zwei. Se könnten doch bestimmt noch'n paar mehr aufnehm'."

Ich war bei diesen Worten wie vom Donner gerührt und griff wie automatisch nach dem Besen, der neben der Aschenschaufel hing, um die glimmenden Teile zusammenzufegen und sie ins Feuer zurückzuwerfen. Ich brachte kaum ein Wort heraus. „Sie brauchen aber ihren eigenen Vater."

„Vielleicht meinen Se das. Ich weiß nich'. Se sind woanders besser dran als bei mir. Das wissen Se selbst so gut wie ich. Hab ihn' doch noch nie was zu bieten gehabt."

Das meinte er wirklich ernst, und ich konnte es kaum glauben. „Sie geben auf, George? Was wollen Sie denn machen?"

„Kann Ihn' doch ganz egal sein. Wenn Se se nich' alle woll'n, dann schicken Se se hin, wo Se dann eben hingehör'n."

„Nein, George ..."

„Halten Se'n Mund und geh'n Se wieder nach Haus, ja? Ich hab keine Lust mehr zu reden."

Er war aschfahl, wie er dastand und mit mir sprach. Und es war kein Wunder, dass seine Söhne ihn nicht hatten allein lassen wollen, nicht so lange sie in seinen Augen sahen, was auch ich dort jetzt sah. Eine finstere und tödliche Entschlossenheit.

„George ..."

„Ich hab gesagt, Se soll'n endlich den Mund halten."

„Die Kinder brauchen Sie."

„Das sagen Se so. Aber ich hab ihn'n nix zu bieten. Ich kann nich'."

„Das haben Sie sehr wohl."

„Wer sagt das? Gott? Nun, er macht Fehler, egal, was alle sagen. Er hat mir das hier angetan, und was er jetz' noch von mir will, is' mir ziemlich egal! Ohne Wila schaff ich's einfach nich'."

Ich fragte mich, wann Sam wohl zurück sein oder jemand anderer vorbeischauen würde. Ich wollte nicht dort bleiben, aber das war jetzt das erste Mal, seit Juli ihn an jenem Morgen in der Scheune gefunden hatte, dass George wirklich ganz allein sein würde. Wenn ich jetzt ging, würde vielleicht einer seiner Söhne ihn tot vorfinden. Er war in seinem Zustand zu allem fähig. Warum war Sam nur gegangen? Hatte er denn nicht gemerkt, in welchem Zustand sein Vater war?

„George, ich möchte, dass Sie mit zu uns kommen."

„Chloe würde höchstwahrscheinlich Lizbeth und das Baby nehmen. Ich kenn sie."

„Aber sie werden doch zusammenbleiben wollen", sagte ich. „Und bei Ihnen."

Er sah jetzt zur Küche hinüber. „Was ham Se über Weihnachten gesagt?"

Mit diesen Themenwechsel hatte ich absolut nicht gerechnet. „Ich habe gesagt, dass wir Sie alle zu uns einladen möchten."

„Wilametta hat gestrickt...", er hielt inne und schüttelte den Kopf. „Ich hab ... ich hab Süßigkeiten für die Kinder. Wieso nehm'n Se die nich' mit rüber?"

„Geben Sie ihnen die Süßigkeiten doch selbst. Bitte. Am Weihnachtsmorgen. Und wenn Wila etwas für die Kinder selbst gemacht hat, dann wird ihnen das besonders viel bedeuten, so traurig es im Augenblick auch sein mag. Sie könnten dann erst hier ihr eigenes Weihnachtsfest haben und dann zu uns zum Festessen rüberkommen."

„Nein", sagte er, und seine Miene war jetzt wieder angespannt. „Sie könn' ihn'n das Süßzeug mitbringen. Ich kann das nich', Wortham. Ich weiß genau, dass ich das nich' kann."

„Oh doch, das können Sie. Das ist Ihre Aufgabe. Ein Mann muss tun, was zu tun ist. Aber wenn Sie es nicht hier tun wollen, dann bringen Sie doch einfach Weihnachten alles mit zu uns. Es wird den Kindern viel bedeuten. George, Sie können etwas dazu beitragen, dass sie sich nicht so verlassen fühlen. Es ist Ihre Aufgabe, sich um sie zu kümmern."

„Sin' Se hergekomm'n , um mir das zu sagen? Sin' Se deshalb hier?"

„Ja. Und um mich zu vergewissern, dass Sie Frühstück bekommen. Und um Ihnen zu sagen, dass die Kleinen nach Ihnen fragen. Sie möchten gern wieder nach Hause, aber Lizbeth will erst kommen, wenn Sie es erlauben. Sie versucht zu gehorchen und das zu tun, was Sie gesagt haben, aber sie wären alle froh, wieder hier zu sein, da bin ich mir ganz sicher, wenn Sie es nur erlauben würden.

„Ich kann aber nich'", sagte er. „Ich kann einfach nich'. Aber mit Weihnachten, da ham Se wohl Recht. Das muss ich ihn' geben, nich'? Das hätt' Wila auch gewollt."

„George, die Kinder wollen ihren Vater zurückhaben."

Er sah weg. „Sie könn'n kommen. Sie könn' erst mal kommen, wenn Se sagen, dass es das Beste is', aber zu Weihnachten kommen dann alle wieder zu Ihnen zurück, Wortham. Se müssen mir helfen."

„Wir werden Ihnen auch helfen. Aber ich werde nicht auch noch dazu beitragen, dass Ihre Familie auseinander gerissen wird."

Er nickte. „Ungefähr das hab ich auch von Ihn' erwartet."

Mehr sagte er nicht. Aber dieses eine Versprechen hatte ich ihm wenigstens abgerungen. Weihnachten. Was er allerdings danach tun würde, war absolut nicht abzusehen.

17

Julia

Schon im November hatte Emma eine Liste von allem möglichen gemacht, was wir für Thanksgiving und Weihnachten brauchen würden und für die Vorräte. Sie hatte sogar darauf bestanden, uns Geld zu geben, um wenigstens einen Teil davon selbst zu bezahlen, obwohl das Samuel viel ausgemacht hatte.

„Ich esse doch auch hier", hatte sie gesagt. „Dann ist es nicht mehr als recht und billig."

Deshalb hatten wir jetzt auch alle Zutaten für ihre Zuckerplätzchen im Haus und ihr handgeschriebenes Rezept steckte direkt vorn in ihrem kleinen Aufbewahrungskästchen, so als hätte sie es dort extra deponiert, damit ich es leicht finden konnte. Ich ließ ein paar der Kinder den Zucker mit der Farbe mischen und ein paar andere halfen, die Zutaten für den Teig miteinander zu vermengen. Ich hatte die dreifache Teigmenge angesetzt, weil wir so viele waren und weil ich dachte, es wäre angemessen, auch für die Posts, die Muellers und den Pastor ein paar zu backen – als Dank für all ihre Hilfe.

Beim Abmessen und Mischen der Teigzutaten musste ich an Samuel denken, der drüben bei den Hammonds war, und ich fragte mich dabei, was wohl die Zukunft für all diese Kinder bereithielt. Würden wir schon bald wieder als kleine Familie unter uns sein oder eher so zusammengewürfelt bleiben wie es jetzt war. Wie es wirklich werden würde, lag nicht zuletzt bei George.

Ich hatte irgendwie für jeden eine Aufgabe gefunden und stellte fest, dass es allen ein wenig half, beschäftigt zu sein. Willy und Robert schnibbelten Gemüse für einen großen Gemüseeintopf, aber weil sie über diese Art von Job nicht gerade glücklich waren, schickte ich sie schon bald hinaus zum Holzhacken. Kirk hütete wieder das Baby. Er hielt die Kleine bei den Händen und versuchte, ihr Interesse am Laufen zu wecken, obwohl sie erst sieben Monate war. Mit Emmas alter Handmühle mahlte Joe alle Nüsse, die er und sein Bruder geknackt hatten. Ich war wirklich dankbar für ihn, denn er hatte damit angefangen, ohne dass ich ihn darum gebeten hatte, und außerdem ging er anständig mit seinen Geschwistern um. Willy und Kirk und sogar Rorey waren da manchmal nicht so freundlich.

„Hey Harry, willst du noch welche reintun?“, fragte Joe beispielsweise. Und als dann Berty sich herandrängte, gab er auch ihm die Gelegenheit und ließ ihn ein paar daneben gefallene Nussstückchen naschen, ohne dazu etwas zu sagen.

Lizbeth übernahm den Eintopf und würzte ihn, bevor ich Gelegenheit hatte zu sehen, welche Mengen von welchem Gemüse sie hineingetan hatte. Dann fing sie an Maisbrot zu backen, denn, so sagte sie: „Wenn man das hat und ’nen deftigen Eintopf, dann braucht man sonst nix.“

In der Küche flossen keine Tränen. Wir taten einfach alle nur genau das, was wir taten, so als hätte es kein Gestern gegeben, so als hätten wir nicht gerade erst ihre Mutter und meine beste Freundin zu Grabe getragen. Was jeder für sich in seinem Innern empfand, das wusste ich nicht, aber wahrscheinlich taten sie alle genau das Gleiche wie ich – sie verbargen all das, um irgendwie weitermachen zu können. Ich nehme an, wir wussten, dass es so besser war, als darüber zu reden. Allerdings konnte auch zu viel stilles Grübeln zum Problem werden, aber es gab keine Möglichkeit, sie daran zu hindern. Ja, ich konnte es noch nicht einmal bei mir selbst verhindern.

Wir machten Dreiecke aus dem Plätzchenteig für die Kleider der Engel und fügten kleine Kreise als Kopf daran. Danach stachen wir etwas größere Kreise aus, die wir in zwei Hälften zerteilten, um daraus Engelsflügel zu formen. Franky machte es großen Spaß, mit zwei Dosendeckeln all die Kreise aus dem Teig auszustechen, und Sarah und Rorey befeuchteten sich immer wieder die Finger, um die Einzelteile zu Engeln zusammenzufügen. Ich wusste, was für eine Schweinerei es werden würde, wenn wir Harry und Berty das Bestreuen mit Zucker überließen, aber ich ließ es sie trotzdem machen, weil sie es so schrecklich gerne wollten. Es dauerte auch gar nicht lange, da waren Bertys kleine Finger und auch sein Mund vom vielen Probieren ganz und gar rot.

„Hör auf zu naschen!“, beschwerte sich Rorey. „Wir haben noch so viele Plätzchen, die bestreut werden müssen!“

Aber als sie glaubte, dass niemand hinsah, konnte auch sie nicht widerstehen, selbst ein ganz klein wenig zu naschen.

„Die sin' aber auch schön, nich' Mami?", fragte mich Sarah, und ich war plötzlich ärgerlich darüber, wie sehr sie sich bereits wie die Hammond-Kinder anhörte.

„Sind", korrigierte ich sie deshalb sanft.

Sie nickte und sagte. „Ja, sind sie."

„Lass uns jetz' Spazierstöcke machen", meldete sich Rorey wieder zu Wort.

Aber Franky schüttelte den Kopf, als ich anfing, einen Teigstreifen wie einen Spazierstock zu formen. „Der sieht aber nich' so aus wie die von Emma."

Ich war schon seit einer ganzen Weile den Tränen nicht mehr so nah gewesen. Ich konnte die Plätzchen nicht genauso machen wie Emma, denn schließlich hatte ich ihre Plätzchen noch nie gesehen. Sie war in allem, was mit Backen zu tun hatte, so gut gewesen. Auf diesem Gebiet konnte ich ihr wirklich nicht das Wasser reichen. Sie hatte durch ihren Tod eine riesengroße Lücke hinterlassen, und sie würde uns immer wieder und an allen Ecken und Enden fehlen.

„Nehm'n Se zwei Stränge", sagte Lizbeth zu mir. Wälzen Se ein' davon in dem roten Zucker un' dann verdreh'n Se die beiden Stränge. Soll ich Ihn'n helfen?"

Sie sah mich verwirrt und fragend an. Vielleicht war mir die Trauer, die ich gerade in diesem Augenblick empfand, doch stärker anzusehen als mir bewusst war. Auch ihr war ihre Trauer anzusehen, aber nur an ihren Augen.

„Ja bitte", sagte ich froh und ließ sie und die anderen Kinder die Plätzchen formen, während ich einen Teig mit Nüssen, Rosinen und klein geschnittenen kandierten Kirschen zubereitete.

Lizbeth schnitt Dreiecke aus dem Teig und legte diese dann so übereinander, dass sie Sterne bildeten. Sie verdrehte zwei Teigstränge miteinander und verband anschließend die Enden miteinander, sodass kleine Kringel entstanden. Dann formte sie Tannenbäume und ließ die Kinder die Baumspitzen mit gehackten Nüssen garnieren.

„Ham Se hier zu Weihnachten auch 'n Baum?", fragte Lizbeth mich plötzlich.

Ach du liebe Zeit, daran hatte ich ja noch gar nicht gedacht. Noch kein einziges Mal, und ich fragte mich jetzt, warum eigentlich nicht. „Wir haben eigentlich immer einen Weihnachtsbaum gehabt, bis auf das vergangene Jahr, weil wir nicht wussten, wo wir bleiben sollten."

„Wir ham noch nie ein' gehabt", sagte sie. „Pa hat nix dagegen oder so, aber er sagt, wir ham einfach kein' Platz für so was. Weil alles so eng is', dass bestimmt jemand ihn umrennen würd'."

Rorey fragte, ob sie beim Teigrühren helfen dürfe, also gab ich ihr die Schüssel und sie fing an, wobei ihre Stirn vor angestrengter Konzentration tief gefurcht war.

„Vielleicht könnten wir ja hier einen Baum für euch aufstellen", sagte ich zu Lizbeth. „Ich werde Samuel mal fragen, was er davon hält."

„Gut!", erklärte Harry. „Kann ich dann die Kerzen drauf stecken?"

„Nein, das wohl nicht", sagte ich. „Es könnte gefährlich werden, wenn er umfällt. Das ist bei mir zu Hause einmal passiert, als ich noch ganz klein war. Ich hab mich damals furchtbar erschrocken."

„Is' das Haus abgebrannt?", fragte Kirk nach.

Eigentlich hätte mir klar sein müssen, dass dieses Thema zum jetzigen Zeitpunkt absolut unpassend war. Denn was sie jetzt ganz sicher nicht gebrauchen konnten, waren irgendwelche Schauergeschichten. „Nein", antwortete ich deshalb auch ganz schnell. „Sie haben es noch rechtzeitig gelöscht."

Genau in diesem Augenblick kleckerte Rorey beim Teigrühren ein bisschen Teig über den Schüsselrand. Sie versuchte noch, den großen Klecks aufzufangen, aber er landete mit einem Klatsch auf dem Boden. Mit großen Augen blickte sie in Erwartung meiner Reaktion auf ihr Missgeschick zu mir hoch. Sobald ihr aber klar wurde, dass ich nicht böse werden und schimpfen würde, stellte sie die Schüssel ab, legte den Löffel daneben, bückte sich, nahm mit zwei Fingern den Teigklecks vom Fußboden auf und schob ihn sich in den Mund.

„Hmmm. Das wer'n mal gute Kekse. Ham Se da Honig reingemacht?"

Einen Moment lang fragte ich mich nur, was ich dazu jetzt

sagen sollte. Schließlich war sie trotz allem nicht mein Kind, doch das hier war meine Küche, jedenfalls zur Zeit.

„Ja, im Teig ist Honig. Aber Rorey, bitte iss nicht noch einmal etwas vom Fußboden."

„Wieso 'n nich'? Mama sagt, es is' ne Sünde, wenn man Essen umkommen lässt."

Das ließ in meiner Vorstellung das schreckliche Bild vom dreckigen Fußboden in ihrem Haus noch einmal aufleben, der sehr viel schmutziger gewesen war als unserer. Und dort hatten Kinder auf dem Boden gesessen und darauf gespielt, ja sie hatten sogar davon gegessen. Igitt. „Der Boden ist aber nicht sauber, Liebes, deshalb sollst du nicht davon essen."

Sie schüttelte den Kopf, offenbar ohne wirklich zu begreifen, was ich eigentlich meinte. „Aber die Erde is' es doch auch nich' und da wächst das, was wir essen doch drin."

„Aber das waschen wir ab, bevor wir es essen."

„Aha". Sie griff erneut nach dem Rührlöffel, aber ich reichte ihr einen Spüllappen.

„Bitte wisch dir erst die Hände ab und dann auch den Fleck vom Boden."

Rorey fügte sich, aber mit einer Miene, die eindeutig besagte, dass ich es doch etwas übertrieb und auf jeden Fall zu viel verlangte. Flüsternd wandte sie sich an Sarah: „Ihr macht hier aber wirklich komische Sachen."

„Wir nehmen oft Sachen vom Boden auf", erzählte mir Franky und teilte das Erstaunen seiner Schwester. „Wir würden 'ne Menge gutes Essen verlier'n, wenn wir das nich' mach'n würden. Und es is' doch gar nich' so schwer, Sachen im Wassereimer kurz abzuwaschen, wenn mal 'n Haar dran is'."

Das war ebenfalls keine besonders schöne Vorstellung. „Es ist in Ordnung, wenn ihr es abwascht. Wenn es etwas ist, das man abwaschen kann", sagte ich. „Für ungebackenen Plätzchenteig trifft das aber nicht zu."

Ich hatte schon gemerkt, dass es den meisten dieser Kinder gar nicht in den Sinn kam, sich vor dem Essen die Hände zu waschen. Und ihre Tischmanieren waren einfach grauenvoll. Diejenigen von ihnen, die auf unseren Matratzen geschlafen hatten, schienen gar nicht zu wissen, warum ich wollte, dass erst Bett-Tücher auf die Matratzen kamen, bevor sie sich darauf legten.

Und es drängte sich mir die Frage auf, wieso die Hammonds im Unterschied zu den meisten anderen Leuten in der Gegend so rückständig waren. Vielleicht hatten George und Wila es als Kinder selbst nicht anders gekannt und deshalb auch nie gelernt.

Wilametta hatte die beste Blaubeergrütze und die beste Marmelade gemacht, die ich je gegessen hatte. Sie hatte selbst gebuttert und genug Brot gebacken, um eine Truppe von der Größenordnung ihrer Familie damit satt zu bekommen. Aber sie sah nie richtig ordentlich oder gar adrett aus, nicht einmal sonntags in der Kirche. Und wenn Wilametta nicht gewusst hatte, wie man sauber und adrett war, wie sollte sie es dann diesen kleinen Menschen beigebracht haben?

„Sie brauchen uns", hatte Emma mehr als einmal zu mir gesagt. „George und Wilametta haben nicht genug, um es allein zu schaffen." Genug von was? Hatte ich mich jedes Mal wieder gefragt. Vielleicht Hände, hatte ich mir überlegt, oder ungeteilte Aufmerksamkeit.

Aber Emma hatte etwas anderes gemeint, das war mir jetzt klar. Ich wusste nur nicht so genau, wie ich es benennen sollte. Wir waren auch arm und Emma war ebenfalls arm gewesen, allerdings mit einem Unterschied. Wenn ich meine beiden Kinder ansah, hatte ich alle möglichen Träume dabei, wie zum Beispiel den, dass sie alles werden konnten, was immer sie wollten. Aber ich hatte Wila oder George nie irgendwelche Wünsche oder Erwartungen für ihre Kinder äußern hören, außer dass Wila auf ihrem Sterbebett gesagt hatte, sie habe vor sich gesehen, wie ihre Mädchen gesungen hätten, und sie wolle, dass ihre Töchter sängen. Vielleicht waren es ja diese Träume, die Emma mit ihrer Aussage über die Hammonds gemeint hatte.

Ohne einen Traum, den sie verfolgen konnten, dachten sie vielleicht, es sei völlig sinnlos, überhaupt etwas anzustreben, auch ganz alltägliche Dinge. Vielleicht fanden sie es völlig egal, wie sauber man war oder wie man sich benahm, wenn sich an der grundsätzlichen Lebenssituation doch nie etwas ändern würde. Vielleicht hatte Gott das alles schon im Sinn gehabt, als er sie hier mit Samuel und mir in Kontakt gebracht hatte. Wir konnten ihnen zumindest zeigen, dass, auch wenn man ganz am Ende ist und nichts mehr hat, es keinen Grund gibt zu glauben, dass es immer so bleiben muss. Dass es darauf ankommt, wie man mit den kleinen Einzelheiten des Lebens umgeht. Dass es nicht wichtig ist, wie andere einen sehen, sondern vielmehr darauf, wie man sich selbst betrachtet und wahrnimmt. Weil Menschen normalerweise genau dem Bild entsprechend leben, das sie von sich selbst haben, egal, ob es gut oder schlecht ist.

„Wenn wir einen Weihnachtsbaum bekommen", sagte Sarah und unterbrach mich dadurch in meinen Gedanken, „können wir dann nicht auch Popkornketten und so was machen?"

„Na ja, etwas Schmuck für den Baum müssten wir dann schon basteln."

Rorey sah ein wenig besorgt aus. „Aber vielleicht kippt er dann ja um un' is' ganz durcheinander."

„Ich hab noch nie einen Tannenbaum umgeworfen", entgegnete Sarah ihr daraufhin.

Quer durch den Raum schalt Kirk sie: „Ich finde, ihr seid dumm, dass ihr an so was überhaupt denkt."

„Wäre es denn einfacher, wenn man das nicht täte?", fragte ich ihn. „Wir reden wenigstens über etwas, oder zumindest denken wir an etwas. Und vielleicht ist es ja sogar etwas Schönes. Findest du nicht auch?"

Er zog ein Gesicht, widersprach aber nicht. Emma Grace fing an, ungeduldig auf und ab zu wippen und er fing wieder an, mit ihr zu laufen, wobei er sie an ihren kleinen Händchen festhielt.

„Wir hatten 'nen Tannenbaum in der Schule", erzählte Rorey mir. „Ich hab beim Schmücken geholfen, un' der war schön. Wir Klein'n wollten 'n Engel oben anner Spitze machen, aber die Großen wollten lieber 'n Stern, und da hat die Lehrerin gesagt, wir könn' ja beides machen."

„Das war bestimmt hübsch."

„Bestimmt besser als Unterricht un' lesen", erklärte Franky.

Schon bald war der Ofen voll mit gezuckerten Plätzchen in allen möglichen Formen. Aber wir hatten nicht genug Backbleche, um sie alle unterzubringen, also benutzte ich auch die Metalldeckel von Emmas Keksdosen als Bleche. Meine Fruchtmusplätzchen mussten warten, bis die Zuckerplätzchen aus dem Weg waren, also stellte ich die Teigschüssel beiseite und fing an, die Zutaten für Willys Snickerdoodles zusammenzumischen. In Pennsylvania hatten wir eine Nachbarin gehabt, die immer diese Sorte Plätzchen gebacken hatte. Sie schmeckten einfach zimtig gut. Bald schon duftete es im ganzen Haus köstlich nach Weihnachtsbäckerei, und ich rechnete damit, dass wir zumindest etwas gegen die Appetitlosigkeit der Kinder getan hatten. Wer konnte schon frisch gebackenen Weihnachtsplätzchen widerstehen?

Drei Bleche voll hatten wir schon aus dem Ofen geholt, als Willy und Robert hereinkamen und sich den Schnee von den Stiefeln abtraten.

„Kann ich einen haben, Mama?“, fragte Robert sofort.

„Sicher. Nimm ruhig zwei.“

Er warf mir einen Blick zu, der mich wahrscheinlich daran erinnern sollte, dass ich nicht immer so großzügig mit Plätzchen war, schon gar nicht kurz vor dem Essen. Aber er machte, was ich gesagt hatte und bediente sich mit zwei Plätzchen. Willy tat es ihm nach und griff auch mit jeder Hand einmal zu.

„Seh'n gar nich' übel aus“, sagte er.

Rorey nahm ein Messer und sägte behutsam die Flügel von einem Engel ab. Danach brach sie ihm dann mit feierlichem Ernst den Kopf ab.

„Du wirst ihn doch essen, nicht?“, fragte ich sicherheitshalber nach.

„Ja, aber ich mag sie am liebsten in Stückchen.“

Lizbeth erlaubte auch Berty und Harry, sich zu bedienen, aber sie selbst aß nichts. Kirk gab Baby Emma Grace ein einfaches Plätzchen, nahm aber ebenfalls keines für sich. Bevor ich etwas sagen konnte, schlug das Baby das Plätzchen gegen das Tischbein und der Keks zerbrach in viele Teile, die alle auf dem Boden landeten. Ich sammelte alles auf und legte es kommentarlos außerhalb ihrer Reichweite.

Sarah war offenbar wieder mein kleiner Sonnenschein. Sie half mir dabei, mit einem Löffel die Tropfenkekse zu formen und wendete anschließend die Snickerdoodles in Zimtzucker. Joe kam auch, um zu helfen, was mich sehr überraschte, und Franky saß inmitten all der Geschäftigkeit einfach nur da und schaute zu.

„Wir sind schon fast wie eine Familie“, sagte er irgendwann.

„Ach was", wies ihn Lizbeth sofort zurecht. „Wir sin' einfach nur gute Nachbarn. Gute Nachbarn arbeiten immer gut zusammen, egal, was gerade anliegt."

Die gesamte Tischplatte war inzwischen mit Plätzchen bedeckt, und als Samuel nach Hause kam, war gerade das letzte Blech im Ofen. Alle wurden ganz still, als sie ihn kommen hörten. Ich hoffte inständig, dass er etwas Gutes zu berichten hatte, wenn sie nach ihrem Vater fragten.

Einen Augenblick lang stand er in der Tür und vergewisserte sich kurz, dass er wirklich allen Schnee abgeklopft hatte, bevor er eintrat. Als er dann hereinkam, sah er den Tisch voller Plätzchen und bedachte uns dann mit einem erfreuten Lächeln.

„Ihr seid ja fleißig gewesen."

„Wir haben zig Duzend gemacht", verkündete Sarah. „Das hat Mama gesagt."

„Ja, so sieht es auch aus. Und außerdem duftet es ganz köstlich." Er sah mich dankbar an, aber ich erkannte an seinem Blick, dass er erschöpft und angespannt war. Sein Lächeln überwog allerdings, und das war mehr als ich zu hoffen gewagt hatte.

„George kommt zu Weihnachten", sagte er. „Und er hat mir aufgetragen, Lizbeth zu sagen, dass wer mag, bis dahin zu ihm hinüberkommen kann."

„Wenn wir möchten?", fragte Lizbeth nach. „Er meint doch nich' etwa, dass ein paar hier bleiben könn'n, oder?"

„Na ja, eigentlich doch. Weil ihr ja sowieso übermorgen alle wieder herkommen würdet."

„Aber zu Hause is' es doch am besten", sagte sie, allerdings ohne dabei zu lächeln, wie ich es eigentlich erwartet hätte.

„Könn' wir n' paar Plätzchen mitnehm'?", fragte Harry.

„Psst", schalt Lizbeth ihn.

„Aber natürlich könnt ihr Plätzchen mitnehmen", versicherte ich dem Jungen. „Ihr habt alle beim Backen so großartig mitgeholfen, dass sie euch ebenso gehören wie uns."

„Wir müss'n uns're Jacken und all die andern Sachen zusammensuchen", sagte Lizbeth. „Und wenn's ihn'n recht is', nehm' wir auch' n paar Gläser von dem Eingeweckten der Grays mit. Das gefällt Pa bestimmt."

„Ja sicher", sagte ich zu ihr, aber ich war in Gedanken woanders und sah Samuel an, wobei mir tausend Fragen durch den Kopf gingen. Mehr Erklärungen hatte er nicht? Ging es George denn gut? Was, wenn er seine Meinung wieder änderte oder irgendetwas vor den Kindern austrug? War er wirklich schon bereit für diesen Schritt? Und waren die Kinder schon so weit?

„Immer mit der Ruhe", sagte Samuel. „Lasst mich erst ein bisschen sitzen und mich ausruhen."

„Ich mach dir Kaffee", sagte ich zu ihm und wünschte, ich könnte wenigstens kurz mit ihm allein sein und von ihm erfahren, wie die Begegnung zwischen ihm und George verlaufen war.

„Er vermisst euch", sagte Samuel zu den Kindern. „Ich weiß, dass ihr ihm fehlt."

„Ich bleib hier", sagte Willy. „Wo wir doch Weihnachten sowieso wieder herkommen."

„William George Hammond!", schalt Lizbeth ihn. „Pa hat gesagt, dass wir nach Hause kommen soll'n."

„Er hat gesagt, wenn wir woll'n."

„Un' mir hat er gesagt, ich soll nach euch Jungs seh'n, wenn wir hier drüben sind. Ihr wisst genau, dass ihr auf mich hör'n sollt, weil ich älter bin. Wir geh'n nach Haus, un' zwar alle, so wie Pa gesagt hat. Und du kanns' ebenso gut sagen, dass de auch wills', denn ich sag, dass du mitkomms', verstanden?"

Samuel schaute sie jetzt ziemlich direkt an. „Hab ein wenig Geduld", sagte er zu ihr. „Es ist für alle eine ziemlich traurige und erschreckende Zeit."

„Das weiß ich auch", sagte sie in scharfem Ton. „Natürlich weiß ich das. Se müssen mich ja für völlig blöd halten, wenn Se glauben, ich weiß das nich'."

„Hat der Wind nachgelassen?", erkundigte sich Joe. „Is' es auch nich' zu kalt für Berty und Emma Grace den ganzen Weg zu laufen?"

„Wenn wir die beiden Kleinen tragen, dann geht es schneller", sagte Samuel zu ihm. „Im Augenblick ist es ziemlich windstill und es ist wärmer geworden. Aber wir können auch bis morgen früh warten, wenn ihr möchtet."

„Bis es dunkel wird, ham wir noch Zeit", sagte Lizbeth.

„Ja. Wenn ihr jetzt gleich gehen wollt." Er schaute zu mir herüber.

„Mach dir keine Sorgen, Liebling, bitte."

Ich musste diese Worte so akzeptieren, auch ohne mehr Einzelheiten zu kennen. Joe und Kirk suchten bereits all die Jacken und Mäntel der Hammond-Kinder zusammen, und ich musste Plätzchen verpacken und so viel wie möglich von dem anderen Essen, das wir von den Nachbarn geschenkt bekommen hatten. Wenn aber all die größeren Kinder kleine Geschwister tragen würden, wer sollte dann all das Gepäck nehmen?

Willy war nicht der einzige, der es gar nicht so eilig hatte, nach Hause zurückzukommen. Überraschenderweise war Franky ebenfalls eher zögerlich, auch wenn er nicht widersprach.

„Un' was is' nach Weihnachten?", fragte er.

„Immer einen Tag nach dem anderen", sagte ich zu ihm. „Das sehen wir, wenn es so weit ist."

„Aber das is' gar nich' mehr so lange", erinnerte er mich. „Ich nehm mal an, dass jeder weiß, dass wenn wir nich' da drüben wärn, wir hier sin', oder?"

„Ihr braucht aber die Erlaubnis von eurem Vater, bevor ihr einfach herüberlauft."

„Oder Lizbeths?"

„Ja."

Er war ernst und stand ganz nah bei Samuel. Das hatte er schon die ganze Zeit bei jeder sich bietenden Gelegenheit getan, das wurde mir erst jetzt klar. Er brauchte ihn, um wieder Zugang zu seinem eigenen Vater zu bekommen, wo er sich hoffentlich auch wieder sicher fühlen würde.

Schon kurz darauf waren sie alle startklar, auch wenn es mir lieber gewesen wäre, sie wären erst am nächsten Morgen aufgebrochen. Ich wusste nicht einmal genau, weshalb ich so empfand. Das Wetter war an diesem Abend kein Problem, und irgendwie bedeutete es auch eine Erleichterung für uns, wenn sie alle wieder bei sich zu Hause waren. Aber innerlich machte ich mir Sorgen und war aufgewühlt, auch noch als ich Emma Grace in eine zusätzliche Decke einwickelte und mein und Sarahs Umschlagtuch für Lizbeth und Rorey holte.

„Oh Lizbeth! Ich habe Emmas Mantel drüben bei euch gelassen! Ich wünschte, ich hätte daran gedacht, ihn mitzubringen. Sie hätte bestimmt gewollt, dass du ihn bekommst, da bin ich ganz sicher. Dein dünnes Umschlagtuch ist einfach nicht warm genug für dieses Wetter. Nimm bitte erst mal meinen Mantel. Ihr habt einen ziemlichen Weg vor euch."

„Das is' aber wirklich nich' nötig, Mrs. Wortham", sagte sie zu mir. „Ich komm schon zurecht."

Ich überredete sie aber trotzdem, und schließlich nahm sie meinen Mantel und versprach, ihn mir mit einem der Jungen am nächsten Tag zurückzuschicken.

„Bring ihn doch einfach zu Weihnachten wieder mit", schlug ich vor.

„Sie sin' wirklich 'ne feine Gastgeberin", sagte sie. „Danke für all Ihre Hilfe."

„Das hab ich gern gemacht." Ich hoffte, dass sie mich umarmen würde, aber das tat sie nicht. Es war nicht ihre Art, freiwillig irgendjemanden in den Arm zu nehmen. Und ich war mir nicht sicher, was sie davon halten würde, wenn ich die Initiative ergriff. Ich vermutete jedenfalls, dass sie sich entziehen würde.

Aber Rorey umarmte mich. „Tschüss", sagte sie und sonst nichts.

„Ich geh nach Haus", sagte Berty zu mir.

„Ich weiß."

„Wir komm' aber bald wieder, und dann spiel'n wir wieder Injaner mit dir", schlug Harry ganz und gar ernsthaft vor. „Ham wir auch Plätzchen zum Mitnehm'n?"

„Ja, hier sind sie." Ich überreichte ihm eine Papiertüte und gab dann Franky und Willy jeweils eine Tüte mit anderen Nahrungsmitteln. Lizbeth hatte Emma Grace auf dem Arm, Joe nahm Berty und Samuel hob Harry mitsamt seiner Kekstüte hoch und setzte ihn sich auf die Schultern.

Sarah trat neben mich und nahm meine Hand. Robert stand einfach nur da und sah zu, wie sich sein Vater mit all den Kindern, die wir so dick wie möglich in Kleider und Decken verpackt hatten, wieder auf den Weg durch das Gehölz machte.

„Die kommen wieder", sagte Robert, als sie gerade im Wald verschwanden. „Noch vor Weihnachten."

Ich wusste nicht, wieso er so etwas sagte, und ich hoffte wirklich, dass er sich irrte. Ich hoffte wirklich inständig, dass Samuel Recht behielt und George tatsächlich schon bereit war, sich um seine Kinder zu kümmern, und dass alles wieder in Ordnung kommen würde.

„Papa macht einen Schlitten für sie", verkündete Robert. „Und das ist auch gut so."

„Können wir nicht auch etwas für sie machen, Mama?", fragte Sarah. „Bitte, Mama."

„Ja, und wir müssen uns damit mächtig beeilen. Wir haben nur noch heute und morgen Zeit, wenn wir bis zum Fest noch etwas zustande bekommen wollen."

Es wurde bereits dunkel, als Samuel zurückkam. Er war zwar erschöpft, aber auch glücklich berichten zu können, dass drüben bei den Hammonds alles ganz ruhig vonstatten gegangen war. George war schon wieder mehr der alte gewesen als all die Tage zuvor, und obwohl die Kinder in dem Haus, in dem es eigentlich immer laut gewesen war, jetzt leise waren, schien doch alles so in Ordnung zu gehen, wie es war. Und der junge Sam war mit Mr. Felders Versprechen zurückgekommen, dass er eine Zeitlang mindestens einen Tag pro Woche für ihn arbeiten könne. Das war gegenwärtig mehr als eine Menge anderer Männer von sich behaupten konnten, meinte mein Samuel.

Ich nähte aus einem alten Stück Leinen eine ganz einfache Puppe, und als ich merkte, dass sie ganz gut aussah und auch die richtigen Proportionen hatte, stopfte ich sie mit klein geschnittenen alten Strümpfen von Emma aus. Ich ließ Sarah Wolle für die Haare aussuchen und farbiges Garn für Mund und Nase. Zwei Knöpfe aus Emmas Knopfdose wurden als Augen aufgenäht.

„Die wird aber hübsch!", rief Sarah aus. „Ich weiß schon ganz genau, dass sie ihr gefallen wird. Aber weißt du was, Mama, wir brauchen zwei Geschenke, weil Rorey ja auch noch Geburtstag hat!",

Ich nickte. „Ich wünschte, du hättest mehr Kleidung, damit wir etwas weitergeben könnten, aber du brauchst selbst alles, was du hast, und so bald werden wir auch nichts Neues bekommen. Aber vielleicht kann ich ja doch noch etwas machen, wenn ich schnell genug bin."

Noch einmal gingen wir zu Emmas Kleiderschrank, und ich holte alle Stoffreste heraus, mit denen wir arbeiten konnten, unter anderem auch Willards alte Hemden und Hosen und seine anderen Sachen. Emma hatte kaum jemals etwas weggeworfen, weil sie viele Stoffreste für ihre Flickendecken verwendete. Dann fiel mein Blick auf ihre Blusen und Kleider. Sie hätte sicher gewollt, dass auch die weiter sinnvoll genützt würden. Ganz sicher hätte sie das gewollt; so war sie gewesen. Und dünn war sie gewesen, ebenso dünn wie Lizbeth.

Meine Hand strich über die weiche rosa Bluse, und ich wusste, was ich für Lizbeth machen wollte. Natürlich würde ich alles von Emma an sie weitergeben oder etwas für die anderen daraus machen, aber für Weihnachten musste es etwas ganz Besonderes sein. Vorsichtig trennte ich den Kragen von der Bluse ab und danach dann den Spitzenkragen und die Manschetten von einem meiner Kleider, das schon sehr abgetragen und zerschlissen war. Die schöne rosa Bluse mit einem Spitzenkragen und Spitzen an den Manschetten sah wirklich hübsch aus, und ich war darüber mit mir selbst sehr zufrieden. Rorey und die Jungen stellten mich da schon vor eine wesentlich größere Herausforderung.

Ich beschloss schließlich, Sam einen Hut zu schenken, der einmal Willard gehört hatte und Willy sollte Emmas Gartenhandschuhe bekommen, weil er so klein war, dass sie ihm noch passten. Franky konnten wir das Hemd schenken, aus dem Robert herausgewachsen, das aber noch nicht allzu abgetragen war, weil er es nur zur Kirche und in der Schule getragen hatte.

„Ich könnte Rorey doch ein Buch schenken, Mama", sagte Sarah. „ Ich habe ja drei Stück."

„Bist du sicher, mein Schatz?"

„Ja. Wenn ich das eine noch mal wieder lesen möchte, kann ich es ja mit ihr zusammen tun, wenn wir uns besuchen."

„Gut. Dadurch könnte ich Zeit sparen, weil ich für sie nicht noch etwas zu machen brauche. Wir müssen ja auch noch ein Puppenkleid nähen."

Und für Joe, Kirk, Harry und Berty mussten wir uns auch noch etwas überlegen. Dann erinnerte ich mich an etwas, das meine Großmama Pearl für mich gemacht hatte, als ich klein gewesen war. Es hatte nicht lange gedauert, war so schnell gegangen, dass ich ihr dabei sogar hatte zuschauen können. Sie hatte einen kleinen Stoffball genäht, und zwar aus einem Stück Handtuch, das mit alten Lumpen ausgestopft wurde. Ich hatte solchen Spaß damit gehabt und den Ball sogar mit in die Badewanne genommen. Davon würde ich zwei machen. Einen für jeden der beiden kleinen Jungen.

Samuel und Robert hatten Holz aus der Scheune hereingebracht und mit dem Schlittenbau begonnen. Sie arbeiteten auf dem Küchenfußboden in der Wärme des Herdes, aber langsam wurden uns die Lider schwer. Alles musste bis morgen fertig sein. Roreys Puppenkleid, der Schlitten, außerdem noch etwas für Joe und Kirk, und auch George sollte ein Geschenk bekommen.

Erst als wir schon im Bett waren, erzählte mir Samuel, in welcher Verfassung er George vorgefunden hatte. Wir überlegten, dass es ihn vielleicht ein wenig aufbauen würde, die Kinder wieder bei sich zu haben, dass seine Hoffnungslosigkeit dadurch ein wenig gelindert würde und er wieder neuen Sinn in seinem Leben erkennen konnte. Sie brauchten ihn. Das würde er doch bestimmt merken.

Am nächsten Morgen war es sonnig, und ich war eifrig damit beschäftigt, mir zu überlegen, wie ich mit den Geschenken fertig werden und was es an den Feiertagen für so viele Menschen zu essen geben sollte.

Ich war völlig überrascht, als mitten am Vormittag Barrett Post mit seinem Schlittengespann vorbeikam. Samuel ging hinaus, um ihn zu begrüßen. Ich dachte, er wäre gekommen, um einfach nur ein wenig zu reden, aber schon bald kamen beide Männer ins Haus und beide hatten ein riesiges Paket dabei.

„Haben Sie da, wo Sie herkommen schon mal 'n Truthahn gebraten?", fragte Mr. Post als er zur Küchentür hereinkam. „Louise hat gesagt, dass dieser hier wohl gute drei Stunden braucht, vielleicht sogar noch länger."

„Truthahn?" Ich konnte es kaum glauben.

„Ich war gestern Abend noch bei den Hammonds, und sie ham gesagt, dass sie Weihnachten hier sind, da hab ich den größten Teil der Sachen dann gleich hierher gebracht."

Es waren Süßkartoffeln, drei Pasteten, Preiselbeeren, eingeweckte Pfirsiche und Mais. Und der Truthahn war wohl der größte, den ich jemals gesehen hatte.

„Oh, vielen Dank. Sagen Sie auch vielen Dank an Louise."

„Ham gedacht, dass Se Mehl für Brötchen un' Kartoffeln un' so was selbst genug da ham."

„Ja, ja, das ist alles reichlich da." Ich war überwältigt von so viel Großzügigkeit, und ähnlich ging es anscheinend auch Samuel, denn er brachte kein Wort heraus.

„Die Hammonds sind schon viele Mäuler zu stopfen. Dieses Jahr brauchen sie zu Weihnachten sicher Hilfe, und es wär ganz bestimmt nicht besonders nachbarschaftlich, wenn wir Ihnen diese ganze Arbeit allein überlassen würden."

„Vielen, vielen Dank", sagte ich noch einmal. „Gott segne Sie."

„Na ja, das ist doch genau das, was Emma auch getan hätte. Nur dass sie noch gesagt hätte, dass Gott mich mehr segnen möchte als ich es zulasse." Einen Moment lang schwieg er. „Se glaub'n auch alle an Gott, so wie se es getan hat, oder? Se glaub'n alle, dass se jetzt wirklich im Himmel is' und mit den Engeln da oben singt, oder?"

„So steht es in der Bibel, Barrett", sagte Samuel. „Dass diejenigen, die glauben, ewiges Leben haben werden."

„Was is' denn, wenn man gar nich' weiß, ob jemand gläubig war oder nich'?"

Er sah aus, als fühlte er sich sehr unbehaglich.

„Gott kennt das Herz eines jeden Menschen", sagte Samuel daraufhin. „Wir wissen es nie ganz sicher, aber wir können hoffen, dass Gott den betreffenden Menschen angerührt hat, dass er Gottes Gnade angenommen hat und jetzt bei ihm ist."

„Mein Vater war ein guter Mann", sagte Barrett. „Is' aber nie in die Kirche gegangen. Er wurde von 'n paar Halunken umgebracht, als er versucht hat zu verhindern, dass se ihm sein Gespann klauen. Weiß gar nich', ob ich ihn'n das schon mal erzählt hab."

„Nein, ich glaube nicht", erwiderte Samuel.

„Meine Mutter hat schrecklich getrauert, sagte, sie könnte den Gedanken nich' ertragen, dass er vielleicht in der Hölle schmort. Und ich selbst konnte auch nich' dran denken. Konnte mir einfach nich' vorstell'n, dass Gott so was machen sollte, wo er mir doch immer so'n guter Vater gewesen war. Ich bin nie wieder mit meiner Mutter in die Kirche gegangen. Ich glaub das hat sie noch trauriger gemacht."

„Ja, das hat es bestimmt, aber wir wissen nicht, wie Gott noch an Menschen wirkt, kurz bevor sie sterben", sagte Samuel. „Natürlich wissen wir es nicht genau, aber vielleicht hat Gott ja doch noch das Herz Ihres Vaters angerührt, und er hat ganz zum Schluss doch noch seinen Frieden mit Gott gemacht."

„Und Sie nehmen an, dass das alles andere aufwiegt?"

„Aber natürlich", versicherte Samuel ihm. „In der Bibel steht, dass wer auch immer den Namen des Herrn anruft, gerettet wird."

„Sie haben viermal auf ihn geschossen. Sie woll'n mir doch nich' weismachen, dass er vielleicht Gott noch angerufen hat, als er schon blutend dalag?"

„Das ist durchaus möglich, ja, sogar wahrscheinlich. Wenn ich an seiner Stelle gewesen wäre, hätte ich jedenfalls Gott angerufen."

Barrett sah jetzt sehr ernst aus. „Ich könnte von mir nicht behaupten, dass ich es nicht auch tun würde. So viel steht fest. Es sieht schon alles ganz anders aus, wenn der Tod einem auf die Pelle rückt." Er wandte sich in Richtung Haustür. „Ich geh jetzt mal lieber wieder", sagte er. „Wir haben ja alle noch viel zu tun."

„Nochmals vielen Dank, Mr. Post", sagte ich rasch.

„Ja." Er nickte. „Fast hätt'n Se jetzt schon wieder gesagt ‚Gott segne Sie'. Aber wissen Se, er hat es auch schon so gemacht. Und das nun schon seit vielen Jahren, und ich hab immer noch nich' so recht rausgekriegt, weshalb. Emma hat immer für mich gebetet. Wahrscheinlich liegt's daran."

„Und die Gebete Ihrer Mutter“, fügte Samuel noch hinzu. „Auch wenn das schon lange her ist.“

Barrett hielt plötzlich wie vom Donner gerührt inne. Ich hatte ihn noch nie zuvor so gesehen. Er versuchte nicht einmal mehr, noch etwas zu sagen, sondern tippte sich nur hastig an den Hut und ging zur Tür hinaus.

„Jedes einzelne Mitglied der Familie Post wird den Herrn durch all das hier kennen lernen“, sagte Samuel, als er weg war. „Das spüre ich ganz genau.“

18

Samuel

Ich ließ Robert die Länge des Schlittens bestimmen, den wir bauen wollten, und wie er ja bereits angekündigt hatte, wollte er einen ganz großen. Drei oder vier Hammonds würden darauf ohne weiteres Platz haben. Weil ich keine Metallkufen hatte, verwendete ich ein paar Bretter von etwa drei mal drei Zentimetern Durchmesser und fast zwei Metern Länge, die ich etwas flacher gehobelt und deren Enden ich dann über Nacht gewässert hatte. Diese Hölzer mussten nun mit Hilfe eines Schraubstocks und ein paar Zwingen gebogen werden. Wenn die auf diese Weise gebogenen Kufen noch glatt geschmirgelt und dann gewachst wurden, würden sie sicher gut gleiten, vorausgesetzt natürlich, sie ließen sich richtig biegen. Damit hatte ich aber eigentlich noch nie Schwierigkeiten gehabt, hatte allerdings dafür bisher auch immer reichlich Zeit gehabt.

Robert schien glücklich zu sein, während er mir half, das Obergestell des Schlittens zusammenzubauen, aber auch er schien nachgedacht zu haben, weil er schon nach kurzer Zeit anfing, Fragen zu stellen.

„Können wir denn jetzt eigentlich hier bleiben?“

„Ich weiß nicht, wie lange wir noch hier sein werden, Robert. Du solltest dir aber darüber keine Sorgen machen.“

„Aber wohin würden wir denn gehen, wenn wir doch weg müssten."

„Ach, da gibt es viele Möglichkeiten. Mount Vernon, Vandalia, Springfield. Vielleicht ja sogar wieder Pennsylvania ..."

„Ich würde aber eigentlich lieber hier in der Gegend bleiben."

„Na ja, mir gefällt es hier auch, aber es gibt hier nicht viel Arbeit und auch nicht übermäßig viele Häuser und Wohnungen."

„Und was ist mit Grandma in New York?"

Diese Frage überraschte mich, und ich wunderte mich, dass er sich überhaupt an sie erinnerte. Ich hatte einmal mit ihr telefoniert und ihr ein paar Mal geschrieben, aber wir hatten sie nicht mehr gesehen, seit wir sie von Harrisburg aus besucht hatten, um ihr die neugeborene Sarah vorzustellen. Robert war damals fast fünf gewesen.

„Dorthin werden wir nicht gehen", sagte ich.

„Sie ist nicht so wie Emma, oder?"

„Nein, ganz und gar nicht."

„Backt sie Weihnachtsplätzchen?"

„Das kann ich dir eigentlich nicht so genau sagen. Früher hat sie jedenfalls nicht gebacken. Aber es wäre doch eine ganz gute Veränderung, wenn sie damit angefangen hätte, findest du nicht?"

„Ja. Mir würde es gefallen." Einen Augenblick lang sagte er nichts. „Warum magst du sie eigentlich nicht, Papa?"

Was für eine Frage. „Ich mag sie. Oder vielleicht besser gesagt, ich liebe sie. Manchmal ist es nur schwer, mit ihr zusammenzusein."

„Warum denn?"

Er erinnerte sich nicht. Wahrscheinlich war das auch gut so. „Sie hat nicht besonders viel Geduld mit Kindern, mein Junge. Und sie trinkt zu viel. Wenigstens war das früher so."

„Wieso schreibt sie uns eigentlich nicht?"

„Ich weiß es nicht." Eigentlich wollte ich darüber jetzt gar nicht reden. Meine Mutter besuchte zwar meinen älteren Bruder im Gefängnis, aber mir gestand sie kaum auch nur einen einzigen Tag zu. Das war jetzt schon seit Jahren so. „*Was glaubst du eigentlich, wer du bist, Sam Wortham"*, hatte sie einmal zu mir gesagt. *„Du hältst dich wohl für was Besseres, dabei bist du nichts als bibelhöriger Abschaum."*

Wie hatte ich für sie gebetet! Aber sie wollte einfach nichts mit Gott zu tun haben, ebenso wenig wie sie mit mir etwas zu tun haben wollte, oder mit meinen Kindern.

„Emma wird mir fehlen", sagte Robert ganz unvermittelt.

„Ja", pflichtete ich ihm bei. „Mir auch."

Juli rief uns zum Mittagessen und wir setzten uns zusammen, um eine Mischung aus all dem zu essen, was die Nachbarn uns gebracht hatten und was wir nicht zu den Hammonds hatten hinübertransportieren können.

„Ich weiß jetzt, was ich für Joe und Kirk machen werde", verkündete Juli glücklich. „Und für George auch, glaube ich. Erinnerst du dich noch an die Krawatte, die Emma dir gemacht hat, Robert?"

Er nickte. Aus einer festen alten Gardine genäht, war es eine richtig hübsche Krawatte mit einer interessanten Struktur.

„Von den Vorhängen ist noch eine Menge Stoff übrig", sagte Julia. „Ich nehme doch nicht an, dass es ihnen etwas ausmacht, für die Kirche die gleichen Krawatten zu haben, oder?"

„Ich glaube nicht, dass sie überhaupt schon mal Krawatten für die Kirche gehabt haben, Mama", sagte Robert.

„Na, dann ist es genau das Richtige. Vielleicht kann ich ja den restlichen Jungen ein anderes Mal Krawatten nähen."

„Mama hat das Puppenkleid genäht!", rief Sarah. „Ganz schön, mit Rüschen und Zackenlitzen! Das gefällt Rorey ganz, ganz bestimmt! Ihre neue Puppe ist genauso hübsch wie meine Bessie!"

Es war schön, dass die Kinder so viel Spaß am Schenken hatten, und es war schön, überhaupt etwas schenken zu können. Obwohl wir alles in allem beim letzten Kassensturz nicht mehr als 43 Cent gehabt hatten, blieb uns dennoch die innere Bereitschaft und Emmas Vermächtnis.

Julia musste in diesem Augenblick das Gleiche gedacht haben. „Das hätte Emma gefallen", sagte sie zu uns. „Sie hat gesagt, dass wir immer reich sind, wenn wir Glauben haben. Dann finden sich immer Mittel und Wege."

Ich konnte die Wahrheit dieser Aussage nicht leugnen. Emma hatte versucht, mir die Farm zu überschreiben. Vielleicht würde sie trotz allem doch noch ihren Willen bekommen, obwohl ich mir darüber im Augenblick lieber keine Gedanken machen wollte. Sie hatte schon lange beschlossen, George Hammond seine Schulden zu erlassen und auch ihm seine Farm zu überschreiben. Eigentlich hatte sie gar nichts von ihrem Besitz nur für sich selbst beansprucht, sondern es immer nur so lange behalten, wie sie es brauchte, bis jemand anderer es dringender nötig hatte als sie selbst.

Wir machten danach kaum noch etwas, außer unseren normalen Arbeiten und dem Fertigstellen unserer Geschenke für die Hammonds. Und es erwies sich als gut, dass wir uns die Zeit so genau und sorgfältig eingeteilt hatten, denn etwa gegen zwei Uhr nachmittags hörten wir Geräusche aus Richtung des Waldes. Ich schaute aus dem Fenster und sah, wie Franky zwischen den Bäumen hervortrat. Zuerst dachte ich, dass irgendetwas nicht in Ordnung sei, aber er schien nichts Besorgniserregendes zu melden zu haben.

„Wir ... wir sind 'n bisschen früher, wenn's recht is'", sagte er völlig außer Atem zu mir. Und ich brauchte mich auch gar nicht lange zu fragen, wen er wohl mit „wir" gemeint hatte, denn als nächster trat Joe aus dem Wald mit Berty auf den Schultern, gefolgt von Kirk und dann Lizbeth mit dem Baby, nach ihr kamen dann hintereinander Willy, Harry und Rorey.

„Pa hat gesagt, dass es in Ordnung is', wenn wir jetz' schon wieder herkomm'n", sagte Lizbeth mit etwas distanziertem und unsicherem Blick. „Soweit ich weiß, hat er immer noch vor, morgen früh auch herzukomm'n."

„Ist alles in Ordnung?"

Sie versicherte mir, dass das der Fall sei, obwohl ich genau wusste, dass es nicht stimmte. Juli eilte zur Hintertür hinaus und half dabei, all die Kleinen hereinzuholen, sie auszuziehen und dafür zu sorgen, dass sie sich am Feuer aufwärmten.

„Wie geht es eurem Vater heute?", fragte ich Joe, in der Hoffnung mehr Einzelheiten in Erfahrung zu bringen, als Lizbeth weiterzugeben bereit war. Es war dann jedoch Kirk, der meine Frage beantwortete.

„Er hat sich 'ne Flasche besorgt. Er hat gesagt, dass er nich' mehr als 'n klein' Schluck nimmt, aber jetzt is' se schon mehr als halb leer."

„Lass uns wieder Schule spiel'n", sagte Rorey zu Sarah und schien von den Sorgenlasten ihrer älteren Geschwister ganz und gar unberührt.

Die beiden kleinen Mädchen rannten gemeinsam los, und auch die kleinen Jungen wuselten schon bald wieder um uns herum. Aber Joe sah völlig vernichtet aus. „Ich dachte, dass es besser is', die Kleinen wegzubringen. Das macht doch nix, oder?"

Seine Verzweiflung warf bei mir die Frage auf, was die älteren Kinder wohl schon alles durchgemacht hatten, woran sich die Jüngeren gar nicht mehr erinnern konnten. Und ich war unglaublich wütend darüber, was George ihnen ausgerechnet jetzt schon wieder alles zumutete.

„Wo hat er denn die Flasche her?", musste ich fragen, weil ich mir nicht vorstellen konnte, dass George einfach irgendwo hingegangen war, besonders nachdem ich ihm all seine bedürftigen Kinder wieder nach Hause zurückgebracht hatte. Außerdem war Schnaps illegal. Woher hatte er die Flasche?

„Keine Ahnung, wo er sie her hat", antwortete Joe. „Er is' nirgends gewesen. Ich hoffe nur, dass er nich' irgendwo noch eine versteckt hat."

Innerlich war mir jetzt richtig heiß, und Julia wusste es. Sie sah mich besorgt an.

„Was hast du vor, Samuel?"

„Ich geh rüber zu ihm."

„Er wird Ihn'n nich' zuhör'n", sagte Joe. „Niemand außer Mama konnte es schaffen, dass er nüchtern bleibt. Wenn es nich' 'mal seine Babys könn', wer dann?"

Das waren Worte ohne Hoffnung, und ich wollte nicht zugeben, wie wahr sie schienen. Wenn George nicht um seiner Kinder willen auf Alkohol verzichten wollte, die ihn doch gerade jetzt so dringend brauchten, wieso glaubte ich dann, dass er ausgerechnet mir zuhören würde? Aber ich wollte ebenso dringend wie George auch den jungen Sam sehen. Er war bei Buzz Felders gewesen, der keinen halben Kilometer von der Stadt entfernt lebte. Ob Sam vielleicht den Schnaps mitgebracht hatte? Konnte das sein?

„Samuel ...", setzte Julia an, brach dann aber den angefangenen Satz ab.

„Ich muss mit ihnen reden", sagte ich. „Ich werde nicht lange fort sein."

Aber Lizbeth schüttelte den Kopf. „Es wär sicher gut, wenn Se 'ne Weile da bleib'n, damit se sich nich' gegenseitig was antun."

Mehr sagte sie nicht, sondern ging einfach weg, und ich konnte sehen, dass ihr Tränen in den Augen standen. Das arme Mädchen, in diesem Zustand hier bei uns zu sein mit der Bürde der gesamten Verantwortung für all ihre Brüder und Schwestern und das am Heiligabend. Gott möge ihr helfen.

Ich lief die anderthalb Kilometer so schnell wie nie zuvor in meinem Leben, jedenfalls kam es mir so vor. Wie konnte er nur so etwas tun? Es war schon schlimm genug, wie er sich in den vergangenen Tagen aufgeführt hatte, aber dann auch noch zu allem Überfluss mit dem Trinken anzufangen! Kein Wunder, dass Juli so wütend auf ihn war! Kein Wunder, dass seine Söhne ihm nicht getraut hatten! Aber hatte Sam etwas mit dem Problem zu tun? Es war schwer vorstellbar.

Als ich näher kam, sah ich, wie sich auf dem Hof der Farm etwas regte. Zunächst dachte ich, es wäre George, jedenfalls von der Größe her, aber dann erkannte ich den jungen Sam, der wie in großer Ratlosigkeit dort auf und ab ging. Für einen Moment fragte ich mich, ob er vielleicht ebenfalls getrunken hatte.

„Was woll'n Se denn hier?", rief er. „Es is' völlig sinnlos, dass Se herkomm'n! Se könn'n genauso gut gleich zu Mr. Post geh'n und ihm sagen, er soll die Kinder nach Dearing bring'n! Vielleicht nimmt ja Mrs. Gray 'n paar un' Mrs. Pratt un' der Pastor, vielleicht immer zwei, und wenn Se ..."

„Sam", ich wusste nicht, was ich ihm sagen sollte, aber es war ganz klar, wie beunruhigt er war. Er weinte kalte Tränen, die ihm über sein zorniges, rotes Gesicht rannen.

„Er hat mich geschlag'n", sagte er, „un' mich zur Tür rausgeschob'n. Hat gesagt, ich soll ihm gefälligst aus den Augen geh'n." Er schaute zum Haus hinüber, den Schmerz, und beinah so etwas wie Hass im Blick. „Ich könnt ihn umbringen. Könnte ihm 'ne richtige Tracht Prügel verpassen."

Oh, wie Recht Lizbeth doch gehabt hatte. „Das alles würde ihm doch kein bisschen helfen, Sam. Ich nehme sogar an, er weiß selbst am besten, dass er es verdient hätte, aber es würde gar nichts bringen und alles nur noch schlimmer machen. Hat er dich gestern gebeten, ihm die Flasche mitzubringen?"

„Mich? Se glauben, dass ich das war? Glauben Se wirklich, dass ich ihm auch noch dabei helf'n würd, selbst wenn er mich darum bittet?"

„Nein, ich habe nur ..."

„Er hat uns schon immer geschlag'n. Wenn Mama weg war oder draußen, dann hat er getrunken und is' dann meistens bald auf uns losgegang'n. Aber einmal hat se ihn richtig vermöbelt, und das müsst ich jetz' eig'ntlich auch mit ihm mach'n."

„Aber dass er mit dem Trinken aufgehört hat, hatte doch damit zu tun, dass sie ihn irgendwie dazu gebracht hat, mit in die Kirche zu gehen, oder?"

„Vielleicht. Aber davor hat sie ihn verprügelt. Hat ihn gezwungen mitzugehen."

„Dein Vater hat doch sein Herz für Gott geöffnet, oder?"

„Das haben wir auch gedacht."

„Das hat er. Ich weiß es. Und es wird Gott sein, der ihm durch das alles hier durchhilft. Willst du das gemeinsam mit mir glauben?"

Er zitterte. „Ich weiß es nich'. Ich weiß nich', ob uns überhaupt irgendwas durch das hier durchhelf'n kann."

Ich legte ihm die Hand auf die Schulter. „Ich weiß, manchmal hat man so ganz und gar nicht den Eindruck, dass er da ist, wenn man mitten drinsteckt. Aber er ist bei uns. Er wird deinem Vater helfen und euch allen auch. Vertraue ihm, ja?"

„Sie ham ja keine Ahnung, wie das is'."

„Nein. Nein, was den Tod eurer Mutter angeht, hast du sicher Recht. Aber die Sache mit dem Trinken, die kommt mir bekannt vor. Mein Vater kam auch fast jeden Abend betrunken nach Hause, bis er eines Tages gar nicht mehr gekommen ist. Meine Mutter hat auch getrunken und uns schon bald einen

Stiefvater beschert, der genauso schlimm war wie sie selbst. Ich habe ganz gut gelernt, ihnen möglichst aus dem Weg zu gehen. Aber euer Vater ist anders. Er weiß es eigentlich besser. Irgendwo ganz tief in seinem Innern. Er weiß, dass Gott für uns sorgt und sich um uns kümmert."

Der junge Sam war still, sah hinunter auf seine schneeverkrusteten Stiefel.

„Kommst du mit mir hinein, um mit ihm zu reden?", fragte ich.

„Er will nich' mehr mit mir reden. Das hat er mir selbs' gesagt."

„Das hat doch nicht er zu entscheiden. Er hat im Augenblick gar nichts zu entscheiden. Nicht bevor er nicht mit sich selbst im Reinen ist."

George saß am Tisch. Wir stampften uns den Schnee von den Stiefeln, machten die Tür hinter uns zu und zogen unsere Mäntel aus, bevor er auch nur ein einziges Mal aufgeblickt hatte.

„Raus hier."

Er war betrunken. Das erkannte ich an der Art, wie er dasaß und wie er sprach, bevor ich auch nur nah genug war, um seine Augen sehen zu können.

„Ich dachte, Sie wollten zusammen mit Ihren Kindern Weihnachten verbringen."

„Das werd ich auch. Ich werd da sein."

„Aha. Und Sie glauben, dass Ihre Kinder so was wie das hier brauchen? Sie so zu sehen, dass sie zu uns zurückgerannt kommen aus lauter Angst davor, was Sie als nächstes tun könnten? Was soll das, George? Was bezwecken Sie damit?"

Er schlug mit den flachen Händen auf die Tischplatte und legte dann den Kopf auf den Händen ab. „Ich wollt keinem Angst machen." Er sah jetzt aus, als würde er gleich anfangen zu weinen.

Der junge Sam stand einfach nur da und starrte ihn an, offenbar völlig überrascht, dass sein Vater nicht anfing zu toben.

„Wo ist die Flasche, George?"

Er blickte zu mir auf und schüttelte den Kopf. „Ich – ich hab se ausgeleert. Hab's zum Fenster rausgeschüttet."

„Haben Sie irgendwo noch eine?"

Er schüttelte den Kopf. „Woll'n Se auch was oder woll'n Se mir den Schnaps nur wegnehm'?"

„Wo ist sie, George?"

„Ich brauch se noch. Ich ... ich will ja gar nich' die ganze Zeit trinken – nur mal für 'n Tag oder so. Ich werd einfach nich' fertig mit allem. Das weiß jeder. Kann doch auch keiner von mir verlangen ..."

„Die Leute erwarten von Ihnen, dass Sie sich um Ihre Kinder kümmern, George. Und auch ich erwarte das."

Er sprang auf, als ich in Richtung des Küchenschrankes ging. „Was woll'n Se ..."

„Ich suche nur nach Ihrer Flasche. Wo haben Sie sie versteckt?"

„Frank Cafey hat se mir gestern gebracht, nachdem Se weg war'n. Der versteht mich. Der weiß, was ich brauch, damit ich es allein mit all den Kindern schaff. Ich ertrag ja nich' mal ihn'n ins Gesicht zu seh'n."

„Frank hat keine Ahnung. Aber er wird schon bald wissen, dass er dieses Gift nicht einfach so verbreiten darf. Sie wissen es doch besser, George. Sie wissen genau, was Wilametta sich von Ihnen gewünscht hätte."

Er sank auf seinem Stuhl zusammen als hätte ich ihn geschlagen. „Ich weiß, ich weiß. Aber ich kann das nich'. Ich kann nich'. Ich bin einfach nich' fähig ..."

„Wo ist die Flasche, George? Um Wilamettas Willen." Ich öffnete den Schrank, dann einen anderen, und im dritten fand ich schließlich die Flasche. Irgendein trübes Gebräu in einer Literflasche, versteckt hinter dem Tee und dem Backpulver. Ich brauchte nicht lange, um die Flasche zu öffnen und schüttete den Rest in Lizbeths schmutziges Spülwasser.

„Moment. Warten Se'n Augenblick."

„Ich tu Ihnen damit nur einen Gefallen. Vielleicht werden Sie so ja nüchtern und erscheinen morgen in manierlichem Zustand."

„Ich hasse Se, Sam Wortham."

„Nein, das tun Sie nicht. Sie wissen im Augenblick doch gar

nicht, was Sie denken.“ Ich hob die Schüssel mit dem schmutzigen Spülwasser aus der Spüle und reichte sie Sam. „Schütte das bitte draußen weg, Sam.“

Die Augen des Jungen strahlten vor Dankbarkeit. Er ging rasch zur Tür, wobei er einen großen Bogen um seinen Vater machte, der aber trotzdem versuchte, seinen Sohn am Arm zu packen.

„Ich wollte mich ja eigentlich gar nich' betrinken, dass ihr's nur wisst“, lallte George. „Ich war nur ...“

„Das will ich jetzt gar nicht wissen. Ich werde mit Frank Cafey reden und ihm klar machen, dass er es mit mir und Ihren Jungen zu tun bekommt, wenn Sie beide beschließen, das Gesetz ebenso wie den gesunden Menschenverstand zu missachten.“

„Se sin' hart. Wirklich hart ...“

Irgendetwas an diesen Worten ließ Zorn in mir auflodern.

„Wenn hier jemand hart ist, George Hammond, dann sind Sie es! Wenn Sie heute in die Gesichter Ihrer Kinder geschaut hätten, als sie wieder zu uns zurückgekommen sind! Lizbeth und Kirk und Joey sahen so aus als, hätten sie auch nicht mehr das kleinste Bisschen Hoffnung. Sie haben ihnen nichts gegeben, worauf sie bauen können. Sie sind ihr Vater, George, um Himmels Willen, Sie sind ihr Vater ...“

„Ach halt'n Se doch bloß den Mund. Halt'n Se einfach den Mund, un' lass'n Se mich endlich in Ruhe.“

„Nein! Tut mir Leid, wenn ich Ihnen hart vorkomme. Ich weiß, dass Sie trauern, aber Sie werden diesen Kindern gerecht werden, dafür werde ich sorgen, und zwar mit allem, was in meiner Macht steht! Ich bleibe genau hier, und das so lange, bis Sie wieder nüchtern sind, und dann kommen Sie mit mir zu uns nach Hause, ob es Ihnen gefällt oder nicht, um mit Ihren Kindern Weihnachten zu feiern. Und wenn wir Ihnen eine Tracht Prügel verpassen müssen, wie Ihr Sohn gesagt hat, damit Sie mitkommen, dann wird es eben so sein.

19

Julia

Diesmal war ich mir nicht so sicher, ob es mir gelingen würde, die trübsinnige Stimmung, in der die Kinder alle waren, zu durchbrechen. Selbst die kleineren Kinder, die spielen gegangen waren, wirkten ernster als sonst. Rorey stand mit finsterem Blick da und frisierte Sarahs Puppe für irgendeinen unbekannten Anlass und Harry und Bert krabbelten auf dem Rückzug vor einem unsichtbaren Feind auf Knien die Treppe hinauf.

Lizbeth, die außer dem Baby auch noch einen Stoffbeutel getragen hatte, saß einfach nur da, den Beutel zu ihren Füßen. Sie beugte sich auf dem alten Küchenstuhl vor und fing an zu weinen.

„Oh Mist, auch das noch." Kirk stand auf und nahm Abstand von ihr, indem er ins andere Zimmer ging. Er wollte sie offenbar nicht weinen sehen. Aber Joe schob seinen Stuhl ganz nah an ihren heran, und ich fragte mich, ob ich die beiden lieber allein lassen oder versuchen sollte, sie zu trösten.

„Ich hab gedacht, wir würden's schaffen", sagte sie. „Ich dachte, wir würden's schaffen, fast so wie früher, wenn er wirklich wieder so wär wie früher."

„Wir schaffen's auch", sagte Joe zu ihr. „Auch ohne ihn, wenn's sein muss."

„Guck mal, was ich mitgebracht hab", weinte sie und öffnete den Beutel zu ihren Füßen. „Guck doch mal."

Joe schaute nicht hin. „Wir geben den Kleinen ihre Süßigkeit morgen früh. Und wenn Pa sein Geschenk nich' will, dann is' das doch seine Sache. Vielleicht kann er jetz' einfach noch nich' an Mama denken."

„Vielleicht sieht er uns ja deshalb auch kaum an."

„Die Posts haben einen Truthahn geschickt", sagte ich in der Hoffnung, dass diese Nachricht sie etwas aufmuntern würde. „Mit ganz vielen Beilagen für das Weihnachtsessen. Das ist alles für euch. Sie haben es nur deshalb hierher gebracht, weil sie erfahren haben, dass ihr zu Weihnachten hier bei uns seid.

„Die ham wahrscheinlich alle nur Mitleid."

„Ach, Lizbeth. Es liegt ihnen auch etwas an euch."

„Sie hatten Recht neulich, als sie dem Pastor gesagt ham, dass es ungerecht ist. Pa will uns nich' mehr, Mrs. Wortham. Er will uns ganz einfach nich' ham, un' ich bin mir auch nich' mehr sicher, ob Gott uns will."

„Ach, Lizbeth ..."

Aber was sollte ich sagen? Es waren genauso sehr meine Worte, die das in ihrem Innern angerichtet hatten, wie das Verhalten ihres Vaters. *Vergib mir bitte, Gott. Ich weiß, dass du sie liebst. Ich weiß, dass du uns alle liebst.*

„Lizbeth, es tut mir Leid, dass ich das gesagt habe. Ich habe mich damals nur einfach so verlassen und überfordert gefühlt. Daran lag es. Deine Mutter war sich der Liebe Gottes absolut sicher, das weiß ich genau, und sie würde sich ganz bestimmt wünschen, dass das auch bei dir so ist. Er wird für dich sorgen. Er wird sich um euch alle kümmern und dafür sorgen, dass alles gut wird."

„Haben Se eine Mama?" Ihre Worte klangen wie eine Anklage.

„Im Himmel", sagte ich. „Schon seit Jahren. Sie ist gestorben, als ich fünf war."

Mit erschrockenem Gesichtsausdruck blickte sie auf. „Das hab ich nich' gewusst."

„Nein, darüber spreche ich auch nicht viel."

Sie sah mich jetzt anders an. So, als glaubte sie jetzt, dass ich vielleicht doch wenigstens ein bisschen verstehen könnte, was sie gerade durchmachte. „Haben Se danach bei Ihrem Pa gelebt?"

„Nicht lange. Er war viel weg. Und dann ist er auch gestorben, als ich neun war."

Sie schniefte und wischte sich die Augen. „Und was ham Se da gemacht?"

„Bin bei meiner Großmama Pearl gewesen. Und sie war wunderbar. Sie hat mich alles über den Glauben gelehrt und vieles an mich weitergegeben."

„Wir ham keine Großmütter mehr. Sin' beide schon tot."

„Aber Gott hält auch für euch etwas Wunderbares bereit. Ich weiß, dass es so ist. Gib deinen Vater nicht auf, Liebes. Auch für ihn ist das eine sehr schwere Zeit."

„Aber für uns doch auch. Doch daran denkt er gar nich', Mrs. Wortham. Vielleicht würd er ja auch gern einfach weg sein, so wie Ihr Pa."

„Das glaube ich nicht. Gib ihm einfach noch ein bisschen Zeit."

Sie schüttelte den Kopf. „Zeit hat er doch nun wirklich genug, aber das hilft auch nicht weiter." Sie stand auf. „Rumsitzen und Nixtun bringt auch nix. Ich helf Ihn'n gern, was vorzubereiten, wenn Sie woll'n. Tut mir wirklich Leid, dass wir Ihn'n zu Weihnachten solche Umstände machen und nich' mal was zu geben ham. Sie sin' so nett zu uns."

„Du bist eine ganz wunderbare Hilfe, Lizbeth. Das genügt schon."

Sarah saß im Nebenzimmer und sang erst ganz leise und dann immer lauter. „Vom Himmel hoch da komm ich her ..."

Es stimmte aber niemand mit ein.

„Ich kann die Füllung machen", sagte Lizbeth zu mir. „Wenn Se genug Brot ham, könnt ich es schon mal würfeln. Das können wir doch schon gut im Voraus machen."

„Dann lass uns noch etwas mehr Brot backen, damit auch wirklich reichlich davon da ist."

Damit waren wir gerade beschäftigt, immer noch mit Sarahs Gesang im Nebenraum, als es an der Tür klopfte. Ich fragte mich, wer um alles in der Welt das sein mochte. Auf keinen Fall Samuel, denn der hätte ja sicher nicht angeklopft.

Kirk ging zur Haustür, um zu öffnen, und draußen auf der Veranda standen der Pastor und seine Frau Juanita, beide beladen mit Paketen.

„Julia, meine Liebe", sagte Juanita sofort, „ich hoffe, wir stören nicht allzu sehr."

„Oh, kommen Sie doch bitte herein! Du liebe Güte, Sie stören doch nie! Sie sind immer willkommen. Treten Sie doch bitte ein."

„Dieses Jahr ist es einfach zu weit, um zu unseren Familien in Iowa zu reisen, und außerdem wollten wir sowieso gern etwas mehr Zeit mit Ihnen verbringen, natürlich nur, wenn es Ihnen recht ist."

„Aber natürlich", versicherte ich ihr und verspürte große Erleichterung. Wenn Juanita und der Pastor da waren, dann konnte ich die Feiertage vielleicht überstehen. „Können Sie bei uns übernachten und bis morgen bleiben?"

„Also ...", der Pastor sah Juanita an, und sie sah ihn an, und sie nickten beide im selben Moment. „Wenn Sie möchten ..."

Harry war schon herbeigerannt und hatte Juanitas Hand genommen. „Ich weiß ein Geheimnis", flüsterte er und versuchte, sie mit sich ins Wohnzimmer zu ziehen.

„Lass sie doch erst einmal den Mantel ausziehen, Harry", schalt ich und beeilte mich, ihr den schweren Stoffbeutel abzunehmen, den sie trug.

„Das ist für die Kinder", flüsterte sie.

„Gott segne Sie", sagte ich. Gott zeigte seine große Güte immer wieder auf so erstaunliche Weise! Wir hatten ein Festmahl, dank der Freundlichkeit der Posts, und Barrett Post machte sich jetzt sogar Gedanken über Gott. Und nun kamen diese lieben Leute und brachten Geschenke, obwohl ihre Anwesenheit allein schon Geschenk genug gewesen wäre. So stark unser Schmerz auch war und obwohl ich mit all dem nur so unzulänglich fertig geworden war, versuchte Gott jetzt ganz besonders intensiv, uns irgendwie zu vermitteln, dass er da war und uns nicht im Stich ließ. Ich hoffte, dass auch die Kinder das bemerkten, besonders Lizbeth.

Lizbeth bemerkte, dass Juanita Geschenke mitgebracht hatte.

„Warum ? Warum sind Sie hier rausgekommen, Pastor Jones? Ich kann mich nich' erinnern, dass schon mal 'n Pastor zu Weihnachten hier 'rausgekommen is'."

Es war nur schwer vorstellbar, dass Pastor Jones noch nicht viel länger in der Gegend von Dearing lebte als wir. Er schien bereits ein ganz natürlicher Bestandteil der Gegend zu sein und einfach dazuzugehören.

„Wir wollten euch nur zeigen, wie viel uns an euch liegt", sagte er. „Und nicht nur wir. Die Sachen, die wir mitgebracht haben, sind von Gemeindemitgliedern aus der Stadt." Er legte die beiden Bündel auf den Tisch. „Könnte ich bitte erst einmal das Pferd ausspannen und es irgendwo in der Scheune unterstellen...?"

„Das kann ich doch machen", bot Kirk schnell an. Er nahm Willy mit, um diese Aufgabe sofort zu erledigen.

Der Pastor fing an, seinen Mantel aufzuknöpfen, und ich schaute zum Fenster hinaus, denn ich wusste, dass er und Juanita gar kein Pferd besaßen. Es war Charlie Hunters Schlitten, der da auf unserer Zufahrt stand mit derselben, kräftigen Stute davor, die er auch angespannt hatte, als er Miss Hazel zum Begräbnis herausgebracht hatte.

Segne ihn, Herr. Was würden wir nur ohne die lieben Freunde machen, die du uns gibst!

„Wir haben Plätzchen für Se gemacht“, berichtete Lizbeth dem Pastor schüchtern.

„Das klingt aber gut. Vielleicht mit einer Tasse Kaffee, wenn Sie welchen dahaben.“

„Ja, haben wir.“ Sie wirbelte wie automatisch in der Küche herum, um alles für ihn herzurichten, wandte sich dann aber mit einem fragenden Blick wieder mir zu. „Ach du liebe Zeit, Mrs. Wortham, oder haben wir noch fertigen Kaffee da?“

„Ach, lass uns eine frische Kanne für ihn kochen. Ich mach das schon.“

Einen Augenblick lang schien ihr die Situation unglaublich peinlich zu sein, so als hätte sie kurz vergessen, dass sie hier gar nicht zu Hause war. Das Seltsame daran war jedoch, dass ich darüber irgendwie sogar froh war, denn eigentlich wünschte ich mir, dass sie sich bei uns zu Hause fühlte.

Schon kurz darauf hörte ich, wie Juanita im Nebenzimmer zusammen mit Harry lachte. Und dann sang sie mit Sarah und versuchte, die anderen zum Mitsingen zu ermuntern. Das hätte ich jetzt einfach nicht fertiggebracht, und ich war dankbar für ihre Heiterkeit.

Der Pastor saß am Tisch und verzehrte genüsslich seine Plätzchen, die Lizbeth ihm schon hingestellt hatte, während ich den Kaffe kochte.

„Haben Sie auch einen Weihnachtsbaum?“

Ich schüttelte den Kopf. „Nein, den hab ich völlig vergessen. Wir haben zwar darüber gesprochen, aber dann habe ich gar nicht mehr daran gedacht.“

„Ach, das ist ja auch nicht unbedingt nötig“, sagte der Pastor. „Wir haben nur ein paar Sachen mitgebracht, die wir darunter legen wollten, aber die können wir ja auch ebenso gut woanders hinlegen.“

„Ich weiß, wo 'n Baum is'", sagte Joe. „Im Wald drüben. Ich hab da ein'n geseh'n, der nich' so riesig groß is."

„Wo ist denn Samuel?", fragte der Pastor mich.

„Bei George."

Er nickte, sagte aber nichts weiter dazu. Stattdessen wandte er sich Gott sei dank an Joe. „Willst du den Baum holen?"

„Ich selbst brauch das eigentlich nich', aber vielleicht finden die Klein' es ja toll, wenn wir 'n Weihnachtsbaum haben."

Plötzlich leuchteten die Augen des Pastors. „Julia, wäre es Ihnen recht, wenn ich eine Axt nähme und mit ein paar von den Kindern zusammen einen Weihnachtsbaum schlage?"

„Ja, ja! Natürlich ist mir das recht." Wie hätte mir so ein Angebot nicht recht sein können? Genau das hatte ich mir doch gewünscht – mit Weihnachtsvorbereitungen so beschäftigt zu sein, dass wir ein bisschen glücklich sein konnten und ein paar schöne Erinnerungen auch an dieses Weihnachtsfest haben würden.

Bevor er auch nur einen Schluck Kaffee bekommen hatte, stand der Pastor deshalb schon auf und fragte, wer von den Kindern mit ihm in den Wald kommen wolle, um dort einen Weihnachtsbaum zu holen. Und am Ende nahm er sechs der elf Kinder mit, die sich im Haus befanden. Joey und Harry und Bert und Rorey und Sarah. Franky wollte zwar nicht mitgehen, aber ich konnte ihn am Ende doch noch überreden, sich den anderen anzuschließen. Robert wäre wahrscheinlich auch dabei gewesen, wenn sein Vater mitgekommen wäre. Ich redete ihm zwar gut zu, trotzdem mitzugehen, aber er blieb lieber bei Kirk und Willy, die gerade wieder hereingekommen waren und nicht schon gleich wieder hinaus in die Kälte wollten. Auch Lizbeth und das Baby blieben da, was ich auch nicht anders erwartet hatte.

Juanita hatte zwar gerade erst ihren Mantel abgelegt, zog ihn aber sofort wieder an, als sie sah, wie viele von den Kleinen ihr Mann bei sich haben würde.

„Kommt, lasst uns Schneeengel machen", schlug sie vor, während sie sich damit abmühte, dem quirligen Willy beim Zuknöpfen seiner Jacke zu helfen. „Es ist bestimmt noch eine Weile hell, und heute ist es auch wieder etwas wärmer."

Wir sollten welche in einem Kreis machen", schlug Franky vor. „Ganz um Mamas Grab herum."

Ich war mir nicht so sicher, wie der Pastor damit jetzt umgehen würde, und vielleicht wusste er es auch nicht so genau, denn er reagierte nicht sofort auf diesen Vorschlag. Stattdessen gingen sie alle nacheinander zur Tür hinaus. Ein paar von ihnen sahen dabei gespannt und erfreut aus, andere dagegen ziemlich unsicher. Aber dem Himmel sei Dank für den Pastor und Juanita! Sie würden schon wissen, wie man Weihnachten unter den gegebenen Umständen so weit wie möglich zu einem Fest machen konnte, und genau das hätten Wila und Emma auch gewollt.

„Warum geht ihr nicht einfach mit?", schlug ich Kirk vor. „Du könntest dem Pastor mit den Kleineren helfen."

„Das kann Joe doch machen." Mit mürrischem Gesicht schaute er dabei zum Fenster hinaus.

„Es würde aber bestimmt nicht schaden, wenn du auch noch dabei wärst."

„Aber helfen würde es mir auch nich', jedenfalls nich', dass ich wüsste."

„Kirk ..." Aber ich sprach nicht weiter. Welches Recht hatte denn ich, hier so hartnäckig zu sein? Robert und Willy fingen ein Damespiel an. Lizbeth war wieder dabei, Maisbrotreste in Würfel zu schneiden. Vielleicht sollte ich ihn einfach in Ruhe lassen. Aber er sah so ... verloren aus.

„Ich könnte ja auf dem Wohnzimmerfußboden eine Decke für Emma Grace ausbreiten und ihr dann ein paar Löffel und Becher zum Spielen geben. Könntest du ein Auge auf sie haben, dass sie nicht zu weit wegkrabbelt?"

„Kann ich wohl machen."

Er war alles andere als begeistert, aber wenigstens widersprach er nicht. Nachdem ich alles geregelt hatte, ging ich in die Küche zurück und versuchte im Kopf auszurechnen, wie viel Füllung wir wohl brauchen würden, wenn auch der Pastor und Juanita zum Weihnachtsessen da sein würden, was ich mir sehr wünschte.

„Ich bin wirklich froh, dass wir die Plätzchen gemacht haben", sagte Lizbeth. „Jetzt wo der Pastor gekommen is' mit all den Sachen für uns, wär es nich' richtig, wenn wir gar nix für ihn hätten. Wir können einen Teller voll häufen. Schade, dass wir nich' noch mehr haben."

Ich nickte zustimmend. Darüber musste ich nachdenken. Vielleicht hatten wir ja auch noch etwas anderes.

„Oh Lizbeth, ich weiß etwas!" Die Idee war mir so plötzlich gekommen, dass ich selbst überrascht war. Das kleine Eichenkreuz, das Samuel geschnitzt hatte, und das jetzt oben in unserem Zimmer stand. Natürlich musste ich Samuel erst noch fragen, aber ich war sicher, dass er einverstanden sein würde. Vielleicht würde es schön bei ihnen auf dem Tisch oder an sonst einer Stelle im Haus aussehen. Samuel konnte ja für mich irgendwann ein anderes machen.

Ich rannte nach oben, um es zu holen, und Robert, Willy und Kirk fragten sich bestimmt, womit ich es so eilig hatte.

„Das ist perfekt", sagte Lizbeth, als ich es ihr zeigte. „Wenn Sie es hergeben woll'n, es ist jedenfalls genau das Richtige für den Kaminsims bei einem Pastor oder fürs Fenster oder so."

Ich wollte es gerade in eine Schublade unter die Servietten legen, aber sofort protestierte Lizbeth.

„Die Frau Pastor könnt es dort finden, wenn se uns heut Abend hier in der Küche hilft, und Se wissen ja selbst, dass se ihre Hilfe anbiet'n wird. Wir sollt'n es hübsch verpacken, bevor se wieder zurück is, damit se es gar nicht zu Gesicht bekomm'n kann. Ham Se Papier da?"

Ich war ein wenig überrascht von ihrer Begeisterung. „Ich habe einfaches weißes oder braunes Papier, aber leider kein buntes."

„Ach, das macht doch nix. Das Wichtigste is doch, dass ein Geschenk für se da is'." Dann wurde sie ganz still und sah mich an. „Ich möchte meine Weihnachtssüßigkeit Ihnen beiden schenken, und ich hätt auch wirklich gern was für se alle."

Jetzt standen ihr Tränen in den Augen. Als ich das sah, hätte ich auch beinahe angefangen zu weinen. „Danke, Lizbeth. Aber das, was von eurem Vater kommt, das müsst ihr selbst behalten. Samuel und ich haben schon etwas für Robert und Sarah."

Ich war jetzt froh, dass ich am gestrigen Abend und heute Morgen noch so lange gearbeitet hatte, dass alle Geschenke für die Hammond-Kinder beinah fertig geworden waren. Roreys Puppenkleid war schon ganz fertig, aber noch nicht die Krawatten für die Jungen. Ach ja, und Emma Grace. Ich hatte völlig vergessen, das Kleidchen zu suchen, das Emma für sie genäht hatte. Ich wusste noch nicht einmal so genau, ob es schon fertig war. Aber ich konnte erst einmal so lange nichts machen, bis die Kinder schliefen.

„Irgendwie sin' Se wie Emma", sagte Lizbeth, als ich ihr das Papier brachte. „Ich merk, dass Se gern geben."

Ich lächelte. Das war so ungefähr das größte Kompliment, das ich mir vorstellen konnte. „Du auch, Lizbeth. Du gibst auch gern."

Sie schnitt weiter das Maisbrot in Würfel und ich fing an, eine doppelte Menge von Großmutters Weißbrotteig anzurühren, und zwar das mit Backpulver, weil es schneller ging als Hefebrot und sich ebenfalls gut für die Truthahnfüllung eignete. „Ach, was sollen wir denn eigentlich heute zum Abendessen kochen?"

„Lassen Se uns doch einfach all die Reste aufwärmen und dann noch einen großen Topf Popcorn machen." Sie brachte mich wieder zum Lächeln. Es hatte immer eine Art unausgesprochener Abstand zwischen uns geherrscht, aber der war jetzt wie durch ein Wunder nicht mehr da.

Kinder, Schnee und frischer Tannenduft kamen mit einem Schwall zur Tür herein. Sie hatten einen schönen Baum geschlagen. Nicht zu groß, genau wie Joe gesagt hatte, aber dann auch wieder reichlich groß genug, weil wir fast gar keinen Tannenbaumschmuck hatten.

Emma Grace lachte, als sie in Mänteln und dicken Stiefeln angestapft kamen, um den Baum vor dem Wohnzimmerfenster zu zeigen.

„Oh!", rief der Pastor aus. „Ich habe völlig vergessen, mir zu überlegen, wie wir ihn aufstellen sollen."

„Wenn Samuel hier wäre, würde er einfach ein paar Bretter wie ein X an den Stamm des Baumes nageln", schlug ich vor.

„Das kann ich doch machen!", rief Franky aus und war schon wieder zur Tür hinaus.

Juanita sah mich fragend an, aber Lizbeth schüttelte den Kopf. „Lassen Se ihn das nur machen. Das kann er bestimmt."

Ich musste ihr zustimmen. „Er weiß inzwischen auch, wo Samuel sein Werkzeug hat."

Oh Gott. Wie sehr wir doch schon eine große Familie waren. Aber der Gedanke machte mir auch Angst und ich wünschte, Samuel würde zurückkommen, ebenso wie ich wünschte, George wäre da gewesen. Aber sie würden kommen. Samuel hatte versprochen, dass sie kommen würden. Spätestens am nächsten Morgen würden diese Kinder ihren Vater wieder haben.

„Jetzt müssen wir ihn noch hübsch schmücken!", rief Sarah. „Mama, kannst du Popcorn machen?"

„Noch nicht, mein Schatz, aber später werde ich welches machen. Wir können auch einen Papierstern für die Spitze basteln und du und Rorey, ihr könnt ihn dann bunt anmalen."

„Haben Sie irgendwelche Knöpfe oder Garn?", fragte mich Juanita.

„Ja, wir haben beides da. Zwar besteht beim Garn keine große Auswahl, aber es sind doch zwei oder drei Farben da."

Das genügte ihr, und sie setzte sich mit Harry und Bert hin, um die größten und buntesten Knöpfe herauszusuchen, während Franky dafür sorgte, dass der Baum stabil stand und Robert ihm half, den Stamm unten glatt zu schmirgeln, damit er gerade stand.

Ich stellte Essen für alle hin, sodass sich jeder bedienen konnte, wann er wollte. Dann half ich dabei, Popcornketten zu machen, die sich den ganzen Baum entlang zogen, von ganz unten bis hoch in die Spitze. Sarah und Rorey malten den Stern gelb und orange an, so bunt es nur eben ging. Und Juanita zeigte den Kindern, wie man Knöpfe auf buntes Garn aufziehen konnte und sie dann in die Spitzen der Zweige hängte. Ich wünschte wir hätten Tannenzapfen und getrocknete Bucheckern gehabt. Daraus hatte meine Großmutter immer schönen Tannenbaumschmuck gebastelt. Doch dazu war es jetzt zu spät und außerdem dämmerte es draußen bereits, sodass wir ohnehin nichts mehr gefunden hätten. Daran hätte ich doch eigentlich auch schon vor der Advents- und Weihnachtszeit denken können.

Juanita hatte inzwischen angefangen, das Garn zu flechten, und ich hatte keine Ahnung, was sie damit vorhatte, bis ich sah, wie sie einen Kopf abteilte und dann aus einem weiteren Strang Arme flocht. Ein Garnpüppchen wurde daraus, und zwar das kleinste, das ich jemals gesehen hatte. Als sie damit fertig war, zog sie am Rücken eine Schlaufe heraus und hängte es vorn mitten in den Baum.

„Oh, mehr machen!“, rief Berty. „Mehr machen! Schau mal Rorey! Das sin' Leute!“

Rorey schaute ernst drein. „Ich wünschte, die wär'n zum Behalten.“

Eine einzelne kleine Träne lief ihr die Wange hinunter, und ich erinnerte mich an Samuels Beobachtung, dass es kein einziges Spielzeug im ganzen Haus der Hammonds gab. Juanitas kleine Garnpuppe reichte schon aus, um sie zum Weinen zu bringen.

„Die sind doch zum Behalten“, sagte Juanita. „Nach Weihnachten brauchen wir sie nicht mehr. Möchtest du auch eine machen?“

Die Augen des kleinen Mädchens wurden ganz groß, und sie sagte gar nichts, sondern trat nur so nah wie möglich heran. Juanita schien danach Stunden, jedenfalls kam es mir so vor, damit beschäftigt, einem Kind nach dem anderen dabei zu helfen, genügend Garnpüppchen für den Baum herzustellen und dann noch ein paar zusätzliche zum Springen und Herumtanzen auf dem Wohnzimmerfußboden. Schließlich ging das Garn zur Neige und ihre Finger wurden müde. Der Pastor holte die Bibel hervor und las die Weihnachtsgeschichte aus dem Lukasevangelium vor.

Ich begann mir ein wenig Sorgen zu machen, weil es mittlerweile dunkel und spät wurde. Samuel musste demnach doch beschlossen haben, noch bei den Hammonds zu bleiben, aber ich wusste auch, dass das nichts Gutes zu bedeuten hatte. Und auch der Pastor wusste es, das war mir klar. Er las jedoch einfach weiter und ließ die Kleinen näher heranrücken, bis die ganze Geschichte gelesen war und die Augen der Kleinen schwer wurden.

„Oh“, sagte Juanita. „Paxton, schau mal da, an der Wand.“

Wir sahen alle hin. Anscheinen hatten unsere Gäste erst jetzt die ausgeschnittenen Papierfiguren bemerkt. Im flackernden Licht des Feuers und der Petroleumlampen schienen sie noch bunter als im Sonnenlicht, das durchs Fenster gefallen war.

„Das ist unsere Weihnachtsgeschichte", sagte Sarah.

„Das habt ihr einfach wundervoll gemacht." Juanita sah zu mir herüber. „Oh Julia, sie sind wirklich erstaunlich."

„Das meiste haben die Kinder gebastelt."

Sie stand auf und ging direkt zu einer der Taschen, die immer noch in der Küche standen.

„Das hier braucht nicht bis morgen früh zu warten", sagte sie, „denn Jesus ist ja in Wirklichkeit in der Nacht geboren worden."

Sie kam mit etwas Kleinem zurück, das in Watte verpackt war. Sie versuchte, es mir zu geben, aber ich gab es Lizbeth als dem ältesten Kind, das anwesend war. Obwohl Juanita nichts gesagt hatte, wusste ich, dass dieses Geschenk für uns alle gedacht war.

Lizbeth packte es vorsichtig aus, wobei sich ihr jüngstes Geschwisterchen ungeduldig über sie beugte. Als sie sah, was es war, schnappte sie einmal heftig nach Luft.

„Seht! Seht doch mal", sagte sie zu den Kindern. „Aber nich' anfassen."

Es war eine winzige Krippenszene aus Glas, das Hübscheste, was ich jemals gesehen hatte, und augenblicklich traten mir Tränen in die Augen.

„Wir können sie doch vor der Wand da aufstellen, Mama", erklärte Sarah entzückt. „So, dass die Engel drumherum fliegen können."

„Nein," sagte Lizbeth. „Das is' einfach zu schön, wir dürfen nich' riskier'n, dass es kaputt geht. Es muss oben auf dem Kaminsims steh'n, wo alle es seh'n könn'."

Nachdem sich alle Kinder die Krippe aus der Nähe angesehen hatten, stellten wir die kleine Glaskostbarkeit mitten auf den Sims über dem Feuer, wo einmal Emmas Seth-Thomas-Uhr gestanden hatte. Ich holte zwei kleine Kerzen, stellte eine an jede Seite und zündete sie dann an.

„Das is` Weihnachten", sagte Lizbeth, und es fiel ihr merklich schwer, diese Worte herauszubringen. „Danke, Herr Pastor, danke, Frau Pastor."

Harry wollte noch einen weiteren Blick in die Tasche erhaschen, aber wir machten ihn und auch die anderen Kleinen jetzt fertig fürs Bett, diesmal im Obergeschoss, auf die beiden Räume aufgeteilt und dick in Decken verpackt.

Kirk, Lizbeth und Joe blieben noch länger auf als die anderen Kinder. Ich hatte noch viel zu tun, aber ich versuchte auch nicht, sie zum Zubettgehen zu drängen.

„Jetz' wissen wir gar nich', ob Pa wirklich kommt oder nich'", sagte Lizbeth schließlich. „Aber wir danken Ihn', dass Se's uns so schön gemacht ham, auch wenn es eigentlich hätte schrecklich werd'n könn'."

„Pa hat sich betrunken", erzählte Joe dem Pastor. „Er is' ganz übel dran, un' vielleicht könn' wir gar nich' bei ihm bleiben, wenigstens nich', wenn er so is' wie jetz'."

„Das versteh ich." Der Pastor stand auf und einen Moment lang fragte ich mich, ob er wohl überlegte, jetzt am Abend im Stockdunklen auch hinüber zum Haus der Hammonds zu gehen. Aber er drehte sich einfach nur um und fragte die Kinder: „Wisst ihr, was ein Fundament ist?"

„Das, wo man ein Gebäude draufbaut", meldete sich Kirk zu Wort. „Damit es auch fest steht und nich' zusammenbricht."

„Ja. Aber auch Menschen haben ein Fundament. Das ist das, worauf sie in Krisenzeiten stehen. Ihr Glaube ist in all dem gut und in Ordnung. Sie vertrauen auf Gott, der die Zukunft in seinen Händen hält." Er ging hinüber zum Weihnachtsbaum. „Das Fundament eures Vaters ist erschüttert worden, weil so viel von dem, was er wusste, von eurer Mutter kam, selbst das, was er über Gott wusste. Er fühlt sich jetzt so wie dieser Baum hier, abgeschnitten von den Wurzeln, von der Welt, die er verstanden hat, aber er sieht keinen Sinn darin oder eine Hoffnung. Und genau da müssen wir ihm helfen."

„Ich glaub nicht, dass ich das kann", sagte Kirk. „Weil ich da drin nämlich auch kein' Sinn seh."

„Vielleicht kann den keiner von uns sehen. Aber das müssen wir ja auch jetzt noch nicht, so lange wir nur glauben, dass es einen Sinn gibt. So lange wir wissen, dass Gott alles unter Kontrolle hat."

„Aber er is' in letzter Zeit nich' grade gut zu uns gewesen."

„Halt den Mund, Kirk", sagte Lizbeth.

Der Pastor war jedoch nicht im Geringsten irritiert oder gar entrüstet. „Es ist doch ganz normal, dass er aufgebracht ist. Macht euch deshalb keine Sorgen. Es besteht doch gar kein Zweifel, dass das, was passiert ist, für alle furchtbar ist. Aber ihr sollt wissen, dass Gott das alles im Blick hat – euch alle, und wie es für euch weitergeht. Und euer Vater braucht ganz dringend eure Gebete. Gott ist unsere Hoffnung, und die Hoffnung und der Trost für euren Vater, wenn er es annehmen kann. Ich weiß, dass er den Herrn kennt. Davon habe ich mich vergewissert. Aber er muss begreifen, dass die Gegenwart Gottes ein sicheres Fundament ist."

„Weil Mama nich' mehr da is', um es zu sein", warf Joe ein.

„Ja genau, so ist es."

„Für mich macht das alles kein'n Sinn", sagte Kirk.

„Mir is' gar nich' nach Vertrau'n, weil gar nix sicher is'. Mama hat vertraut und jetz' is' se tot. Un' wir wissen nich' mal, ob wir es bis zum Frühling schaffen oder wo wir sind, falls wir es schaffen."

„Aber Gott weiß es. Ihr werdet es schaffen. Jeder von euch. Auch George, wenn er seine Füße auf den festen Glauben stellen kann, dass Gott uns nicht im Stich lässt, dass er immer für uns sorgt."

„Er hat dafür gesorgt, dass Se jetz' hier sin'", flüsterte Lizbeth, „und auch für die kleine Krippe."

Kirk drehte sich zu ihr, und sah sie mit zornigem Blick an. „Das is' doch gar nix! Das weißt du ganz genau. In einer Woche is' das nix mehr, wenn wir irgendwie leben müssen un' essen un' wieder mitkrieg'n müssen, wenn Pa sich betrinkt!"

„Ob er betrunken bleibt oder nicht", sagte Joe zu seinem Bruder, „wir müssen drauf vertrauen, dass wir's irgendwie schaffen. Genau das sagt Sam auch. Er wird arbeiten geh'n. Wir werden alle arbeiten geh'n. Wir werd'n tun, was getan werden muss und alles wird gut. Du musst damit fertig werd'n, Kirk, oder du jagst den Kleinen schreckliche Angst ein, und davon könn'n se wirklich nich' noch mehr brauch'n."

Kirk schwieg, aber nach einer kurzen Weile nickte er fast unmerklich.

„Ich weiß. Ich sollte mir kein'n Kopf machen. Wir müssen dankbar sein. In allem, hat Mama gesagt. Un' das hat se mir gesagt, als se Magenschmerzen hatte und von Kopf bis Fuß Nesselfieber.“

Das war ein Bild von Wila, das ich noch nie gesehen hatte. Ich hatte miterlebt, wie Emma sich durch so vieles durchgekämpft und trotzdem immer Gott gelobt hatte. Aber Wilametta hatte das offenbar auch getan. Und es machte mich innerlich froh, dass die Kinder sich daran erinnerten. Sie würden den Kleinen dabei helfen, sich ebenfalls zu erinnern. Und das würde dazu beitragen, dass sich auch bei ihnen ein fester, stabiler Glaube entwickeln würde. Denn am besten lernt man Dinge, wenn man sie an andere weitervermittelt.

Es musste schon beinah Mitternacht gewesen sein, als endlich alle Kinder schliefen. Ich ging in Emmas Zimmer, zündete ihre Lampen an und begann nach dem Babykleidchen zu suchen. Juanita war mir gefolgt.

„Roreys Geschenk und die meisten anderen habe ich schon fertig. Aber ich muss noch ein paar Krawatten nähen. Und Emma hat etwas für Emma Grace genäht. Irgendwo hier hat sie es aufbewahrt. Ich muss es nur finden.“

Schließlich holte ich eine Schachtel vom obersten Regal in ihrem Schrank. Ganz oben drauf lagen zwei bestickte Kopfkissenbezüge. Erst als ich die Schachtel auf dem Bett abgestellt hatte und näher am Licht war, sah ich, dass auf dem einen Bezug „Samuel“ stand und auf dem anderen „Julia“.

„Oh“, ich saß einfach da und presste sie an mich. „Oh Emma. Sehen Sie doch, Juanita, was sie gemacht hat!“

Auch für Robert und Sarah waren Kissenbezüge da, jeweils mit ihrem Namen darauf. Roberts war blau und Sarahs leuchtend rosa. Unter den Kopfkissenbezügen lag Emma Graces Kleidchen und sah fertig aus bis auf den unteren Saum. Und dann waren da noch zwölf kleine stabile Sets, die aus geflochtenen Stoffstreifen zusammengesetzt waren, so wie meine Großmutter früher immer Flickenteppiche gemacht hatte. Wann hatte Emma das alles nur geschafft, ohne dass ich es gemerkt hatte?

„Tischsets vielleicht?“, fragte Juanita. „Für die Hammonds? Von der Anzahl her würde es jedenfalls passen.“

„Ja, das muss es sein", stimmte ich zu. „Ach Emma, du bist immer so lieb gewesen."

Aber da war noch etwas ganz unten auf dem Boden der Schachtel. Noch eine Schachtel, ungefähr so lang wie ein Kinderschuhkarton, aber nicht so groß. Ich öffnete die Schachtel vorsichtig, und was wir sahen, verschlug uns beiden die Sprache.

Es waren Kugeln, kleine Tannenbaumkugeln aus Glas. Jede mit einem Haken zum Aufhängen daran.

„Oh Juanita", sagte ich. „Wenn wir davon etwas gewusst hätten, als die Kinder noch wach waren – für den Baum ..."

„Es ist besser, dass wir es nicht gewusst haben. Besser, wenn wir morgen früh ihre Gesichter sehen, wenn sie sie entdecken. Zauberhaft, Juli. Wie ein Kuss von Gott."

Mein Herz pochte heftig vor Aufregung, und ich wusste, dass sie Recht hatte. Meine Kinder erwarteten sicher etwas, aber nicht eine solche Überraschung an unserem Tannenbaum. Und die Hammond-Kinder erwarteten gar nichts außer den Süßigkeiten von ihrem Vater und dem, was sie in den Taschen und Tüten des Pastors vermuteten. An dieses Weihnachten würden sie sich noch lange erinnern, da war ich mir ganz sicher.

Juanita säumte Emma Graces Kleidchen für mich, damit ich noch die Krawatten nähen konnte. Ich holte den Beutel mit den Sachen hervor, die ich jetzt schon für die Kinder hatte, sowie alles, was noch an braunem Packpapier da war. Der Pastor fing an, die Sachen sorgfältig einzupacken, obwohl ich niemals gewagt hätte, ihn darum zu bitten.

Ich erzählte ihnen von dem Schlitten, an dem Samuel gearbeitet hatte, und dass ich nicht wüsste, ob er damit ganz fertig geworden war, bevor die Hammonds heute Vormittag alle zurückgekehrt waren. Er würde ihnen den Schlitten aber auch so geben und ihn dann eben, wenn es sein musste, am Weihnachtstag fertig bauen.

Juanita bewunderte die Bluse, die ich für Lizbeth geändert hatte, und auch die Krawatten, an denen ich jetzt arbeitete. Als ihr Mann den kleinen Stoffball für Harry in die Hand nahm, schüttelte sie den Kopf.

„Sie sind wirklich erstaunlich, Juli, was sie sich da alles für die Kinder ausgedacht haben."

„Irgendetwas muss doch für jedes Kind da sein." Aus irgendeinem Grund hätte ich jetzt am liebsten losgeweint, aber dann hätte ich nicht genug sehen können, um zu nähen, also kämpfte ich gegen die Tränen an, arbeitete einfach weiter und sagte nichts mehr.

„Ein paar der Frauen aus der Gemeinde haben ganz wunderbare Süßigkeiten selbst gemacht", erzählte mir Juanita. „Das weckt bei mir den Wunsch, in der Küche ein bisschen geschickter zu sein. Delores schickt Ihnen ein Früchtebrot und Edith ein Glas eingekochtes Hackfleisch und ein paar andere Konserven."

„Ich hätte niemals gedacht, dass Sie alle so gut zu uns sein würden."

„Sie gehören doch zur Familie. Genauso soll das doch in der Kirchenfamilie sein."

Sie lächelte. „Warten Sie nur, bis Sie sehen, was Erla und Betty Jaynes gemacht haben. Sie haben Schals für die Kinder gestrickt, jeden in einer anderen Farbe. Einen für jeden von den Hammonds."

Ich lächelte. „Sie haben die Krippe ausgesucht, nicht wahr?"

„Ehrlich gesagt hat sie meiner Tante Jane gehört. Wir haben überhaupt kein Geld zum Geschenkekaufen, sonst hätten wir bestimmt den ganzen Laden leer gekauft."

„Oh Juanita, oh Pastor! Ich wusste ja gar nicht, dass es Ihnen so schlecht geht!"

„Ich bekomme ein Gehalt von der Kirche, wenn es möglich ist", sagte der Pastor ganz ruhig. „Aber im Augenblick will ich nicht so viel für mich haben, wenn es in der Gemeinde viele Menschen gibt, die in Not sind."

Ich wusste gar nicht, was ich dazu sagen sollte. Wie stand es wohl tatsächlich um sie? Wie arm waren sie selbst?

„Sagen Sie, haben Sie auch ein Geschenk für Samuel?", fragte der Pastor mich, und ich musste aufstehen und es holen, denn ich hätte es beinahe vergessen. Als ich ihm die kleine Dose mit trüber, brauner Flüssigkeit gab, sah er mich etwas sonderbar an. „Was ist denn das?"

„Walnuss-Beize. Ich habe die äußeren, die weichen grünen Schalen in Wasser gelegt. Das hat früher mein Großvater immer so gemacht." Keiner von beiden sagte etwas, und ich musste wieder an ihre wirtschaftliche Lage denken. „Haben Sie etwas zu essen zu Hause?“

Der Pastor lachte leise vor sich hin. „Im Augenblick sind wir ja nicht zu Hause, also brauchen wir uns darüber erst einmal keine Gedanken zu machen.“

Darüber wurde ich nun beinahe ärgerlich. „Das hätten Sie uns aber sagen müssen! Sie sollten nicht so sehr Not leiden müssen. Die Leute werden Ihnen gern helfen!“

„Genau das ist es ja. Die Leute können es sich gar nicht mehr leisten zu helfen. Sie können zur Zeit auch nicht mehr viel in die Kollekte legen. Und ich kann ihnen nicht das nehmen, wovon ich weiß, dass sie es selbst brauchen.“

„Sie sind nicht die einzigen, die Geschenke von der Kirchenfamilie bekommen“, fügte Juanita noch hinzu. „Wir haben versucht, jeder Familie, in der der Vater keine Arbeit hat, wenigstens eine Kleinigkeit zukommen zu lassen.“ Sie schnitt den Faden ab und hielt das fertig gesäumte Kleid hoch. „Edith war großzügig mit ihren eingeweckten Pfirsichen. Und ich habe ganz vergessen zu erwähnen, dass da auch noch eine Dose selbstgemachte Cracker von Doris und Wayne Turrey ist. Die sind sicher besser als die gekauften. Wir haben ein paar davon zu Hause. Darauf haben sie bestanden.“

„Ach, ich liebe Sie“, sagte ich zu ihnen. „Sie beide. Und Edith und die Turreys und all die anderen auch.“

„Das wissen wir.“

„Sogar Miss Hazel“, fügte ich noch hinzu, ohne so recht zu wissen, weshalb ich sie jetzt ins Spiel gebracht hatte.

„Warten Sie nur ab, bis Sie sehen, was sie mitgeschickt hat“, sagte Juanita mit einem schelmischen Lächeln. „Aber das hat Zeit bis morgen.“

20

Samuel

George war übel, als er aufwachte und im nächsten Augenblick beugte er sich auch schon über den Eimer.

Ich setzte mich auf, ohne besonders viel Mitgefühl zu empfinden. „Schnaps bekommt Ihnen nicht besonders, was?“

„Ach, halt’n Se doch einfach ’n Mund.“

Der junge Sam drehte sich auf dem Platz vor dem Feuer um, wo er geschlafen hatte, sah kurz zu uns herüber und sprang dann auf. „Ich fütter schon mal das Vieh und fang an zu melken“, sagte er. „Wir müssen früh los, weil se drüben sicher schon auf uns warten.“

George schaukelte mit dem Kopf hin und her, immer noch über den Eimer gebeugt. „Ich kann nich’ geh’n.“

Es ging ihm elend, das stand außer Frage, aber ich war an dieser Stelle nicht bereit, ihm eine Wahl zu lassen. „Sie müssen aber mitkommen. Zur Not tragen wir Sie, wenn Sie es nicht selbst schaffen. Sie haben es den Kindern versprochen.“

Ich rechnete jetzt mit Protest, aber er schüttelte nur traurig den Kopf. „Glauben Se denn, dass ich ihn’n so was nütze?“

„Zumindest zeigen Sie ihnen, dass Sie Ihr Wort halten.“

Er beugte sich noch weiter vor, und ich dachte schon, er würde sich erneut erbrechen, aber das tat er nicht. „Vielleicht müss’n Se mich dann wirklich trag’n. Ich komm mit, wenn Se wirklich ganz und gar sicher sin’, dass die mich da auch ham woll’n.“

Davon musste er sich schon selbst überzeugen. „Hat Joe die Süßigkeiten schon mitgenommen?“, fragte ich.

„Ich glaub ja.“

„Und Sie haben gesagt, dass Wilametta auch noch etwas gemacht hat?“

„In ’ner Kiste unterm Bett.“

Er sah im Gesicht grünlich aus. Also ging ich für ihn und holte die Kiste aus dem Schlafzimmer. Sie war voller handgestrickter Sachen, hauptsächlich Handschuhen.

„Da sind auch noch irgendwo Mützen drin, für Willy und

Kirk", sagte er. „Für die andern sin' Handschuhe da. Ich nehm mal an, wir erkenn'n es an der Größe, was für wen is'."

„Sie wusste, was die Kinder brauchten."

„Ja", bestätigte George. „Is' immer lange aufgeblie'm, um das alles noch zu machen. Hätt sich wahrscheinlich besser ausgeruht." Er stellte den Eimer abrupt auf den Boden vor sich und strich sich mit den Fingern durch sein zerzaustes dunkles Haar. „Se sin' hart, Wortham, aber ich kann das versteh'n."

„Gut. Versuchen Sie, ob Sie Ihre Stiefel selbst anziehen können."

Während George sich mit seinen Stiefeln abmühte, ging ich hinaus, um Sam bei der Stallarbeit zu helfen. Der Junge hatte Recht. Je rascher wir hier aufbrachen, desto besser. Es fing gerade erst an zu dämmern, aber schon bald würden die Kinder drüben bei uns wach werden, und ich wollte nicht, dass sie so lange im Ungewissen waren.

Als wir fertig waren, hatte George all die Handschuhe und Mützen in einen Jutesack gesteckt.

„Is' leichter zu tragen so", sagte er und kämpfte mit seinem Mantelärmel, der nach innen gekrempelt war.

„Danke, dass Sie daran gedacht haben. Müssen wir sonst noch etwas mitnehmen?"

Er sagte nichts. Eigentlich hatte ich auf meine Frage gar keine Antwort erwartet, außer vielleicht einer negativen. Aber er hielt sich an der Lehne des einen Küchenstuhles fest, so als ob er Halt brauchte, um stehen bleiben zu können, und machte dann mit der anderen Hand eine Geste in Richtung des Küchenschrankes.

„'n Glas kandierte Kirschen", sagte er. „Ihre Juli hat doch sicher die andern Zutaten für 'n Geburtstagskuch'n da, oder?"

Roreys Kuchen. Der Herr segne dich, George, dass du daran gedacht hast.

„Ja. Vielleicht wird der Kuchen nicht sein wie sonst, aber ..."

„Ich weiß nich', wo das Rezept is', aber uns wird schon was einfall'n. Sie versteht das bestimmt."

Es gefiel mir, dass er „uns" sagte. Es war das Beste, was ich seit Tagen von ihm gehört hatte.

„Wir sollten wohl auch den Schinken noch mitnehm', den

wir für Weihnachten aufbewahrt ham", fügte er noch hinzu. „Sie müssen ja nich' alles allein tragen. Die Milch und die Eier kommen auch mit. Hier nützen sie ja kein'm was, un' die Kinder könn' ja nie genuch krieg'n."

Innerhalb von ein paar Augenblicken hatten wir alles zusammen und machten uns auf den Weg durch den Schnee. Im Wald war es kälter als am Vortag, zumindest zu dieser frühen Stunde, aber George schien das sogar ein wenig zu beleben. Er sah nicht mehr ganz so krank und elend aus und musste sich nur ein einziges Mal an einen Baum lehnen, weil er wieder das Gefühl hatte, sich übergeben zu müssen. Dazu kam es dann allerdings doch nicht.

„Weiß gar nich', ob ich ihn'n das überhaupt geben soll", sagte George und deutete dabei auf den Sack mit den Stricksachen. „Vielleich' is' es zu schwer für sie."

Wir hatten Sam nicht gesagt, was in dem Sack war, deshalb stand er jetzt einfach da und sah uns an, aber keiner von uns beiden unternahm den Versuch, etwas zu erklären.

„Sie müssen ihnen die Geschenke auf jeden Fall geben, George. Das hätte Wila so gewollt."

„Ihr hätt es noch besser gefall'n, gekaufte Sachen aus'm Laden zu verschenken", sagte er nachdenklich. „Aber das war nich' drin."

„Es gibt aber zur Zeit im ganzen Land viele Leute, denen es ganz genauso geht, was das betrifft."

„Stimmt, aber bei mir isses schon immer so gewesen. Jedes Jahr, un' ich kann fast nix kauf'n."

„Aber so wie es aussieht, sind Sie doch noch besser dran als viele andere, weil Sie was zu tun haben."

„Ach, Wortham! Se dreh'n die Sache doch immer irgendwie so, dass se noch gut aussieht."

„Nicht immer, aber Gott sei Dank in letzter Zeit immer öfter."

„Se sollt'n Prediger sein. So was hab ich noch nie von einem gehört, außer von 'nem Prediger."

„Vielleicht sind wir ja alle berufen. Jeder auf seine Weise."

„Ja", spottete George. „Dann nehm ich an, ich bin dazu beruf'n, Schweine zu füttern und Schinken auf'n Tisch zu bringen."

„Irgendjemand muss auch das machen. Und es ist ehrliche Arbeit."

Er lachte. „Un mir tut's richtig gut, wenn ich so was von Ihn'n hör."

„Ich nehme an, dass es ganz bei Ihnen liegt, ob es Ihnen dabei gut geht oder nicht."

Er schüttelte den Kopf über mich und sagte nichts weiter. Auch der junge Sam schwieg. Und wir gingen eine ganze Weile schweigend durch den Wald.

Herr, betete ich, *lass George seine Kinder richtig behandeln und nichts Grobes sagen oder tun. Gott lass dies dein Tag sein. Benutze unsere Gaben, um deutlich zu machen, wie groß deine Liebe ist.*

21

Julia

Der Pastor, Juanita und ich schliefen alle unten, zum einen, weil wir die Kinder nicht wecken wollten, als wir ins Bett gingen und zum anderen, um sicher zu gehen, dass sie uns weckten, wenn sie am Morgen die Treppe herunterkamen.

Robert war der erste. Er kam die Treppe halb herunter und blieb kurz stehen, um im Licht der ersten Dämmerung, die durch das Fenster ins Zimmer fiel, den Baum anzuschauen.

„Mama", sagte er, als er schließlich näher trat. „Woher kommen denn all die Sachen?"

Ich warf jetzt ebenfalls einen Blick unter den Baum, wo all die Päckchen lagen, die der Pastor am Vorabend für mich gepackt hatte und außerdem all das, was er und seine Frau mitgebracht hatten. Man hätte meinen können, dass wir richtig reich waren. Ich hoffte, dass auch die Kinder das so empfinden würden.

„Ich nehm mal an, dass der Pastor das alles mitgebracht hat", folgerte Robert ganz richtig. „Außer den Sachen, die wir selbst gemacht haben." Er kniete kurz vor dem Weihnachtsbaum nieder und begutachtete die Päckchen. Aber dann blickte er erschrocken zu mir auf.

„Mama!“, dann fasste er sich wieder und fuhr flüsternd fort: „Der Schlitten ist noch in der Scheune. Er muss noch nachgeschmirgelt werden und dann müssen die Kufen noch eingefettet werden.“

„Darüber mach dir mal keine Gedanken. Wenn das alles ist, dann kann dein Vater ihnen den Schlitten zeigen, wenn er kommt. Es dauert ja nicht mehr lange, bis er ganz fertig ist.“

Robert sagte nichts und lächelte auch nicht. Vielleicht hielt er unter dem Baum nach einem schlittenförmigen Paket für sich selbst Ausschau. Ich wusste, wo es war, aber ich hatte es noch nicht hereingeholt. Auch das konnte Samuel selbst erledigen, wenn er wieder da war. Und er würde auf jeden Fall kommen, auch wenn George nicht dabei war.

Franky war schon halb die Treppe herunter, bevor ihn überhaupt einer von uns bemerkte. Leise wie ein Mäuschen kam er den Rest der Treppe runter und setzte sich im Schneidersitz vor das Feuer, starrte erst uns an und dann das Wunder dieses Baumes.

Aber kurz darauf war es mit der Stille vorbei. Harry, Willy, Rorey und Berty kamen alle gleichzeitig die Treppe hinabgepoltert, wobei Harry die ganze Zeit Kriegsgeheul von sich gab.

„Wir kriegen Süßkram. Wir kriegen Süßkram!“, rief er immer wieder. Am Fuß der Treppe angelangt, machte er dann nur noch große Augen.

Kirk kam die Treppe heruntergestampft, schon in Stiefeln und fast so groß wie ein Mann. „Wir müssen auch an die Stallarbeit denken.“

Aber Berty tanzte vor dem Baum hin und her. „Schau! Schau! Der Weihnachtsmann hat den drei Leuten hier sssöne Bälle zum Spiel'n gebringt!“

„Hat die wirklich der Weihnachtsmann gebracht?“, fragte Rorey mit großen Augen. „Ich habe gar nicht geglaubt, dass es den Weihnachtsmann wirklich gibt.“

„Ich würde sagen, sie kommen von Jesus“, sagte Juanita zu ihr. „Durch Emma, sie hat sie für uns aufbewahrt.“

„Ist auch etwas von Mama dabei?“, fragte Franky wehmütig.

Nun kam Sarah barfuß die Treppe hinabgeeilt und schließlich folgte noch Joe mit Emma Grace auf dem Arm, die überraschenderweise nicht weinte, obwohl sie weder gefüttert noch gewickelt worden war.

„Wo ist denn Lizbeth?", fragte Rorey.

„Ich hol se!", brüllte Harry und ging in Richtung Treppe, aber ich schnappte ihn mir noch gerade rechtzeitig, bevor er sie erreichte.

„Nein, warte. Wir brauchen sie nicht zu wecken, wenn sie sich noch ein bisschen ausruhen möchte. Wir packen sowieso noch nichts aus, bevor nicht alle Arbeiten erledigt sind, genau wie Kirk es gesagt hat. Und erst wenn Sam hier ist."

„Welcher Sam denn?", fragte Sarah kichernd nach. „Papa oder Roreys Bruder?"

„Beide", antwortete Rorey. „Un' unser Pa auch."

„Hoffe nur, dass für ihn auch was unterm Baum liegt", fügte Franky noch hinzu. „Haben Sie was für ihn mitgebracht, Pastor Jones?"

„Ja, das haben wir tatsächlich." Der Pastor legte Holz auf dem Feuer nach, und ich räumte rasch mein Bettzeug aus dem Weg und ging dann zum Herd, um den Truthahn in den Ofen zu schieben. Ich hätte eigentlich früher aufstehen müssen, aber es war nicht weiter verwunderlich, dass ich so lange geschlafen hatte, weil wir noch bis spät in die Nacht mit Baum und Geschenken beschäftigt gewesen waren.

„Haben Sie schon mal Apfelbrot zum Frühstück gegessen?", fragte mich Juanita.

„Ich glaube nicht. Klingt aber verlockend. Außerdem haben wir immer noch Äpfel im Vorratskeller, die möglichst bald aufgebraucht werden müssen."

„Machen Sie sich mal keine Gedanken über das Frühstück", sagte sie. „Ich mache das Apfelbrot und ... haben Sie Würstchen im Haus?"

„Ja, ein paar. Es sind Eingekochte, auf dem Regal in der Speisekammer."

„Dann mache ich eine Würstchenpastete."

Ich lächelte ihr zu. „Es ist so gut, dass Sie da sind, Juanita."

„Danke. Und ich kann mir keinen Ort vorstellen, wo ich jetzt lieber wäre."

Ich schob den gewaltigen Truthahn von den Posts in den Ofen und Robert und Kirk gingen hinaus in die Scheune. Ich konnte hören, wie der Pastor im Nebenzimmer den Kindern wieder etwas vorlas.

„Vielleicht sollten Sie lieber doch mal nach Lizbeth sehen“, sagte Juanita. „Es sieht ihr so gar nicht ähnlich, länger zu schlafen als die anderen.“

„Nein, wirklich nicht.“ Da hatte Juanita Recht. Ich wusste, dass Lizbeth normalerweise mit als erste auf war, zusammen mit dem Baby. Vielleicht war es ein bisschen zu viel für sie, an diesem Morgen ohne Mutter Weihnachten feiern zu müssen. Ich trocknete mir die Hände am nächstbesten Geschirrhandtuch ab, obwohl sie schon ganz trocken und sauber waren. Lizbeth konnte unmöglich bei all dem Lärm der anderen weitergeschlafen haben. Sie machte sich Sorgen, das wusste ich irgendwie, und ich hatte es nicht so besonders eilig, ihr gegenüberzutreten.

Ich holte die Flasche für das Baby und brachte sie Joe ins Wohnzimmer. Mir war bewusst, dass er froh war, wenn ich jetzt nach Lizbeth sah, auch wenn er darüber kein Wort verlor.

„Hol'n Se jetz' endlich Lizbeth?“, fragte mich Bert und zupfte an meinem Kleid.

Harry kam hinter ihm hergerannt. „Oh gut! Sag ihr se soll komm'n und sich all die viel'n Geschenke anschau'n. Ich hab noch nie so viele Geschenke geseh'n! Sag ihr, se soll komm' un' selbst seh'n!“

Beide kleinen Jungen versuchten mir zu folgen, aber ich verbot es ihnen. Berty wandte kopfschüttelnd seine Aufmerksamkeit wieder den verpackten Geschenken zu, indem er zwei davon hochnahm und betastete.

„Sei vorsichtig damit“, ermahnte ihn der Pastor.

Harry tippte eines der Geschenke an, dann noch eines und begann dann, sich die kleinen Anhänger mit Namen anzuschauen und irgendwie herauszufinden, was wohl für wen sein könnte. Aber natürlich wusste er das nicht.

Ich seufzte und fragte mich, wie sich Lizbeth fühlen musste, wo ihr von einer Sekunde zur anderen die Verantwortung für alle ihre Geschwister übertragen worden war, von denen die meisten auch noch sehr klein waren. Wäre ich an ihrer Stelle gewesen, hätte ich vielleicht auch nicht die Treppe herunterkommen wollen.

Ich fand sie auf der Kante des Sprungfederrahmens sitzend,

auf dem sonst Sam und ich schliefen, weil wir keine Matratze hatten. Ich wusste nicht, was ich sagen sollte. Sie sah zum Fenster hinaus auf die strahlend weißen, dick verschneiten Bäume und drehte sich nicht zu mir um, als ich hinter ihr den Raum betrat.

„Lizbeth ..."

Ich hörte sie seufzen. „Brauchen Sie bei irgendwas meine Hilfe?"

„Nein, deshalb bin ich nicht gekommen. Das Frühstück macht Juanita."

„Das Baby weint doch nicht, oder?"

„Nein, alles in Ordnung."

„Das is' gut." Einen Moment lang saß sie mit hängendem Kopf da.

„Und was ist mit dir, Liebes? Geht es dir heute Morgen gut?"

Endlich sah sie mich an, und ich konnte an ihrem Gesicht erkennen, dass sie geweint hatte, obwohl sie es irgendwie schaffte, die Tränen wegzudrücken, bevor ich ganz bei ihr war.

„Was is', wenn er nich' kommt, Mrs. Wortham? Was mach'n wir dann?"

Ich setzte mich neben sie. „Wir verspeisen Juanitas Frühstück und packen Geschenke aus, Schätzchen. Vielleicht singen wir zusammen mit dem Pastor noch ein paar Weihnachtslieder und dann gibt es das große Festessen."

„Das meine ich doch gar nicht. Das is' mir gar nich' so wichtig. Wenn Pa nich' kommt, wenn er uns nich' haben will oder uns nich' behalten kann, was sollen wir denn dann bloß mach'n? Wir könn'n doch nich' für immer hierbleib'n. Se ham schon so viel mehr für uns getan, als Se hätten tun müss'n. "

„Ihr könnt bleiben, so lange es nötig ist. Aber ich glaube ganz bestimmt, dass er kommen wird. Dein Bruder und mein Mann werden schon Mittel und Wege finden, ihn zu überzeugen. Daran glaube ich ganz fest."

„Aber versteh'n Se denn nich'? Dass er überhaupt überzeugt werden muss ... dass er nich' schon die ganze Zeit hier gewesen is', oder wir bei ihm drüben ... genau das meine ich doch! Ich will nich' weg un' bei irgendwelchen fremden Leuten leben. Besonders wenn wir nich' alle zusammenbleiben könn'. Und wer nimmt denn schon zehn? Ganz bestimmt keiner!" Sie schüttelte den Kopf. „Sam sagt, er is' alt genug, um allein zu leb'n. Er sagt, dass ich un' er und Joe un' Kirk zusammen damit fertig werden könn'n, aber da macht er sich mächtig was vor, Mrs. Wortham. Wir schaffen das nich'. Ich seh keine Möglichkeit, dass wir das schaffen könn', besonders, wenn wir nich' mal mehr unser Haus ham. Un' was damit wird, liegt ja ganz bei Papa und Albert Graham."

Ich legte meinen Arm um sie, und diesmal entzog sie sich nicht.

„Warum will er uns nich'?", wollte sie unbedingt wissen und sah mich flehend an. „Warum will er bloß nich' mit uns zusammen sein?"

„Es liegt gar nicht mal so sehr daran, dass er es nicht will", versuchte ich zu erklären und hoffte dabei inständig, dass das, was ich sagte, der Wahrheit entsprach. „Er weiß einfach nicht, wie er jetzt ohne deine Mutter mit allem allein fertig werden soll. Aber es wird ihm schon bald wieder besser gehen."

„Und was, wenn nich'? Was, wenn es noch schlimmer wird? Könn'n wir dann hier bleib'n, Mrs. Wortham?"

Ich hatte ihr schon gesagt, dass sie das könnten, aber mir war klar, dass sie jetzt eigentlich um etwas ganz anderes bat. Um viel mehr als eine vorübergehende Zuflucht.

„Liebes, wir müssen einfach glauben, dass es nicht schlimmer wird. Er hat eure Mutter sehr lieb gehabt, und deshalb ist es jetzt auch besonders schwer für ihn. Aber er liebt euch auch. Er möchte euch bei sich haben, da wo ihr hingehört."

„Da bin ich mir gar nich' mehr so sicher", sagte sie ganz ruhig. „Ich bin mir nich' mal sicher, ob er weiterleben will."

Sie wandte sich langsam wieder von mir ab und saß reglos da, mit verkrampften Händen, die sich in der Decke verkrallt hatten, auf der wir saßen. „Er hat gesagt, er würd' dafür sorg'n, dass wir Weihnachten übersteh'n. Dann hat er mich gebet'n, dabei zu helf'n, dass die andern ihn in guter Erinnerung behalt'n."

Wie konnten Sie nur, George? Wie konnten Sie dem Mädchen nur eine solche Last aufbürden? „Ich bin sicher, ihm war gar nicht klar, was er da gesagt hat", versuchte ich Lizbeth zu beruhigen, aber ich wusste, dass sie mir nicht mehr glaubte als ich mir selbst. Ob George damit gemeint hatte, seine Kinder wegzugeben oder ob er damit auf etwas noch Schlimmeres angespielt hatte, das wusste ich auch nicht. Aber schon allein der Gedanke erschütterte mich zutiefst. Und die arme Lizbeth weinte jetzt in meinen Armen.

„Ich hab ihm gesagt, wir ham ihn lieb, Mrs. Wortham. Ich – ich hab ihm gesagt, wie froh wir sin', dass wir wieder bei ihm sin'. Aber ich weiß ja nich' mal, ob er mich überhaupt gehört hat. Er, er hat mir nur gesagt, wir soll'n dran denken, Ihn' zu danken für alles, was Sie für uns getan ham, un' wir soll'n Ihn'n kein' Kummer machen, wenn wir wieder bei Ihn' sin'. Aber ich kann die Kinder nich' immer ruhig halten! Ich schaff das einfach nich'. Ich wusste nich', was ich sonst machen sollte, außer wieder herkomm'n! Un' er war froh, Mrs. Wortham, als ich ihm gesagt hab, dass wir wieder hergehn, richtig froh!"

Ich hielt sie einfach nur fest, bis sie sich ausgeweint hatte, weil mir klar war, dass ich sonst nichts für sie tun konnte. Und es gab auch nichts, was ich hätte sagen können. Aber der Zorn gegen George flammte wieder in mir auf, jetzt allerdings gemischt mit Sorge um ihn und seine Kinder. Wie konnte er sie verlassen? Wie konnte er so etwas auch nur denken? Aber ich wusste, es würde nichts nützen, irgendetwas von all dem auszusprechen. Ich hoffte einfach nur, dass George mit Samuel genauso klar und direkt gesprochen hatte wie mit Lizbeth. Vielleicht war es Samuel ja schon gelungen, ihn irgendwie wieder zur Vernunft zu bringen. Vielleicht würde George ja schon in wenigen Minuten zur Haustür hereinkommen – nüchtern, mit neuem Mut und wieder bereit, Vater zu sein.

Herr, bitte lass es so sein.

22

Samuel

Weihnachten. Ich war in Gedanken ganz bei den Kindern, als wir durch den Rest liegengebliebenen Schnees im Wald stapften. George hatte es nicht eilig, zumindest hätte man das meinen können, wenn man seinen Gang betrachtete. Aber der junge Sam ging so zügig, dass er alle paar Schritte stehen bleiben und auf uns warten musste. In der einen Hand trug er die Kanne mit Ziegenmilch, in der anderen die mit der Kuhmilch. Ich hatte ein paar Eier, den Schinken und Roreys Glas Kirschen dabei, und George trug den Sack mit den Geschenken. Es konnte jedenfalls keiner behaupten, dass er nichts beigesteuert hätte.

Aber ich hatte den Schlitten noch nicht fertig. Oh, er war zwar soweit fertig, dass man ihn als Schlitten erkennen konnte, denn es waren alle Teile zusammengebaut. Aber er musste noch einmal sorgfältig geschmirgelt und die Kufen mussten ein weiteres Mal mit Wagenschmiere eingefettet werden. Ich würde ihnen das zeigen, was schon fertig war, vielleicht machte es ihnen dann nichts aus, noch ein wenig abzuwarten, bis ich alles ganz und gar fertig hatte. Juli hatte so schwer gearbeitet, um für jedes Familienmitglied der Hammonds wenigstens ein Geschenk fertig zu bekommen. Vielleicht half es ihnen ja schon, wenn sie wussten, dass uns so viel an ihnen lag, dass wir es zumindest versucht hatten.

George blieb kurz stehen und setzte mit einem Schwung den Sack auf dem Boden ab. „Was is' denn, wenn se mich da drüb'n bei Ihn' gar nicht haben woll'n?"

„Sie reden Unsinn, George. Natürlich brauchen sie Sie. Sie sind ihr Vater."

„Ja." Er schüttelte den Kopf. „Aber se sin' auch ohne mich ganz gut klar gekomm'n."

„Sie haben es irgendwie überlebt, George, immer einen Tag nach dem anderen, aber mehr auch nicht."

„Ihre Frau hat 'n paar leckere Kekse gemacht. Die kleinen Jungs ham sich mächtig drüber gefreut."

„Das freut mich. Juli versucht, so gut es geht, mit der Situation zurechtzukommen."

„Aber Se könn'n auch gut mit Kindern umgeh'n, Wortham. Se beide."

Davon wollte ich jetzt nicht noch mehr hören. „So, nehmen Sie jetzt den Sack, George, und lassen Sie uns weitergehen. Die andern warten bestimmt schon auf uns."

Der junge Sam drehte sich kurz zu mir um, sah dann auch noch zu seinem Vater hinüber und stapfte dann weiter vor uns her durch den Schnee.

„Sie sollten aufhören, so zu reden", ermahnte ich George. „Ihr Sohn macht sich Sorgen, und das ist nicht recht."

„Wie reden?"

„So als ob Sie nicht gebraucht würden. So, als würden Sie glauben, dass wir schon irgendwie damit fertig werden, statt sich selbst damit auseinander zu setzen."

George schüttelte wieder den Kopf. „Er weiß nich', wie das is'."

Er wirkte ganz und gar kalt, als er das sagte, kalt wie der Schnee, der um uns her aufstob.

„Ich bin mir nicht mal so sicher, ob Sie selbst wissen, wie das ist", sagte ich zu ihm.

Aber er schulterte nur wieder den Sack und ging weiter, blieb direkt vor mir und schwieg beharrlich. Kurz darauf erreichten wir den Zaun, der Emmas Weideland begrenzte. Dahinter kam schon bald die Scheune, dann das Wohnhaus. Schon allein der Anblick gab mir ein Gefühl, als würden Lasten von mir genommen. Eine Last jedoch blieb. Wie würde sich George benehmen? Wie würde es den Kindern an diesem höchsten Feiertag gehen ohne die liebevollen Arme ihrer Mutter?

Als wir die Scheune erreichten, bemerkte ich einen kleinen weiß-schwarzen Schlitten nicht weit vom Haus. Wer mochte da gekommen sein? Es war nicht Barrett Posts Schlitten und auch nicht Covey Muellers umgerüstetes Gespann. Ich konnte mir nicht vorstellen, wer am Weihnachtstag zu uns herausgekommen sein mochte.

Leise wie eine Katze kam Kirk aus der Scheune geschlichen und stand plötzlich vor uns. Er blieb kurz stehen, den Melkeimer in der Hand – und sah seinen Vater an. „Die Kuh gibt fast gar keine Milch mehr", sagte er schließlich.

„Das is' um diese Jahreszeit oft so", antwortete George darauf sofort. „Mach dir darüber mal keine Sorgen. Wir ham Milch un' Eier von uns drüben mitgebracht."

Kirk verharrte in dem unbehaglichen Schweigen, so als wüsste er, dass eigentlich noch nicht alles gesagt war. Warum sie trotzdem beide nichts weiter sagten, wusste ich auch nicht. George schaute weg in Richtung der Werkstatt. *Er hätte seinen Sohn eigentlich umarmen müssen*, dachte ich bei mir. *Er hätte ihm sagen müssen, wie froh er sei, ihn zu sehen.*

„Danke, dass du hier die Arbeit übernommen hast“, sagte ich zu Kirk, nur um das Schweigen irgendwie zu brechen. „Ist alles fertig?“

„Ja. Robert war bis vor einer Minute auch noch mit hier draußen.“ Er wandte sich in Richtung des Hauses. „Der Pastor is’ da. Se ham hier übernachtet.“

„Na“, platzte es aus George heraus, „da kann er ja mal froh sein, dass er hier war un’ nich’ bei uns drüben. Nehm’ nich’ an, dass er es gut gefunden hätt’, dabei zu sein, als ich mir ’n Schlückchen genehmigt hab.“

„Er weiß Bescheid“, sagte Kirk.

„Das hätt’ ich wiss’n müss’n. Das has’ du ihm doch bestimmt gesung’n, oder?“

„Nein, das war nich’ ich. Ich sag bestimmt keinem außer dir, was ich davon halte.“

George lachte fast. „Na ja, frohe Weihnachten jedenfalls, Kirk Howard. Du has’ im Moment nich’ besonders viel Freude an dein’m Pa, nich’?“

Kirk sah plötzlich ganz eingefallen aus. „Na ja, wenigstens bis’ du gekomm’n. Da bin ich schon mal froh.“ Dann wandte er sich von uns ab. Ihm war anzusehen, wie sehr ihn Georges Worte verletzt hatten. Wenn Kirk enttäuscht war und über seinen Vater verärgert, dann zu Recht. Aber er brauchte nicht noch gescholten zu werden, wo wir doch eigentlich Weihnachten feiern wollten.

Kirk ging zum Haus hinüber, und nachdem er sich noch einmal zu uns umgedreht und uns lange angeschaut hatte, war der junge Sam auch schon bei ihm. George dagegen stand einfach nur da.

„Kommen Sie jetzt endlich?“, fragte ich ihn alles andere als geduldig.

„Ich wusste ja gar nich’, dass der Pastor auch hier is’.“

„Das wusste ich auch nicht. Aber es ist doch nett von ihm. Ich nehme mal an, dass er gewusst hat, wie schwierig das jetzt für uns alle ist.“

„Aber dass er hier is’, macht nichts einfacher.“

„Aber auch nicht schwerer – und nun kommen Sie schon.“

„Der versteht doch nix. Der denkt, wir könnt’n jetz’ einfach so weiter mach’n mit Loben un’ Preisen, als wär nix gewesen.“

„Na ja, vielleicht würde es Ihnen ja schon besser gehen, wenn Sie einfach nur anerkennen würden, dass Gott immer noch bei Ihnen ist, George. Dass er gut ist und dass er sich auch nicht verändert hat."

„Ich hab Ihn'n schon mal gesagt, dass sie sich wie 'n Prediger anhör'n. Un' ich hab es nich' besonders nötig, mir so was anzutun!" Er warf sich den Sack über die Schulter. „Bringen wir's hinter uns."

Auch diesen Satz hätte ich beinah kommentiert. Wenn es um die Kinder geht, dann hat man es nie hinter sich. Man macht immer weiter mit ihnen und begleitet sie, weil das die Aufgabe eines Vaters ist. Aber wenigstens ging er jetzt schon freiwillig in Richtung des Hauses.

Wir waren gerade erst am Fuße der Verandatreppe angekommen, als die Tür auch schon aufgerissen wurde.

„Pa! Pa!! Komm rein und guck dir den Baum an!" Harry kam auf Socken auf die Veranda herausgestürmt, dicht gefolgt von Berty, der sagte: „Schau! Schau!"

Die übrigen Kinder blieben zurück und gingen nicht auf George zu, auch nicht, nachdem er sich den Schnee von den Schuhen gestampft und das Haus betreten hatte. Ich legte Georges Schinken und die Eier und Roreys Kirschen auf den Tisch und fragte mich, ob ich gleich noch einmal hinausgehen und die Schlitten hereinholen sollte.

Juli umarmte mich. „Gott sei dank, dass du schon so früh da bist", flüsterte sie. „Wart nur bis du siehst, was der Pastor und Juanita uns alles mitgebracht haben."

Juanita war mit Kochen beschäftigt, aber sie drehte sich um und begrüßte mich fröhlich. „Es dauert noch ein bisschen mit dem Frühstück. Meinen Sie, dass die Kinder vielleicht schon einmal anfangen und ein Geschenk auspacken möchten?"

Wie sie es sagte, klang es fast so, als wären mehr Geschenke als nur eines für jeden da, aber als ich dann das Wohnzimmer betrat, staunte ich nicht schlecht. Ein Weihnachtsbaum stand da, behängt mit allerschönstem Glasschmuck und auch sehr schönem selbstgebasteltem Schmuck und Bergen von Geschenken darunter. Genug für eine ganze Armee.

George stand da, jeweils einen seiner kleinen Jungen rechts und links neben sich, und sah einfach nur den Baum an und dahinter die Wand mit den Papierengeln. „Sie machen das ganz nett, Mrs. Wortham, dafür dass Se nich' viel Geld ham."

„Oh, das meiste davon hat der Pastor mitgebracht von Leuten aus der Gemeinde."

„Könn' wir schon was aufmach'n?", fragte Harry. „Äh, könn' wir?"

„Ich ... ich hab auch noch 'n paar Sachen mitgebracht", sagte George und trat vor, um den Sack neben dem Baum abzustellen. „Sin' aber nich' alle einzeln eingepackt."

„Ich dachte, wir ham die Süßigkeiten schon hergebringt", sagte Willy.

„Das hier is' von eurer Mama."

Einen Moment lang herrschte Schweigen. Der Pastor stand auf, und dann erhob sich Lizbeth von der untersten Treppenstufe, auf der sie gesessen hatte, trat vor zum Baum und suchte, bis sie ein bestimmtes Geschenk entdeckt hatte, ein kleines Päckchen. Mit hochrotem Gesicht und wirrem Haar drehte sie sich um und überreichte es ihrem Vater. „Das is' auch von Mama. Für dich."

Ich dachte schon, er würde auf dem Absatz kehrtmachen und wegrennen, und er sah auch ganz so aus, als würde er genau das tun. Aber dann sank er einfach nur zu Boden und setzte sich neben Rorey.

„Dann werd ich's wohl am besten mal aufmach'n", sagte er mit schwacher Stimme. „Ihr kriegt auch noch alle was zum Auspacken."

„Mamas erst", drängte Franky.

George nickte. „Das is' nur recht." Er griff nach dem Sack, holte den ganzen Stapel Stricksachen heraus und legte ihn auf seinen Schoß.

Handschuhe in leuchtendem Rot und so warm, man sie sich nur vorstellen konnte. Es war ein Paar für jedes Kind da, außer für Willy und Kirk. Für sie hatte Wila zwei blau-grüne Mützen gestrickt.

„Die sin' aber schön", sagte Rorey und brach augenblicklich in Tränen aus.

Niemand sagte etwas. Lizbeth beugte sich vor und küsste ihrer Schwester die Stirn. Die kleine Emma Grace warf einen ihrer winzigen Handschuhe auf den Boden, während sie auf dem anderen begeistert herumkaute. Franky hielt sich einen seiner Handschuhe an die Wange und genoss einfach nur die weiche Wolle.

Der Pastor, der wusste, was in solchen Augenblicken nötig war, sprach einfach ein kurzes stilles Gebet. George wickelte das Päckchen aus, das Lizbeth ihm gegeben hatte und hielt inne, als Stoff auf seinem Schoß lag.

„Was is' das, Pa?“, fragte Rorey.

„Is' wohl 'ne Weste“, sagte er. „Keine Ahnung, wann se es geschafft hat, die zusamm' zu näh'n.“

„Im Oktober, als du in der Ernte warst“, beantwortete Lizbeth seine Frage. „Da hat se auch die Mützen für die Jungs gemacht, aber ich wusste nich', wo sie die versteckt hat.“

„Ja. Sie war 'ne Gute, 'ne ganz Gute.“ George schaute sich einen Augenblick lang im Raum um, blickte in alle Gesichter und dann auf den Baum. „Ich nehm mal an, da gibt's noch viel mehr zu entdecken, dank dem guten Pastor un' den Worthams. Dann fang'n wir doch gleich mal an.“

Ein paar der Kinder legten ihre Handschuhe beiseite, aber Rorey zog ihre an und Franky stopfte seine sorgfältig in sein Hemd. Jedes Kind, sogar Robert und Sarah bekamen ein Päckchen von den Frauen aus der Gemeinde, mit einem bunten Schal, und jeder Schal war anders.

„Wie hübsch“, sagte Sarah und griff nach der Hand ihrer Mutter.

„Wann packen wir denn die Sachen aus, die du gemacht hast?“

„Ach, das kommt auch noch“, sagte ich. „Hab noch ein wenig Geduld.“

Es gab außerdem zwölf kleine Bündel, alle hübsch verpackt und mit Schleifenband verziert. Es waren Marzipankartoffeln, Makronen und Nougat. Selbstgemachte Süßigkeiten für jedes der Kinder, aber das von Emma Grace gab der Pastor George.

„Oooh!“, rief Berty und stopfte sich ein Stück davon in den Mund, bevor ihn jemand daran hindern konnte.

„So, mehr gibt's jetz' aber nich'“, sagte Lizbeth streng zu ihm. „Nich' vor dem Frühstück jedenfalls.“

„Sieh mal, wie viele Geschenke da immer noch liegen“, sagte Rorey zu ihrer Schwester.

„Ja", stimmte Lizbeth ihr zu. „Sieht ganz so aus, als hätten sich alle selbst übertroffen."

Mit Julis Hilfe verteilte der Pastor die Sachen, die sie sich ausgedacht hatte. In dem neuen Hut sah der junge Sam schon aus wie ein erwachsener Mann, und dann war da noch der Hut für Robert, den er sich so sehr gewünscht hatte. Handschuhe für Willy, Krawatten für Joey und Kirk. Und eine Krawatte für George, der darüber den Kopf schüttelte und sagte, dass das doch nicht nötig gewesen wäre. Roberts altes Hemd war Franky zwar noch ein bisschen zu groß, sah aber trotzdem gut aus. Die kleinen Jungen waren so entzückt von ihren Stoffbällen, dass sie schon bald wild damit herumspielten und ihren Spaß hatten.

Und Rorey war einfach nur sprachlos und selig, als sie ihre Puppe sah. Sie drückte sie fest an sich und flüsterte: „Das is' das besteste kleine Baby."

Unsere Sarah war ganz und gar zufrieden mit einem neuen Kleidchen für ihre Bessie und sie rannte sofort los, um es der Puppe anzuprobieren.

Das eigene Päckchen immer noch ungeöffnet auf ihrem Schoß, packte Lizbeth Emma Graces Kleidchen aus und strich sanft über den Stoff. „Das is' ja wirklich wunderhübsch."

„Das hat Emma genäht", sagte Juli ganz leise.

Und dann packte auch Lizbeth endlich ihr Geschenk aus. Einen Augenblick saß sie wie angewurzelt da beim Anblick des rosa Stoffes und des Spitzenkragens. Dann liefen ihr Tränen die Wangen hinunter. „Oh, Mrs. Wortham, Mrs. Wortham, so was Schönes hab ich noch nie gehabt."

Juanita steckte lächelnd ihren Kopf zur Wohnzimmertür herein: „Vielleicht könnten wir ja jetzt erst mal essen", schlug sie vor. „Es ist nämlich alles fertig und noch schön heiß. Die restlichen Geschenke können wir dann nach dem Frühstück auspacken."

Langsam und erstaunlich leise erhoben sich alle, so als wären sie immer noch voller Ehrfurcht über die Geschenkefülle.

Aber ich merkte, wie ich an den Tag denken musste, an dem ich George zum ersten Mal begegnet war. Er war mit seinem Gespann unterwegs gewesen in Richtung Stadt und hatte einen Schweinekopf für eine Witwe dabei gehabt.

„Ihr sollt mehr werden als nur ganz gewöhnliche Freunde", hatte

Emma einmal hartnäckig eingefordert. *„Schließlich seid ihr dazu berufen, Brüder zu sein."*

Berufen. Vielleicht hatte sie ja Recht. Vielleicht hätte ich schon die ganze Zeit dafür beten sollen, dass der Herr George anrühren möge und ihm helfen, dass er irgendwie mit dem, was er hatte, zurechtkommen möge. Emma traute ihm etwas zu, auch wenn sie damit ziemlich alleine stand. Und sie hatte sich von mir gewünscht, dass auch ich dieses Zutrauen in ihn hatte. Heute hätte sie sich bestimmt gefreut, wenn sie noch miterlebt hätte, wie viele Leute etwas beigetragen hatten.

In der Küche duftete es nach frisch gebackenem Brot, Würstchen und nach dem Truthahn, der in der Bratröhre schmorte. Die Kinder kamen eifriger als sonst zu Tisch, aber es war nicht annähernd genug Platz für alle, sodass die meisten ihren Teller wieder mit ins andere Zimmer zurücknahmen und sich dort auf den Boden setzten. Georges Schinken stand auf der Arbeitsplatte und sollte später zusammen mit dem Truthahn verteilt werden.

George war schweigsam, beobachtete alle und war ungewöhnlich ernst. Ich setzte mich neben ihn. „Frohe Weihnachten, George. Ich wollte vorhin nicht unhöflich zu Ihnen sein."

Er beobachtete Willy und Robert, die in einer Ecke saßen und ihre Schals miteinander verglichen und jeder ein Stückchen Nougat naschten, als sie sich unbeobachtet glaubten. Dann setzte sich Willy die neue Strickmütze auf und nahm sie auch nicht wieder ab.

„Se vermissen se", sagte George. „Das merk ich genau. Aber es geht ihn'n auch gut. Die Leute aus der Gemeinde ham es ihn'n so schön gemacht. Das hätt' ich ja nich' gedacht."

„Uns liegt an Ihnen allen", sagte ich und hoffte, dass er verstand, dass das *ihn* selbst miteinschloss.

„Ach nee." Er wandte sich seinem Essen zu, immer noch sehr ernst. In seinem Blick war etwas, das ich nicht benennen konnte, nur dass es mich mit Sorge erfüllte, wusste ich, und zwar mehr als alles andere, was ich bisher an ihm beobachtet hatte.

Juanita und Sarah sangen: „Vom Himmel hoch, da komm ich her…“, als wir anderen endlich mit dem Essen fertig waren, aber George saß immer noch völlig dumpf und reglos da.

Als wir dann alle mit dem Frühstück fertig waren, verteilte Juanita die restlichen Geschenke, angefangen mit Gläsern voll eingekochtem Hackfleisch und Pfirsichen für George und Juli und mich, gefolgt von einem Korb gefüllt mit den gleichen Süßigkeiten, wie ihn die Kinder schon bekommen hatten. Dann hob Juanita zwei Stapel identischer Geschenke hoch, kleine rechteckige Päckchen, die einzigen Geschenke unterm Tannenbaum, die in gekauftem Papier eingepackt waren.

„Die hier hat Miss Hazel gekauft“, sagte Juanita leise. „Sie hat etwas von einem Vermächtnis gesagt.“

Es waren zwölf Bibeln. Eine für jedes Kind der beiden Familien, ungeachtet des Alters. Und in jeder stand auf der Innenseite des Umschlags: „In Erinnerung an Emma Graham.“

Ich wusste gar nicht, was ich dazu sagen sollte. Es wäre mir niemals in den Sinn gekommen, nicht einmal im Traum, dass Hazel Sharpe unseren Kindern Weihnachtsgeschenke kaufen könnte. Aber auch mir überreichte Juanita ein kleines rechteckiges Päckchen. Es war für Juli und mich, ein Buch vom Pastor: *Die Pilgerreise* von John Bunyan.

„Ich habe dieses Buch vor vier Jahren in Des Moines an Schulabgänger verschenkt“, erzählte uns der Pastor. „Vier Stück waren damals übrig.“

Auch George bekam ein Exemplar, aber er legte es sofort achtlos beiseite, ohne auch nur einen Blick darauf zu werfen. Stattdessen beobachtete er jetzt Rorey, die ihre Puppe in den neuen Schal eingewickelt hatte und sie so heftig wiegte, dass sie dabei selbst kaum das Gleichgewicht halten konnte.

„So schläft das Püppchen niemals ein“, sagte er.

„Ach Pa“, sagte sie, „ich spiel, dass ich die Wiege bin.“ Und sie wiegte sich weiter, während Juli dem Pastor und Juanita zu deren offensichtlicher Überraschung ebenfalls zwei Geschenke überreichte.

„Wie haben Sie denn das geschafft?“, fragte Juanita. „Sie wussten ja noch nicht mal, dass wir kommen würden.“

Ich fragte mich dasselbe, bis ich sah, dass das erste Geschenk eine Dose mit Plätzchen war. Das zweite war Julias Kreuz, das ich ihr vor Monaten aus sehr altem Eichenholz geschnitzt hatte.

„Ich hoffe, es macht dir nichts aus“, flüsterte sie mir zu. „Hatte keine Zeit mehr, dich erst zu fragen.“

„Das war wirklich eine gute Idee“, sagte ich zu ihr. „Ich schnitze dir ein neues.“

„Es ist wunderschön“, sagte der Pastor und sah uns beide an. „Das wäre aber wirklich nicht nötig gewesen.“

„Aber wir wollten es gern.“

Juli machte dann gleich weiter mit den Geschenken und gab mir ein Gefäß, das in ein Geschirrtuch gewickelt und oben zugebunden war. Die seltsame dunkelbraune Flüssigkeit bewirkte, dass das Gefäß beinah aussah, als wäre es aus braunem Glas.

„Das ist Walnussbeize“, erklärte Juli. „Die ist bestimmt gut für Holz und wahrscheinlich auch für deine Stiefel.“

Ich lächelte. Ich wusste, dass sie im vergangenen Herbst die weichen äußeren Walnussschalen in einem Sack gesammelt hatte, aber ich hatte damals nur gedacht, dass sie vielleicht ganz gut brennen würden und sich zum Feueranzünden eigneten. Das hier war ja viel besser.

„Danke.“ Ich küsste sie auf die Wange und stand dann auf. „So, und jetzt muss ich mal kurz raus und ein paar Sachen hereinholen.“

Ich sah, wie sich ein Lächeln wie Sonnenschein auf Roberts Gesicht ausbreitete. Der Pastor nahm das Paket mit Weihnachtssüßigkeiten, das George gekauft hatte, und reichte es ihm. Zögerlich verteilte George die Sachen an seine Kinder, während ich mir den Mantel anzog.

„Willst du mir helfen, Robert?“

„Jaaa!“ Er sprang mit sehr viel mehr Begeisterung auf als ich selbst aufbrachte und Julia lächelte.

„Kann ich auch mitkommen?“, fragte mich Sarah.

„Klar, warum nicht?“ Ich überlegte, ob es vielleicht besser wäre, zunächst den beiden ihre Schlitten zu schenken, die ich für sie gemacht hatte und erst dann den einen für die Hammonds hereinzubringen.

„Wir haben dieses Jahr aber viel gekriegt“, sagte Robert, als wir draußen waren.

„Ja. Ihr beide müsst bald einen Brief schreiben und euch bei den Leuten aus der Gemeinde bedanken. Sie sind wirklich mehr als großzügig gewesen."

„Aber wir sind doch noch gar nicht fertig, Papa, oder?"

Ich lächelte und genoss es richtig, ihn ein wenig auf die Folter zu spannen. „Nein. Wir müssen den Hammonds doch noch ihren Schlitten schenken. Und für eure Mutter habe ich auch etwas."

„Wirklich?", fragte Sarah mit großen Augen. „Du hast etwas für Mami gemacht?"

„Ein Regal. Ich habe es schon seit fast einem Monat fertig."

„Das meine ich doch nicht", sagte Robert ein wenig verärgert. „Bekomme ich auch noch etwas?"

Statt den ganzen Weg hinüber zur Scheune zu gehen, blieb ich erst einmal vor dem Schuppen stehen, zog den Riegel an der Tür zurück und machte diese weit auf.

„Wow!", sagte Robert.

Sarah sagte gar nichts. Ich holte die beiden Schlitten unter dem Schuppendach hervor und überreichte den beiden jeweils ihren eigenen.

„Ich hab's gewusst!", sagte Robert. „Können wir heute noch Schlitten fahren?"

„Vielleicht. Wenn die Hammonds ihren bekommen haben. Aber ich muss noch ein winziges bisschen daran machen."

Robert begutachtete seinen Schlitten eingehend.

„Danke, Dad."

Sarah nickte. „Auf meinem is' auch noch Platz für Rorey. Und für unsere Puppen auch."

Robert verzog das Gesicht, als das Mädchen erwähnt wurde. „Glaubst du, dass sie jemals wieder nach Hause gehen?"

„Ja. Vielleicht noch nicht heute Abend, aber wir werden sehen."

„Ihrem Vater gefällt es hier nicht. Alle anderen sind wenigstens dankbar, aber er nicht."

Das war keine Beobachtung, die ich von einem Kind ausgerechnet zu Weihnachten erwartet hätte. Aber Robert war alt genug, um zu verstehen.

„Wenigstens ist er hier, mein Junge. Das ist doch schon mal ein Anfang." Ich zog den Jutesack mit Julis Regal aus einer Ecke und reichte ihn Sarah. „Möchtest du ihn tragen?"

„Jaaa!“

„Du kannst den anderen Schlitten hineinbringen, wenn du möchtest, Robert.“

„Gut. Lassen wir unseren dann hier draußen?“

„Ja, erst einmal schon.“

Irgendwie gab es meinen Kindern ein gutes Gefühl, so mit mir zusammen und ohne die anderen hier draußen zu sein, und ihnen gefiel die Vorstellung, die Geschenke für die anderen hineinzubringen.

„Sie meinen dann bestimmt, die sind von uns“, kicherte Sarah.

Wir hatten einen ziemlich spektakulären Auftritt, wobei ich die Tür aufhielt, Robert den großen Schlitten zog und Sarah mit dem großen Jutesack auf und ab hüpfte und rief: „Der Weihnachtsmann is da! Der Weihnachtsmann is da!“

Alle versammelten sich um uns, und die Hammond-Jungen waren von dem Schlitten besonders angetan.

Franky strahlte. „Ich wusste doch, dass Sie das könn'n!“

„Für uns?“, fragte Willy ungläubig.

„Für uns?“, wiederholte Harry, wie sein Echo.

„Für euch“, sagte ich lachend. Aber dann sah ich, wie George hinter den anderen zurückblieb. Und tief in meinem Innersten war mir klar, dass ich einen schweren Fehler begangen hatte.

„Und das hier is' für dich, Mami!“, rief Sarah laut und schob den Sack in Julis Richtung.

Sie zog das Regal heraus, begutachtete es ausführlich und griff nach meiner Hand. „Das ist wunderschön, Sammy!“

George hatte sich inzwischen noch weiter zurückgezogen und saß jetzt auf einem Stuhl im hintersten Winkel des Raumes. Er beobachtete Lizbeth mit gequältem Blick, während sie das Baby hielt und eine Rassel schüttelte, die ihm jemand geschenkt haben musste, während wir draußen waren.

Er merkte, dass ich ihn ansah und reagierte darauf mit einem angedeuteten Nicken. „Frohe Weihnachten“, sagte er, aber seine Stimme klang dabei hohl und unbeteiligt.

Ich spürte, wie ich mich innerlich anspannte. *Er wird sich umbringen. Er wird es jedenfalls versuchen.*

Ich wusste es, so sicher wie ich da stand, dass es das war, was er die ganze Zeit geahnt hatte. Und was konnten wir dagegen tun? Wenn er bisher gar nicht zugehört hatte, was wir gesagt hatten, wie konnten wir dann hoffen, ihn aufhalten zu können.

23

Julia

„Das is' viel zu viel", protestierte Lizbeth gegen ihre Geschenke. „Wir ham noch nie so viel gekriegt."

Juanita legte ihren Arm um das Mädchen. „Vielleicht braucht ihr alle es ja dieses Jahr besonders. Meinst du nicht?"

„Es ist schon nett", gab Lizbeth zu. „Sie sind alle wirklich nett. Aber trotzdem, ich würde das alles und noch viel mehr gerne dagegen eintauschen, dass Mama jetzt hier sein könnte."

„Das würde ich auch, Schätzchen", bestätigte Juanita. „Sie war eine gute Frau."

„Wissen Sie was?", sagte Lizbeth plötzlich und schien dabei aufzuheitern. „Ich hab immer gedacht, dass wir noch nie Weihnachten von zu Hause weg war'n, aber das stimmt gar nicht! Wir war'n zu Weihnachten schon mal hier. Emma hatte uns zu sich eingeladen. Wir war'n damals noch kleiner, und sie hat uns geholfen, ein Krippenspiel aufzuführ'n. Kannst du dich noch erinnern, Joey?"

Ihr Bruder nickte. „Ich war Josef und du warst Maria. Un' Rorey musste das Jesuskind sein."

„Nee", Rorey schüttelte den Kopf. „Ich bin noch nie das Jesuskind gewesen."

„Du kannst dich bloß nich' mehr erinnern", widersprach Joe ihr, „weil du damals noch ein Baby warst."

„Dann müssen wir das heute wieder machen!", rief Rorey. „Diesmal möchte ich Maria sein und Emma Grace is' das Jesuskind!"

„Aber sie is' doch gar kein Junge", meinte Harry.

„Das is doch auch alles nur gespielt", sagte Rorey, plötzlich ganz die Expertin. „Un' ich war ja auch kein Junge, als ich Jesus gespielt hab."

„Dann will ich Josef sein", erklärte Harry.

„Können wir es spielen, Mrs. Wortham?", bettelte Rorey hartnäckig.

Ihre Begeisterung überraschte mich, und ich hielt ihren Vorschlag für eine großartige Idee. Vor vielen Jahren mit Emma zusammen war es bestimmt auch schön gewesen. „Sicher, warum nicht?"

Ich hatte bemerkt, dass George sich inzwischen in die hinterste Ecke verzogen hatte. Vielleicht würde es ja seine Stimmung etwas heben, wenn er seine Kinder in ihrem Eifer und ihrer Begeisterung sah.

„Gebt eine Vorstellung für euren Vater", sagte ich den Kindern. „Das wird bestimmt ein Spaß. Ihr beiden könnt Maria und Josef sein. Franky und Willy und Robert wären gute Weise aus dem Morgenland."

„Nee!", protestierte Willy.

„Aber Mama", schloss sich Robert dem Protest an, „wir wollten doch Schlitten fahren gehen."

„Das hier dauert bestimmt nicht lange, mein Schatz, und die Kleinen möchten es so gern. Es würde sicher nicht schaden, wenn ihr ein bisschen Rücksicht auf sie nehmt und mitmacht."

„Ich will aba Josef sein!", brüllte Berty.

„Aber wir brauchen dich als Hirten, Schätzchen. Es muss doch jemand auf die Schafe und Ziegen und die anderen Tiere aufpassen."

Berty strahlte sofort wieder. „Na gut. Das is' auch wichtich, oder?"

„Ja. Sehr wichtig."

„Und was ist mit mir?", erkundigte sich Sarah. „Was kann ich sein?"

„Ein Engel."

Joe erklärte sich gnädig bereit, Bertys Tierherde zu sein, und es wurde entschieden, dass Lizbeth die Krippe sein musste, weil das die einzige Möglichkeit war, das Christkind ruhig zu halten. Es war eine süße kleine Vorstellung für George, den Pastor, Juanita und die anderen und dauerte alles in allem vielleicht zehn Minuten. Als das Spiel zu Ende war, roch ich, dass der Truthahn bald so weit war und ich wusste, dass ich jetzt anfangen musste, die Beilagen für das Festessen zuzubereiten, also erlaubte ich all den Kindern, mit Samuel Schlitten fahren zu gehen.

Samuel schien allerdings gar nicht so gern gehen zu wollen, was ich eigentlich nicht so recht verstand. Er erklärte sich dann aber doch noch bereit, letzte Hand an den Hammond-Schlitten zu legen, damit alle Jungen mitmachen konnten.

„Wollen Sie nicht mitkommen?“, fragte Samuel George.

„Nee. Ich glaub, ich bleib lieber einfach hier sitzen.“

„Wollen Sie dann später ein bisschen mit ihnen Schlitten fahren?“

„Nee.“

„Sie würden sich bestimmt freuen, wenn Sie mitmachen.“

„Ich werde hier sein, wenn se nachher wieder zum Essen reinkomm'n.“ Er verschränkte die Arme vor der Brust und das war's. Samuel ging nach draußen und alle Kinder außer Lizbeth und dem Baby stürmten aus dem Haus, sodass es drinnen plötzlich ungewohnt still war.

„Willst du nicht auch mitgehen?“, fragte Juanita Lizbeth. „Ich passe gern auf das Baby auf.“

Lizbeth warf einen Blick zu ihrem Vater hinüber und schüttelte dann den Kopf. „Sie werden sicher nicht lange draußen bleiben. Nicht, wo es doch jetzt bald den Truthahn gibt.“ Sie fing an, dem Baby vorzusingen und quer durch den Raum bemerkte ich, wie sich Georges gequälter Gesichtsausdruck noch verschlimmerte. Lizbeth bemerkte es ebenfalls und hörte abrupt auf zu singen.

„Oh, es tut mir Leid, Pa. Ich hab nich' nachgedacht.“ Sie sah in seine Richtung. „Das war Mamas Lied. Ihr Lieblingslied.“

„Mach nur weiter. Sing es“, sagte George zu ihr. „Mir hat es auch immer gefall'n.“

Also sang Lizbeth und sah dabei so ganz und gar unsicher aus. Und schon kurz darauf schlief die kleine Emma Grace tief und fest in ihren Armen.

„Du machst das richtig gut mit dem Baby“, sagte ihr Vater zu ihr. „Als wärs' du dafür gebor'n.“

„Vielleicht bin ich das ja, Pa. So lang' ich denk'n kann, war ja auch immer 'n Baby da.“

„Ich hab was Besondres für dich, Mädchen.“ Lizbeth sah

ihren Vater überrascht an und er suchte nach etwas in seiner Hosentasche.

„Deine Mama hat gesagt, ich soll das mach'n. Hab es fast vergess'n, muss damit 'ne Pflicht erfüll'n."

Lizbeth trat näher heran und er überreichte ihr eine glänzende Kette – mit einem winzigen Medaillon.

„Großmutters Halskette." Lizbeth starrte ihren Vater nur an, rührte sich aber nicht, um die Kette anzufassen. „Oh, Pa!"

„Deine Mama wollte, dass du se bekomms'. Und das is' auch richtig so, weil du das älteste Mädchen bis'." Er sah kurz zu Boden und kramte dann erneut in seiner Hosentasche. „Du musst mir noch 'n Gefall'n tun."

„Was denn, Pa?"

Er holte eine Taschenuhr in einem Lederfutteral heraus. „Ich möchte, dass du die an dich nimms' und dann deinem Bruder Sam gibst. Ich würd es ja selbs' tun, aber er würd se wahrscheinlich gar nich' nehm', weil er so sauer auf mich is'."

„Der beruhigt sich bestimmt bald wieder, Pa! Un' wo du jetz' ja nich' mehr trinkst auf jeden Fall!" Sie schwieg einen Moment und wartete seine Reaktion auf ihre Worte ab. Aber seine Miene blieb unverändert. „Das hat doch gar keine Eile, Pa."

„Es is' schließlich Weihnachten", sagte er. „Un' außerdem seid ihr beide bei all dem hier richtig erwachsen geworden. Ich muss euch zeigen, wie dankbar ich dafür bin."

Lizbeth nahm das Medaillon und die Uhr in die Hände und stand dann einfach da und betrachtete beides. Dann richtete sie ihren Blick wieder auf ihren Vater. „Wir ham dich lieb, Pa."

„Das weiß ich. Und ich liebe euch alle auch." Dann sagte er plötzlich viel lauter: „Mrs. Wortham! Kommen Se und leg'n Se die meiner Tochter mal um, un' dann schau'n Se mal, wie erwachsen un' schön se damit aussieht!"

Ich tat, worum er mich gebeten hatte und merkte sofort, wie besorgt sie war. Aber sie sagte nichts. „Danke", murmelte sie nur und griff mit der einen Hand nach dem kostbaren Schmuckstück an ihrem Hals.

„Ich glaub, du bis' sogar noch hübscher als deine Mutter es war", sagte George. „Oh, se war auch schon hübsch, aber se hat immer gesagt, dass se nicht dazu gedacht war, angeschaut zu werd'n."

„Ich würde se gern genau jetz' seh'n", sagte Lizbeth leise.

„Das würd ich auch gern, Mädchen, das würd ich auch gern."

Der Pastor sammelte all das verstreute Einwickelpapier ein und sah so aus, als ob er dabei betete. Juanita war wieder in die Küche gegangen, um bei der Vorbereitung des Festessens zu helfen.

„Ich sollte auch helf'n", sagte Lizbeth plötzlich. „Ich nehm mal an, Se woll'n das Essen auf den Tisch bringen."

„Es ist reichlich da", versicherte ich ihr, „mit dem, was die Posts geschickt haben und was dein Vater mitgebracht hat. Aber wir kümmern uns schon darum. Bleib du nur hier bei deinem Vater." Ich wandte mich mit einer Frage an George, aber sein Blick war so seltsam unruhig, dass ich nicht sicher war, ob er mich überhaupt hörte. „Erwartet Rorey ihren Kuchen heute, Mr. Hammond, oder erst für morgen?"

„Morgen." Er atmete mit einem tiefen Seufzer aus. „Ich dank Ihn'n, Mrs. Wortham, dass Se bereit sin', ein'n zu mach'n, obwohl ich noch gar nix davon gesagt hab. Lizbeth, du musst ihr dabei helfen. Dass musst du einfach, auch wenn se sagt, se braucht keine Hilfe. Sei so gut wie Gold zu ihr, so wie du es auch für deine Mama und mich immer gewesen bist."

„Ja." Lizbeth sah mich an, die Hand immer noch an ihrer Halskette.

„Bewahr die Uhr erstmal für Sam auf", sagte er noch einmal zu ihr. „Bis er so weit is', se zu nehm'n. Du weißt bestimmt, wann der richtige Zeitpunkt is'."

„Ja, Pa." Sie drehte sich um und ging in die Küche, weil sie wusste, dass das von ihr erwartet wurde. Und ich stand einfach nur da, sah George in die Augen und er sah direkt zurück. Ich wollte ihn tadeln, wollte ihm ganz genau sagen, wie ich es fand, dass er Lizbeth durch solche Aussagen und Aufträge noch mehr Lasten auferlegte als sie ohnehin schon zu tragen hatte, aber ich brachte kein Wort heraus. Schließlich wandte ich mich einfach ab und schaute zum Pastor hin, der mit einem ernsten, verständnisvollen Nicken reagierte.

Kein Wunder, dass sie glaubte, er wolle sie nicht haben. Er hatte kein Wort darüber verloren, ob er sie wieder nach Hause zurückholen würde und wenn ja, wann. Jetzt, da er diese Pflicht

Wilametta gegenüber erfüllt hatte, war es beinah so, als glaube er, er könnte ihnen einfach den Rücken kehren und sich davon machen.

Lizbeth schälte mit gebeugtem Kopf Süßkartoffeln. Ich wusste, dass sie sich unglaublich bemühte, nicht zu weinen. „Die einzige Halskette, die meine Mama hatte“, erzählte sie mir.

„Es war gut von deinem Vater, sie dir zu schenken.“

„Aber das mit der Uhr war gar nich' gut. Das war die Uhr von Mamas Vater, und er wollte, dass se an seine Kinder weitergegeb'n wird. Pa weiß genau, dass er se behalten kann, wenn er bei uns bleibt und dass es kein'n Grund gibt, se weiterzugeb'n, außer er will uns verlassen.“

„Na, na, Lizbeth, es ist doch ganz normal, Sachen weiterzugeben, sobald die nächste Generation alt genug ist, und sie wertzuschätzen weiß, und das tust du ja ganz bestimmt.“ Aber meine Worte klangen irgendwie hohl, sogar für mich selbst.

„Wissen Sie, was Sam gesagt hat?“, fragte sie mich.

„Nein.“

„Er hat gesagt, wir können Pa zu nix zwing'n. Nich', dass er uns zu Hause haben will un' auch zu sonst nix. Wir müss'n ihn einfach mach'n lass'n, was er eben macht und dann das Beste draus mach'n.“

„Ich nehme an, da hat er wohl Recht. Aber euer Vater liebt euch. Ich rechne damit, dass er zur rechten Zeit die richtige Entscheidung trifft.“

„Sicher“, stimmte sie zu. „Richtig in seinem Denken. Aber sein Denken is' ganz anders als Se denken.“

Während wir das Essen auf den Tisch brachten, ging mir Emmas Lieblingsbibelstelle durch den Kopf.

„Jedes Ereignis, alles auf der Welt hat seine Zeit.“

Wie oft hatte sie mir diese Verse zitiert.

„Geborenwerden und Sterben, Pflanzen und Ausreißen.“

Sie hatte sich solche Mühe gegeben, mir zu vermitteln, was diese Bibelstelle für sie bedeutete. Es war, als wäre sie ein Stiefmütterchen oder ähnliches, gepflückt von der zarten Hand Gottes und in einen himmlischen Blumengarten umgepflanzt. Aber während sich jetzt alle mit dem köstlichen Festmahl die Teller füllten, konnte ich nicht anders, als mir über einen der Abschnitte, die dann folgten, Gedanken zu machen:

„Weinen und Lachen hat seine Zeit, Klagen und Tanzen ..."

Hier tanzte niemand. Niemand lachte, auch wenn sie viel Spaß beim Ausprobieren der Schlitten gehabt hatten. Die meisten der Kinder aßen inzwischen wieder besser, das war wenigstens schon einmal ein Anfang. Vielleicht würden sie ja schon bald wieder lachen.

Und auch George schien plötzlich wieder ein wenig heiterer zu sein, sehr zu meiner Erleichterung. Auch er aß mit Appetit, und allein schon der Umstand, dass er wieder fast der Alte zu sein schien, beruhigte und entlastete die Kinder so sehr, dass sie viel entspannter wirkten. Außer vielleicht Lizbeth. Sie schien echt überrascht, als er Willys Herausforderung zu einer Partie Dame annahm.

„Pa geht's schon besser", sagte Kirk später zu mir. „Glaub'n Se, dass wir alle heute Abend wieder mit ihm rübergeh'n?"

„Ich weiß es nicht", antwortete ich. „Ihr könnt auch alle hierbleiben, wenn ihr mögt. Er auch."

„Nee. Er muss sich ja zu Haus auch um die Stallarbeit un' die Tiere kümmern."

Harry und Berty waren damit beschäftigt, sich treppauftreppab ihre Stoffbälle zuzuwerfen. Franky war von Samuels Seite gewichen und saß jetzt neben seinem Vater. Rorey und Sarah saßen an der Wand mit den Papierengeln und wiegten ihre Babys in den Schlaf. Ich saß einen Augenblick in der Küche und fühlte mich ganz benommen.

„Ich wünschte, wir könnten noch länger bleiben", sagte Juanita zu mir. „Sie könnten sicher noch weiter Hilfe gebrauchen."

„Sie müssen wieder weg?" Ich war bestürzt über diese Nachricht.

„Wir haben den Oltmeiers versprochen, dass wir heute Abend bei ihnen vorbeikommen, und wir wollen lieber aufbrechen, bevor es ganz dunkel ist."

„Ach, Sie sind uns eine so große Hilfe gewesen, Hilfe von Gott.“

„Genau das denke ich auch über Sie.“

Es war seltsam, das aus ihrem Munde zu hören. Ich hatte mich gefragt, was sie wohl über mich und meine Einstellung dachten.

„Sie sind mir eine echte und ehrliche Freundin gewesen, während einige der Damen aus der Gemeinde offenbar Angst hatten, das zu sein. Und auch für Emma waren Sie ein echter Segen. Und jetzt helfen Sie auch noch George ...“

„Ich helfe nicht George“, platzte es aus mir heraus, ohne zu überlegen. „Ich helfe nur den Kindern.“ Ich bedauerte sofort, dass ich überhaupt den Mund aufgemacht hatte.

„Na ja, Juli, das kommt doch auf dasselbe heraus, oder?“

„Ja. Und es tut mir Leid, dass ich das gesagt habe, aber Sie sollten wissen, dass ich nicht so gut bin, wie Sie vielleicht glauben. Ich werde einfach nicht damit fertig, dass er es nicht einmal versucht.“

„Vielleicht versucht er es ja, auf seine Weise. Manchmal braucht es einfach Zeit, dass sich innerlich alles setzen kann, wenn wir Schweres durchmachen.“

„Nun ja, Zeit zum Nachdenken hat er ja gehabt, so viel steht fest. Aber wir hatten noch gar keine Zeit dazu. Jedenfalls nicht, ohne dass um uns her noch Hunderte anderer Sachen zu bedenken und zu erledigen waren, Juanita. Ich möchte einfach nur still dasitzen und ein bisschen an Emma denken, oder klingt das für Sie töricht?“

„Ach Juli, das verstehe ich doch gut.“ Sie griff nach meiner Hand.

„Sie hat immer über den Herrn geredet, als könnte sie direkt in den Himmel schauen oder als stünde er direkt neben ihr. Ich brauche das. In letzter Zeit kommt er mir so schrecklich weit weg vor. Und ich bin manchmal so müde, dass er mir beinah schon egal ist.“

„Das wird wieder besser. George weiß doch, dass er nicht alles einfach Ihnen überlassen kann. Sie brauchen keine Schuldgefühle zu haben, wenn Sie sie bei der nächsten sich bietenden Gelegenheit wieder nach Hause schicken. Sie schaffen es, Juli, und die Hammonds werden es auch schaffen.“

Ich hatte es geschafft, obwohl auch ich meine Mutter verloren hatte, als ich noch klein war. Ja, sie würden es ebenfalls schaffen, auch wenn mich Juanitas Worte nicht besonders trösteten.

Samuel ging nach draußen, um das Pferd wieder vor den Schlitten zu spannen, und der Pastor nahm sich noch einmal ein wenig Zeit, um mit George zu reden.

„Versuchen Sie es einfach“, hörte ich ihn sagen. „Geben Sie der Hand des Herrn eine Chance.“

„Der braucht doch nix von mir“, entgegnete George stur. „Er is’ es doch, der uns keine große Chance gibt, scheint mir.“

„Sie wissen ganz genau, was ich meine“, entgegnete der Pastor. „Vertrauen Sie ihm. Glauben Sie, er wird für Sie sorgen und für die Kinder und ...“

„’n richtig schönes Weihnachten ham se ja gehabt“, unterbrach George ihn.

„Ja, und Gott hat vor, sich über all das hinaus auch weiter um Sie alle zu kümmern.“

„Na, dann soll er mal mach’n.“

Dem Pastor verschlugen diese verbitterten Worte von George zunächst einmal die Sprache, aber als er sich dann wieder gefasst hatte, sprach er sehr leise und eindringlich. „Er ist für Sie da, aber es liegt nicht allein bei ihm. Sie sind der Vater Ihrer Kinder, und Sie haben ebenso Ihren Teil beizutragen. Ihre Kinder brauchen Sie, brauchen das Gefühl, dass Sie sich um sie kümmern.“

„Um die wird sich schon gekümmert“, versprach George. „Ich hab ’ne Menge drüber nachgedacht, un’ ich tu, was ich kann für se. Darauf geb ich Ihn’n mein Wort.“

Ich holte Luft und hoffte zutiefst, dass er das, was er sagte, genau so ernst meinte, wie es sich anhörte.

„Wir müssen uns jetzt auf den Weg machen“, sagte der Pastor zu ihm. „Aber wir schauen in ein paar Tagen noch einmal bei Ihnen vorbei.“

George nickte und schüttelte dem Pastor die Hand. Ich umarmte Juanita zum Abschied.

„Es wird alles gut“, flüsterte sie mir zu. „Er wird schon zurechtkommen.“

Aber sobald der Pastor und Juanita gegangen waren, schaute George wieder genauso trübsinnig vor sich hin wie schon zuvor.

„Is' wohl besser, wenn die Kinder noch 'ne Nacht hierbleib'n", sagte er zu mir. „Wo doch morgen Roreys Geburtstag is' un' Se so gut sin' und 'n Kuchen backen. Is' ja Unfug, bei der Kälte mit ihnen zurückzugeh'n."

„Wir könnten ja auch den Kuchen morgen zu Ihnen rüberbringen", bot ich an.

„Oh nein. Rorey gefällt es ja so, mit Ihrer klein' Sarah zu spiel'n. Genau so ein' Geburtstag würde sie sich wünschen."

Mir war jetzt absolut nicht nach einer Diskussion zu Mute, obwohl ich ihn dafür hätte schütteln können, dass er so schnell sein einmal gegebenes Wort wieder zurücknahm. Wie sollte es denn wohl das Beste für die Kinder sein, bei uns zu bleiben und nicht zurück nach Hause zu gehen? Das musste bei ihnen doch zwangsläufig die Frage aufwerfen, ob sie überhaupt noch ein Zuhause hatten.

„Dann aber nach dem Geburtstagsessen", sagte ich zu ihm. „Sie müssen sie alle wieder mitnehmen. Es ist schwer für sie, nicht zu Hause sein zu können."

„Da gibt's doch nix zu vermiss'n", behauptete er. „Ihre Mutter is' nich' mehr da, und daran is' nu' mal nix zu ändern."

Er wollte gehen. Und er wäre auch gegangen, aber Samuel hielt ihn auf, als er sich den Mantel anziehen wollte. „Es ist immer noch Weihnachten", sagte er zu George. „Und morgen ist für Ihre Familie auch noch so etwas wie ein Feiertag. Wenn Sie möchten, dass die Kinder bleiben, dann sollten Sie auch hierbleiben und den Tag mit ihnen zusammen verbringen. So sollte es sein. So lange die Kinder hier sind, George, möchte ich, dass Sie auch dableiben."

Davon war er offensichtlich alles andere als begeistert. „Se mach'n das doch großartig", sagte er. „Viel besser als ich es könnt'."

„Nein. Wir können Sie nicht ersetzen." Samuel war unnachgiebig. „Und das werden wir auch nicht."

George machte keinerlei Anstalten, darauf irgendwie zu reagieren, aber wenigstens blieb er. Er saß in der Ecke am Herd und beobachtete die Jungen, die eine Partie Dame nach der anderen spielten. Er ließ Berty eine Weile auf seinem Schoß sitzen, worüber ich mich freute, aber Berty ging zu Joe, als er auf die Außentoilette musste, kam zu mir, als er etwas zu trinken wollte und wandte sich an Lizbeth, als er dann müde wurde.

Wir machten Popcorn und lasen den Anfang der *Pilgerreise* vor.

„Das is' die albernste Geschichte, die ich jemals gehört hab", beschwerte sich George.

„Ich finde sie irgendwie weise", sagte Lizbeth und überraschte mich damit. „Sie zeigt doch ganz deutlich, dass wir nich' einfach aufgeben soll'n un' weglaufen, wenn es schwer wird."

George sah zu ihr rüber. „Was weißt denn du schon. Dieser Christ is' doch genau so'n Dummkopf wie der andre, wenn er auf 'ne Reise geht ohne seine Frau und wenn se noch nich' mal will, dass er geht!"

„Aber er musste, Pa!", fügte Franky hinzu. „Er konnte einfach nich' anders! Außerdem is' es ja keine echte Reise, so wie wenn man nach *Belle Rive* oder so fährt."

Franky sah mich an, als ob er auf irgendeine Form der Bestätigung wartete. Und ich war über ihn sogar noch erstaunter als ich es über Lizbeth gewesen war. Wie konnte ein Achtjähriger, der noch nicht einmal richtig lesen konnte, die manchmal doch recht schwierigen Formulierungen von John Bunyan verstehen und sogar ihren Sinn erfassen. Zu meinem Erstaunen fuhr Franky fort:

„Damit sind doch die Sachen gemeint, die passier'n, wenn wir das tun, was wir tun soll'n, nich' Mr. Wortham? Diese Reisegeschichte passiert doch, un' er is' dabei noch die ganze Zeit im selben Haus mit seiner Frau."

„Das is doch alles 'n Haufen Humbug!", erklärte Kirk. „Da steht doch ganz klar, dass er abgehau'n is', oder? Du bis' doch einfach zu blöd!"

Weil ich nicht Partei ergreifen wollte, versuchte ich so vorsichtig wie möglich zu sein. „Nun ja, wir könnten euch beiden Recht geben. Es heißt da zwar, dass er in den Feldern spazieren geht und dann in einen Sumpf fällt, aber es stimmt auch, dass die ganze Reise unseren persönlichen Weg als Christ darstellt, egal, ob wir das Haus verlassen oder nicht. Das sagt der Autor auch am Anfang in seiner Einleitung."

„Für Kinder ist es etwas schwerer zu verstehen." Ich schaute hinüber zu Franky, der wirklich verwirrt aussah. „Ich lese jetzt etwas anderes vor und dann können wir später für die, die das hier noch weiter hören möchten, daraus auch noch etwas lesen."

Franky lächelte und Willy verpasste ihm einen Ellbogenstoß in die Rippen. Ich las die Geschichte von Jona aus dem Buch mit den biblischen Geschichten vor, auch wenn ein paar von den größeren Jungen gar nicht richtig zuhörten.

Was waren sie doch für ein bunter Haufen von Rüpeln, aber dann auch wieder ganz besonders sensible Persönlichkeiten. Wie hatten George und Wilametta nur eine solche Mischung zustande gebracht? Ich sah zu George hinüber, und mir wurde klar, dass seine Kinder auf dem besten Wege waren, ihn zu überflügeln. Er hatte keine Ausbildung, keinen Ehrgeiz, keine Pläne, und es schien ihm auch nicht besonders viel daran zu liegen, dass es seinen Kindern einmal anders erging als ihm. Was sollte nur aus dieser ganzen Familie werden, wenn sie alleingelassen wurde?

24

Samuel

Ich stand in dieser Nacht mehrmals auf, weil ich unruhig war und nicht richtig schlafen konnte. Irgendwann hörte ich im Traum die Haustür. Ich wachte auf, aber alles war still. Trotzdem schaute ich sofort nach, ob noch alle da waren. Juli und die Kinder schliefen friedlich, aber an Georges Schlafplatz lag nur eine Decke, und er war weg.

Ich zog in aller Eile meinen Mantel und die Stiefel an. Die Jungen hatten für diesen Morgen abgesprochen, wer auf Georges Farm und auch bei uns welche Aufgabe übernehmen sollte, sodass er nicht ohne ein Wort hätte aufstehen und gehen brauchen. Ich rannte hinaus in die Kälte und war überrascht, dass Neuschnee gefallen war, und zwar so viel, dass er mir bis an den oberen Stiefelrand reichte. Es schneite immer noch. Während der kurzen, etwas wärmeren Phase war zwar viel von dem Schnee geschmolzen, aber jetzt war es wieder kalt geworden und es schneite. Dadurch war es recht dunkel und kein Mond am Himmel zu sehen, aber im Osten zog bereits die erste Morgendämmerung herauf, durch die es hell genug war, um Georges frische Spur im Schnee zu erkennen, die in Richtung Wald und somit zu ihm nach Hause führte.

„Lass ihn doch ziehen“, hätten manche Leute vielleicht gesagt. „Vielleicht braucht er einfach noch ein bisschen Zeit für sich allein.“

Aber ich hatte ein mulmiges Gefühl, ein Brennen im Bauch, von dem ich wusste, dass es mir keine Ruhe lassen würde.

Der Wind frischte auf. Juli und die Kinder würden jeden Moment aufwachen. Ich wusste, dass ich eigentlich hätte umkehren müssen, um ihnen zu sagen, was ich vorhatte, aber ich wollte sie nicht schon wieder beunruhigen. Ich wollte sie nicht aufschrecken und dadurch bewirken, dass sie unbedingt mitkommen wollten, um nach ihrem Vater zu sehen.

Oh Herr, hilf, betete ich. *Bitte gib, dass ich mich irre.*

Ich versuchte mir einzureden, dass George vielleicht nur gesehen hatte, dass es schneite und deshalb losgegangen war, um nach seinem Vieh zu sehen. Vielleicht war er einfach davon ausgegangen, dass wir uns das denken würden oder er bereits zurück sein würde, bevor wir wach würden. Ich wusste nicht, wie viel Vorsprung er hatte, weil ich nicht wusste, wann genau ich die Haustür gehört hatte. Aber ich betete, dass es noch nicht so lange her war.

Ich beeilte mich und wünschte, ich hätte gewusst, was George jetzt gerade dachte. Zwei Mal fiel ich zwischen den Bäumen hin, und es wurde immer schwieriger, den Weg zu erkennen. Noch gestern war es ganz einfach gewesen, aber der trockene Pulverschnee hatte alles wieder zugedeckt und verwischte jetzt auch schon Georges frische Spuren. Ich hätte wenigstens Julia aufwecken und ihr sagen sollen, wohin ich ging, aber dann wären vielleicht auch die anderen wach geworden. Ich überlegte, dass es jetzt ohnehin nichts mehr brachte, mir darüber noch Gedanken zu machen. Ich konnte es ohne weiteres zum Haus der Hammonds schaffen, und vielleicht würde ich George dort beim morgendlichen Kaffeekochen antreffen. Vielleicht hatte er nur den Tagesanbruch bei sich zu Hause erleben wollen, wie all die vielen Jahre zuvor gemeinsam mit Wilametta.

Ich kam nur mühsam voran, besonders nachdem ich Georges Spur verloren hatte. Das hätte mir jetzt gerade noch gefehlt, mich hier draußen allein zu verirren! Die Bäume und alles andere sahen überall gleich aus, und ich wusste, dass man bei dem böigen Wind schnell ein wenig von dem Weg abkommen konnte. Aber der erste Hauch von Morgendämmerung im Osten reichte aus, dass ich mich orientieren konnte und besser vorankam. Ich dankte Gott dafür.

„George!“, brüllte ich einfach in der Hoffnung, dass er vielleicht noch in Hörweite war. Wenn er wusste, dass jemand auf der Suche nach ihm war, hatte er ja vielleicht doch so viel Anstand, stehen zu bleiben und zu warten.

Aber es kam keine Antwort. Vielleicht hätte ich schon viel früher rufen sollen, egal ob die anderen davon wach geworden wären oder nicht. Doch wahrscheinlich war er schon viel zu weit vor mir, um mich hören zu können.

„George!“, schrie ich noch einmal und hoffte, es würde aufhören zu schneien. Ich wollte nicht, dass gerade jetzt George von uns abgeschnitten war.

Als ich schließlich am Rande von Georges Land zwischen den Bäumen heraustrat, erfasste mich eine Woge der Erleichterung. Bestimmt war er im Haus.

„George!“, rief ich erneut und rannte zur Haustür. Ich fand sie offen, und der Wind blies ungehindert ins Hausinnere. Er war hier gewesen, so viel stand fest. Der Schnee wurde weit ins Haus hineingeweht, bis zu dem kleinen Wandschrank hinter dem Ofen an der gegenüberliegenden Küchenwand. Ich rief noch einmal nach George und sah in Wilas Zimmer und auf dem Dachboden nach, aber im Haus war er nicht.

Wohin mochte er gegangen sein? Und wieso war er überhaupt hergekommen? Hatte er irgendwo noch eine Flasche Schnaps versteckt?

Ach, Herr, ich hätte das gesamte Haus auf den Kopf stellen sollen und nicht einfach davon ausgehen, dass ich die einzige vorhandene Flasche gefunden hatte.

Aber als ich mich dann umdrehte, bemerkte ich etwas, das ich eigentlich gleich beim Hereinkommen hätte sehen müssen. Wilamettas Bibel lag auf dem Tisch, und darunter lugte das einzige Foto von George und Wilametta hervor, das ich jemals gesehen hatte. Vielleicht war er einfach nur hergekommen, um es sich anzuschauen. Und vielleicht war er endlich zu der Erkenntnis gelangt, dass Wilas Bibel ihm den Trost bieten konnte, den er brauchte, hatte sie deshalb vom Boden aufgehoben und darin gelesen. Doch vielleicht, vielleicht hatte er sie ja auch für die Kinder dorthin gelegt, damit sie sie fänden, als eine letzte Erinnerung an ihn und Wila.

Ich versuchte, diesen schrecklichen Gedanken abzuschütteln. George war sicher in der Scheune und kümmerte sich um sein Vieh. Wahrscheinlich würde er mich für töricht halten, dass ich ihm gefolgt war. Wahrscheinlich würde er sogar ärgerlich darüber sein, dass ich ihn nicht einfach in Ruhe ließ und ihn seine Arbeit machen ließ.

Meine Bemühungen, mir meine Sorgen selbst auszureden nützten jedoch absolut nichts. Auf dem Weg in die Scheune betete ich und bat Gott mir dabei zu helfen, ihn zu finden, und zwar schnell. Aber der Schnee vor dem Scheunentor war unberührt. Es war unwahrscheinlich, dass er hier gewesen war, ohne eine Spur zu hinterlassen, aber ich zog dennoch das große Tor auf und stolperte hinein, einfach in der Hoffnung, ihn doch dort anzutreffen. Ein tiefes Muhen und das Geräusch scharrender Hufe begrüßten mich.

„George?“

Ich schaute in einen Pferch nach dem andern, dann auf den Heuboden, aber ich fand nur Tiere vor. Wohin konnte er bloß gegangen sein? Ganz bestimmt war er irgendwo in der Nähe. Als ich wieder draußen war, glaubte ich einen kurzen Moment lang, etwas gehört zu haben. Mein Blick blieb am Geräteschuppen in der Ferne hängen, wo George den Traktor von Willard, Emmas Mann, untergestellt hatte. Welchen Grund konnte er gehabt haben, ausgerechnet an diesem Morgen dorthin zu gehen? Vielleicht war er aber auch gar nicht hier. Vielleicht hatte er schon erledigt, was zu erledigen gewesen war und war inzwischen bereits wieder auf dem Rückweg zu unserem Haus. Aber ich musste nachschauen, allein wegen des Geräusches, das ich gehört hatte.

„George!“

Immer noch keine Antwort. Ich eilte fast auf Knien durch die hohen Schneewehen und meine innere Anspannung wuchs schmerzhaft an. Die große Schuppentür stand halb offen, und als ich in dem trüben Licht der ersten Morgendämmerung näher kam, sah ich den Schatten einer Gestalt hinten auf dem Traktor stehen.

„Hey! George!“

Er stand einfach nur da, so als hätte er mich gar nicht gehört. Und vielleicht hatte er das wegen des tosenden Windes auch wirklich nicht. Als ich aber dann zur Tür hereintrat, sah ich eine lange, dünne Linie, die von der Stelle, wo er stand zu einem der großen Dachbalken verlief. Ein Seil. Und er hielt das eine Ende in seiner Hand.

„Nein!“ Ich rannte brüllend los, aber er beachtete mich nicht. Kurz bevor er sich das Seil um den Hals legte, kurz bevor er den Schritt vom Traktor machte und seine Füße in der Luft baumelten, bekam ich ihn noch zu fassen. Ich versetzte ihm einen Stoß und schlug ihm das Seil aus der Hand und dann stieß ich ihn auf den harten Lehmboden.

„Was machen Sie denn da? Sind Sie völlig verrückt geworden? Was machen Sie denn da?“

Er versuchte, mich wegzustoßen, woraufhin ich ihn schlug – heftig.

„Kämpfen Sie nicht gegen mich!“, schrie ich. „Wagen Sie es bloß nicht, gegen mich zu kämpfen!“

Einen Augenblick lang lag er da, und ich konnte die zornigen Schatten in seinem Gesicht sehen. Ich dachte, er würde jetzt etwas zu mir sagen, aber er lag nur zitternd dort vor mir auf dem Boden.

„George ...“

Er ließ mir nicht die Zeit, noch etwas zu sagen, sondern sprang auf wie eine Wildkatze, schlug mich nieder und bearbeitete mich dann mit seinen Fäusten. Ich musste mich ihm entwinden, ihn um die Taille fassen und aus dem Gleichgewicht bringen. Trotzdem hörte er nicht auf.

„George! Um Himmels Willen, nun hören Sie schon auf.“ Wieder stieß ich ihn weg, und jetzt kam er nicht gleich wieder auf mich zugestürmt.

„Wieso sollte ich wohl auf Se hör’n?“, fragte er. „Sie ham doch keine Ahnung! Mach’n Se doch, dass Se hier wegkomm’n. Das hier geht Se nix an!“

„Sie gehen mich sehr wohl etwas an! Ihre zehn Kinder in meinem Haus gehen mich sehr wohl etwas an! Was um alles in der Welt wollen Sie ihnen antun, George?“

Er starrte mich an. Als er dann sprach, klang seine Stimme hohl und wie tot. „Wie ich dem Pastor schon gesagt hab. Ich will ihnen nur gerecht werden.“

„Das nennen Sie gerecht? Sich am Geburtstag Ihrer kleinen Tochter aufzuhängen?“

„Halten Se den Mund!“

„Das werde ich ganz bestimmt nicht. Wollen Sie, dass Ihre Kinder sich für den Rest ihres Lebens daran erinnern, dass ihr Vater so feige war? Dass ihm nichts mehr an ihnen lag? Dass Sie lieber gestorben sind, als mit Ihrer Familie zusammen zu sein?“

„Se verstehn'n doch nix! Se wissen nich' wie das is'! Ich hab ihn'n nix zu bieten! Hab noch nie was gehabt! Für sie is' es besser, bei jemand anders zu sein. Das könn'n Se doch mit eig'nen Augen seh'n, wenn Se mal genau hinseh'n. Erst wenn ...“

„George, Sie können doch nicht glauben, dass ...“

„Halten Se den Mund und lassen Se mich endlich mal ausreden! Ich hab es doch selbst geseh'n, Wortham. Ich hab gesehn'n, wie's is'. Alles, was ich jemals für meine Kinner getan hab, is' ihnen Arbeit auftrag'n oder ihn'n ab un' zu mal 'ne Ohrfeige zu verpassen, wenn se nich' so wollten, wie se sollten! Alles andere hat Wila gemacht. Se sin' bei Ihn'n doch viel besser dran. Das hab ich doch geseh'n. Se wissen, wie man Kinner zum Lachen bringt, ja, das wissen Se. So als ob Se der gebor'ne Vater für mehr als zwei Kinner sin'. Un' Julia, die is' einfach herzensgut, so gut wie nur 'n Mensch sein kann ...“

„George ...“

„Ich hab gesagt, Se soll'n jetz' erst mal den Mund halten! Se sin' glücklich bei Ihn'n. Seh'n Se das denn nich? Se ham mich nie so angeseh'n wie se das jetz' schon bei Ihn'n tun, Se alter Dummkopf. Was machen Se überhaupt hier? Ich versuch doch nur, den Kindern 'ne Chance zu geben! Versteh'n Se das denn nich'? Wenn Se nich' alle zehn nehm' könn', dann is' da immer noch der Pastor. Die ham doch noch keine Kinner. Der könnte ihn'n viel beibringen, da bin ich sicher.“

„Jetzt hören Sie doch mal zu ...“

„Nein! Ich kann Ihn'n oder auch ihm nich' das Wasser reichen, wenn es um Kinner geht! Ohne Wilametta schaff ich's nich'! Und ich will es auch gar nich'. Versteh'n Se das denn nich'?"

„Ich versuche es, George, aber Ihre Kinder würden Ihnen da sicher widersprechen. Es ist schon schlimm genug für sie, dass sie ihre Mutter verloren haben. Wenn Sie ihnen jetzt auch noch den Vater nehmen, dann wird es sie umbringen. Das können Sie doch nicht wollen."

„Die würd'n schon zurechtkommen. Bei Ihn'n ham Se's doch gut. Das seh ich doch."

Dagegen musste ich protestieren. „Nein, das haben Sie nicht gesehen. Sie haben nicht gesehen, wie sie sich in den Schlaf weinen. Denn als Sie gestern Abend da waren, George, da haben sie nicht geweint, denn sie hatten ihren Vater. Und das werde ich niemals sein. Und auch der Pastor kann ihnen das nicht sein, so gut wir auch als Freunde für sie sein mögen."

Einen Augenblick lang sagte er nichts, und ich betete, dass meine Worte ihn irgendwie erreicht hatten. Ich hatte es geschafft, ihn aufzuhalten. So viel war schon mal erreicht. Aber was sollte ich tun, wenn er diesen Wahnsinn nicht lassen wollte, wenn er nur eine Weile abwartete und es dann noch einmal versuchte? Herr, erbarme dich.

„Ich hatte damit gerechnet, dass Se es sein würd'n, der mich findet, Wortham. Ich hatte gehofft, dass Se es sein würd'n, aber nich' so schnell." Er blickte zu mir auf, und ich sah seinen aufgewühlten Blick in der Morgendämmerung. „Die Kinner bedeuten mir viel. Wirklich. Ich wollte nich', dass einer von den Jungs mich findet, wenn se rüberkomm' un' hier die Arbeit machen oder so. Se sind der einzige, der den Traktor fahr'n darf, deshalb bin ich hierher gekomm'n. Se oder Albert Graham, und ihm hätt' es wahrscheinlich nich' so viel ausgemacht, mich zu find'n ..."

„Das würde jedem etwas ausmachen", widersprach ich. „Machen Sie sich doch nichts vor. Es würde Ihren Kindern doch das Herz brechen, egal, wer Sie fände."

„Se ham' ihnen doch viel mehr zu bieten als ich."

„Nein, das habe ich nicht, George. Ich habe nicht mehr Geld als Sie, und auch nicht mehr Anspruch auf das Haus, in dem ich wohne. Für mich sieht es ganz so aus, als säßen wir im selben Boot. Wir sind zusammen in Gottes Hand."

„Ich wünscht', Se würden mich einfach in Ruh lassen."

„Das kann ich nicht. Und ich will zu dem, was sie vorhaben, auch nichts beitragen."

„Un' was woll'n Se dagegen tun, Wortham? Mir von jetzt an immer hinterher rennen?"

„Wenn es sein muss..."

„Dann krieg'n Se aber herzlich wenig Arbeit getan."

„Ach, um diese Jahreszeit ist sowieso nicht so viel zu tun, und man wird auch nirgends angeheuert, das wissen Sie doch selbst."

Er saß auf dem kalten Lehmboden und beobachtete mich genau. „Un' was is', wenn ich sag, dass ich mich nich' vom Fleck rühr?"

Ich musste seufzen. „Ich nehme an, dann werde ich eben auch eine Weile hier bleiben müssen."

„Also", sagte er daraufhin sehr langsam, „man kann Ihn'n wohl nur dankbar sein, dass Se sich so um die Kinner kümmern. So wie ich das schon gesagt hab."

„Ich würde auch dann versuchen, Sie zu hindern, wenn Sie keine Kinder hätten."

„Wenn ich keine Kinder hätt', hätt' ich gar nich' erst bis nach Weihnachten gewartet."

„Und was ist mit Roreys Geburtstag? Sie wissen, wie wichtig er ihr ist. Ob Juli einen Kuchen backt oder nicht, ist völlig egal, wenn Sie nicht dabei sind. Sie wird glauben, dass sie Ihnen egal ist."

„Wenn ich mich auf ihre Geburtstage einlass ... meine Güte! Dann is' da im Januar Frankys und dann ..."

„Genau daran sollten Sie denken. Die Kinder brauchen Sie jetzt ganz besonders, und sie werden Sie noch bis zum St. Nimmerleinstag brauchen, George. Was würde Wilametta Ihnen jetzt wohl sagen? Würde sie wohl wollen, dass Sie die Kinder dermaßen im Stich lassen?"

Er funkelte mich jetzt wütend an. „Genau das hat sie doch selbst getan! Sie hat uns doch im Stich gelassen! Bei Gott ... das hat sie ..."

„Aber nicht absichtlich und freiwillig."

Das brachte ihn zum Schweigen. Er stand auf und ging in Richtung der offenen Schuppentür, wo der Schnee immer noch wirbelte.

„Lassen Sie uns jetzt lieber gehen“, schlug ich vor. „Bevor wir hier festsitzen.“

„Ich bleib schon nich' stecken. So lang man weiß, in welche Richtung man geht, braucht man sich doch von 'nem bisschen Schnee nich' aufhalten lassen.“

„Kommen Sie denn nun mit? Sie kennen sich im Wald viel besser aus als ich, wenn es dermaßen schneit.“

Er senkte den Kopf. „Da will ich Ihn'n mal nich' widersprechen.“ Einen Augenblick lang schwieg er, dann trat er an meine Seite und wartete ab. „Glauben Se wirklich, dass se nich' gern von uns gegangen is?“, fragte er mit zittriger Stimme. „Ich hab mir überlegt, dass se vielleicht müde war von all der vielen schweren Arbeit. Dass se mich auch leid war, weil ich nich' besser klarkomme.“

„Jeder wird doch irgendwann müde. Aber ich glaube nicht, dass sie ausgerechnet jetzt gehen wollte, wo doch die meisten Kinder noch nicht mal halb erwachsen sind. Sie hätte die Kinder ebenso wenig freiwillig verlassen, wie sie es von Ihnen gewollt hätte.“

„Aber warum hat Gott es dann zugelass'n?“

„Das weiß ich auch nicht. Ich weiß nur, dass es dem Teufel gefällt, Menschen Schmerz zuzufügen. Aber Gott hat immer Möglichkeiten, Frieden zu bringen und Dinge so zu verändern, dass alles wieder gut wird.“

„Ich kann aber nich' sag'n, dass ich im Augenblick besonders zufried'n und einverstand'n mit ihm bin.“

„Und trotzdem ist er bei Ihnen.“

Ich dachte, dass er jetzt vielleicht mit mir streiten oder die fordernde Frage stellen würde, wieso er denn dann von Gott nichts merke? Aber er wurde nur ganz still und saß mit gesenktem Kopf einfach da.

„Ich weiß“, gestand er schließlich ein, „ich versuch, ihn irgendwie auszusperr'n, Samuel, weil ich es nich' hör'n will. Aber er lässt mich einfach nich' in Ruh. Ich weiß, er will, dass ich bald wieder rübergehe und Roreys Hand halte. Aber Lizbeth kann das schon jetz' viel besser als ich es je könnt ...“

„Aber Lizbeth ist doch selbst noch ein Kind. Sie braucht Ihre Hand doch fast genauso dringend wie Rorey."

„Aber eigentlich is' se doch schon irgendwie 'ne halbe Mama."

„Nein, das ist sie nicht. Nur eine gute große Schwester."

George bestätigte meine Worte mit einem Nicken. „Wissen Se, was se eigentlich immer machen wollte? Lehrerin werd'n. Aber se konnte nich' grad lang zur Schule geh'n ,weil wir se zu Hause gebraucht ham. Und jetzt isses ja sowieso unmöglich."

„Nein", sagte ich. „Es gibt eine Möglichkeit. Es sind ja nur zwei oder drei von ihren Kindern, die noch nicht zur Schule gehen. Wenn wir die Kleinen hüten, während Sie auf dem Feld sind oder andere Arbeiten zu tun haben, George, dann können die anderen Kinder zum neuen Schuljahr wieder alle in die Schule gehen. Auch Lizbeth."

Er lachte beinah. „Sie reden ja so, als ob ich hier blei'm könnt. Aber das ist ganz und gar nich' sicher. Und ohne die Farm hier und das Haus hab ich gar nix. Kein Feld und nix."

„Sie haben Ihre Familie, und falls es wirklich so kommen sollte, dann bin ich sicher, dass die Gemeinde Ihnen helfen würde, eine neue Bleibe zu finden."

Dazu sagte er nichts, sondern kickte nur mit dem Fuß einen Schneeklumpen in die Auffahrt.

„Es war so ein gutes Gefühl, George, als wir beim Herbstschlachten zusammengearbeitet haben. Ich nehme mal an, dass wir von jetzt an immer zusammenarbeiten werden müssen."

Daraufhin entgegnete er spöttisch: „Ach, Se red'n doch nur. Für was können Se mich denn schon brauchen?"

„Na, für den Anfang zum Beispiel brauche ich Sie für die Geburt von Sukeys Kalb."

Er drehte sich um, sodass er mich direkt ansah und es war etwas Neues in seinem Blick. „Se mein'n das wirklich ernst, nich'?"

„Das Fleisch, das Sie uns fürs Schlachten gegeben haben, war wirklich ein Segen für uns, George. Und der Anteil von Ihrem Maisfeld für die Traktorreparatur ebenso. Sie wissen, dass ich seit Monaten kaum Geld verdient habe. Aber eigentlich sind wir doch schon ein gutes Team. Wir könnten dabei bleiben und gemeinsam ziemlich viel schaffen."

Zum ersten Mal sah ich ein ganz klein wenig Licht am Ende des Tunnels, eine Hoffnung, die versuchte, die Zweifel zu durchdringen.

„Und was is', wenn Albert uns beide rausschmeißt?"

„Dann müssen wir uns eben etwas anderes überlegen."

„Se mein'n das wirklich ernst! Se alter Stadtjunge! Se glaub'n wohl wirklich, dass Se alles zurechtbekommen, was?"

„Das müssen wir doch versuchen, oder? Wir haben schließlich beide Kinder, an die wir denken müssen."

Er schüttelte den Kopf, sah zu mir her und überlegte. „Ja", sagte er schließlich. „Ja, das haben wir."

Dann holte er tief Luft, aber ich konnte kaum atmen. *Herr, bitte rühre du ihn an.*

„Glauben Se wirklich, dass wir's schaffen könn'n ?"

„Ja, George, ich glaube, dass wir das können. Emma hat alles getan, um uns eine reelle Chance zu geben, und sie würde sicher von uns erwarten, dass wir das Beste daraus machen. Erinnern Sie sich daran, wie sie immer gesagt hat: Man hat immer was, auch wenn man nichts hat, weil Gott die Welt daran aufgehängt hat.'"

Er schüttelte den Kopf, aber lächelte fast dabei. „Potenzial – hat sie das Wort nich' immer benutzt?"

„Glaube."

„Verrückte Lady. Denken Se manchmal dran, wie verrückt se war?"

„Verrückt genug jedenfalls, um uns zu lieben, George. Nicht nur die Kinder. Auch Sie und mich. Sie konnte darüber hinwegsehen, dass wir in den Augen der Leute nichts als Versager waren. Wir sind keine Versager. Wir brauchen jedenfalls keine zu sein."

„Sie haben ihr also geglaubt?"

„Zuerst war es schwer. Ich bin ja mit nichts hier angekommen, hatte nichts, was ich meinen Kindern und meiner Frau hätte bieten können. Eine Zeit lang habe ich mich gefühlt wie Sie, habe geglaubt, dass meine Frau und die Kinder ohne mich besser dran wären. Wenn ich nicht mal in der Lage war, sie mit der täglichen Nahrung zu versorgen, was hatte es dann für einen Sinn, dass ich da war?"

Er sah mich immer noch an, und mir wurde innerlich ganz

heiß. „Ich hatte einen Freund in Pennsylvania, wo ich herkomme. Als unsere Fabrik geschlossen wurde, haben wir beide unsere Arbeit verloren und alles, was wir investiert hatten. Er ist von einer Brücke gesprungen. Hat seine Frau und einen Sohn hinterlassen. Und eine Zeit lang danach habe ich daran gedacht, es auch zu tun."

„Nehm' mal an, Se ham sich dagegen entschieden."

„Mir wurde klar, dass Emma Recht hatte. Wir sind von einem liebenden Gott auf diese Erde gestellt worden, und er verlässt uns auch nicht. Wir sind mehr als unsere Arbeit oder unser Geld oder das Fehlen von beidem. Und unsere Kinder brauchen ihren Vater. Sie brauchen es, dass wir tun, was wir können und unser Bestes geben, und ihnen zeigen, dass es in Ordnung ist, Gott zu brauchen. Sie wollen nur, dass wir bei ihnen sind."

„Hab ich Ihn'n eigentlich schon gesagt, dass Si 'n guten Prediger abgeben würd'n?"

„Ja, das haben Sie."

Einen Augenblick lang war er still. „Ich hab 'ne schwere Strecke vor mir, Sam, egal, wie man drauf guckt."

„Ich werde Ihnen dabei helfen, und die Leute aus der Gemeinde helfen Ihnen sicher auch. Und Sie wissen, dass Ihre Jungs Ihnen ebenfalls helfen, wo sie können. Sie sind alle bereit, alles zu geben."

Wieder schwieg er eine Weile, sah nach hinten zu Willards Traktor und dem Seil, das vom Deckenbalken baumelte. „Na, dann nehm ich mal an, dass ich Ihn'n das wohl schuldig bin, oder? Kann es ja wenigstens noch eine Weile versuch'n."

„Das würde ich auch sagen."

Er machte zwei Schritte, hob seinen Hut vom Boden auf, klopfte den Schmutz ab und setze ihn sich dann auf. Dann blickte er mich ganz kurz an, bevor er sich in Richtung Tür wandte und in den stiebenden Schnee hinaus trat.

„Ich hab zu tun, Wortham. Woll'n Se mir nun helf'n oder was?"

25

Julia

Dass Samuel und George beide weg waren, beunruhigte mich. Aber es war nicht die Tatsache ihrer Abwesenheit selbst, die mich ängstigte, sondern dass sie nicht Bescheid gesagt hatten. Joe, Sam und Robert holten Wasser und kümmerten sich auch um die anderen Arbeiten, die erledigt werden mussten, aber ich sagte ihnen, dass die Männer wahrscheinlich zusammen das Vieh auf der anderen Farm versorgen würden. Vielleicht hatten sie beschlossen, dies gemeinsam zu erledigen, als sie gesehen hatten, dass es wieder schneite.

Die Kinder schienen das einfach so hinzunehmen, fürs erste jedenfalls. Aber ich selbst glaubte es nicht. Samuel ging manchmal mitten in der Nacht nach draußen und dachte sich gar nichts dabei. Aber es sah ihm ganz und gar nicht ähnlich, die Farm zu verlassen, ohne mir irgendetwas zu sagen. Nicht, wenn er nicht schrecklich in Eile gewesen war.

Ich tat, was ich konnte, um alle satt zu bekommen. Ich kochte wieder Haferbrei, weil es einfach war, davon große Mengen zuzubereiten.

„Heute hat Rorey Geburtstag", erinnerte mich Sarah jetzt schon zum dritten Mal.

„Ich weiß, Liebling."

„Sollten wir dann nicht langsam anfangen, einen Kuchen zu backen? Mama, müssen wir nicht anfangen?"

„Lass mich erst noch schnell das Frühstück abräumen", sagte ich mit einem Seufzer. Ein paar von den Hammond-Kindern hatten definitiv wieder zu ihrem alten Appetit zurückgefunden. Sie hatten viel gegessen, und ich stellte fest, dass ich mir Sorgen machte.

Gott sei Dank für all das viele Essen, das wir in den vergangenen paar Tagen geschenkt bekommen hatten. Aber bis auf einen Rest Truthahn war nun alles verspeist, und unsere Wintervorräte waren nicht so reichlich bemessen, wie ich es gern gehabt hätte. Ich hatte mir darüber schon im November Gedanken gemacht, und Emma hatte deshalb mit mir geschimpft.

„Sicher", hatte sie zugegeben, „das sieht nicht so aus, als ob es für einen langen Winter reicht, wo ihr ja vier Personen seid, aber der Herr wird für euch sorgen."

Vier Personen? Mit ihr wären wir zu fünft gewesen. Aber schon damals hatte sie offenbar gewusst, dass sie nicht mehr lange bei uns sein würde. Und an diesem Morgen waren wir zum Frühstück dreizehn Personen gewesen. Gott würde wirklich für uns sorgen müssen, wenn es dabei blieb, oder uns würde Ende Januar das Essen ausgehen.

Wegen solcher Gedanken schalt ich mich schon bald selbst. Warum konnte ich nicht mehr Glauben und Vertrauen haben, nicht so sein wie Emma? Ich war auch einmal so gewesen, als wir hier herausgekommen waren. Damals hatte ich draußen alles mögliche Essbare gesammelt und dann auf den Tisch gebracht. In dieser Zeit war ich diejenige gewesen, die Samuel und den Kindern versichert hatte, dass schon alles gut werden würde. Was war nur mit mir passiert? Ich war anscheinend nicht mehr in der Lage, dieselbe Zuversicht aufzubringen.

„Alles auf der Welt hat seine Zeit." Da war wieder diese Bibelstelle, die mich beschäftigte. Und von einer Zeit der Zweifel war dort nicht die Rede.

In sehr ernster Stimmung begann ich den Kuchenteig anzurühren. Der Kuchen sollte von einer Sahne-Kirsch-Mischung gekrönt sein, und Lizbeth erklärte mir genau, wie diese zubereitet wurde.

„Hat eure Mutter für jeden Geburtstag so einen Kuchen gemacht?", wagte ich sie zu fragen.

„Nee. Manchmal auch gedeckte Obstkuchen", sagte sie und blickte dabei nicht von den Kartoffeln auf, die sie gerade schälte. „Lassen Se uns doch aus den Truthahnresten 'ne Pastete mach'n, Mrs. Wortham. Mama hat das immer gemacht, wenn's Reste gab. Hab'n Se Möhr'n?"

„Ja, ein paar."

„Die schmeck'n gut da drin. Soll ich se mach'n? Ich weiß wie's geht."

„Ach, da wäre ich dir aber dankbar, Lizbeth. Sehr dankbar."

Ich hatte eigentlich nicht damit gerechnet, dass sie noch etwas sagen würde. Meistens redete sie nicht viel, aber an diesem Morgen schien sie das Gespräch förmlich zu suchen. Als

Sarah wieder hinausrannte, um mit Rorey zu spielen, waren wir zumindest für eine Weile wieder allein in der Küche.

„Sie ham ja geseh'n, was Pa mir gegeben hat. Na ja, es wird nie wieder so werd'n, wie's mal war. Un' ehrlich gesagt, weiß ich auch nich', ob wir ihn noch mal wiederseh'n."

„Oh Lizbeth! Sie sind bestimmt nur gegangen, um bei euch auf der Farm die Tiere und den Stall zu versorgen."

„Ihr Mann vielleicht, Mrs. Wortham, der wahrscheinlich schon. Aber Pa hatte nich' vor, wiederzukommen. Da bin ich ganz sicher."

Ich wusste nicht, was ich dazu sagen sollte. Ich staunte nur darüber, dass sie so aufrecht und ungebeugt dastehen und mir ihre Befürchtungen mitteilen konnte.

„Ich kann Sammy nich' die Uhr zeig'n, die Pa mir gegeb'n hat, Mrs. Wortham, weil Sam dann sofort losgehn und nach ihm sehen würd, und ich will nich', dass er schon wieder so lang draußen im Schnee und bei der Kälte unterwegs is'. Finden Se das falsch von mir?"

„Das Wetter sieht nicht so aus, dass jemand lange draußen sein sollte", sagte ich und stimmte ihr in diesem Punkt zu. „Aber sie mussten doch hinüber, um sich um das Vieh zu kümmern. Sie brauchen sicher nur etwas länger für den Rückweg."

Sie lächelte. „Se geb'n sich ja schrecklich viel Mühe, nett zu sein, was das angeht. Un' ich hoff auch wirklich, dass Mr. Wortham sich nich' verirrt, wenn er da rausgegangen ist, um nach ..."

„Lizbeth ..."

„Ich versuch mich an den Gedanken zu gewöhn', dass alles anders sein wird, Mrs. Wortham. Ich wünschte, Se könnten sich vorstell'n, dass wir alle noch 'n bisschen länger hier bleib'n. Alles andre wär für die ganz Kleinen ziemlich schwer nach all dem, was se schon durchgemacht ham."

Sie fragte mich also wieder. „Ihr könnt hier bleiben, so lange es nötig ist, das habe ich ja schon gesagt, aber das ist sicher nicht sehr ..."

„Wir müss'n einfach abwarten, das ist alles."

Was, wenn Lizbeth Recht hatte? Was, wenn George sich einfach aus dem Staub gemacht hatte und Samuel jetzt hinter ihm her war? Sollte ich die Jungen losschicken, um nachzuschauen?

Wenn die Arbeit drüben auf der Farm nicht getan war, dann würden wir wissen, dass etwas nicht in Ordnung war.

Sie hatten inzwischen genügend Zeit gehabt, hinüber und auch wieder zurück zu kommen, wenn man bedachte, wie früh sie fortgegangen waren. Sicher waren sie durch den Schnee aufgehalten worden. Sie würden bestimmt jeden Moment hereinkommen und nach einem kräftigen Frühstück verlangen. Aber ich hatte schon alles weggeräumt, so, als rechnete ich gar nicht mehr mit ihnen.

Harry kam in die Küche und knabberte an einer Popcornkette, die schon längst nicht mehr knusprig war. „Könn'n wir wieder Plätzchen backen?"

„Nein. Ich backe doch gerade einen Kuchen, und es sind noch jede Menge Plätzchen da."

„Ich hab Hunger. Kann ich ein' ham?"

Ich holte ihm einen Keks, obwohl er sich ja eigentlich schon selbst mit einem Imbiss in Form von Popcorn versorgt hatte. Und außerdem hatte er gerade erst gefrühstückt. Plötzlich waren noch drei Jungen mehr um meine Füße, so als hätten sie die Plätzchen aus dem Unterholz gelockt. Ich legte ein paar Kekse auf einen Teller und sagte, sie sollten ihn herumreichen.

„Aber nur einen für jeden", ermahnte ich sie. „Das genügt bis nach dem Abendessen."

„Du bis' lieb, Mom", verkündete Harry plötzlich.

Bei seinen Worten drehte sich mir der Magen um, und einen Augenblick lang bekam ich keine Luft. Er hatte mich zwar nicht Mama genannt, aber Mom, so wie Robert es immer tat. Er schien mich fast so zu akzeptieren wie Lizbeth es tat, und das löste beinah ein wenig Panik bei mir aus. Das hatte ich nicht so gewollt. Ich dachte wieder daran, wie Willy gesagt hatte, dass er nicht nach Hause zurück wollte. Was sollten wir nur tun? George war einfach schon zu lange zu distanziert gewesen, und jetzt war er schon wieder weg.

Rorey kam herein und sah mir dabei zu, wie ich ihren Kuchen in den Ofen schob, aber sie sagte kein Wort. Sie drehte an einer ihrer Locken, die sich selbstständig gemacht hatte und wandte sich dann in Richtung Lizbeth, die das Truthahnfleisch von den Knochen löste. Rasch stibitzte sie ein Stückchen Fleisch und steckte es in den Mund.

Plötzlich weinte Emma Grace im Nebenzimmer.

„Joey nimmt sie", sagte Lizbeth zu mir. „Er weiß, dass wir hier jetzt alle Hände voll zu tun haben."

Joey hatte wirklich das Baby hochgenommen, und der junge Sam half Harry in seine Jacke und nahm ihn eine Weile mit nach draußen. Ich fing gerade mit der Zubereitung der Kirschcreme für den Kuchen an, als ich ein schreckliches Poltern hörte, gefolgt von einem lauten Gebrüll von Berty. Ohne lange zu überlegen, rannte ich ins Nebenzimmer.

Berty lag am Fuß der Treppe und weinte sich die kleinen Augen aus. Kirk war schon bei ihm, aber der kleine Kerl wollte nichts mit ihm zu tun haben.

„Lizbeth!", schrie er jämmerlich .

Als er dann aber mich sah, streckte er seine Hand nach mir aus und rief: „Mommy! Mommy!"

Nein! Ich wäre am liebsten in die Küche zurückgerannt, um Lizbeth zu sagen, sie solle sich um ihren Bruder kümmern, aber der kleine Kerl hatte sich schon wieder aufgerappelt und humpelte auf mich zu, also war es dazu zu spät.

„Ich bin runtergefallt!", weinte er. „Ich bin da runtergefallt. Die Treppe da!"

Ich kniete mich hin, sodass ich mit ihm auf Augenhöhe war und fühlte mich plötzlich unglaublich schwer. „Na ja, es sieht ganz so aus, als wäre es noch mal gut gegangen. Kannst du mir zeigen, wo es weh tut?"

Er zeigte schnell auf beide Knie und den einen Ellenbogen. Dann streckte er beide Arme aus und bettelte: „Auf'n Arm!"

Oh, George! Warum sind Sie jetzt nicht für ihn da?

Aber die dicken Tränen des kleinen Jungen bezwangen mein Zögern, und ich nahm ihn hoch, obwohl ich innerlich so aufgewühlt war. Hatte nicht Sarah gesagt, dass ich jetzt da einspringen müsse, wo Wilametta fehlte? Das hatte ich nicht gewollt. Ich hatte diese Kinder nicht zu nah an mein Herz heranlassen wollen, auch wenn Emma das immer getan und ich sie dafür bewundert hatte. Ich wollte meine Kinder lieben, sicher. Aber all die anderen auch noch? Oh Herr! Ich wollte nur, dass sie wieder nach Hause zurück konnten.

Aber Berty nahm sanft eine Haarsträhne von mir in die Hand und rieb sie sich gegen seine kleine Wange. Dabei legte er seinen Kopf an meine Schulter, so weich wie nur irgendetwas. Ein paar Mal schniefte er noch, aber dann war er ruhig und klammerte sich nur noch an mich. Ich setzte mich mit ihm auf den nächstbesten Stuhl.

„Ist er in Ordnung?", fragte Sarah, die plötzlich neben mir stand.

„Ja sicher. Er kommt wieder ganz in Ordnung. Er braucht jetzt nur ein bisschen Trost. Das ist alles."

„Er ist ja auch noch so klein", sagte sie. „Er muss noch mehr auf den Arm als wir Großen."

„Ja, das kann schon sein."

Berty schloss die Augen, und ich spürte, wie er sich langsam entspannte. Drei Jahre war er alt. Ja, er war wirklich noch klein, viel zu klein, um zu verstehen, was um ihn herum vor sich ging. Aber wenn es ihn irritierte, dass er jetzt auf meinem Schoß saß und sich von mir trösten ließ, dann zeigte er das nicht. Er hielt sich nur meine Haarsträhne ganz nah an sein Gesicht und sah aus, als würde er schlafen. Mir traten Tränen in die Augen. Er war so süß auf eine Weise, die ich zuvor gar nicht bemerkt hatte. Und so angewiesen und abhängig! Und so vertrauensvoll.

„Irgendwie sind wir jetzt wie eine große Familie", sagte Sarah.

„Ja, heute scheint es fast so", seufzte ich.

„Wenn sie wieder nach Hause gehen, dann vermissen sie bestimmt dich *und* ihre Mama."

Ich blickte auf und bemerkte, dass Willy uns beobachtete, und Franky, der drüben am Feuer stand, ebenso. Keiner von ihnen sagte etwas, aber Franky hatte seine Knie bis an die Brust hochgezogen und wischte sich die Nase an einem Hemdsärmel ab.

Vielleicht, ja vielleicht hatte sie Recht. Und was war mit mir? Ich würde mich jeden Tag fragen, wie es ihnen wohl ging, ob sie auch gut aßen und ob George sie gut behandelte oder sie nur herumschubste.

Herr, hilf mir! Du hast es dir bestimmt nicht so gedacht, dass wir uns so nah kommen und anfangen, aneinander zu hängen. Natürlich sollen wir einander lieben und uns umeinander kümmern, aber wir können doch nicht für immer für sie zuständig sein. Oder doch?

Wir waren zwei Familien und so unterschiedlich. Und im Grunde sollten Sam und ich nicht für Georges Aufgaben zuständig sein. Ich wusste, dass ich Berty an Kirk übergeben oder Lizbeth aus der Küche holen sollte, oder den Kleinen einfach absetzen und ihm sagen, jetzt sei ja alles wieder gut. Aber Sarah hatte eine Hand auf seinen Rücken und die andere auf meinen Arm gelegt. Sie war offenbar zufrieden damit, wie die Dinge nun einmal waren. Und überdies fühlte es sich so seltsam gut an, wie er sich mit seinem kleinen warmen Körper so eng an mich schmiegte und meine kleine Prinzessin daneben stand und uns beide stützte.

Ich legte meine Hand auf Bertys Kopf und ignorierte die einzelne Träne, die mir die Wange hinunterlief. *Alles hat seine Zeit,* dachte ich. *Lieben hat seine Zeit. Mehr zu lieben hat seine Zeit – auch all diese Menschen hier und sogar George, um ihrer selbst willen.*

Ich wusste im Innersten, dass wir sie nicht einfach wieder nach Hause schicken und so tun konnten, als wäre die Angelegenheit damit für uns erledigt. Für Emma war es nie vorbei gewesen, wenn sie wieder hinüber zur Hammond-Farm gegangen war und dort einem weiteren Hammond-Baby auf die Welt geholfen hatte. Sie war immer für die Hammonds da gewesen. Und sie hätte sich ganz bestimmt von uns gewünscht, ebenso für die Hammonds da zu sein. Das war ihr letzter Wille für uns gewesen, genauso wie es ihr letzter Wille gewesen war, dass wir ihre Farm bekommen sollten. Aber nun, da Wila gestorben war, fiel es mir schwer, das so anzunehmen.

26

Samuel

Es hörte jetzt auf zu schneien und dafür war ich sehr dankbar. Zwei der Ziegen waren ausgebrochen und statt einfach bei der Scheune zu bleiben, wie man es doch eigentlich hätte erwarten können, waren sie hinaus in den hohen Schnee gelaufen. Es dauerte eine ganze Weile, bis wir sie wieder eingefangen und in ihren Pferch gesperrt hatten.

Dann fütterten und molken wir die Tiere zu Ende. Mit der Milch und nur drei Eiern als Tagesausbeute machten wir uns anschließend auf den Rückweg durch den Wald.

George war wieder still geworden. Als wir uns jedoch den Gräbern näherten, sagte er: „Ich möcht noch mit Wilametta red'n, wenn wir da sin'. Wenn's Ihn'n recht is, könn'n Se ja vielleicht so lang warten."

Ich war mir nicht so sicher, ob das wirklich eine gute Idee war. Aber ich überlegte auch, dass er das jetzt vielleicht brauchte. Am Tag ihrer Beerdigung war er ja gar nicht recht bei Sinnen gewesen. Und mir blieb ja auch kaum etwas anderes übrig, als mich einverstanden zu erklären.

„Nein, es macht mir nichts aus, George."

Wir stapften durch Neuschnee, der unsere Spuren vom Hinweg schon fast ganz bedeckt hatte. Der Wind hatte sich jedoch gelegt und plötzlich riss im Westen der Himmel auf und wurde sonnig blau.

„Das sieht man hier nich' besonders oft im Winter", sagte George. „Meist bleibt der Himmel ganz bedeckt."

„Ich bin froh darüber. Vielleicht können dann die Kinder auch mehr nach draußen ins Freie."

„Se woll'n, dass ich se wieder mit nach Hause nehm, oder?"

„Ja, irgendwann schon. Es ist doch wichtig, dass Sie alle zusammen sind."

„Ich bin mir gar nich' so sicher, ob se nach so einem Weihnachten wieder von Ihn'n weg woll'n. Un' ich wette, dass se sich für den Geburtstag auch wieder irgendwas aus'm Ärmel schütteln."

„Nur einen Kuchen. Jedenfalls ist das alles, wovon ich weiß."

„Ich kann keine Geburtstagsgeschenke kaufen, jedenfalls nich' für so viele. Is' einfach nich' drin."

„Da sind Sie ganz bestimmt nicht der Einzige."

„Mein' Se, dass Herbert Hoover auch nur 'n Finger krumm machen würd, um mir zu helfen?", fragte er fast zornig, aber dann schüttelte er den Kopf. „Natürlich würd'n die in der Politik sowieso nix für mich tun. Ich hatte doch schon zu kämpf'n, bevor ich überhaupt was von Hoover und dem Wirtschaftscrash gehört hab. Ich hab von all dem sowieso keine blasse Ahnung."

„Wir können nicht dem Präsidenten die Schuld für das geben, was passiert ist", sagte ich, obwohl ich mich ebenfalls nie besonders für Politik interessiert hatte. „Aber wahrscheinlich wird er ohnehin nicht für eine zweite Amtszeit gewählt. Wenn nächstes Jahr Wahl ist, wird sich bestimmt etwas ändern."

„Das wär gut. Bestimmt mehr Hilfe für die Farmer, so Gott will."

Es war merkwürdig, ihn so reden zu hören, so als wäre an diesem Morgen gar nichts Außergewöhnliches vorgefallen.

„Ist alles in Ordnung mit Ihnen, George?"

„Na klar is' alles in Ordnung!", rief er aus. „Ich hab's ja nich' mal geschafft, mir die Schlinge um meinen blöden Hals zu legen, bevor Se mich zu Boden geschlag'n ham. Vielleicht 'n paar blaue Flecke, aber da mach ich Ihn' kein' Vorwurf draus. Un' was is' mit Ihn'n? Der eine Schlag, den ich Ihn'n verpasst hab, der hat gesessen, was?"

„Mir geht's gut."

„Se seh'n aber irgendwie zerknittert aus. Als ob Se sich geprügelt hätten. Seh ich auch so übel aus?"

„Ja."

„Die werden sich bestimmt wundern. Werden Se ihn' was sagen?"

„Den Kindern nicht. Aber Juli werde ich erklären müssen, wo ich war und was passiert ist. Und vielleicht auch Ihrem Ältesten. Er weiß sowieso, was sie vorhatten, oder?"

„Is' ihm aber wahrscheinlich sowieso egal. Er findet bestimmt, dass ich nix mehr für se bin."

„Dann müssen Sie ihm das Gegenteil beweisen. Zeigen Sie ihm, dass nicht alle Last auf seinen Schultern liegt. Er versucht ein Mann zu sein, und es ist wichtig, dass Sie ihm zeigen, wie das geht."

Darauf antwortete George nicht, sondern ging vor mir her direkt auf die kahlen weißen Birken zu, und bevor ich mich versah, stand er schon vor Wilas Grab.

Und jetzt sah er wieder so ganz und gar gebrochen aus. Er sank auf die Knie. Am liebsten hätte ich ihn wieder aufgerichtet oder ihn dazu gebracht, weiter zu gehen, aber dann überlegte ich, dass ihm das hier vielleicht auch helfen könnte – einfach nur am Grab seiner Frau zu trauern.

Ich ging ein Stück von ihm weg, nur ein wenig weiter um den Hügel herum, von wo aus ich Emmas hölzernes Grabkreuz neben Willards Stein sehen konnte.

Was mochte wohl Juli denken, dass wir jetzt schon so lange weg waren? Und es war ja auch nicht abzusehen, wie lange es noch dauern würde. Und ohne George konnte ich nicht weitergehen. Ich würde ihn ganz sicher hier nicht alleinlassen, aber er brauchte nun mal diese Zeit für sich, und Gott sei Dank hatte er das Schlimmste überstanden. Es ging ihm langsam besser. Als ich weichen, unberührten Schnee betrat, wurde mir klar, dass ich mich auf dem Teich befinden musste, denn es war hier kein Gras zu sehen, das durch den Schnee hindurch stak. Das Unterholz hörte in einem ziemlich genauen Kreis um den Punkt herum, an dem ich stand, auf und machte einem klaren, ungebrochenen Weiß Platz. Wenn wir Schlittschuhe gehabt hätten, wie hätten wir herrlich unter einem so klaren Winterhimmel laufen können! Das heißt, wenn wir überhaupt auf einer Schneedecke von dieser Höhe hätten laufen können. Wenn man sich hier nicht auskannte, hätte man vielleicht gar nicht gewusst, dass sich hier überhaupt ein Teich befand.

Ich fragte mich, ob es nicht möglich wäre, irgendwie Schlittschuhe selbst zu bauen. Ich nahm mir vor, George später danach zu fragen. Mit diesen Gedanken beschäftigt, ging ich weiter auf den Hügel zu. Ich machte mir absolut keine Gedanken darüber, wie dick wohl die Eisdecke sein mochte. Es kam mir gar nicht in den Sinn, dass es zwar kalt genug sein mochte, um zu schneien, es aber möglicherweise noch nicht lange genug kalt gewesen war, dass die Eisdecke auch hielt. Aber schon nach zwei weiteren Schritten hörte ich das bedrohliche, fast wie ein Echo klingende Krachen unter mir.

Und dann versank einer meiner Füße. Es ging alles so schnell. Ich kippte zur einen Seite und ein Schwall eiskalten Wassers schloss sich über mir. Mein Kopf schlug gegen etwas Hartes. Und das letzte, was ich sah, war eisige Schwärze.

27

Julia

Als ich den Kuchen aus dem Ofen holte, begann ich mir ernstliche Sorgen zu machen. Zwei erwachsene Männer konnten unmöglich so lange brauchen, um eine Strecke von anderthalb Kilometern durch einen Wald zu gehen, ein paar Tiere zu versorgen und wieder zurückzukommen. Besonders, da es inzwischen auch aufgehört hatte zu schneien. Irgendetwas hatte sie aufgehalten, das war mir inzwischen klar, und ich hatte es die ganze Zeit schon gewusst. Es quälte mich, nicht zu wissen, was es war.

Auch die Kinder wunderten sich inzwischen, das spürte ich genau. Und es dauerte auch gar nicht lange, da zog sich der junge Sam den Mantel an.

„Es wird Zeit, dass ich mal nach dem Rechten seh", sagte er.

Joe, Kirk, Willy und Robert wollten alle mitgehen, aber Lizbeth erhob Einspruch. „Nur einer von euch", sagte sie.

„Es sind nich' mehr als zwei Leute nötig, um loszugehn und nachzusehn. In Ordnung? Jedenfalls bis wir wissen, was los is'. Geht einfach und seht nach, ob die Tiere versorgt sin' und ob se drüben auf der Farm sin'. Danach kommt ihr sofort wieder her."

Ich musste ihr Recht geben, weil ich nicht wusste, was ich ihnen sonst hätte sagen sollen. Sam suchte sich Kirk als Begleiter aus, sehr zu Joes Enttäuschung und zu Willys Empörung.

„Vielleicht sind sie ja wegen irgendwas zu den Posts gegangen", meine Robert. „Oder vielleicht war was mit den Tieren und sie mussten Hilfe holen."

Ich brachte kein Wort heraus und der junge Sam und Kirk waren schon bald aufgebrochen. Lizbeth drehte sich von mir weg und Rorey setzte sich auf den Boden und weinte.

„Ich will kein'n Kuchen! Ich will keine Kirschen! Ich will gar nix!"

Ich versuchte, das kleine Mädchen zu trösten, und auch Sarah gab sich große Mühe, indem sie ihr die neue Puppe brachte. Aber Rorey setzte sie nur neben sich auf den Boden und weinte weiter.

„Rorey, mein Schatz, es gibt doch gar keinen Grund zu weinen. Ich bin ganz sicher, dass alles in Ordnung ist.“

„Und wieso sind se dann noch nich' da?“

Ich konnte ihr nichts sagen, das sie von mir annehmen würde, das war mir klar. Sie hatte gemerkt, dass ihr großer Bruder sich Sorgen machte und rechnete jetzt mit dem Allerschlimmsten, nämlich dass ihr Vater ebenfalls nicht mehr wiederkommen würde. Sie glaubten, dass er sie verlassen hatte und dass mein Samuel da draußen auf der Suche nach ihm war.

Bitte, Herr, hilf ihnen. Sie haben schon so viel durchgemacht. Können sie nicht dieses eine Mal auch eine gute Nachricht bekommen? Kann Robert nicht diesmal Recht haben? Vielleicht hat die alte Rosey ja wirklich nur ein bisschen mehr Aufmerksamkeit gebraucht. Oder eines von den Schweinen. Alles, aber bitte nicht noch mehr Probleme mit George.

„Ist denn mit Papa alles in Ordnung?“, fragte mich plötzlich Sarah.

„Natürlich ist mit ihm alles in Ordnung. Er ist nur mit Roreys Papa mitgegangen, um ihm beim Melken und Füttern zu helfen.“ Natürlich. Daran lag es sicher. Die Männer würden ihre Verspätung sicher erklären, sobald sie zurück waren, was wahrscheinlich jeden Moment der Fall sein würde.

Aber Sarah sah mich nur an und schien dabei alles andere als zufrieden. Sie hatte keinen Grund, absolut keinen Grund, sich plötzlich solche Sorgen zu machen. Aber genau das war der Fall. Und Rorey hatte keinen Grund so zu weinen, keinen neuen Grund jedenfalls. Ich merkte, dass ich mit den beiden ungeduldig wurde und holte zu meiner eigenen Beruhigung einmal tief Luft. *Herr, wir alle sind in deiner Hand. Und wo auch immer die Männer gerade sein mögen, sie sind dort ebenfalls in deiner Hand.*

Plötzlich war in mir ein Lied, so als würde Emma es singen, wie an dem Tag, als sie es bei strahlendem Sonnenschein auf dem Heimweg von der Kirche gesungen hatte, obwohl es ihr, wie ich wusste, zu diesem Zeitpunkt besonders schlecht gegangen war.

„*Groß ist deine Treue, oh Gott, mein Vater …*“

Sie hatte ganz leise angefangen, aber dann war sie durch ihr Singen offenbar wieder zu Kräften gekommen und hatte nicht mehr leise gesungen. *„Du änderst dich nicht, denn du bist und warst und bleibst ewiglich.“*

Ich konnte immer noch förmlich hören, wie ihre Stimme den herrlichen Choral weitersang. *„Groß ist deine Treue! Groß ist deine Treue! Jeden Morgen neu seh ich deine große Barmherzigkeit. Alles, was ich brauche, schenkt mir deine Hand! Groß ist deine Treue, Herr, zu mir.“*

Wie hatte Emma dieses Lied geliebt! Es fasste ihre Sichtweise der Dinge besonders gut zusammen und war ihre Antwort auf alles, was ihr widerfuhr: Gottes Gegenwart, Gottes Fürsorge und Versorgung, Gottes Barmherzigkeit.

Warum kann ich nicht mehr so sein wie sie, Herr? Nach all dem, was du getan hast, um uns so gut durch eine so schwere Zeit zu bringen, warum kann ich mich da nicht mehr freuen? Oh Gott, du weißt, was die Zukunft bringt. Du kennst alle unsere Tage und all das Gute, das du mit uns vorhast. Ich ruhe in dir. So wie ich es schon längst hätte tun sollen, ruhe ich in dir. Wir werden es schaffen, egal wie lange die Kinder hier bleiben, egal, was geschieht. Weil du da bist, treuer Vater. Du bist hier, und daran kann ich nicht zweifeln. Ich zweifle nicht an der Güte, die uns hierher gebracht hat, die so viel von Emma in mein Herz gelegt hat und mich dazu gebracht hat, diese manchmal schwierige Familie zu lieben.

Ich war ganz und gar unvorbereitet, als die Jungen hereingestürmt kamen und jemanden zwischen sich trugen. Erst dachte ich, es wäre George, aber George kam direkt hinter ihnen. Er rief Befehle und hatte ganz offensichtlich das Kommando.

„Bringt ihn ans Feuer! Schnell! Zieht ihm die nassen Sachen aus! Holt Decken! Los, macht schon!“

Er sprach niemanden konkret an, sondern irgendwie alle zusammen. Einen kurzen irrationalen Moment lang dachte ich: *Wo ist Samuel?* Und dann sah ich, dass die eisige graue Gestalt, die sie an mir vorbeitrugen, Samuel war.

„Mami!“, schrie Sarah.

„Hol Handtücher!“, sagte ich zu ihr. „Lauf, mach schnell.“ Sie hatte Angst, aber darum konnte ich mich jetzt nicht kümmern. „Robert“, befahl ich, „du gehst nach oben und holst jede Decke herunter, die du tragen kannst!“

Dann war ich plötzlich in Emmas Zimmer und zerrte das Bettzeug aus ihrem Bett, ohne genau zu wissen, wie ich überhaupt dorthin gekommen war. Und dann rannte ich zum Feuer, wo George und seine großen Jungen Samuel die tropfnassen Kleider und die Stiefel auszogen.

„Er ist im Eis eingebrochen", sagte George, während ich mich damit abmühte, meinen Samuel in Decken einzupacken. *Oh Gott, wie hatte das nur passieren können?*

„Ich ... ich hätte einfach besser aufpassen müssen, wo er hingeht", sagte George. „Aber um ehrlich zu sein, ich hätte wahrscheinlich auch nicht gewusst, dass das Eis noch nicht hält. Tut mir schrecklich Leid. Wirklich!"

Er sah selbst ziemlich blass aus und war ebenfalls teilweise durchnässt. Er musste es irgendwie geschafft haben, Samuel herauszuziehen.

Barmherzigkeit. Treue. Ja.

„Sammy? Kannst du mich hören?"

Er zitterte. Er atmete. Aber er antwortete nicht, und ich war nicht sicher, ob er mich gehört hatte. Er hatte jedenfalls nicht die Augen geöffnet.

„Leg ein paar von den Handtüchern hier direkt auf den Rand vom Kamingitter, damit sie schön warm werden", sagte George zu meiner Tochter. Dann sprach er mich wieder an. „Wir müssen ihm alles ausziehen, sonst helfen Feuer und die Decken gar nicht. Er ist nass bis auf die Haut."

„Ja."

Benommen half ich ihm dabei, meinem Mann die nassen Sachen auszuziehen und ihn dann erneut zuzudecken. Dann begann ich, ihm die Arme und Beine zu reiben, damit er wieder warm wurde.

Oh Gott, dachte ich. *Emma hat Wilametta auch so massiert, und es war absolut vergebens. Wir haben uns so bemüht. Und jetzt liegt Sammy hier so bleich.*

Sarah trat zu mir und sie sah mich mit ihren tränengefüllten Augen an, bevor sie ebenfalls anfing, ihren Vater zu massieren. Robert legte mehr Holz aufs Feuer. Es schien so, als ob jeder irgendetwas tat.

„Wird er sterben?", fragte Rorey ganz verschüchtert.

„Nee", antwortete George sofort. „Nee, das is' 'n zäher Bursche. Der is' schon bald wieder auf'n Bein'n, damit er 'n Auge auf mich hab'n kann."

Das sagte er mit einem ganz seltsamen Unterton und vielsagendem Blick. Ich hätte nicht gedacht, dass es so sein würde, besonders nachdem George in letzter Zeit ganz anders gewesen war. Aber jetzt war er wirklich sehr fürsorglich.

„War er lange im Wasser?“, wagte ich ihn zu fragen.

„Mir kam es nich’ besonders lang vor, aber ich kann es auch nich’ genau sag’n. Ich hab getan, was ich konnt’. Auf jeden Fall konnt’ er selbst atmen. Darüber hab ich mir am Anfang am meisten Sorgen gemacht.“

Schon allein die Vorstellung von Samuel in dem eiskalten Teich! Er war zwar am Rand relativ seicht, aber drei Meter vom Ufer entfernt war er tief genug, um darin zu taufen, und in der Mitte mehr als mannstief. Samuel hätte auch ganz untergehen und dann unter die Eisdecke geraten können. In dem Fall hätte George ihn bestimmt nicht mehr zu fassen bekommen.

Es gelang mir, mich bei George zu bedanken. „Ich bin so froh, dass Sie da waren.“

Er schüttelte nur den Kopf. „Er wär ja gar nich’ da gewesen, wenn ich nich’ gewesen wär. Das wär wirklich seltsam, wenn wir nach dem, was heute passiert is, nich’ so was wie Brüder wär’n.“

Samuel wachte einfach nicht auf. Und ich dachte immer wieder: *Sollte er nicht aufwachen? Hätte er nicht schon wieder aufwachen müssen, bevor sie hier ankamen? Wacht jemand, der beinah ertrunken ist, nicht von selbst wieder auf, wenn er wieder anfängt zu atmen?*

„Sammy?“ Ich versuchte zu flüstern.

„Wissen Se“, sagte George zu mir, „wenn da nich’ diese Pfähle aus’m Wasser geragt hätten, dann hätt’ ich ihn gar nich’ zu fassen gekriegt, ohne selbst ins Wasser zu fallen. Die ham uns sicher an Land gebracht. Glück, dass der Schnee runtergeweht war, sonst hätte ich se gar nich’ seh’n könn’.“

Es handelte sich um dicke Pfähle, die aus dem Wasser ragten, von denen aus die Hammond-Jungen im Sommer angelten. Aber dass kein Schnee darauf gelegen hatte? Vielleicht war Samuel darauf ausgerutscht?

„War er direkt daneben?“

„Ja, nur eine Armlänge weg, und das war auch gut so.“

Ein Schauer durchfuhr mich, und ich strich Samuel sehr sanft über den Kopf. Unter seinem dichten schwarzen Haar fühlte ich hinter dem linken Ohr, was ich befürchtet hatte: eine längliche Schwellung, wo er mit dem Kopf aufgeschlagen sein musste. Als ich meine Hand zurückzog, sah ich eine ganz kleine Blutspur auf meinen Fingern und mir wurde kalt.

„George, schauen Sie bitte, ob Sie Barrett Post dazu bringen können, den Doktor zu holen."

Erst sah er mich überrascht an, aber dann mit einer Art wilder Entschlossenheit. „Jawoll. Mach ich!"

Er sprang auf und war beinah schon bei der Tür, als Joe ihn aufhielt. „Dein Mantel is' doch auch ganz nass, Pa. Ich geh schon."

George schüttelte den Kopf. „Das geht schon so, aber du kannst gern mitkommen."

Es schienen Stunden vergangen zu sein, als sie endlich zurückkamen. Samuel rührte sich immer noch nicht und wir waren in der Zwischenzeit ziemlich unruhig gewesen. Sarah hatte sich eng an ihren Papa geschmiegt und weinte. Mir war ebenfalls zum Weinen zu Mute, aber seltsamerweise mehr über ihren Kummer als um Samuel. Er würde schon wieder in Ordnung kommen. Er musste einfach.

„Mama?", fragte Robert. „Warum passieren eigentlich so viele schlimme Sachen auf einmal? Warum hört das nicht mal auf?"

Darauf hatte ich auch keine Antwort, aber ich musste ihm etwas sagen: „Das weiß ich auch nicht, mein Junge. Aber dein Vater kommt wieder in Ordnung. Das weiß ich ganz sicher."

„Wir sollten lieber für ihn beten", sagte Franky.

„Ja. Genau das machen wir jetzt auch." Ich schaute in all die kleinen Gesichter um mich her. „Habt keine Angst. Gott ist hier bei uns."

„Das hat Mama auch nich' geholfen", sagte Willy bitter.

„Doch, das hat es wohl. Sie ist nämlich ganz und gar still und friedlich eingeschlafen."

Ich betete mit den Kindern, die sich um mich geschart hatten. Lizbeth gab dem Baby das Fläschchen und Sam Hammond hatte Berty auf dem Schoß.

„Ich will meinen Geburtstagskuchen nich'", sagte Rorey jetzt schon zum zweiten Mal. „Un' Truthahnpastete will ich auch nich', wenn er nich' aufwacht."

„Er wird aufwachen", sagte Robert. „Er wird wach und auf sein, bevor der Doktor hier ist."

Wir waren alle erleichtert, als George und Joe schließlich zurückkamen. Der Arzt war natürlich noch nicht dabei, aber dass er benachrichtigt war, beruhigte mich schon sehr.

„Geht es ihm schon besser?", fragte George sofort.

„Er wird wärmer", antwortete ich ihm, aber mehr konnte ich auch nicht sagen.

„Barrett is' bestimmt ziemlich schnell. Das Wetter is' jetz' auch gut und klar. Sein Schlitten kommt sicher ohne Probleme durch. Gegen Nachmittag wird der Doktor hier sein."

Ich nickte nur.

„Warum setzen Se sich nich', Mrs. Wortham?", schlug er vor. „Se seh'n irgendwie ziemlich müde aus."

Ich schüttelte den Kopf. „Ich bin nicht diejenige, die gerade eine weite Strecke durch tiefen Schnee marschiert ist."

Er brachte mir trotzdem einen Stuhl, auf dem ich aber nicht Platz nahm. „Ich muss für alle Abendessen machen."

„Ich mach das schon, Mrs. Wortham", sagte Lizbeth schnell. „Machen Se sich darüber mal keine Gedanken."

Ich ging hinüber zum Feuer, wo Samuel immer noch mit Kissen unter Kopf und Schultern dalag. Sarah war bei ihm, und ich kniete mich jetzt neben sie.

„Sammy", sagte ich. „Es wird jetzt Zeit, dass du aufwachst. Die Kinder machen sich schon Sorgen um dich."

„Wieso schläft er denn bloß so lange?", fragte Sarah.

„Das ist manchmal so, wenn man sich den Kopf aufschlägt, mein Schatz."

„Aber Berty hat auch nicht geschlafen, als er die Treppe runtergefallen ist. Und er hat sich auch den Kopf gestoßen."

„Das ist etwas anderes."

„Amer Pa ..."

Samuel bewegte die eine Hand. Nur ein ganz klein wenig. Sarah hatte es auch gesehen und sie beendete nicht ihre angefangene Frage. Er schlug langsam die Augen auf, sah erst sie, dann mich an.

„Papa!", quietschte Sarah. „Is'es jetzt wieder besser?"

Sam sah ein bisschen verwirrt aus. „Hat ... George..."
Er schien den Satz nicht beenden zu können.

„Ja. Zwei von den Jungen haben ihm geholfen, aber er hatte dich schon aus dem Wasser gezogen." Ich nahm seine Hand und war unendlich froh, dass er wieder bei Bewusstsein war und sprach.

„Ist alles in Ordnung, Papa?", fragte Sarah.

„Mir brummt der Kopf, mein kleiner Kürbis." Er sah mich an. „Das Eis war noch nicht fest genug."

„Ich weiß, George hat es mir schon gesagt."

„Ich wette, du hast nicht gewusst ... dass du einen solchen Dummkopf geheiratet hast, oder?"

„Pssst. Ich bin einfach nur froh, dass du noch da bist." Tränen traten mir in die Augen, ohne dass ich es verhindern konnte. Ich wischte sie weg, aber er hatte es schon gesehen.

„Es tut mir so Leid, Liebling, dass ich dir solche Sorgen bereitet habe."

„Es war einfach ein Unfall, Sammy! Es braucht dir nicht Leid zu tun! Ich mache dir sofort heißen Tee."

Er antwortete mir nicht, sondern schien sich nur im Raum umzuschauen. „Wo ist denn George?"

„Hier ..." Er war direkt hinter mir gewesen, aber als ich mich jetzt umdrehte, war er nicht mehr da.

„Auf der Veranda", meldete Franky. „Ich hab ihn rausgeh'n seh'n."

„Er ist bei Barrett Post gewesen, um ihn zu bitten, für uns nach dem Doktor zu schicken", sagte ich zu Samuel.

Der versuchte jetzt sich aufzusetzen, aber ich merkte, wie sich dabei sein Gesicht vor Schmerz verzerrte.

„Leg dich bitte wieder hin, Sam. Es ist alles in Ordnung mit ihm."

Kirk ging zur Hintertür, und ich wusste, dass er nachschaute, einfach um ganz sicher zu sein. Mit dem, was er dann sagte, als er wieder ins Zimmer kam, hatte ich allerdings absolut nicht gerechnet. Er sagte nämlich: „Pa weint."

Es war offensichtlich, dass der Junge ebenfalls nicht so recht wusste, was er davon halten sollte.

Lizbeth nickte, so als verstünde sie besser als wir alle zusammen, was los war. „Vielleicht is' er ja dann auch bald für den

Geburtstagskuchen bereit. Wenn er wein'n kann, dann kann er sich hinterher auch wieder besser fühl'n, und wir können mit dem Tag weitermachen, so wie er eigentlich sein sollte."

„Es wird ihm aber nich' besser geh'n!", widersprach Willy. „Es is' einfach ungerecht. Das is' es! Dass Mr. Wortham wieder gesund wird un' Mama nich'."

Lizbeth schüttelte den Kopf. „Sei ruhig! Manchmal sind die Menschen einfach seltsam. Sie können gleichzeitig vor Glück un' vor Traurigkeit weinen. Natürlich tut ihm Mamas Tod weh! Aber er is' auch froh, dass heut alles gut ausgegang'n ist, und darüber bin ich auch froh. Unser Papa is' ein Held, nich' Mrs. Wortham? Er hat Mr. Wortham das Leben gerettet! Mama wär stolz auf ihn. Sie würde bestimmt woll'n, dass er hier bleibt und für jeden von uns der Beschützer is' – und für Se alle auch. Stimmt doch, oder Mrs. Wortham? Mr. Wortham?"

Ich sah zu Samuel und er sah mich an. „Ja, er ist wirklich ein Held", sagte ich zu ihr.

Samuel gelang es unter Schmerzen, zu nicken. „Sieht ganz so aus, als könnte ich alle Hilfe gebrauchen, die ich kriegen kann."

„Pa!", brüllte Rorey, die bei diesen Worten plötzlich ganz aufgeregt wurde. Sie nahm ihre Puppe und sauste hinaus auf die Veranda. „Du bis' unser Beschützer, Papa! Du bis' 'n Held!"

Ich musste lächeln und Sammy drückte meine Hand. „Danke, Jesus", flüsterte er.

Sehr zu Samuels Freude waren die Kinder den Rest des Nachmittags ganz und gar auf George konzentriert und wichen ihm nicht von der Seite. Als dann endlich Barrett Post mit dem Doktor kam, saßen wir alle in einem großen Kreis auf dem Fußboden und aßen Roreys Geburtstagskuchen.

Ich hatte für Samuel trockene Kleider besorgt. Ihm war zwar noch nicht nach essen, aber er war schon wieder kräftig genug, um Sarah auf den Schoß zu nehmen. Und einen Augenblick lang standen Barrett und der Doktor einfach da und sahen uns zu.

„Na, ich nehme mal an, es geht Ihnen schon wieder besser", sagte der Doktor zu Samuel.

„Ja. Es tut zwar noch weh und mir ist auch schwindelig, wenn ich versuche aufzustehen, deshalb habe ich mich nicht so viel bewegt."

„Papa is 'n Held!", merkte Harry noch einmal deutlich an.

Doktor Howell schaute kurz zu ihm hin und sagte dann: „So etwas ist mir schon zu Ohren gekommen." Er kniete neben Samuel, sah ihm ganz genau in die Augen und untersuchte sorgfältig die gänseeigroße Beule an seinem Hinterkopf. „Ein paar Tage lang sollten Sie sich möglichst ruhig verhalten", sagte er zu Sam. „Sie haben eine Gehirnerschütterung, aber es scheint durch das Eiswasser kein weiterer Schaden entstanden zu sein. Sie haben wirklich Glück gehabt."

„Das war kein Glück", sagte Sam zu ihm. „Das war Bewahrung. Wir haben heute den ganzen Tag erlebt, wie Gott bei uns ist und für uns sorgt." Er sah zu George. Sie sagten zwar beide nichts, aber das war auch irgendwie gar nicht nötig.

„Der Allmächtige hat schon so seine Art, sich zu zeig'n", sagte George zustimmend. „Auch wenn wir zu gleichgültig sin', um überhaupt hinzugucken."

Ich sah, wie Mr. Post schwer schlucken musste und zu Boden sah. Er sagte erst wieder etwas, als der Doktor fertig war und bereits zur Tür hinaus.

„Meine Mama hat mal gesagt ...", fing er an und zögerte dann. „Mama hat gesagt, dass wenn es wirklich schwer wird, Gott seine Wunder tut, weil ihm dann niemand mehr ins Handwerk pfuscht."

„Ihre Mutter wusste, wovon sie redete", stimmte ich ihm zu. „Er tut für die Menschen am meisten, die wissen, dass sie ihn brauchen."

„Woll'n Se auch Kuchen?", bot Rorey an. „Ich hab nämlich heut' Geburtstag."

Barrett sah so aus, als wäre er am liebsten im Boden versunken.

„Ich bin seit vierzig Jahren wütend, George Hammond, und du sitzt hier und feierst mit Kuchen Geburtstag! Geh mir doch weg! Ich versteh, was du durchgemacht hast, aber ... aber ..."

„Ich musste das alles abgeben", sagte George, „oder sterben."

„Aber wie hast du es denn abgegeben?", fragte Barrett nach und sah wirklich in seinen Grundfesten erschüttert aus.

„Ich weiß es nich'. Un' ich kann auch nich' sagen, dass ich besonders gut darin bin. Aber wenn Gott da oben mit Wilametta fertig werd'n kann, vielleicht kann er dann auch mit dem Rest von uns hier fertig werd'n. Vielleicht gibt es ja ein' Grund dafür, dass ich noch hier bin."

Barrett schüttelte den Kopf. „Ich wusste nicht, wie lange es dauern würde, bis ich dich wieder bei klarem Verstand erlebe."

„Ich weiß eigentlich noch immer nich', wie es um mein'n Verstand bestellt is'", gab George zu. „Aber ich bin hier. Muss ja auch wieder 'n Pa sein."

Barrett sah jetzt mich an. „Sie haben für uns gebetet, nicht wahr, Mrs. Wortham?"

„Ja", gestand ich und fragte mich, wieso er das wohl gefragt hatte.

„Louise hat gesagt, dass Sie jetzt bestimmt damit weitermachen, wo Emma tot is'. So'n Mist. Louise hat gesagt, sie hat das Gefühl, als müsste sie auch beten, wenn sie nur daran denkt, wie viel Energie Emma ins Beten gesteckt hat."

„Das würde dir bestimmt nich' schad'n", sagte George zu ihm. „Vielleicht hörst du dann ja auch auf, so wütend zu sein, du komischer alter Kauz."

Seine Worte überraschten mich, aber dann erinnerte ich mich daran, wie sie sich in leichteren Zeiten, im Sommer und bei der Ernte spaßhaft wie Feinde gekabbelt hatten, obwohl wir alle wussten, dass sie Freunde waren.

„Vielleicht komm ich demnächst auch mal zur Kirche", sagte Barrett. „Mal seh'n, wieso alle so'n Aufhebens darum machen."

„Danke", sagte George dann zu ihm, „für den Weihnachtstruthahn."

„Und all die Beilagen fürs Weihnachtsessen", fügte Lizbeth noch hinzu.

„Ja", sagte der kleine Harry, „das war alles ganz, ganz lecker."

„Die Freude war ganz auf unserer Seite", sagte Barrett und wandte sich zum Gehen. Aber da meldete sich plötzlich Sam Hammond, der die ganze Zeit am Türrahmen gelehnt hatte, zu Wort. „Vielleicht sollten Se noch beten, so lang' Se hier sin'. Sieht ja ganz so aus, als ob die Welt da draußen nich' so besonders sicher is', oder?"

Seine Worte überraschten uns alle dermaßen, dass es im Raum ganz still wurde.

„Eins weiß ich jedenfalls“, fuhr Sam fort. „Mama hat sich gewünscht, dass ich an Gott glaub, und es hört sich ganz so an, als ob Ihre Mama sich dasselbe auch für Se gewünscht hat. Es is’ bestimmt nich’ gut, wenn wir beide was tun, obwohl wir es eigentlich besser wissen.“

„Habt ihr das alles hier geplant?“, fragte Barrett jetzt nach.

„Nee.“ Die Antwort kam von Willy, und Barrett sah den Jungen einfach einen Moment lang nur an.

„Ich muss es machen“, sagte Barrett schließlich. „Ich weiß, dass ich es machen muss.“

Franky erhob sich plötzlich ganz aufgeregt, sodass er auf dem Boden kniete. „Mrs. Gray sagt, wir sollen Jesus einfach sag’n, dass wir jetz’ ihm und nich’ mehr uns selbst gehör’n wollen. Sagen Se ihm einfach, dass Se froh sin’, dass er für Se gestorben is’.“

Barrett stand einfach nur da und starrte den Jungen an. „Was machst du eigentlich da bei dir auf der Farm, George? Ziehst du da etwa ’ne ganze Horde Prediger groß?“

„Nee, das geht wohl eher auf Wilas Kappe. Se hat immer gesagt, dass es doch schön wär, wenn einer oder sogar mehrere mal Prediger werd’n.“

Und dann betete Barrett einfach. Auf der Stelle, so wie er da stand, vor uns allen. Er betete und nahm den Herrn an und sagte dann zu George, wie Leid es ihm täte, was ihm passiert sei und zu Samuel, wie froh er darüber sei, dass er alles gut überstanden hatte.

„Machen Sie so weiter“, sagte er mir im Gehen. „Ich werde Louise von all dem hier erzählen. Ich weiß ja nich’, ob sie darüber lachen oder weinen wird.“

George ging mit Barrett hinaus zu seinem Schlitten. Und als er wieder hereinkam, stand er einen Moment lang kopfschüttelnd in der Tür. „Ein betender Barrett“, sagte er und sah Samuel an, „das schlägt wirklich alles.“

28

Samuel

Albert Graham kam zwei Tage später und fuhr sich mit seinem Auto etwa einen Kilometer von unserer Farm entfernt auf der Landstraße in einer bereits abtauenden Schneewehe fest. Ich schlief gerade, als das Geräusch an der Tür und die Unruhe im Haus mich weckten, was dazu führte, dass mir wieder der Schädel dröhnte.

„Oh!“, rief Juli aus, als sie ihn sah. „Wie geht es Ihrer Frau?“

„Besser. Viel besser, danke.“ Er schien überrascht, mich im Haus anzutreffen, dazu noch auf einer Matratze auf dem Fußboden liegend, und er wunderte sich auch, dass Lizbeth und das Baby bei uns waren, zusammen mit Rorey und Sarah und Berty, die in einer Ecke mit den Papierengeln spielten.

„Das mit Emma tut uns wirklich Leid“, sagte Juli. „Es ist so schade, dass Sie nicht zum Begräbnis hier sein konnten.“

Er nickte. „Ich wäre so gern gekommen. Sie war eine wunderbare Tante. Ich hätte sie gern noch einmal gesehen.“

Er kam an mein Lager und stand über mir. „Habe in der Stadt gehört, dass sie um ein Haar umgekommen wären.“

„Ja, das stimmt, Sir.“

„Lassen Sie doch das Sir weg. Ich bin ja kaum älter als Sie.“

Darüber musste ich lächeln und dachte an das letzte Mal, als er da gewesen war; wie er Emmas Axt genommen und sie ohne Vorwarnung mit voller Wucht in den Holzblock gerammt hatte. Mit so viel Wucht jedenfalls, dass ich ein paar Schritte zurückgetreten war und mich sehr über ihn gewundert hatte.

„Hab das Auto ein Stück die Straße runter stehen gelassen“, sagte er. „Ich könnte ’ne Schaufel brauchen. Ist Onkel Willards noch im Werkzeugschuppen?“

„Ja.“

„Aber Sie brauchen das Schaufeln nicht selbst zu übernehmen“, protestierte Julia. „Das können doch Robert und Willy machen.“ Sie rief die Treppe hinauf nach den beiden.

„Haben Sie alle Hammonds hier?“

„Nein“, antwortete ich. „Genau die Hälfte ist gerade mit drüben bei George. Sie wechseln sich immer ab.“

„Ist mit George alles in Ordnung?“

„Es ist nicht leicht für ihn. Aber er kommt zurecht.“

Robert und Willy kamen wie Wildpferde die Treppe heruntergepoltert, aber sie blieben abrupt stehen, als sie Albert sahen.

„Mr. Grahams Auto ist auf der Straße im Schnee steckengeblieben“, sagte Juli ihnen. „Er braucht Hilfe beim Freischaufeln.“

„In Ordnung“, sagten sie wie aus einem Munde. Aber beide Jungen sahen erst mich an, bevor sie sich dann ihre Jacken anzogen. Sie waren besorgt. Sie waren schon seit Tagen in Sorge darüber, was Albert wohl sagen würde, wenn er käme.

„Wenn ich das Auto hergeholt habe, könnten Sie mich dann zu Tante Emmas Grab begleiten?“, fragte er mich.

Ich zog mich hoch, sodass ich auf meinen Füßen stand. „Ich werde Ihnen mit dem Auto helfen.“

„Nein. Sie bleiben schön hier. Ich habe gehört, dass Sie sich auf gar keinen Fall anstrengen dürfen. Clement Post hat mir erzählt, dass Sie fast gestorben sind, und dass Sie und Georges Jungen jetzt in der ganzen Gegend predigen.“

„Na ja, das ist wohl doch ein bisschen übertrieben.“

Sein Gesichtsausdruck hatte etwas Weiches. „Es ist bis jetzt ein harter Winter gewesen. Und damit meine ich nicht nur das Wetter.“

Er ging mit Robert und Willy und ließ sie später die kurze Strecke zur Farm in seinem Auto mit zurückfahren. Ich holte meine Jacke und meinen Hut. Mein Kopf tat weh, und ich hatte immer noch Probleme mit Schwindel, wenn ich zu lange auf war, aber Albert wollte gern, dass ich ihn begleitete und deshalb würde auch niemand mich davon abhalten können.

„Setzen Sie sich doch“, drängte Julia ihn, als er wieder hereinkam.

„Wärmen Sie sich mit einer Tasse Tee ein bisschen auf.“

Albert schüttelte den Kopf. „Sie und Emma und Tee.“ Aber mehr sagte er nicht. Er setze sich und ließ sich von ihr eine dampfende Tasse zubereiten und sah sich dann um, während er trank.

„Sie haben hier nicht viel verändert, aber wo ist die Kaminuhr?“

„Sie ist versehentlich zerbrochen“, sagte Juli schnell. „Wir werden sie natürlich ersetzen, wenn sie Ihnen wichtig war.“

„Wenn die wichtig war, dann wäre doch eine neu gekaufte kein echter Ersatz, oder?“

Wir sagten darauf beide nichts. Es war unmöglich zu sagen, ob ihm die Sache mit der Uhr etwas ausmachte oder nicht.

„Hat der Pastor die Beerdigung gut gemacht?“

„Er hat es versucht“, sagte Juli schüchtern. „Er hat es ganz gut gemacht. Es war nur ... so schwer, weil Mrs. Hammonds Begräbnis am selben Tag war.“

Albert seufzte. „Ja.“ Er schwieg, schaute in seine Tasse und trank dann den Rest mit einem großen Schluck aus. „Und Sie, haben Sie jetzt irgendwelche Pläne?“

Juli sah mich jetzt merklich nervös an. Für mich persönlich wäre es möglich gewesen zu gehen, etwas anderes zu machen, wenn es sein musste. Aber Juli liebte diesen Ort. Sie hatte bereits eine tiefe Bindung dazu und natürlich zu Emma, und das war schon von Anfang an so gewesen.

„Nein“, sagte ich zu ihm. „Wir haben noch keine konkreten Pläne.“

Er stand auf. „Sind Sie ganz sicher, dass Sie laufen können?“

„Ja.“

„Holen Sie sich einen von Tante Emmas Stöcken, ja?“

„Ich brauche keinen ...“

„Es wird Sie schon nicht umbringen, einfach ein bisschen vorsichtig zu sein. Sie brauchen noch nicht wieder hundert Prozent zu bringen, wenn Sie noch nicht so weit sind.“

Also nahm ich den Stock. Und es half mir wirklich, einfach zu wissen, dass er da war, wenn sich alles ein bisschen drehte.

Wir hatten bereits den Hof der Farm verlassen und waren ein Stück in den Wald hineingegangen, als er wieder anfing zu reden.

„In welchem Zustand ist denn Georges Farm eigentlich? Ist sie sehr heruntergekommen? Als ich letztes Mal hier war, bin ich nicht einmal drüben gewesen, um sie mir anzusehen.“

„Es muss schon was dran gemacht werden. Ziemlich viel sogar, um ehrlich zu sein. Aber das gilt ja auch für Emmas Farm.

Wir haben aber versucht, am Ball zu bleiben, und ich rechne damit, dass er das auch versuchen wird."

„Glauben Sie das wirklich? Er füttert seine Schweine, melkt die Ziegen und so was. Aber er ist keiner, der auch was in Schuss halten und reparieren kann. Es war einmal eine solide Farm, und ich habe mir sagen lassen, dass ihm jetzt beinah alles über dem Kopf zusammenbricht."

„So schlimm ist es nun auch wieder nicht."

„Sie haben sich also mit ihm angefreundet?"

„Ja, das habe ich."

„Das ist ja auch unter den Umständen ganz normal."

Er war nicht zu durchschauen, jedenfalls im Augenblick nicht. Gleichzeitig hart und zart. Ich hatte keine Ahnung, wie die Sache ausgehen würde.

Ich folgte ihm den kleinen Hügel am Teich hinauf, wo man immer noch die Stelle sehen konnte, an der ich eingebrochen war. Ein gezacktes Loch, überzogen mit einer neuen, noch hauchdünnen Eisschicht.

Vor Willards Grab blieb er stehen, aber er blickte auf Emmas Grab. „Ich lasse einen Grabstein schicken", sagte er. „Es könnte allerdings Frühling werden, bis er da ist." Dann wurde er ganz still – sehr lange. „Haben Sie sie verstanden?", fragte er mich dann schließlich.

„Ich habe es versucht. Sie war eine gute Frau. Aber es war Julia, die ihr wirklich nah war. Es schien so, als hätten sich die beiden schon seit Jahren gekannt."

Er lachte. „Seelenverwandte also. Ruckzuck barfuß im Garten oder beim Sammeln von irgendwelchen Blättern, um sie einem in die Teetasse zu tun. Viel lieber als sich einen Film anzuschauen."

„Ja, manchmal ist sie schon seltsam", pflichtete ich ihm bei. „Aber auch sehr praktisch."

Erst zu spät wurde mir klar, dass ich in der Gegenwart gesprochen hatte.

„Es scheint fast so, als wäre sie noch da."

„Ja, das ist wohl so."

Er seufzte. „Sie wollte, dass Sie ihre Farm bekommen, als sie erfahren hat, dass ich nicht aus der Stadt wieder hierher ziehen würde. Sie hat gesagt, dass Sie die Farm bräuchten, und dass Sie das zu schätzen wüssten."

Ich sagte dazu nichts. Es war seine Entscheidung, wie auch immer sie ausfallen mochte. Und ich hatte nicht das Recht, ihn irgendwie zu beeinflussen.

„Sie war eigenwillig, hatte ein Herz aus Gold, aber absolut keinen Geschäftssinn. Wissen Sie das? Haben Sie überhaupt eine Vorstellung davon, was diese Farm wert ist?

„Nein", antwortete ich ihm darauf ehrlich.

„Also für den heutigen Markt weiß ich das auch nicht so genau, aber 1928 hätte sie einen hübschen Preis dafür erzielt. Doch ihr war das völlig egal, es interessierte sie kein bisschen."

Er sah den Hügel hinunter zu Wilamettas Grab zwischen den Birken, wandte dann aber den Blick wieder ab.

„Wie schätzen Sie eine Person ein, die Tausende von Dollar im Laufe eines Lebens einfach zum Fenster hinauswirft? Die immer nur gibt und schenkt? Häh? Wie nennen Sie so was?"

„Heilig", dachte ich im Stillen, aber das konnte ich unmöglich sagen. Ich überlegte, dass er das eigentlich auch nicht hören wollte.

„Ich habe es versucht. Ich habe immer wieder versucht ihr zu erklären, wie finanzielle Angelegenheiten auf dieser Welt funktionieren und dass es keine Sünde ist, auch ein wenig für sich selbst vorzusorgen. Aber sie war viel zu beschäftigt damit, sich um Leute wie George Hammond zu kümmern, als dass sie mir hätte zuhören können."

„Sie hat zugehört", wagte ich mich vor. „Aber sie musste letztlich auf ihr eigenes Herz hören. Es hat einfach in einem anderen Takt geschlagen als das der meisten anderen Menschen, glaube ich."

Er drehte sich um und sah mich so an, dass ich mir wünschte, doch besser den Mund gehalten zu haben. „Sie hat mir erzählt, dass sie habgierig gewesen sei, als sie noch jünger war. So wie wir alle, nehme ich mal an. Aber sie konnte dann einfach nicht mehr so sein. Sagen Sie mir, möchten Sie die Farm immer noch haben?

„Darauf kann ich Ihnen nicht antworten. Ich kann Ihnen Ihre Entscheidung nicht abnehmen."

„Verdammt, Sam Wortham! Tante Emma hat versucht, Ihnen die Farm zu überschreiben und Sie wollten sie nicht annehmen! Und jetzt wollen Sie mir auch nichts sagen. Was ist los mit Ihnen? Geht es Ihnen gegen Ihre Natur, etwas zu nehmen und festzuhalten, was Ihnen direkt vor die Nase gehalten wird?"

„Nein. Ich möchte nur nichts nehmen, was eigentlich Ihnen gehört."

„Emma hat es nicht als meins betrachtet. Nicht mehr seit ich ihr gesagt habe, dass ich in der Stadt bleiben würde."

Ich senkte den Kopf und blickte auf Emmas Grab. *Herr, bitte zeig mir, was ich tun soll, wie ich mit diesem Mann reden soll.*

„Wenn ich Ihnen jetzt also direkt anbieten würde, Ihnen die Farm zu überschreiben, so wie Emma es Ihnen auch schon angeboten hat, würden Sie sie dann jetzt nehmen, wo Emma nicht mehr da ist?"

Ich rang mit dieser Frage, obwohl mir Julias Antwort auf der Zunge lag und zappelte, um herauszudürfen. Es war zu einfach. Sicher, ich hatte gearbeitet. Ich würde auch weiter arbeiten müssen, aber ich war nicht wie jemand, der sich jahrelang abgemüht hatte, um eine Farm für die Familie zu erhalten und weiter zu vererben oder der lange gespart hatte, um sich dann mit schwer verdientem Geld Land zu kaufen. Ich hatte jetzt schon seit fast zwei Jahren keine feste Arbeit mehr. Ich hatte das hier nicht verdient. Genau wie ich es auch schon Emma gesagt hatte. Ich hatte das hier einfach nicht verdient.

„Also ... würden Sie einer Überschreibung nun zustimmen oder nicht? Wieso ist das eigentlich eine so schwere Frage?"

Ich musste schlucken und dachte an Julia, Robert und Sarah, an ihre glücklichen Stimmen, die durch den Garten geschallt und sich mit der von Emma vermischt hatten. Oh, sie hatte sie wirklich geliebt. Und die Kinder hatten Emma geliebt. Das stimmte. Es war von Gott so bestimmt.

„Ja", sagte ich und brachte kaum ein Wort heraus. „Wenn Sie sie mir geben wollen, dann nehme ich sie."

„Also gut. Da haben wir ja dann eine Antwort." Er blickte in den Himmel hinauf und dann in den Wald, der uns umgab. „Ich habe immer mit Warren hier draußen gespielt. Mit Emmas Sohn. Hat Sie Ihnen jemals davon erzählt?"

„Sie hat nicht so viel von ihm gesprochen."

„Das hatte ich auch nicht erwartet. Sein Tod hat ihr unglaublich zugesetzt." Dann wandte er sich wieder mir zu. „Wir haben hier unten immer geangelt oder waren schwimmen, genau in dem Teich, in dem Sie fast umgekommen wären, Wortham. Emma hat uns immer gesagt, dass wir vorsichtig sein sollen. Seid vorsichtig. Na ja, wir waren es nie, aber es ist trotzdem nie etwas passiert. Noch nie außer jetzt mit Ihnen." Er schüttelte den Kopf. „Im Frühling ist das hier ein besonders schönes Fleckchen. Wir haben hier oft gepicknickt. Ich nehme an, ich werde mir ein Stückchen von dem Land vermessen lassen und es selbst behalten. Sie brauchen es ja sowieso nicht. Und die Gräber brauchen Sie ganz bestimmt ebenfalls nicht."

„Nein", stimmte ich zu, „die brauchen wir nicht."

„Ich habe viel darüber nachgedacht. Ich kann nicht einfach so gegen Tante Emmas erklärte Absicht handeln, obwohl sie nicht viel Sinn ergibt, oder? Sie hat Sie doch gar nicht wirklich gut gekannt. Es waren doch nur sieben Monate, oder?"

„Ja."

„Na ja, mir kommt das zwar ziemlich töricht vor, aber es war schließlich Emmas Farm. Es war ihre Entscheidung. Ich lasse die Überschreibung veranlassen, bevor ich wieder in den Norden zurückfahre."

Ich wäre fast zu Boden gegangen, weil mir klar war, wie erleichtert Julia darüber sein würde. Natürlich wusste ich nicht so genau, ob es die gute Nachricht war oder die Tatsache, dass ich jetzt schon so lange auf den Beinen war, die mich völlig schwindelig machte.

„Ist mit Ihnen alles in Ordnung?"

„Ja, ja danke."

Einen Moment lang war er still. „Und was würden Sie mit George machen?", fragte er schließlich.

„Also ..."

„Nein. Moment mal. Ich muss dazu erst noch etwas sagen. Mit George ist es etwas anderes. Die Farm war nie Emmas Zuhause. Willard hat sie nur als zusätzliche Einnahmequelle gekauft. George sollte ursprünglich dafür bezahlen. Er hat sich vor langer Zeit einverstanden erklärt zu zahlen, und so weit ich das erkennen kann, hat er nie auch nur einen Cent einbezahlt, nicht einen einzigen in den vergangenen acht Jahren."

„Er hat auch so schon Mühe genug, irgendwie über die Runden zu kommen. Emma hat ihm gesagt, dass erst die Familie dran ist und erst mal alle satt werden müssen. Sie hat nicht ..."

„Sie hat es ihm nur leicht gemacht, sie zu betrügen. Bei Ihnen war das etwas anderes. Sie sollten die Farm instand halten und sie versorgen, damit sie wieder zu Hause und in ihrer geliebten Umgebung leben konnte. Und genau das haben Sie ja auch getan."

„Es ist das einzige Zuhause, das seine Kinder haben."

„Das ist aber keine Entschuldigung für George."

„Sie hat seine Kinder auch geliebt."

„Sie hat jeden geliebt. Dummköpfe genau wie jeden anderen Menschen auch. So war Tante Emma nun mal. Mir wird langsam kalt. Wie steht es mit Ihnen? Lassen Sie uns zum Haus zurückgehen."

Er war jetzt nicht mehr aufzuhalten. Überredungsversuche waren, so wie er aussah, zwecklos. Er marschierte vor mir her den Hügel hinunter und dann direkt den Fußpfad zur Farm zurück. Mir schlug das Herz bis zum Hals, wenn ich nur an George dachte. Warum sollte ich eine Farm bekommen und er eine verlieren? Wieso war mein Leben verschont geblieben und seine Frau war schon beim Herrn? Sicher, er war nachlässig gewesen, was die Instandhaltung der Farm anging und auch in Bezug auf die Zahlungen, aber vielleicht würde er ja nicht so bleiben. *Herr, bitte gib ihm noch eine Chance.*

Aber Albert gab mir keine Gelegenheit mehr, noch etwas zu sagen, bevor wir wieder beim Haus ankamen. Sobald wir im Haus waren, bot Lizbeth ihm Kakao an und ein paar von den Weihnachtsplätzchen, die wir selbst gebacken hatten, aber er beachtete sie gar nicht.

Ich wusste, es machte Juli Sorgen, dass wir mit so ernsten Mienen zurückkamen. Ich hätte ihr gern gesagt, dass er sich an Emmas Entscheidung für uns halten würde, aber das war es gar nicht, was ihr am meisten auf der Seele lag. Irgendetwas arbeitete in ihr, das konnte ich sehen. Sie stellte einen Teller ab, nahm ihn dann wieder zur Hand und konnte dann aber nicht anders, als zu uns zu kommen, so ernst und entschlossen dreinblickend, wie ich sie noch nie zuvor gesehen hatte.

„Mr. Graham ..."

Er sah sie überrascht an, so als hätte er nicht erwartet, dass irgendjemand von uns irgendetwas sagen würde, bevor er nicht das Wort ergriff.

„Mr. Graham, ich muss Ihnen etwas sagen."

„Nun, dann nur zu." Er nahm auf einem Küchenstuhl Platz und sah beinahe ein wenig amüsiert aus.

„Mr. Graham", fing Juli an, „ich war bei Emma, als sie starb. Und ich war die einzige, die bei ihr war. Und sie hat mir gesagt, ich müsse mit Ihnen reden, wenn Sie herkämen. Ich weiß nicht, was Sie entschieden haben, aber ich muss Ihnen mitteilen, was sie mir als ihren Willen gesagt hat." Sie holte tief Luft. Ich wusste genau, wie schwer das jetzt für sie war.

„Sie hat mir gesagt, ich dürfe nicht zulassen, dass Sie George Hammond die Farm wegnehmen ..."

„Das ist nicht seine Farm." Jetzt war Albert kein bisschen mehr amüsiert.

„Vielleicht nicht", fuhr Juli fort. „Aus Ihrer Sicht verstehe ich das auch, aber es ist das Zuhause seiner Kinder. Daran hat sie gedacht. Wilametta ist da drüben begraben ..."

„Ohne meine Zustimmung."

„Aber mit Emmas! Sie hat mir gesagt, dass das Land an niemand anderen verkauft werden soll. Sie wollte, dass George und besonders die Kinder es bekommen, Mr. Graham, weil ihre Mutter dort begraben ist und weil sie jedes dieser Kinder geliebt hat, als wäre es ihr eigenes. Ich weiß, die meisten Leute verstehen das nicht. Aber Sie waren so weit weg. Und Emmas Sohn war auch nicht mehr da. Die Hammonds waren ganz einfach ihre Familie. Sie wollte, dass die Hammonds dort waren. Sie wollte sie um sich haben, egal ob sie zahlen konnten oder nicht. Nur aus Liebe. Einfach weil sie so war wie sie war!"

Hinter ihr brach Lizbeth in Tränen aus, und ich bemerkte, dass auch Juli weinte. Liebe, starke Juli. Obwohl für unsere eigene Familie so viel auf dem Spiel stand, setzte sie sich für die Sache der Hammonds ein. Ich war so stolz auf sie. Und ich hoffte, dass sie das auch wusste.

„Oh, Mr. Graham", fuhr sie fort. „Vergeben Sie mir, aber die Entscheidung liegt nicht bei Ihnen. Es war nämlich eigentlich Emmas Entscheidung, und die hat sie getroffen."

Er stützte seinen Kopf mit einer Hand ab. „Ich kann nicht behaupten, dass mir das alles völlig neu wäre."

„Das wissen wir", sagte Juli sehr direkt zu ihm. „Sie hat Sie nämlich gebeten, das vom Notar klären und dann aufsetzen zu lassen."

„Sie wusste nicht immer so genau, was gut für sie war", verteidigte er sich. „Ich wollte sicher gehen, dass ihr dadurch kein Schaden entstand, bevor ich es auf den Weg brachte. Oder dass sie vielleicht doch noch ihre Meinung ändern würde, weil sie es irgendwann leid war, sich ständig von ihm ausnutzen zu lassen."

„Aber sie hat ihre Meinung nicht geändert." Juli sah völlig undurchschaubar aus, und ich lächelte. „Das kann ich bezeugen."

Er sah mich an, seine Miene immer noch undurchdringlich. „Na ja, dann ..."

Sonst sagte er nichts. Er nahm einen von den Keksen, die Lizbeth auf den Tisch gestellt hatte und saß lange da, ohne etwas zu sagen, während er langsam den Keks zerbröselte, ohne etwas davon zu essen. Schließlich blickte er auf.

„Du bist Lizbeth, nicht wahr?"

Das arme Mädchen sprang auf, so erschrocken war es darüber, direkt von ihm angesprochen zu werden. Sie setzte ihre kleine Schwester von der einen auf die andere Hüfte und nickte dann schüchtern. „Ja, Sir."

Er sah sie einen Moment lang an und wandte den Blick dann seufzend wieder auf die Tischplatte. „Tante Emma hat mir mal erzählt, dass mit dir alles angefangen hat. Sie hat sich euch nicht immer so nah gefühlt, weißt du das eigentlich? Sie hat einmal gesagt, ihr wärt eigentlich nichts Besonderes für sie, nicht anders als die anderen Familien, denen sie half. Sie machte einfach ihre Arbeit als Hebamme und kümmerte sich ansonsten um ihre eigenen Angelegenheiten. Das hat sie jedenfalls gesagt. Aber nachdem sie deiner Mutter bei deiner Geburt geholfen hatte und du dann in dem darauf folgenden Winter so krank wurdest, da war nicht klar, ob du durchkommen würdest ... und da seid ihr ihr ans Herz gewachsen. Sie fing an zu beten und hängte ihr

Herz an dich. Und seitdem hat sie sich immer gekümmert. Manchmal hat sie mich damit wahnsinnig gemacht, weil ich nie wusste, was sie als nächstes tun würde. Dass sie einen Zuchtbullen verschenkte beispielsweise oder ein Fuhrwerk oder einen Teil der Ernte. Ich konnte einfach nicht mit ihr mithalten."

Lizbeth nickte, obwohl ich nicht so genau wusste, ob sie das alles schon einmal gehört hatte oder nicht. Sie sagte jedenfalls kein Wort.

„Ich kann deinem Vater das Land nicht geben", sagte Albert zu ihr. „Ich möchte nicht einmal den Vertrag mit ihm erneuern, um ihm dadurch die Chance zu geben, ihn wieder zu brechen." Er wischte die Kekskrümel von sich weg. „Er gibt sich ja nicht einmal Mühe, so weit ich das erkennen kann. Er ist faul und ungeschickt, das Papier nicht wert, das wir unterzeichnen würden. Verstehst du, was ich sage?"

„Ich kann ihn so schlimm nich' find'n", entgegnete Lizbeth vollkommen ruhig. Und auch auf sie war ich sehr stolz.

„Natürlich nicht. Und das spricht dann auch irgendwie wieder für ihn. Er ist aber wenigstens nicht gemein zu euch, oder?"

„Nein Sir. Er is' nich' allzu gemein gewesen. Und so faul auch nich', wenn ich Ihn'n da widersprechen darf."

Er lächelte. „Du kümmerst dich um deine Brüder und Schwestern, nicht wahr?"

Sie wischte sich mit dem Ärmel über die Wange. „Ich geb mir Mühe."

„Bist du lange genug in der Schule gewesen, dass du ordentlich lesen kannst?"

„Ich geh schon seit 'ner ganzen Weile nicht mehr, Sir, aber lesen kann ich."

„Dann glaube ich, werden wir beide diesen kleinen Vertrag miteinander schließen. Und zwar nur um Emmas willen, verstehst du? Weil ihr so viel daran gelegen hat."

„Ich bin nich' so sicher, ob ich Sie richtig versteh, Sir." Sie sah verwirrt aus und mehr als nur ein bisschen verängstigt, und ich verstand auch gut weshalb.

„Ich lasse einen Vertrag aufsetzen", erklärte er, wobei seine Miene jetzt erheblich freundlicher und weicher wurde. „Darin wird stehen, dass eure Farm dir gehört, so lange du das möchtest, oder deine Brüder und Schwestern. Wenn irgendwann einmal jemand damit Gewinn macht, dann bekomme ich einen festgelegten Anteil davon. Und wenn es je dazu kommen sollte, dass ihr alle weg zieht, bevor die Farm abgezahlt ist, dann geht das Land an mich zurück."

Sie schien fast atemlos. „Dann lassen Se Pa die Farm also behalt'n?"

„Nicht dein Pa, sondern du bekommst die Farm."

„Ich?"

„Ja, genau. Und nach dir dein älterer Bruder. Er ist doch der einzige von euch, dem Emma nicht auf die Welt geholfen hat, so viel ich weiß, nicht wahr."

„J ... ja, Sir."

„Nun, er bekommt die Farm, wenn du jemals beschließen solltest, sie zu verlassen und die anderen nach ihm. Weil du so jung bist, werde ich als Treuhänder fungieren bis du alt genug bist."

„Und was ist mit Pa?" Das Mädchen sah wirklich geschockt aus.

„Du kannst entscheiden, ihn bei dir zu behalten, wenn du das möchtest. Dazu habe ich eigentlich nichts Besonderes zu sagen."

„Er ist ein guter Pa! Natürlich behalt'n wir ihn da. Und er bekommt auch das Sagen. Schließlich is' er unser Pa!"

Er nickte „Es ist deine Farm, und wenn du möchtest, dass er dort das Sagen hat, dann ist das deine Sache."

Darüber musste ich lächeln, und Juli auch. Ihre Augen blitzten vor Erleichterung, ihre Wangen waren gerötet, und sie griff nach meiner Hand.

„Danke, Mr. Graham", sagte Lizbeth, immer noch wie benommen. „Wir danken Ihnen so sehr."

„Na, gern geschehen. Ich nehme an, ich habe da keine andere Wahl, wenn ich die Erinnerung an Tante Emma in Ehren halten will. Aber ich habe Mr. Wortham schon gesagt, dass ich auch ein Stück Land für mich behalten möchte."

Ich sah, wie Juli bei diesen Worten erstarrte. Sie musste denken, dass er damit Emmas Farm meinte. Die gesamte Farm. Aber bevor ich ihr sagen konnte, wie es wirklich war, sprach Albert schon weiter:

„Ich werde es vermessen und kartieren lassen. Ich möchte den Teich, Tante Emmas und Onkel Willards Gräber und das Land in unmittelbarer Nähe der Gräber."

Lizbeth holte schnell und hörbar Luft.

„Aber nicht das Grab eurer Mutter. Das ist auf eurer Seite der Linie. Ich habe auch nichts dagegen, wenn ihr den Teich nutzt, aber richtet keinen Schaden daran an und lasst Mr. Wortham nicht wieder hineinfallen."

Sie starrte ihn an und nickte dann. „Ja Sir, danke."

Ich spürte förmlich neben mir Julias Anspannung, aber Albert sah jetzt auch wieder sie an.

„Mrs. Wortham, Sie haben mich überrascht. Als ich Ihrem Mann gesagt habe, dass Emma und Sie sich sehr ähnlich wären, da wusste ich noch nicht, wie wahr das ist. Ich hatte damit gerechnet, dass Sie mich um die Farm anbetteln würden, nicht aber, dass Sie sich zu allererst für die Sache der Hammonds einsetzen. Kein Wunder, dass Emma Sie geliebt hat. Sie denken fast genauso wie sie."

„Nein", stammelte sie, „ich bin gar nicht ..."

„Machen Sie sich keine Sorgen. Ich wäre mit mir selbst nicht im Reinen, wenn ich nicht Emmas letzten Willen respektiert würde. Und jeder, der irgendetwas davon gewusst hat, hätte es ebenfalls schwer mit mir gehabt. Ich habe Ihrem Mann schon gesagt, dass ich die Überschreibung der Farm an Sie veranlassen werde. Sie hatte das Recht auf ihre eigene Entscheidung, genau wie Sie gesagt haben, egal, ob es für andere verständlich und nachvollziehbar ist oder nicht."

Da atmete Julia wieder leichter. „Danke, Mr. Graham. Sie wäre sicher froh darüber."

Er nickte, warf Lizbeth noch einen Blick zu und einen in Richtung Julia. Dann fixierte er mich und fragte lächelnd: „Hat nicht irgendjemand was von Kakao gesagt?"

29

Julia

Albert hielt Wort. Innerhalb von zwei Tagen hatten wir die Überschreibungsurkunde, und auch Lizbeth bekam ihren Vertrag. George sah die ganze Sache zwar mit gemischten Gefühlen, doch das war wohl verständlich. Aber er war auch unglaublich dankbar. Und er schwor Samuel auf Wilamettas Bibel, dass er nie mehr trinken und sich auch nie mehr selbst etwas antun würde.

Sam Hammonds Job bei der Sägemühle war nicht von langer Dauer, denn die Sägemühle wurde geschlossen und auch der Laden in Dearing und mehr Geschäfte als ich aufzählen kann gaben auf und schlossen. Auch mein Samuel war weiterhin ohne Arbeit, obwohl er alles angenommen hätte, was man ihm anbot, wenn es denn überhaupt Angebote gegeben hätte. Aber die Bergwerke in Illinois machten ebenfalls dicht, und es gab keine anderen Firmen in der Nähe, die Leute einstellten. Nicht einmal Tagelöhnerjobs fand Samuel, weil wir zu weit von der Stadt entfernt wohnten und kein eigenes Fahrzeug hatten.

Es dauerte gar nicht lange, bis es uns schlecht ging und den Hammonds ebenso, weil wir Dinge brauchten, aber kein Geld hatten, um sie zu kaufen. Wir beteten. Wir teilten unsere Dinge. Wir kamen irgendwie zurecht.

Franky kam fast jeden Tag zu uns herüber und versuchte, Samuel dazu zu bringen, weiter mit seinem Holz zu arbeiten.

„Se könn'n dann Zeugs an der Straße verkaufen, wenn im Frühjahr wieder mehr Leute in die Gegend komm'n und auf der Straße unterwegs sin'", sagte er zu uns. „Das hilft bestimmt. Wir wird'n jede Menge Geld verdien'n. Se werd'n schon sehen."

Zumindest war es etwas, das sie tun konnten. Mit Franky und Robert zusammen und manchmal auch Willy, der ihnen zuschaute, baute Samuel eine Schaukel für die Veranda, zwei Stühle und ein halbes Dutzend geschnitzter kleiner Schatullen für Schmuck oder andere Sachen. Ich wusste nicht, ob sie zu verkaufen sein würden oder nicht, aber es war alles gute, solide

Handarbeit, und ich war froh zu sehen, wie die Jungen eifrig bei der Arbeit waren und sich dabei immer näher kamen, während sie mit Sam zusammen arbeiteten. Ich wusste, dass es ihm ebenfalls gut tat, einfach eine Aufgabe zu haben, etwas zu tun, etwas Schönes zu gestalten, während das Wetter noch zu kalt war, um den Boden zu bearbeiten.

„Sei nie untätig", hatte Emma einmal gesagt. *„Pausen und hin und wieder ein bisschen Ruhe sind in Ordnung, aber lass dich vom Teufel nie untätig erwischen! Dann wird er sein Spiel mit dir treiben!"*

Ich nahm mir solche Worte zu Herzen und gab mir in jenem Winter große Mühe, Sarah und Rorey das Nähen beizubringen. Schon bald übernahmen sie die Flickarbeiten für mich, nähten Knöpfe an und vieles mehr. Und wenn ich nicht mit den Kindern beschäftigt war oder mit sonst etwas, dann holte ich die fertigen Quiltblöcke hervor, die Emma noch zu Lebzeiten zugeschnitten hatte und fing an, das zu Ende zu bringen, was sie kaum hatte beginnen können. Sie hatte im Laufe ihres Lebens so viele wunderschöne Flickendecken gemacht, aber die hier würde meine erste werden. Als ich daran arbeitete, nachdem die Kinder eingeschlafen waren, beschloss ich, sie dem Pastor und Juanita zu schenken. Wir hatten ihnen so viel zu verdanken, und sie kümmerten sich auch jetzt noch so viel sie konnten um uns. Ich wusste, dass es Emma gefallen hätte. Sie wäre froh gewesen zu sehen, dass wir alle so gut zusammenarbeiteten.

Sogar Hazel Sharpe, die jedem der Kinder eine Bibel geschenkt hatte. Das war ein Wunder des Himmels, und das war uns auch allen klar. Obwohl sie immer noch kaum mit uns sprach, wenn wir sie in der Kirche sahen, wussten wir, dass sich etwas verändert hatte. Miss Hazel gehörte ebenfalls zur Familie, obwohl sie das sicher niemals freiwillig zugegeben oder gar laut gesagt hätte. Ich suchte Emmas zwei schönste Spitzendeckchen aus, die perfekt zusammenpassten, eine wunderschöne Arbeit, und gab sie Miss Hazel eines Sonntagmorgens. Sie stand nur einfach sehr lange da, strich immer wieder über Emmas feine Handarbeit und wich meinem Blick aus.

„Meine Güte, sie hatte wirklich Geduld, nicht, dass sie so etwas zustande gebracht hat", sagte Hazel schließlich.

„Oh ja", wagte ich mich mutig vor. „Sehr geduldig war sie. Auch mit Menschen."

Hazel blickte zu mir auf und ihre kleinen grauen Augen schienen zu funkeln, allerdings ohne die sonst übliche Härte darin.

„Ja, das kann man wohl sagen. Wo wären Sie wohl ohne sie?"

Das war alles, was sie dazu sagte, außer dass sie die Deckchen an sich presste und davoneilte, so als könne sie es auf keinen Fall riskieren, dass jemand auch nur einen Augenblick länger Einblick in ihre Seele bekam. Emma hatte immer gesagt, dass genau das, was Hazel sich am allermeisten wünschte, sie am heftigsten von sich wegschob. Deshalb setzte ich mich von da an jedes Mal, wenn Charlie Hunter uns zum Gottesdienst abholte, neben Hazel, auch wenn ich wusste, wie sie sich benehmen würde – so als ob ich ein stetiges Ärgernis für sie wäre. Ich umarmte sie sogar das eine oder andere Mal, aber sie erwiderte meine Umarmung nie. Es gab mir ein gutes inneres Gefühl, sie einfach lieb zu haben, über all ihre Ecken und Kanten hinweg.

Sukeys Kalb wurde im Februar geboren. Und Samuel war deshalb so nervös, dass der kleine Franky, der bei uns übernachtet hatte, nur einfach dasaß und lachte.

„Se könn'n doch lesen, oder?", sagte der kleine Kerl. „Aber von Küh'n, da versteh'n Se nix? Ich nehm an, es gibt wirklich unterschiedliche Arten von Schlausein auf dieser Welt."

Es war eine schwierige Geburt und Samuel war froh, dass George und seine Jungen da waren, um zu helfen. Ich war noch ein Kind gewesen, als ich zum letzten Mal bei der Geburt eines Kälbchens dabei gewesen war, und Samuel hatte so etwas noch nie zuvor miterlebt.

Sukey muhte laut, und ich wusste, es machte Samuel viel aus, überhaupt nicht zu wissen, wie er ihr helfen konnte. Aber sie machte ihre Sache gut, und ihr Kalb war kräftig, und George schien es ganz besonders zu freuen, dass er uns helfen konnte. Kurz darauf wurde seine einzige Milchkuh Rosey krank und starb, und von da an teilten wir alles, was auf den beiden Farmen vorhanden war, so als gehörte alles zusammen.

Ich stellte schon bald fest, dass George kein bisschen besser lesen konnte als sein Sohn Franky. Aber nachdem er uns ein paar Mal aus John Bunyans *Pilgerreise* hatte vorlesen hören, fand er langsam Gefallen daran. Er schien es sogar besser zu verstehen als am Anfang. Ein paar Mal ertappte ich ihn und Franky dabei, wie sie sich über Teile der Geschichte unterhielten. Oder er sprach mit Willy und Kirk darüber, auch wenn die mit ihren Gedanken häufig woanders waren.

George und Samuel machten die meisten Dinge zusammen, ein Arrangement, das Samuel wirklich zu gefallen schien. Er erzählte mir, dass er dabei vielleicht das eine oder andere über Viehhaltung lernen könne. Und ich staunte darüber, dass er all die Fortschritte, die er machte, selbst gar nicht bemerkte. Er schien jetzt auf der Farm ganz zu Hause und sicher zu sein, wo er anfänglich so unsicher gewesen war. Ich betete um eine gute Ernte im nächsten Jahr, dass wir ein wenig Gewinn machen konnten. Vielleicht konnten wir ja sogar Alberts Meinung von George ändern. Vielleicht.

Alle Hammonds, die alt genug waren, gingen in die Schule, und das sehr viel regelmäßiger als früher. Natürlich war ich dadurch mit Harry, Bert und Emma Grace sehr beschäftigt, aber weil ich sah, was für eine Veränderung das bei Lizbeth bewirkte, machte es mir nichts aus.

„Glauben Se, dass irgendeiner von uns mal aufs College kann?“, fragte sie mich eines Tages.

„Das weiß ich nicht. Vielleicht. Wenn du es wirklich willst.“

Einen Moment lang starrte sie mich nur an und schüttelte dann den Kopf. „Ich glaub einfach nich’, dass Se das gesagt ham! Glauben Se denn nich’, dass das unmöglich is’? Wir ham doch für so was gar kein Geld!“

„Das macht doch nichts“, sagte ich ihr ganz zuversichtlich. „Es weiß doch niemand, was Gott morgen für uns bereit hat.“

„Se sind wirklich ’ne merkwürdige Lady“, sagte sie zu mir. „Obwohl Sie arm sin’, wissen Se irgendwie nich’, dass Se arm sin’.“

Sie lernte mehr als die anderen, oft spät abends noch, wenn ihre Geschwister schon schliefen. Ihr älterer Bruder hatte mit der Schule abgeschlossen und sagte, er werde nur noch gehen, bis er irgendeine Arbeit gefunden hätte. Aber Lizbeth war entschlossen, die Schule mit ihrem Jahrgang auch abzuschließen, obwohl sie zwei Jahre mit dem Stoff hinterherhinkte. Sie war ein ganz anderer Mensch geworden, eine Lizbeth, die ich so noch nie erlebt hatte. Mit einem Buch in der einen Hand und der Flasche für Emma Grace in der anderen, nutzte sie jetzt diese Chance, die sie schon verloren geglaubt hatte, und sie liebte mich dafür.

„Sie brauch'n nich' auf die Kinder aufzupassen, Mrs. Wortham", sagte sie mehr als einmal zu mir. „Ich bin alt genug. Ich kann bei ihnen zu Hause bleiben."

Und jedes Mal, wenn ich ihr dann sagte, dass sie gehen solle und sie zur Schule schickte, umarmte sie mich ganz fest und weinte beinah. Sie liebte ihre Familie. Wirklich. Aber sie hatten alle immer gedacht, sie wäre gern von der Schule daheim geblieben. Niemand von ihnen hatte bemerkt, wie viel es ihr innerlich ausgemacht hatte, nicht gehen zu können.

Ich versuchte manchmal, Franky beim Lesen zu helfen, wenn er bei uns war. Aber ich kam dabei auch nicht weiter als Elvira Post. Wir entdeckten jedoch, dass er eine mathematische Begabung hatte, wenigstens wenn er im Kopf rechnen konnte und nicht an der Tafel oder auf Papier. Eine Zeitlang fragte ich mich, ob er vielleicht eine Brille brauchte. Aber Samuel sagte dann, dass er viel zu gut mit Holz arbeitete, um schlecht zu sehen. Wir beteten darüber, aber Franky kümmerte das alles gar nicht mehr.

„Ich werde weiter versuchen zu lernen", versicherte er mir. „Aber ich werd' einfach der Beste im ganzen Land für Holzarbeit! Das schaff ich!"

Und ich glaubte ihm. Samuel sagte, es würde gar nicht mehr lange dauern, bis der Junge alles würde bauen können, was er wolle. Und die übrigen Kinder konnten ebenfalls träumen, was sie wollten. Es war auch eine schwere Zeit, und manchmal weinten die Kinder, vor allem abends und an besonderen Tagen, wenn sie ihre Mama vermissten. Aber es gab immer einen Hoffnungsschimmer Gottes, der zu ihnen und zu uns durchdrang, nachdem er sich den Weg durch die Dunkelheit der Trauer, der Zweifel oder der Sorgen gebahnt hatte. So wie Frankys tote Blumen, die im Frühling auf Wilas Grab aufgingen und uns alle mit ihren kleinen grünen Trieben und der Verheißung auf eine Blüte überraschten.

Wir erfuhren erst viel später, dass Barrett und Louise Post neue Zwiebeln besorgt und eingepflanzt hatten, damit schon etwas gewachsen war, wenn Franky nachschauen kam. Ich musste daran denken, dass Gott es ja auch so macht. Wenn uns nichts mehr geblieben ist, dann gibt er uns etwas ganz Neues, etwas Wunderschönes, das wir niemals selbst hätten hervorbringen können.

Alles hat seine Zeit.

Emmas Zeit war Emmas Zeit, und hätte nichts geändert. Sie hat uns viel geschenkt. Etwas sehr viel Stärkeres als Erinnerungen, etwas Besseres als ihr Haus und das Land drum herum. Sie hat uns Frieden geschenkt, tiefen, dauerhaften Frieden und die Gewissheit, dass selbst, wenn es so aussieht als würde es niemals reichen, Gott immer noch ganz viel hat, was er austeilen kann. Und das haben wir auch, wenn wir mit dem Ewigkeitsblick schauen, mit dem liebenden, gebenden und selbstlosen Blick Gottes.

Ich habe festgestellt, dass es gar nicht so schwer ist, die nicht so Liebenswerten zu lieben oder für andere Menschen unsere Arme oder Häuser zu öffnen. Ich achtete irgendwann George sehr viel tiefer als ich ihn jemals abgelehnt hatte. Ich war begeistert, als ich Emma Graces erste wackelige Schritte auf ihn zu miterleben durfte. Und Samuel und ich brüteten mit ihm zusammen ein paar Tage lang darüber, was wir mit der eigenwilligen kleinen Rorey machen sollten, die nach der Schule immer wieder Raufereien anzettelte.

Küsse auf Wangen, das Weiterreichen von Tellern, ja sogar George noch einmal all seine Klagen ausschütten zu lassen und ihm bei einer Tasse Kaffee zuzuhören – das alles war Gottes Werk und Wirken. Weil Menschen sich gegenseitig brauchen. Und manchmal ist uns erst klar, wie viel wir zu geben haben, wenn wir damit anfangen.

Vielleicht war das Beste von allem zu erfahren, dass jetzt auch Barrett und Louise zur Familie dazugehörten. Sie vertrauten beide ihr Herz und Leben dem Herrn an, und kurz darauf auch ihr Sohn, dann Clement und schließlich auch noch Elvira. Bestimmt tanzt Emma im Himmel darüber vor Freude.

„Das alles wär gar nich' möglich gewes'n", sagte Lizbeth, „ohne Emma und Mama. Wir vermissen se. Wir werden se immer vermissen, aber es is' auch Gutes draus entstanden."

Ja, auch Gutes ist daraus erwachsen.

Diese Welt hat ihre Zeit zu weinen und ihre Zeit zu lachen. Zeit zu klagen und Zeit zu tanzen. Vor gar nicht langer Zeit hätte ich nicht gedacht, dass ich je wieder den Wunsch verspüren könnte zu tanzen. Aber dann eines Abends Anfang des Frühjahrs, kam Barrett vorbei, einfach nur um uns ein altes Batterieradio zu bringen. Es funktioniere nicht mehr, sagte er. Er hatte so eine Ahnung, glaube ich, dass Samuel es doch noch wieder hinbekommen könnte. Und wirklich, er brachte es wieder in Gang. Aber die Posts behaupteten dann, sie bräuchten es nicht mehr, also schalteten wir es an diesem besagten Samstagabend ein und es kam irgendeine Blasmusik, bei der die Füße wie von selbst in Bewegung gerieten.

Die kleine Emma Grace war die erste, die auf ihren kleinen unsicheren Füßen anfing, sich hin und her zu wiegen. Und dann tanzte sie, auf die eine und andere Weise; auch ihre Arme tanzten mit, und dabei lachte sie die ganze Zeit. Es war ein so wundervoller Anblick, dass er mich fast zum Weinen brachte. Aber bevor irgendjemand etwas sagen konnte, waren Berty und Sarah schon aufgestanden und tanzten mit ihr gemeinsam.

„Seht mal!", rief Rorey. „Tanzende Engel! Genau wie Mama!"

„Und Emma auch", fügte Sarah hinzu und sah mich zuversichtlich lächelnd an. „Emma tanzt auch, und mit beiden Füßen! Und sie hält Jesus bei den Händen!"

Wenn wir irgendwann einmal auch dort sind, dann sehen wir ganz sicher, dass es stimmt. Emma und Wila und meine Mutter und Großmutter Pearl und alle, die wir jemals geliebt und dann verloren haben. Tanzend. Glücklich. Mit ihren Händen in Jesu Händen.

Das nimmt zwar nicht den Schmerz von dieser Welt, aber es erfüllt uns mit Hoffnung zu wissen, dass am Ende der Schmerz, der mitten in einsamen Nächten kommt, am Ende aufhört oder wenn wir doch wieder Worte finden, um ein weinendes Kind zu trösten und es wieder zum Lächeln zu bringen. Gott ist treu. Unser Schutz in Zeiten des Kummers. Unsere Zuflucht im Sturm.

Wir wissen nicht immer, was er uns schenkt. Wenn wir tief in unserem Schmerz und unserer Verletztheit stecken oder in einem besonders schrecklichen Augenblick, dann wissen wir nicht immer, welche guten Dinge Gott für die vor uns liegende Zeit noch bereithält. Aber wir wissen, dass er uns so viel von sich selbst an die Hand gegeben hat, damit wir dafür dankbar sind und es wertschätzen, damit wir darin ruhen und besonders, damit wir es weitergeben.

Alles hat seine Zeit, Tanzen und Lachen und sich wieder zu freuen. Ein Kind hochzunehmen und es herumzuwirbeln, so wie George es machte, als ihn die Musik schließlich auch packte.

Das Leben geht weiter. Und weiter. In Ewigkeit. Und es wird immer besser, wenn wir einander haben und wenn wir Gott haben.

Albert schickte wirklich den Grabstein für Emmas Grab, so wie er gesagt hatte. Und direkt unter ihrem Namen stand: „Jetzt im Garten Gottes." Ich konnte mir nichts Passenderes vorstellen. Außer vielleicht das, was er in den Grabstein für Wila hatte einmeißeln lassen, den er ebenfalls geschickt hatte: „Sie wartet auf uns in ihrem himmlischen Zuhause."

Und genauso ist es.

Amen.